Kriminalroman

dtv

Von Susanne Goga
sind bei dtv außerdem erschienen:
Leo Berlin
Tod in Blau
Die Tote von Charlottenburg
Mord in Babelsberg
Es geschah in Schöneberg
Nachts am Askanischen Platz
Der Ballhausmörder

MIX
Papier aus verantwortungsvollen Quellen
FSC® C019821

Originalausgabe 2022

Vermittelt durch die Literarische Agentur
Thomas Schlück GmbH, Hannover
Umschlaggestaltung: wildesblut – Atelier für Gestaltung
Stephanie Weischer
Umschlagmotive: Gamma-Keystone/Getty Images, ullstein bild/
Waldemar Titzenthaler und shutterstock.com
Satz: Fotosatz Amann, Memmingen
Gesetzt aus der Sabon 10/13,9
Druck und Bindung: Druckerei C.H.Beck, Nördlingen
Printed in Germany · ISBN 978-3-423-21962-4

Susanne Goga

Schatten in der Friedrichstadt

November 1928. Der Journalist Moritz Graf stürzt vom Dach des Ullsteinhauses an der Kochstraße. Er ging häufig dort hinauf, um an seinen Notizen zu arbeiten, und kannte sich bestens aus. War es also kein Unfall, sondern Selbstmord? Oder wurde er hinuntergestoßen? Zeugen gibt es nicht. Graf hatte offenbar an einer explosiven Geschichte gearbeitet. Doch worum es dabei ging, weiß niemand. Kommissar Leo Wechsler trifft bei seinen Ermittlungen im Pressemilieu auf den ebenso charmanten wie skrupellosen Clemens Marold, die Graue Eminenz des mächtigen Hugenberg-Konzerns. Der Mann scheint überall zu sein und ganz Berlin zu kennen. Und bald stellt Leo fest, dass er sich einen einflussreichen Feind gemacht hat – schlechte Presse inbegriffen …

Das quirlige Berliner Zeitungsmilieu der zwanziger Jahre bildet den Hintergrund für diesen packenden und lebendig geschriebenen Krimi.

Der achte Band der Erfolgsserie um Leo Wechsler.

Susanne Goga lebt als Autorin und Übersetzerin in Mönchengladbach. Sie ist Mitglied des deutschen PEN-Zentrums. Außer ihrer Krimireihe um Leo Wechsler hat sie mehrere historische Romane veröffentlicht, sie wurde mit verschiedenen literarischen Preisen ausgezeichnet, u. a. dem Goldenen HOMER für ›Mord in Babelsberg‹ und dem Silbernen HOMER für ›Nachts am Askanischen Platz‹.

Bei dtv ist ihre gesamte Leo-Wechsler-Serie erschienen.

Für Tina,
ohne die Leo nicht Leo wäre

Prolog

TOD AM SCHLACHTENSEE

Wie wir bereits berichteten, kam es am 26. August 1928 auf dem Schlachtensee zu einem tragischen Vorfall. Der Rechtsanwalt Dr. Reinhold Brüder (65) war mit seinem privaten Ruderboot auf dem See unterwegs. Er besaß ein Wochenendhaus am Nordufer und unternahm regelmäßig Bootspartien, bei denen er gelegentlich angelte.
Als er gegen Mittag noch nicht zu Hause war, schickte seine Ehefrau einen Angestellten zum See, der das Wochenendhaus leer vorfand. Kurz darauf wurde das dahintreibende Boot auf dem See gesichtet, von Brüder war keine Spur zu entdecken.
Man verständigte die Polizei und schickte eine Suchmannschaft los. Gegen Abend fand man den Vermissten leblos im Wasser treibend. Der hinzugezogene Arzt konnte nur noch den Tod des Verunglückten feststellen. Dessen in der Zwischenzeit herbeigeeilte Gattin musste ärztlich behandelt werden, da sie einen schweren Schock erlitt.
Die Obduktion ergab Tod durch Ertrinken. Wie Brüder ins Wasser gelangt war, ließ sich nicht klären. Das Nachbargrundstück ist unbebaut und wird derzeit gerodet, um dort eine Villa zu errichten. Das Wochenendhaus steht am weniger belebten Ufer des Schlachtensees,

und es fanden sich keine Zeugen, die den Verstorbenen auf dem See oder am Haus gesehen hatten.
Da Herr Dr. Brüder nicht bei bester Gesundheit war und an Herzbeschwerden litt, geht die Polizei davon aus, dass er entweder infolge der körperlichen Anstrengung ohnmächtig wurde oder einen Schwindelanfall erlitt und ins Wasser stürzte. Am Körper waren keine Verletzungen festzustellen. Hinzu kommt, dass der See mancherorts Strudel aufweist, weshalb dort vom Baden abgeraten wird.
Dr. Brüders Tod wirft eine gewichtige politische Frage auf. Er galt als rechte Hand von Geheimrat Dr. Hugenberg, der sich im Oktober der Wahl zum Parteivorsitzenden der Deutschnationalen Volkspartei stellen will. Der Verstorbene war Direktor der Zentralstelle der Redaktionen des Verlags August Scherl und saß damit an einem entscheidenden Knotenpunkt im Presseimperium Hugenbergs. Seine Unterstützung wäre wohl äußerst wertvoll gewesen, um das hochgesteckte Ziel des Parteivorsitzes zu erreichen. Es wird sich nun zeigen, ob und wann der Geheimrat einen Nachfolger für Herrn Dr. Brüder benennt.

(Aus der *Vossischen Zeitung*, 3. September 1928)

1

Mitte Oktober 1928

August Friese war verzweifelt. Er hatte fünf Nächte nacheinander in der Palme übernachtet, mehr ging nicht. Das Obdach in der Fröbelstraße war kein Palast, aber der vertraute Ablauf gab ihm was von einem Zuhause. Erst draußen auf Einlass warten, zusammen mit all den anderen – Männer, Frauen und Kinder, ganze Familien, Kriegskrüppel auf Krücken, freche Halbwüchsige, die sich vordrängelten und streitlustig in die Runde schauten. War man dann drin, gab es eine Decke und einen angeschlagenen Essnapf aus Emaille. An langen Holztischen, über denen kleine Lampen baumelten, saßen Männer in weißen Kitteln. Sie hatten Karteikästen vor sich und glichen die Papiere mit ihren Karteikarten ab. Warum sie die Kittel trugen, wusste August Friese nicht – vielleicht sollten sie wie Ärzte aussehen, damit die Leute sie ernstnahmen. Manchmal kam die Polizei und kontrollierte die Karteikästen, wenn sie einen Verbrecher suchte.

Neulich hatte sich eine Frau mit Kind auf dem Arm an die Theke geklammert, weil zwei Angestellte sie nach draußen ziehen wollten. »Bitte lasst mir rein, ick hab doch keene Wohnung. Und die Kleene ist jrade erst jesund. Hattet uff die Bronchjen.«

»Tut mir leid«, hatte einer der Weißkittel gesagt. »Ist gegen die Vorschrift. Sie waren schon vier Wochen hier. Versuchen Sie es in einem anderen Obdach.«

»Und wie soll ick mit die Kleene da hinkommen?«

»Ausnahmen jibt's nich«, hatte ein Mann hinter Friese gesagt. »Und bestechen kannste die ooch nich, weil du nüscht hast.«

Sie hatten die verzweifelte Frau energisch nach draußen geführt. August hatte ihr mitleidig nachgeschaut.

Heute war er in der gleichen Lage. Also guckte er sich einen Mann im Kittel aus, der neu zu sein schien, vielleicht ließ der ja mit sich reden.

Aber es kam, wie es kommen musste.

»Sie waren fünf Nächte hier«, sagte der Mann mit Blick auf Augusts Papiere.

»Können Sie nicht eine Ausnahme machen? Ich hab noch kein neues Zimmer gefunden ...« Die Regeln waren streng für Alleinstehende wie ihn – höchstens fünf Nächte in Folge, und das höchstens fünfmal in drei Monaten. Blieben mehr als zwei Monate Verzweiflung.

»Tut mir leid, Sie sind nicht der Einzige. Und jetzt weitergehen, da warten noch eine Menge Leute.«

Er trat auf die Straße, blieb stehen und warf einen Blick zurück auf den großen roten Backsteinbau, dachte an die warme Decke und die Emailleschüssel, in die heiße Suppe kam, an den Kanten Brot und das Klosett, das frisch gewaschene Nachthemd. Doch es half nicht.

Sein Vermieter hatte ihn vor die Tür gesetzt. »Hier wird nich mehr anjeschrieben, Aujust. Dit kann ick mir nich leisten.« Es war nur ein kleines Zimmer unterm Dach gewesen, aber besser als nichts. Nachdem er seine feste Stellung verloren hatte, hatte er jede Aushilfsarbeit angenommen, die sich bot, auf Baustellen angepackt und grobe Gartenarbeiten übernommen, einfach alles, wobei zwei kräftige Hände gebraucht wurden. Doch damit war es jetzt im Herbst vorbei.

Er dachte verbittert an seine Entlassung. Hätte er bloß nicht mit diesem Neuen im Betrieb geplaudert. Wie hätte er denn ahnen können, dass der Kerl, der sich Alfred nannte, in Wahrheit von der Zeitung war? Ein hinterhältiges Aas, das sich irgendwo einschlich und über Leute schrieb, die keine Ahnung hatten, wer er war. Wie dämlich er gewesen war, diesem »Alfred« von der Sache mit dem Kupferrohr zu erzählen. Kurz vorher hatte er im Personalbüro um einen Vorschuss auf seinen Lohn gebeten und keinen bekommen, obwohl es eine echte Notlage war. Die Arztrechnung war so hoch gewesen. Und dann hatte das Kupferrohr da gelegen, halb unter ein Regal gerutscht, und keiner hatte was gemerkt, als er es in seiner Verzweiflung mitgenommen hatte.

Doch etwas später hatte ihn der Personalchef ins Büro bestellt und ihm die Kündigung gegeben. Warum, hatte August gefragt, obwohl sein Mund ganz trocken gewesen war. »Weil du klaust. Diebe können wir hier nicht gebrauchen.« Dann hatte er ihm eine Zeitung hingeknallt und auf einen Artikel gezeigt. »Da steht es schwarz auf weiß. Kein Name, aber ich erinnere mich gut, wie du hier warst und den Vorschuss wolltest. Kannste dir als Erinnerung mitnehmen.«

August hatte auf der Straße gestanden. Ohne Zeugnis. In dieser Zeit. Da blieben nur Hilfsarbeiten – wenn er Glück hatte.

Er trottete weiter, und plötzlich stieg ihm ein Geruch in die Nase. Er merkte, wie ihm das Wasser im Mund zusammenlief. Kartoffelpuffer, da gab es kein Vertun. Mit dem Geruch kamen die Erinnerungen.

Die hatte die Mutter immer gemacht, hatte pfundweise Kartoffeln gerieben, bis ihr die Hände wehtaten und die

Haut ganz rot war. Aber bei elf Mäulern war die Menge nötig, die wollten alle gestopft werden. Und Kartoffeln waren billig, darum gab es zweimal in der Woche Puffer. Wenn einer Geburtstag hatte, auch mit Apfelmus.

Friese blieb vor der Rücker-Klause stehen. Die Kneipe hatte ein Fenster links von der Tür, durch das die Puffer verkauft wurden. Rauch quoll auf die Straße, es roch heiß und fettig. Vor dem Fenster stand eine Schlange. Friese wühlte tief in seiner Hosentasche, zog seine letzten Münzen hervor und stellte sich hinten an.

2

Dienstag, 23. Oktober 1928

Oberkommissar Leo Wechsler saß gähnend am Frühstückstisch und ließ die Stimmen seiner Kinder über sich hinwegplätschern. Die letzte Nacht war lang gewesen: Er und seine Kollegen hatten einen Verdächtigen observiert und letztlich auch verhaftet, ein großer Erfolg in einem langwierigen Fall, aber er war erst in den Morgenstunden ins Bett gekommen.

»Wieso heißt dein Heft *Der Herrenfahrer*?«, fragte Marie ihren Bruder, während sie sich ein Brot mit Marmelade bestrich. »Frauen können das auch. Clärenore Stinnes fährt sogar Rennen und ist gerade dabei, einmal um die ganze Welt zu fahren. Das soll ihr erst mal einer nachmachen.«

Georg verdrehte die Augen. »Was weiß ich, die Zeitschrift heißt eben so.«

Er hatte kürzlich sein gespartes Taschengeld für einen ganzen Stapel dieser Hefte ausgegeben. Die Zeitschrift war im Mai eingestellt worden, und seitdem las er die alten Ausgaben Wort für Wort, als wollte er sie auswendig lernen. Er hatte sich schon immer für Autos interessiert und half einmal in der Woche in einer Autowerkstatt aus, um sein Taschengeld aufzubessern.

»In Amerika, in Oklahoma City, gibt es ein Hotel nur für

Autos. Das ist sieben Stockwerke hoch. Könnt ihr euch so was in Berlin vorstellen?«

»Wie nett, dass die Autos auch mal Urlaub machen dürfen«, warf Marie ein, was ihr einen Rippenstoß eintrug.

»Jetzt hört auf mit dem Unsinn«, brummte Leo.

Clara stellte ein Körbchen mit gekochten Eiern auf den Tisch. »Ich finde Fräulein Stinnes großartig. Sie fährt einen Adler Standard 6, habe ich gelesen.« Sie vermittelte geschickt wie immer, dachte Leo und zwinkerte ihr zu.

»Wenn ich erst Chemikerin bin und eine Stelle an einer Universität oder in einer großen Firma habe, kaufe ich mir auch ein Auto«, verkündete Marie entschlossen.

Leo staunte immer wieder, wie unterschiedlich seine Kinder geraten waren. Die elfjährige Marie plante gern, sie liebte Chemie und alles, was mit Naturwissenschaften zu tun hatte, Exaktheit und feste Regeln verlangte. Ihr älterer Bruder Georg dagegen arbeitete lieber mit den Händen, und Leo fragte sich, ob es überhaupt lohnte, ihn Abitur machen zu lassen, da er offensichtlich davon träumte, Automechaniker zu werden. Andererseits würde er es womöglich bereuen, wenn er irgendwann auf den Gedanken käme, Ingenieur zu werden, um selbst Autos zu bauen.

Leo stützte den Kopf in die Hand und betrachtete seine Familie. Es war nett, ein bisschen später zum Dienst zu gehen, sodass sie Zeit für ein gemeinsames Frühstück hatten. Die Eier gab es wohl als kleines Extra, weil er den Fall abgeschlossen hatte.

»Wir haben den nächsten Vortrag übrigens auf den 13. November verlegt, sonst hätten wir den Raum nicht bekommen«, sagte Clara. Sie hielt seit einiger Zeit literarische Vorträge an der Freien Sozialistischen Hochschule. Leo wusste, dass sie vorher immer nervös war und sich wünschte, dass er mitkam. Allerdings hätte sie das nie laut gesagt, um ihn nicht zu bedrängen. Ein Kriminalbeamter musste immer mit unvorhergesehenen Dingen rechnen, die eine Verabredung zunichtemachten. Doch er würde sich das Datum in den Kalender eintragen und alles daransetzen, dass er Clara begleiten könnte.

Der Mann mit dem Bürstenschnitt und dem gezwirbelten Schnurrbart saß hinter dem größten Schreibtisch, den Clemens Marold je gesehen hatte. Er gestattete sich den boshaften Gedanken, dass die Maße des Tisches im umgekehrten Verhältnis zu Alfred Hugenbergs geringer Körpergröße standen und diese durch die Wucht des Mobiliars ausgleichen sollten. Die Tischplatte war so blank poliert, dass sich die Deckenlampe kaum verzerrt darin spiegelte, und es lagen nur wenige Akten darauf. Das mochte von Fleiß zeugen oder davon, dass der Mann viele Zuarbeiter hatte und sich selbst nicht um lästigen Papierkram kümmern musste.

Marold schaute sich um. Der Raum hatte mit seiner dunkel-gewichtigen Einrichtung und den gerahmten Bildern deutscher und ausländischer Würdenträger etwas von einem Allerheiligsten, in dem zwei Göttern gehuldigt wurde: Deutschland und Alfred Hugenberg, wenn auch nicht unbedingt in dieser Reihenfolge.

Ein Glück, dass sein Gegenüber nicht Gedanken lesen konnte. Es war bekannt, dass Hugenberg keinerlei Humor besaß, was seine Person betraf.

»Nehmen Sie Platz, Herr Marold.« Hugenberg deutete auf einen der Sessel.

Marold zog das schwere Möbelstück nach hinten und ließ sich darin nieder. Es war geradezu militärisch straff gepolstert, von Komfort konnte keine Rede sein. Doch das ertrug er gern, wenn er dafür in Hugenbergs Privatbüro bestellt wurde. Denn Clemens Marold ahnte, dass ihn kein Tadel des Konzernchefs erwartete, im Gegenteil.

»Erlauben Sie mir, Ihnen herzlich zu gratulieren, Herr Geheimrat. Der Vorsitz der Deutschnationalen Volkspartei ist ein Amt, in dem Sie segensreich wirken werden.«

Hugenberg drückte die Schultern durch. »Ich danke Ihnen. Es ist eine Bürde, ein solches Amt auszufüllen, aber ich betrachte es als Ehre und werde alles tun, um Deutschland zu dienen. Daher ehrt mich das Vertrauen, das die Parteivertreter in mich setzen.«

Marold musste ein Lächeln unterdrücken. Gerade eben hatte er den Artikel im *Jungdeutschen* gelesen, der den vielsagenden Titel »Hugenbergs Pyrrhus-Sieg« trug. Darin wurde berichtet, dass die Mehrheit des Geheimrats denkbar knapp ausgefallen war, vielleicht sogar nur eine einzige Stimme betragen hatte, obwohl es keinen Gegenkandidaten gab.

»Im Übrigen werden wir alle verleumderischen Behauptungen zurückweisen«, fügte Hugenberg hinzu, als hätte er nun doch Marolds Gedanken gelesen. »Sie haben womöglich gesehen, was dieses Schmutzblatt schreibt.« Er hielt eine Ausgabe des *Jungdeutschen* hoch und ließ sie verächtlich auf den Tisch flattern. »Das lasse ich mir nicht gefallen.«

»Selbstverständlich nicht, Herr Geheimrat.« Allmählich wurde Marold ungeduldig. Hugenberg hatte ihn wohl kaum herbestellt, um über die Berichterstattung einer unbedeutenden Tageszeitung zu debattieren.

»Marold, Sie sind nun seit Jahren bei uns im Haus und haben sich vorbildlich bewährt, sowohl was politische als auch finanzielle Fragen angeht. Aber meine Ziele sind höhergesteckt. Geld ist nicht das, wonach ich strebe, sondern die nationale Gesundung unseres Vaterlandes. Zu diesem Zweck habe ich in den vergangenen Jahren einen schlagkräftigen Apparat geformt, der sich auf alle Bereiche der Presse und der damit verbundenen …«

Hugenberg, alles andere als ein begnadeter Redner, war für seinen hölzernen Umgang mit der deutschen Sprache in Wort und Schrift berüchtigt. Ihm zuzuhören erforderte Marolds ganze Disziplin.

»Wie Sie wissen, ist die WiPro eines unserer besten Pferde im Stall. Inzwischen drucken weit über tausend deutsche Zeitungen jeden Tag unsere Artikel, sodass man sagen kann, wir bestimmen, was die Leute in der Provinz lesen.«

Oh ja, das war ein besonders cleverer Schachzug gewesen, dachte Marold. 1916 hatte Hugenberg die Übernahme des einflussreichen Zeitungsverlags August Scherl in die Wege geleitet, in dem auflagenstarke Blätter wie der *Berliner Lokal-Anzeiger* erschienen, und war Aufsichtsratsvorsitzender geworden. Vor sechs Jahren dann hatte er die sogenannte »Wirtschaftsstelle für die Provinzpresse« gegründet, ein trockener, für Hugenberg typischer Begriff, hinter dem sich jedoch ungeheure politische Macht verbarg. Zeitungen im ganzen Reich erhielten täglich sauber verpackte, vorgefertigte Matrizen, aus denen sie nur noch ihre Druckvorlagen erstellen mussten. Die WiPro lieferte ihnen politische Leitartikel, Sportberichte und Unterhaltung, sodass sich die Zeitungen lediglich um den Lokalteil selbst kümmern mussten. Damit sparten sie Geld und Personal. Aber es bedeutete auch, dass die Leser dieser zahlreichen Zeitungen nur erfuhren, was Hugenberg und seine DNVP sie wissen lassen wollten. Im Reich gab es in vielen Orten nur eine einzige

Zeitung, sodass es für Hugenberg und seine mächtigen Geldgeber ein Leichtes war, die politischen Ansichten in die von ihnen gewünschten Bahnen zu lenken. Hinzu kam noch die Wochenschau, produziert von der Ufa, die seit letztem Jahr ebenfalls Hugenberg gehörte.

»Nun, da ich Vorsitzender der DNVP bin, werden noch ganz andere Gestaltungsmöglichkeiten auf mich und meine Freunde zukommen.« Er hielt kurz inne und räusperte sich. »Wie Sie wissen, ist im August mein geschätzter Weggefährte Herr Dr. Brüder verstorben, mit dem Sie auch zusammengearbeitet haben.«

Marold neigte pietätvoll den Kopf. »Ein schwerer Verlust für den Konzern, Herr Geheimrat.«

»Und auch für mich persönlich, sein Tod hat mich schwer getroffen. Bei meinen Bemühungen um den Parteivorsitz habe ich festgestellt, wie sehr mir Brüder fehlt. Und nun, da ich in dieses hohe Amt gelangt bin, brauche ich jemanden im Konzern, dem ich ebenso vertrauen kann, wie ich ihm vertraut habe. Einen Mann, der im Pressewesen erfahren ist und das Dickicht der Politik nicht scheut. Ich musste nicht lange überlegen, um mich für den mir als am besten geeignet erscheinenden Mann zu entscheiden.« Er legte eine wirkungsvolle Pause ein. »Hiermit übertrage ich Ihnen, Herr Dr. Marold, mit sofortiger Wirkung die Direktion der Zentralstelle der Redaktionen des August Scherl Verlags und damit die Verantwortung für die politische Ausrichtung und Berichterstattung unserer Zeitungen. Sie sind mir direkt unterstellt und nehmen nur von mir Handlungsanweisungen entgegen.«

Marold konnte seinen Triumph nicht verbergen und musste es auch nicht. Hugenberg sollte seine Freude ruhig sehen. »Ich danke Ihnen für Ihr Vertrauen, Herr Geheimrat. Es ist mir eine Ehre, ich werde diese große Aufgabe mit aller Leidenschaft erfüllen. Auch wenn ich es zutiefst bedaure, dass ein verdienter Mann wie Dr. Brüder nicht mehr unter uns ist.«

Hugenberg nickte. »Wir sollten unsere enge Verbindung jedoch diskret handhaben. Man macht sich angreifbar, wenn man zu offen vorgeht. Mein Erfolg besteht gerade darin, mit verdeckten Karten zu spielen, dem Gegner ein verflochtenes Labyrinth zu präsentieren, damit er nicht sieht, wie wir in Wahrheit arbeiten.«

»Verschwiegenheit ist unser Kapital.«

»So ist es. Übrigens möchte ich Sie dringend bitten, Remarque von der *Sport im Bild* im Auge zu behalten.«

»Worauf soll ich achten?«, fragte Marold, der sich wunderte, weshalb ein Sportredakteur besondere Aufmerksamkeit verdiente.

»Wie mir zu Ohren kam, hat er einen Buchvertrag mit Ullstein geschlossen. Es gefällt mir nicht, dass sein Roman bei unserer größten Konkurrenz erscheint. Vorabdruck in der *Vossischen*, heißt es. Mir schwant Übles, also Augen auf.«

Hugenberg erhob sich und reichte Marold die Hand, vermied es aber, ihn von unten anzusehen.

»Und nun gehen Sie frischen Mutes an die Arbeit.«

Im Korridor blieb Clemens Marold stehen und genoss die Wärme, die ihn durchflutete. Macht war wie ein Rausch, dachte er. Sex, Drogen, Alkohol, Geld, er hatte alles ausprobiert und dann erkannt, dass nichts berauschender war als Macht. Am berauschendsten war es jedoch, Macht über jene auszuüben, die es nicht merkten und sich für unantastbar hielten.

Er warf im Gehen einen Blick auf die Doppeltür mit den

Goldbeschlägen, hinter der sich Hugenbergs Büro befand, und lächelte zufrieden. Auf diesen Tag hatte er lange hingearbeitet.

FREITAG, 26. OKTOBER 1928

August Friese wankte die Kochstraße entlang. Seine dunkle Hose war feucht und schmutzig, der Mantel stank nach Urin – nicht seinem eigenen, er wusste schon, wohin er pissen musste, aber in dem Keller, in dem er untergekrochen war, hatte er eine Pfütze übersehen.

An der nächsten Ecke blieb er stehen und schaute an dem gewaltigen Haus empor. Trat rückwärts auf die Straße und sprang hastig wieder nach vorn, weil ein Auto hupend hinter ihm vorbeischoss.

Er war betrunken, aber nicht betrunken genug, um gnädig mit sich selbst zu sein. Hätte er mehr Mumm in den Knochen, dann würde er in das feine Haus marschieren, vorbei an dem aufgeblasenen Portier, den er von hier aus sehen konnte, rauf ins Büro, in dem der Kerl mit seinesgleichen hockte, und ihm tüchtig den Marsch blasen. Ihm vor den Augen der Kollegen eine reinhauen. Und allen erzählen, was für ein mieses Schwein er war. Mit welchen Tricks er arbeitete.

Endlich nahm er seinen Mut zusammen und setzte sich in Bewegung, wollte durch die Drehtür in die Eingangshalle, doch der Portier in seiner Operettenuniform vertrat ihm den Weg.

»Ich hab 'nen Termin«, nuschelte Friese, was den Uniformierten nicht beeindruckte.

Sein gewaltiger Schnauzbart zitterte, als er herablassend

verkündete: »Das glaube ich kaum. Gehen Sie schon weiter.«

Woher nahm der Kerl die Unverfrorenheit? Bildete der sich so viel auf seine blöde Uniform ein? Friese ließ sich nicht abwimmeln. Mit dem Mut, den ihm der Alkohol verlieh, drängte er weiter. »Doch, ich muss zu …« Verdammt, wo war nur der Name geblieben? Wo die Erinnerung sein sollte, klaffte ein schwarzes Loch. »Zur *B. Z. am Mittag*. Ich kenn da wen.«

Aber der Portier blieb unerbittlich. »Verschwinden Sie, sonst rufe ich die Polizei.« Er hob die Hand, um einen Schupo herbeizuwinken.

Friese wusste, dass er verloren hatte. Er begann zu lachen, stand einfach da vorm Ullsteinhaus, umbraust vom Verkehrslärm und den Rufen der Zeitungsjungen, und lachte. Er war besoffen, weil er keine Arbeit und kein Dach über dem Kopf hatte. Er hatte keine Arbeit und kein Dach über dem Kopf, weil ein Schwein so über ihn geschrieben hatte. Und nun ließ man ihn nicht vor zu diesem Schwein, das ihm das eingebrockt hatte, eben weil er besoffen war. Ein hübscher Kreis, dachte er benebelt.

Friese taumelte weiter, wohin, wusste er nicht. Nur weg hier, wo man ihn so …

Dann hörte er eine Stimme hinter sich, blieb stehen und drehte sich langsam um, stützte sich an einer Hauswand ab.

»Was machen Sie denn hier?«

Da stand er leibhaftig vor ihm, und jetzt wusste Friese auch wieder den Namen. Graf. Aber die Worte, die er sich für diesen Augenblick zurechtgelegt hatte, wollten nicht kommen. Er stand nur da und schaute den Mann an, dessen Gesicht vor seinen Augen zu verschwimmen schien.

»Sie arbeiten doch bei Siemens-Schuckert, stimmt's? Was

ist denn mit Ihnen passiert?«, fragte Graf und klang aufrichtig besorgt.

Friese warf einen Blick ins nächste Schaufenster. Sah und roch sich plötzlich, ungekämmt und abgerissen und nach Pisse stinkend.

Er lachte rau. »Wollen Sie das wirklich wissen? Für 'ne Wurst und 'ne Weiße erzähle ich's Ihnen.«

3

Montag, 5. November 1928

Bei Jaedicke in der Kochstraße drängten sich die Gäste an den runden Marmortischen, manche standen auch und hielten Kaffeetassen oder Teller mit Baumkuchen in den Händen. Andere rauchten nur. Hier ging es nicht um Bequemlichkeit, sondern darum, dem Körper Nahrung zuzuführen, damit man danach umso energischer wieder an die Arbeit eilen konnte. Außerdem diente das Café als Nachrichtenbörse. Den kürzesten Weg hatten die Ullsteiner, die nur die Straße überqueren mussten. Es gab zwar eine Kantine im Haus, die günstige Mahlzeiten anbot – von den Eigentümern aus eigener Tasche finanziert –, aber da gingen alle Angestellten hin, während hier die Schreiber unter sich blieben.

Auch die Verlagskollegen von Mosse und Scherl kamen hierher, denn die Berliner Presse war nicht nur vielfältig – sie wuchs und gedieh auch auf engstem Raum in der südlichen Friedrichstadt. Kochstraße, Zimmerstraße, Jerusalemer Straße, Schützenstraße – das waren die Adressen, an denen bei Mosse das *Tageblatt*, bei Scherl der *Lokal-Anzeiger*, bei Ullstein die *Vossische* und die *B. Z. am Mittag* entstanden und binnen Stunden in Berlin und dem ganzen Reich ausgeliefert wurden.

Das Stimmengewirr hing wie ein Schleier über den Köpfen, dann und wann durchbohrten Gelächter und spitze Bemerkungen das gleichmäßige Rauschen. Wann immer die Tür aufflog, drangen Motorenlärm und Hupen von der Kochstraße herein.

Hugo Behrendt linste wiederholt zu seiner Tischnachbarin, einer blonden jungen Frau mit Bubikopf, hinüber. Er hatte sofort ja gesagt, als sie gefragt hatte, ob der Stuhl am Zweiertisch noch frei sei. Er kannte sie vom Sehen und wusste, dass sie seit kurzem im Ullstein-Buchverlag arbeitete. Und er hatte mitbekommen, dass sie Jette Klammroth hieß. Er hätte gern mehr über sie erfahren, war aber ziemlich schüchtern, und sie schien es auch zu sein, was jeden Versuch einer Annäherung bislang torpediert hatte. Nun saß sie an seinem Tisch, und er brachte keinen brauchbaren Satz über die Lippen.

Hugo war beim Feuilleton der *B. Z. am Mittag* angestellt und hätte Fräulein Klammroth mit so mancher Anekdote unterhalten können – nur musste er dafür überhaupt erst eine Unterhaltung beginnen. Und genau das war der Haken.

Er löffelte seine Suppe und bemerkte, wie sie zu Moritz Graf hinüberschaute, der allein an einem Tisch saß. Graf war um die vierzig, ein schmaler, beinahe ausgemergelter Mann mit scharfem Profil, der Kaffee trank und dabei in ein Notizbuch kritzelte. Der erfolgreiche Reporter der *B. Z. am Mittag* war ein Einzelgänger, der ungern mit anderen zusammenarbeitete und sich partout nichts sagen ließ, auch nicht von den Ullsteins persönlich. Graf war dafür bekannt, dass er kaum Zeit im Büro verbrachte. Legendär war die Geschichte, dass er sich auf dem Dach des Ullsteinhauses eine Ecke mit Stuhl und Tisch eingerichtet hatte, um dort seine Artikel zu verfassen. Gesehen hatte diese Ecke allerdings kaum jemand, denn Graf war nicht der Typ, der sich über ungebetene Besucher freute. Jedenfalls trug die Geschichte zu seinem Ruf als Exzentriker bei, für die man im Zeitungsviertel eine Schwäche hatte.

Fräulein Klammroth tauchte ein Stück Bulette in den Senf und kaute langsam, während ihre Augen alles um sich herum begierig aufzunehmen schienen. Irgendwann, dachte Hugo und schob die runde Hornbrille zurecht, um sie besser zu betrachten, irgendwann gelingt es mir, sie anzusprechen. Vielleicht sogar jetzt gleich.

Er holte schon tief Luft, als eine Bewegung durch den Gastraum ging, eine Welle, die alle mitzureißen schien.

Köpfe schossen hoch, Besteck fiel klirrend auf die Tische. Ein junger, schmal gebauter Mann, dessen Haaransatz bereits nach hinten wanderte, war an Grafs Tisch getreten. Er nahm den Hut ab, hängte den Mantel über die Stuhllehne und winkte in Richtung Theke. »Kaffee und Baumkuchen!« Dann setzte er sich und schaute Graf gelassen an. Er hatte ein offenes, freundliches Gesicht, und in seinen Augen blitzte der Schalk.

Ein Geschenk des Himmels für Hugo Behrendt, denn Fräulein Klammroth fragte ihn tatsächlich, was denn da vorgehe.

»Wilder hat sich zu Graf gesetzt.«

Sie sah ihn verwundert an. »Na und? Ich habe mich doch auch zu Ihnen gesetzt. Ist eben eng hier.«

Er lächelte. »Man setzt sich nicht einfach zu Graf an den Tisch.«

»Erklären Sie mir das?«

Das ließ Behrendt sich nicht zweimal sagen.

»Wilder ist Österreicher, er hat schon einige Coups als Reporter für die *B. Z.* gelandet. Er schreibt meist kürzere

Feuilletons und Kritiken. Einmal war er zwei Monate als Eintänzer in einem Luxushotel und hat eine Reportage darüber verfasst. Die hat ganz schön eingeschlagen.«

Fräulein Klammroth machte große Augen. »Natürlich, die habe ich gelesen! Das war sehr interessant, wenn auch ernüchternd. So romantisch, wie man sich das vorstellt, war es ja nicht. Meinen Sie, Graf betrachtet Wilder als Rivalen? Was schreibt *er* denn so?«

»Graf ist auf Skandale aus, will aufdecken, aufklären, möglichst spektakuläre Geschichten bringen. Dafür schlüpft er in Rollen, arbeitet in verschiedenen Berufen und Milieus. Allerdings nimmt er wenig Rücksicht auf die Menschen, die er in gewisser Hinsicht täuscht.« Er fühlte sich plötzlich unbehaglich und setzte rasch hinzu: »Verstehen Sie mich nicht falsch, Graf ist ein fabelhafter Reporter.«

»Aber ihm fehlt der moralische Kompass?«

»Manchmal zumindest.« Er zuckte mit den Schultern. »Andererseits braucht man wohl eine gewisse Skrupellosigkeit, um in diesem Geschäft voranzukommen. Und er ist einer der Besten, nicht umsonst nennt man ihn ›der Graf vom Zeitungsviertel‹.«

Sie rührte lächelnd in ihrem Kaffee. »Wissen Sie, woran Graf gerade arbeitet? Was Sie über ihn erzählen, klingt spannend.«

Behrendt schüttelte den Kopf. »Ich habe nicht den blassesten Schimmer. Er ist sehr zurückhaltend, was das angeht. Man munkelt, er sage nicht einmal dem Chef, was er gerade treibt. Und dann landet er einen Coup, und die Heimlichtuerei ist vergeben und vergessen.« Er konnte sich die Anekdote nicht verkneifen. »Er arbeitet gern oben auf dem Dach, ob Sie's glauben oder nicht. Sein Freiluftbüro nennen es manche.«

Er schaute zum Nebentisch, wo Graf jetzt Wilder anfunkelte, der ungerührt auf ihn einredete. Leider verhinderte der Lärm im Café, dass Hugo hörte, was er sagte. Die Antwort fiel hingegen laut genug aus.

»Ich brauche keinen dahergelaufenen Galizier, der mir Geschichten liefert.«

Wilder zündete sich eine Zigarette an und deutete damit auf den Kollegen. »Ihr Hochmut bricht Ihnen noch das Genick.«

Worauf Graf aufsprang, ein paar Münzen auf den Tisch warf und wortlos das Café verließ.

Fräulein Klammroth sah ihm nach. »Ein interessanter Mann. Ich werde mir seine Reportagen wohl besorgen müssen.« Hugo spielte mit seinem Kaffeelöffel, während um ihn herum gelacht und diskutiert wurde. Er überlegte, was er Fräulein Klammroth noch erzählen könnte, und hörte nur mit halbem Ohr auf seine Umgebung, sodass sich die Gesprächsfetzen, die zu ihm herüberwehten, in eine Art Tongedicht verwandelten.

»… nicht bei Tag, das wäre zu geschmacklos …«

»Die neuen Schnitte … haben sich selbst übertroffen …«

»Correll ist ein anständiger Kerl, Hugenberg hin oder her …«

»Aber wird er die Ufa in den Tonfilm führen können?«

»… mir war's lieber, als sie nicht geredet haben …«

»Was hat Korff dazu gesagt?«

»Kinder, haben wir uns lange nicht gesehen!« Eine dunkelhaarige Frau im Sportkostüm trat an den Nachbartisch und wurde mit großem Hallo begrüßt.

Hugo sah seine Chance gekommen. »Das ist Gabriele Tergit«, sagte er. »Kennen Sie die? Erstklassige Frau. Gerichtsreporterin beim *Börsen-Courier*. Letztes Jahr hat sie über den Prozess wegen der Fememorde der Schwarzen Reichswehr geschrieben, das war spannend wie ein Roman.« Er verstummte. War er zu geschwätzig, hatte er sie überfahren?

Doch sie streckte ihm die Hand hin und lächelte. »Ich heiße übrigens Jette Klammroth, ich bin Assistentin im Buchverlag.«

»Hugo Behrendt, *B. Z. am Mittag.*«

Er ergriff ihre Hand, sie war warm und trocken. Sie fühlte sich gut an.

»Wie ist die Suppe heute?«, fragte Tergit nebenan und ließ sich auf einen Stuhl fallen.

»Schön heiß«, entgegnete Kurt Korff, der Herausgeber der *Berliner Illustrirten.*

»Na, dann lieber eine Wurst.« Tergit legte Korff die Hand auf den Arm. »Sag rasch, Lieber, wie die Wintermode wird. Was muss ich kaufen, um *en vogue* zu sein?«

»Das bist du doch immer, Liebste. Die Mode folgt den Frauen. Wir erahnen, was sie wollen, und geben es ihnen. Nicht umgekehrt.«

Mehr bekam Hugo nicht mit, denn er erzählte nun von der Feuerland-Expedition, über die sie demnächst berichten würden, und Jette Klammroth hing an seinen Lippen.

Und Billie Wilder saß da und verzehrte lustvoll seinen Baumkuchen.

Robert Walther stieg am Kaiserplatz aus der S-Bahn und ging in Richtung Weimarische Straße. Der Abend war regnerisch, aber nicht zu kalt. Verzerrt zuckten die Spiegelbilder der Leuchtreklamen über das regennasse Pflaster. Er klappte schützend den Mantelkragen hoch und beschleunigte seine Schritte. Es war ein langer Tag gewesen.

In einem Lebensmittelgeschäft am Kaiserplatz kaufte er

Brot und Aufschnitt, zögerte bei den Bierflaschen und kehrte ihnen dann den Rücken. Er trank nicht mehr allein. Er genehmigte sich das eine oder andere Bier, wenn er mit Kollegen in die Kneipe oder zu einer Versammlung ging, mehr nicht.

Manchmal fiel es ihm schwer, die Flaschen im Regal zu lassen, vor allem an Abenden wie heute, an denen er nichts zu tun hatte, aber bis jetzt war es ihm gelungen, und so sollte es auch bleiben.

Er verdrängte die Erinnerung an früher, als er bei solchem Wetter mit Leo und den anderen auf eine Suppe zu Aschinger gegangen war. Nach seiner Versetzung hatte er den Freund monatelang nicht gesehen – bis letzte Woche, als er Leo im Präsidium begegnet war.

Er sollte über einen Fall berichten, der sich in seinem Revier ereignet hatte. Da sein Vorgesetzter Ludwig Richter verhindert war, musste Walther ins Präsidium. Er war ungern zum Alexanderplatz gefahren, da er befürchtete, dort ehemalige Kollegen zu treffen. Er wusste nicht, ob Leo die Gründe für seine Versetzung bekanntgemacht hatte. Falls nicht, hatte es sicher wilde Spekulationen gegeben.

Also hatte er die Inspektion A, in der er so lange gearbeitet hatte, peinlichst gemieden, einen Umweg in Kauf genommen und das Präsidium durch einen anderen Eingang betreten. Alles war gut gegangen, er hatte die fragliche Abteilung erreicht, ohne Bekannten zu begegnen. Er hatte seine Meldung erledigt, denselben Weg zurück genommen und wollte gerade durch die Tür auf die Straße treten, als ihm ein Mann entgegenkam, der abrupt stehenblieb, als er Walther bemerkte.

Leo hatte nur kurz innegehalten und war dann mit ausgestreckter Hand auf ihn zugekommen.

»Robert! Das ist ja eine Überraschung. Kommst du auf eine Tasse Kaffee mit nach oben?«

Walther hatte mit sich gekämpft und dann den Kopf geschüttelt. »Danke, aber ich muss zurück ins Büro.«

Er hatte die Enttäuschung in Leos Gesicht bemerkt und keine Genugtuung empfunden. Im Gegenteil, er hatte sich geschämt, weil er nur zu gut wusste, dass er nicht aus Zeitnot, sondern aus Feigheit abgelehnt hatte. Walther konnte sich den früheren Kollegen nicht stellen, wollte nicht den vertrauten Flur mit den Büros betreten, in denen er so selbstverständlich ein- und ausgegangen war. Er wollte nicht von den banalen Fällen erzählen, mit denen er sich auf seinem Revier beschäftigte, während seine Kollegen nach wie vor spektakuläre Kapitalverbrechen aufklärten.

Es war, als hätte Jennys Verrat ihn so verunsichert, dass er sich selbst nicht mehr kannte. Leo war der Einzige, mit dem er darüber hätte sprechen können, aber sie schienen dieser Tage auf gegenüberliegenden Seiten eines Abgrunds zu stehen, den er nicht zu überbrücken wusste.

Fast hätte er seine Straße verpasst, so tief hatte er sich in seine Gedanken fallenlassen. Das war gefährlich, dachte Walther, er musste sich beherrschen. Disziplin. Nach vorn schauen.

Er wusste nicht, ob er jemals in die Inspektion A zurückkehren würde, ob die Freundschaft mit Leo noch zu retten war, aber er hatte neue Bekanntschaften geschlossen. Es mochten keine engen Freundschaften sein, aber sie konnten ihm nützen.

Für Robert Walther gab es eine Zukunft, auch jenseits des Alexanderplatzes.

4

Dienstag, 13. November 1928

Applaus brandete auf, als Clara Wechsler am Rednerpult die Mappe zuklappte. Sie hatte über die Romane Joseph Roths gesprochen, vor allem über *Das Spinnennetz*, der ihr sehr am Herzen lag. In seiner Hauptfigur Theodor Lohse konzentrierte sich für sie die Gefahr, die von jenen Menschen ausging, die nach unten traten und nach oben buckelten, die sich stets ungerecht behandelt fühlten und die Schuld bei jenen suchten, die man ihnen als Feindbild präsentierte, wie im Roman die Juden. Die andere verrieten, um sich bei ihren Vorgesetzten beliebt zu machen, die sich in eine Vergangenheit zurücksehnten, in der sie, so glaubten sie zumindest, einen Status besessen hätten, der ihnen von Natur aus gebührte und um den man sie betrogen hatte.

»Erinnern wir uns an die Worte des ehemaligen Reichskanzlers Wirth: ›Da steht der Feind, der sein Gift in die Wunden eines Volkes träufelt. Da steht der Feind, und darüber ist kein Zweifel: Dieser Feind steht rechts!‹ Und dort steht er noch immer. Was Roth vor fünf Jahren schrieb, gilt heute umso mehr«, erklärte Clara abschließend. »Denn wer hat damals in Wirths Rede hineingeschrien, mit der er Walther Rathenaus gedachte? Die Abgeordneten der DNVP. Und nun hat Hugenberg den Vorsitz dieser Partei inne. Er räumt gewaltig auf, und alle, die ihm zu gemäßigt sind, nehmen den Hut, freiwillig oder unter Zwang. Aber es gibt viele, die sich beugen und seiner Führung folgen werden. Und sein Weg führt geradewegs an die Seite der NSDAP. Seien wir wachsam! Ich danke für eure Aufmerksamkeit.«

Sie verbeugte sich leicht und verließ das Podium, obwohl der Applaus lange anhielt. Unten wartete Elly Kaiser und umarmte sie. »Gut gebrüllt«, flüsterte sie ihr ins Ohr.

Elly hatte Clara vor etwa einem Jahr für die Freie Sozialistische Hochschule angeworben, um ab und zu dort Vorträge über Literatur zu halten, die das politische Programm ergänzten. Elly war Sekretärin der SPD-Fraktion im Reichstag. Sie lebte mit einem Mann zusammen, mit dem sie nicht verheiratet war, und hatte im vergangenen Jahr eine kleine Tochter namens Hanna geboren. Dass sie eine sogenannte ledige Mutter war, kümmerte sie nicht.

»Ich glaube, ich habe mich richtig in Rage geredet. War es zu politisch?«, fragte Clara.

Elly lachte. »Unsinn, das war wunderbar. Und dass du noch den Schlenker zu Hugenberg geschafft hast – ausgezeichnet. Dieser Mann … Oh, da will dir jemand gratulieren.« Sie trat lächelnd beiseite, als Leo Wechsler dazukam, Elly begrüßte und Clara auf die Wange küsste.

»Ich hatte gedacht, du schaffst es nicht«, sagte sie und strahlte ihren Mann an.

»Es sollte eine Überraschung sein.« Er trug seinen besten Anzug und hatte die Haare zum zweiten Mal am selben Tag mit Brillantine frisiert, was er gar nicht mochte.

»Die ist dir gelungen.« Dann schaute sie hinüber zu dem kleinen Verkaufstisch ihrer Buchhandlung, den sie vorhin mit Elly aufgebaut und vor dem sich eine Schlange gebildet hatte. »Verzeih, Leo, aber ich kann die Leute nicht warten lassen.«

»Geh nur.« Er schaute ihr nach. Sie bewegte sich anmutig, und das schimmernde dunkelgrüne Kleid betonte ihre rötlichbraunen Haare. Leo war so in den Anblick versunken, dass er Elly Kaiser völlig vergaß. Jedenfalls bis sie ihn ansprach.

»Sie sehen sehr stolz aus, Herr Wechsler.«

»Oh ja. Das bin ich«, sagte er und rieb sich verlegen den Nacken. »Nicht jeder kann seine Frau bei einem Vortrag vor großem Publikum erleben.«

»Nicht jeder will das«, konterte sie lachend. »Aber ich weiß, dass Sie nicht zu dieser Sorte Mann gehören, das hat Clara mir oft genug erzählt.«

Er lachte auch. »Ich hoffe, sie langweilt Sie nicht damit.«

»Ganz und gar nicht. Meist sprechen wir über Politik oder Bücher, aber dann und wann natürlich auch über unsere Männer. Wobei ich zugegeben lieber von Ihrer beruflichen Arbeit höre als von Ihren Vorzügen als Ehemann«, erklärte Elly entwaffnend. »Da war doch dieser aufsehenerregende Fall im Ballhaus. Und die Sache mit dem Cabaret des Bösen gleich zu Jahresanfang.«

Leo nahm sich ein Glas Bier vom Tablett. »Nicht alle Fälle sind so spektakulär wie diese, und nicht alle erhalten so viel Aufmerksamkeit in der Presse.«

Sie schien seine Gedanken zu lesen. »Aber alle verdienen den gleichen Respekt?«

»So ist es.« Er trank einen Schluck. »Es macht nicht viel her, wenn im Wedding eine Näherin im zweiten Hof von ihrem Ehemann erschlagen wird. Das gibt eine Notiz in der Zeitung, vielleicht noch eine, wenn der Mann verurteilt wird. Aber für die Kinder, die das mitansehen, ist es gleichgültig, ob die Presse den Fall banal oder sensationell findet. Sie haben Mutter und Vater verloren, kommen womöglich ins Heim, werden voneinander getrennt. All das interessiert die wenigsten.« In seiner Stimme schwang leise Bitterkeit mit. »Niemand hätte sich für die Garderobiere interessiert, wäre sie nicht ausgerechnet im Hof von Clärchens Ballhaus getötet worden. Oder für den abgerissenen ehemaligen Soldaten, der tot neben Louis Lemasques Cabaret gefunden wurde.«

Elly sah ihn aufmerksam an. »Macht Ihnen das nicht zu schaffen? Ihr Mitgefühl, meine ich.«

»Gelegentlich. Aber was wären wir ohne Mitgefühl?«

Sie sah ihn nachdenklich an. »Da haben Sie recht.«

Leo wechselte das Thema. »Clara erwägt, in die Partei einzutreten.«

»Was halten Sie davon?«

»Ist das eine Fangfrage?«, meinte er belustigt. »Da müssen Sie früher aufstehen. Es ist einzig und allein ihre Entscheidung.«

»Sie selbst sind auch nicht unpolitisch, oder?« Elly Kaiser hatte eine direkte Art, die überraschend, aber nicht unangenehm war. Sie schaute auf die Narbe an seiner linken Schläfe, wo ihn vor Jahren ein Gummiknüppel getroffen hatte. Der Gummiknüppel eines Polizisten, der Leo daran hindern wollte, einen demonstrierenden Arbeiter zu schützen.

»Nein.« Er zögerte. »Und Claras Worte können einen aufrütteln, nicht wahr?«

»Oh ja. Schauen Sie.« Sie deutete auf den Bücherstand, um den sich die Leute drängten. »Sie macht ein gutes Geschäft heute Abend. Und der rote Joseph auch.«

Sie lachte, als Leo sie fragend ansah. »Roth schreibt auch für den *Vorwärts*.«

»Der Hugenberg ein Dorn im Auge ist.«

»Sie kennen sich ja gut in der Presselandschaft aus, Herr Wechsler.«

Er hob abwehrend die Hand. »Ich lese Zeitung, damit endet mein Expertentum. Aber dass Hugenberg es nicht mit den Sozialdemokraten hat, ist kein Geheimnis.«

»Und sie es nicht mit ihm.« Elly hob ihr Glas. »Darauf trinken wir.«

Der Pianist sah aus, als spielte er nur für sich. Über die Tasten gebeugt, fast gekrümmt, den Kopf dabei schräg nach oben gewandt, als wollte er nicht sehen, was seine Finger taten. Moritz Graf aber wusste es besser. Lenny musste nicht hinsehen, denn nichts von dem, was er um diese Uhrzeit spielte, hatte es je zuvor gegeben, nichts davon war in Noten aufgezeichnet worden. Wenn die anderen Musiker gegangen waren, improvisierte Lenny. Die Musik entstand in ebenjenem Augenblick, in dem sie aus ihm herausfloss.

Graf selbst war ein Mann des Wortes, doch diese Musik in Worte zu fassen, gelang ihm nicht. Nie hätte er darüber schreiben oder auch nur annähernd wiedergeben können, was er empfand, wenn er Lenny hörte. Graf kam meist erst in den Club, wenn die anderen Gäste schon wieder aufbrachen und es leerer wurde. Es ging ihm nicht um Gesellschaft oder Zerstreuung. Wenn Lenny spielte, war es wie eine Begleitmusik zu seinen Gedanken, die nie störend, sondern anregend und herausfordernd war.

Und wenn Lenny endlich den Deckel behutsam schloss, als wäre das Klavier aus Glas, den Hocker zurückschob, nach der Schirmmütze griff und mit wiegendem Schritt, die Zigarette im Mundwinkel, zu Graf herüberkam, begann das freundschaftliche gemeinsame Schweigen.

Doch sie schwiegen nicht immer. Manchmal erzählte Lenny

von seiner kleinen Heimatstadt in Georgia, der kargen Kindheit, wie er nach Chicago gegangen war, um als Musiker sein Glück zu suchen, und irgendwann gehört hatte, dass man in London, Paris und Berlin ganz anders leben konnte. Dass die Leute dort seine Musik liebten und ihn zuerst als Musiker und dann erst als schwarzen Mann betrachten würden. Es stimmte nicht ganz, sagte er lächelnd. Bisweilen glotzte man ihn auf der Straße an, zogen Mütter ihre Kinder rasch an ihm vorbei, aber die meisten wollten vor allem seine Musik hören und bewunderten ihn dafür.

Wenn Lennys anfangs noch stockendes Deutsch und Grafs rudimentäres Englisch nicht ausreichten, füllten sie die Lücken eben mit Gesten. Sie verstanden einander immer irgendwie und verabschiedeten sich stets mit einem Handschlag und ohne einen Tag zu nennen, an dem sie sich wiedersehen würden. Ihre Freundschaft funktionierte ohne Daten und Uhrzeiten.

Lenny spielte selbstvergessen, und Graf trank. Er war kein großer Trinker, aber heute war ihm danach. Er hatte einen kleinen Sieg errungen und wollte sich dafür belohnen. Also Musik und Schnaps und dann hoffentlich noch ein bisschen Zeit mit Lenny.

Der Sieg befriedigte ihn ungemein. Als Ernst Wallenberg ihn am frühen Abend in sein Büro zitiert hatte, war Graf völlig klar gewesen, worum es ging.

Der Chefredakteur, dessen Halbglatze von einem krausen Haarkranz umrahmt wurde, hatte ihn über die kreisrunde Brille angesehen und zu seiner Rede angesetzt.

»Herr Graf, Sie kennen das Prinzip unserer Zeitung. Sie wissen, warum unsere Auflage bei kolossalen 600 000 Exemplaren am Tag liegt. Wir haben alle anderen deutschen Zeitungen weit hinter uns gelassen, weil wir den Lesern etwas bieten, das ihnen bei anderen fehlt: objektive, sachliche Darstellungen, die nicht von politischer Meinung gefärbt sind.« Er hatte sich in Rage geredet. »Wir trommeln nicht für die Sozialdemokraten oder die Kommunisten oder das Zentrum – wir sind für alle da. Wir liefern die Informationen, und das Publikum bildet sich die Meinung. So geht das in einer Demokratie.«

Graf hatte die Arme verschränkt, um seinen Widerstand zu signalisieren. »Das kann ich nicht.«

Wallenbergs Kopf war hochgeschossen. »Was soll das heißen, Sie können das nicht? Sie sind einer der Besten bei Ullstein, was sage ich, einer der besten Journalisten in der Hauptstadt, auf gleicher Höhe wie Kisch und Tucholsky. Das wissen Sie, das weiß ich, und darum lasse ich Ihnen auch fast jede Freiheit. Aber ich kann Ihnen nicht gestatten, wochenlang eine Geschichte zu recherchieren, ohne dass Sie mir wenigstens einen Hinweis liefern, worum es geht.«

Kritik, verpackt in Schmeichelei. Das war nicht neu. Er war aufgestanden. »Ich kündige.«

Er tauchte lange genug aus seinen Erinnerungen auf, um einen weiteren Schnaps zu bestellen. Die Kellnerin stellte ihm das Glas wortlos hin, ihr war wohl nach Feierabend. Doch solange Lenny spielte, blieb der Club offen.

Wallenberg hatte die Beherrschung verloren. »Setzen Sie sich! Lassen Sie den Unsinn, wir sind doch erwachsene Menschen.«

»Erwachsene Menschen haben eine Meinung und sagen sie auch. Ich gehöre keiner Partei an. Aber ich nehme mir die Freiheit, jemanden einen Lumpen zu nennen, wenn er einer ist.« Er hatte die Hände in die Hosentaschen gestoßen und sich vorgebeugt. Er kannte Wallenberg lange genug, um zu wissen, worum es eigentlich ging.

»Sie haben mich nicht herzitiert, weil ich mehr Zeit für meine Recherche haben will. Sie wollen mir die Leviten lesen, weil ich Hugenberg einen Giftzwerg genannt habe, was er zweifellos ist. Seine Körpergröße ist umgekehrt proportional zu seiner Aufgeblasenheit, Wichtigtuerei und, am schlimmsten, seiner schamlosen Annäherung an die Nazis.«

Wallenberg hatte resigniert die Hände nach außen gekehrt. »Sie haben ja recht, Graf. Ich unterschreibe jedes Wort. Aber nicht, wenn es in unserer Zeitung steht.«

Damit hatte Graf sich zufriedengegeben. Der Chefredakteur hatte seine Heuchelei eingestanden, das genügte ihm. »Na schön. Ich verspreche Ihnen, Hugenberg nie wieder einen Giftzwerg zu nennen, und nehme die Kündigung zurück. Sie bekommen übermorgen den ersten Teil der Reportage. Dafür geben Sie mir danach Zeit, um nur an dem Projekt zu arbeiten. Und im Übrigen stehe ich nicht für Herrn Wilders Vorschläge zur Verfügung. Wünsche einen angenehmen Abend.«

Er hatte Wallenbergs Antwort nicht abgewartet, aber das war auch nicht nötig. Moritz Graf hatte kaum Freunde im Verlag, doch er kannte seinen Wert.

Und nun saß er hier und kostete seinen kleinen Triumph aus.

Plötzlich wurde es still. Lenny stand auf und klappte den Deckel zu. Dann kam er zu Graf herüber, setzte sich und beugte sich vor. »Let's drink, my friend.«

Auf dem Heimweg legte Leo den Arm um Claras Schultern. Sie schmiegte sich an ihn, die Aktentasche schwang in ihrer rechten Hand.

»Dein Vortrag hat mir sehr gefallen«, sagte Leo. »Schade,

dass Roth den Roman nicht zu Ende geschrieben hat. Was mag ihn davon abgehalten haben?«

Clara zuckte mit den Schultern. »Kann sein, dass es praktische Gründe hatte. Er schrieb damals für so viele Zeitungen, reiste zwischen Wien und Berlin hin und her. Aber es wäre auch denkbar, dass die Ideen versiegt sind, dass der Plan, den er sich für den Roman vorgenommen hatte, nicht funktionierte. Ich würde ihn fragen, wenn er hier wäre, aber man sagte mir, er sei für die *Frankfurter Zeitung* in Italien unterwegs.«

Leo schwieg nachdenklich. Dann sagte er: »Der Roman klingt stellenweise fast bedrohlich.«

»Du meinst, wegen der Nationalsozialisten?«

»Ja. Sicher, sie haben bei der letzten Wahl keine drei Prozent geholt, aber Hitler redet demnächst im Sportpalast. Sie rechnen mit einem ausverkauften Haus. Offenbar reißt er die Leute mit.«

Clara wirkte still.

»Verzeih, ich wollte dir nicht den Abend verderben«, sagte er rasch. »Nur haben mir deine Worte zu denken gegeben.«

Sie drängte sich enger an ihn. »Leo, du verdirbst mir nicht den Abend. Ich war es doch, die darüber gesprochen hat, und mir macht es auch Sorgen. Und jetzt noch Hugenberg als Parteivorsitzender.« Sie holte tief Luft. »Aber ich bin glücklich, dass du dabei warst. Und dass wir hier durch den Nieselregen gehen und zusammen sind. Das ist doch nicht so schlecht.«

Er blieb stehen und umfasste ihr Gesicht mit beiden Händen. »Nicht schlecht? Es ist das Beste auf der Welt.«

Sie gingen weiter, Hand in Hand wie Jungverliebte.

5

Donnerstag, 15. November 1928

Hugo Behrendt saß am Schreibtisch und mühte sich mit einem Artikel über den Film *Liebe im Kuhstall* ab, den er nur mit Hilfe zweier Flaschen Bier ertragen hatte. Schon die Einordnung als »Bauern- und Liebeslustspiel« war abschreckend gewesen, doch nichts hatte ihn auf den absoluten Stumpfsinn der Geschichte vorbereitet, die sich um die amourösen Eskapaden einer drallen Kuhmagd namens Marischka drehte, die sich am Ende als reiche Gräfin entpuppte. Hätte nicht Henny Porten die Hauptrolle gespielt, wäre ihm die Besprechung womöglich erspart geblieben, doch die Leute wollten Henny Porten, also musste er liefern.

Dass er in einem großen Büro inmitten klappernder Schreibmaschinen, klingelnder Telefone und quietschend umherrollender Aktenwagen saß, machte es nicht einfacher. In einer Zeitungsredaktion konzentriert zu arbeiten, auch wenn um einen herum die Hölle tobte, gehörte eigentlich zum Rüstzeug eines Journalisten, doch bisweilen fiel es ihm schwer. Vor allem, wenn er über etwas schreiben musste, das ihn nicht im Geringsten interessierte, so wie heute.

Kürzlich hatte er *Zuflucht* besprochen, das war ein prima Film mit der Porten gewesen. Der hatte Tiefe, spiegelte aufrichtige Gefühle wider, zeichnete ein schonungsloses Bild der

Hauptstadt. Aber die Leute wollten Zerstreuung, also ab in den Kuhstall.

Moment – das war ein guter Titel!

AB IN DEN KUHSTALL!

So heißt es für die beliebte Henny Porten, die sich in Carl Froelichs Bauernlustspiel einmal mehr als patente Frau erweist, welche einen Bauernhof und alle dort vorhandenen Männer gehörig auf den Kopf stellt. Dabei kommt ihr humoristisches Talent zur Geltung, und die Geschichte bietet ihr Gelegenheit, es den Herren der Schöpfung tüchtig zu zeigen.

Aus dem Ensemble ragt weiterhin Felix Bressart als Gerichtsvollzieher heraus, der hier sein Filmdebüt gibt. Es ist zu hoffen, dass er weitere Rollen erhält, die seine launige Art einem größeren Publikum bekanntmachen.

Insgesamt ist dies eine Komödie, die Henny Portens große Anhängerschar erfreuen wird, während ein weniger geneigtes Publikum sie nur bedingt genießen kann.

Hedy Neumann trat an den Schreibtisch, las über Hugos Schulter hinweg den Artikel und lachte los. Dann ließ sie sich auf den Stuhl gegenüber fallen, ohne auf eine Einladung zu warten, und zündete sich eine Zigarette an.

»Ich beneide dich wirklich nicht.«

»Wie meinst du das?«

Hedy, die mit ihrem Herrenschnitt wie ein hübscher Junge aussah, schaute ihn unverhohlen mitleidig an. »Hugo-Schatz, du bist der falsche Mann für das Ressort.«

Er wollte hochfahren, doch sie hob beschwichtigend die Hand. »Ich meine, du bist zu gut dafür. *Liebe im Kuhstall*, also ehrlich. Du gehörst ins Feuilleton der *Vossischen.* Oder zum *Tageblatt.* Wir machen vor allem Unterhaltung. Das ist Perlen vor die Säue.«

Sie beugte sich vor, zog das Blatt aus der Maschine und begann, wild darin herumzukritzeln. Dann schob sie es Hugo hin. »So ist es besser. Heute empfiehlst du die Schmonzette, und morgen bewirbst du dich bei einer anderen Zeitung.«

Er sah sie mit schiefgelegtem Kopf an. »Damit du die Filmkritiken übernehmen kannst?«

Hedy spielte mit seinem Füller und zog die Augenbrauen hoch. »Selbstverständlich. Ich kann das einfach besser. Und du gehörst ins echte Feuilleton. Wo es um Kunst geht, nicht um Kuhstall.«

Hugo schaute verlegen auf seine Hände. »Ich weiß nicht, ob du damit recht hast.«

»Ich habe immer recht. Du brauchst mehr Selbstvertrauen.« Sie öffnete und schloss die Kappe des Füllers und musterte ihn prüfend. »Sag mal, wer war eigentlich die Blonde, mit der du neulich bei Jaedicke so angeregt geplaudert hast?«

Hätte er Hedy nicht so gut gekannt, wäre er auf den Gedanken gekommen, sie könnte eifersüchtig sein. »Die ist beim Buchverlag«, sagte er betont beiläufig.

»Und?«

»Was, und?« Ihm ging die Fragerei auf die Nerven, aber Hedy hatte seinen Artikel verbessert, also musste er wohl gute Miene machen.

»Habt ihr euch verabredet?«

»Nein.«

»Dann solltest du dringend im Buchverlag vorbeischauen. Seit du mit ihr geredet hast, siehst du so verhungert aus. Also gefühlsmäßig verhungert. Das kann ich nicht ertragen.«

Hugo riss ihr den Füller weg und legte ihn energisch auf den Tisch. »Hedy, es reicht! Mein Liebesleben organisiere ich immer noch selbst.«

Sie zog vielsagend die Augenbrauen hoch. »Na schön, anderes Thema.« Doch bevor sie weitersprechen konnte, kam Bernd Wilmert, der Politikredakteur, herein.

»Habt ihr gehört? Die *Sport im Bild* hat Remarque als Chefredakteur entlassen. Fristlos!«

Hedy sah Wilmert überrascht an. »Warum?«

Doch Hugo ahnte etwas. »Wegen des Romans?«

Seit fünf Tagen erschien Remarques Roman *Im Westen nichts Neues* bei Ullstein in der *Vossischen* und trieb die Auflage gewaltig in die Höhe. Die Zeitung war neuerdings immer komplett vergriffen. Die *Sport im Bild* hingegen war ein Scherl-Blatt und gehörte somit zum Hugenberg-Konzern.

»Das nehme ich an. Eine kritische Betrachtung des Krieges aus der Sicht eines einfachen Soldaten? Das dürfte Hugenberg kaum gefallen.«

Schon waren sie mitten in der schönsten Diskussion, und Hugo war erleichtert, dass er nicht mehr über Fräulein Klammroth ausgefragt wurde.

»Wo steckt Graf?«, donnerte Ernst Wallenberg. Alle Köpfe in der Redaktion schnellten hoch.

Bernd Wilmert zuckte mit den Schultern. »Sie wissen ja, Herr Wallenberg, dieser Mann ist einfach nicht zu fassen.«

Doch der Chefredakteur war nicht zu Witzen aufgelegt. »Hat ihn jemand gesehen? Er hat mir für heute den ersten Teil der neuen Reportage zugesichert. Ich warte seit Wochen drauf. Wenn sie nicht um zwölf in den Satz geht, fliegt er raus. Ohne Pardon. Bestellen Sie ihm das.«

Die Tür schlug hinter ihm zu, dass die Scheiben klirrten.

Hugo Behrendt räusperte sich. »Diesmal meint er es ernst.«

Hedy spannte ein neues Blatt in die Maschine und sagte, ohne die Zigarette aus dem Mund zu nehmen: »Graf ist nie zu spät, das wisst ihr doch. Man sieht ihn den ganzen Tag lang nicht, und dann, wie von Zauberhand, geht der Artikel in den Satz. So läuft es immer, verlasst euch drauf.« Dann tippte sie wild drauflos, ihre Finger flogen nur so über die Tasten.

»Weiß jemand, woran er sitzt?«, fragte Hugo. »Wenn er wochenlang an etwas schreibt, muss es was ganz Besonderes sein. Und dann in mehreren Teilen, das könnte sensationell werden.«

Wilmert schüttelte den Kopf. »Ich weiß nie, woran er schreibt. Wir sind seit Jahren Kollegen, und ich weiß nichts über ihn, außer dass er Jazz mag und Kaffee ohne Zucker trinkt.«

»Jazz?«, fragte Hugo staunend. »Hat er dir das erzählt?«

Wilmert brach in Gelächter aus. »Machst du Witze? Ich hab ihn zufällig in einer Schallplattenhandlung getroffen, da hat er nach Aufnahmen von Jelly Roll Morton gefragt.«

»Und der Zucker?«, warf Hedy beim Tippen ein.

»Jemand hat gewagt, ihm gesüßten Kaffee zu bringen. Er hat die Tasse an die Wand geworfen.«

Damit war das Thema erledigt.

Hugo hatte sich einem Artikel über den neuen Film *Frauenarzt Dr. Schäfer* zugewandt, einem fortschrittlichen Werk, das sich mit dem Abtreibungsverbot beschäftigte und Hans Albers ungewohnt mit Monokel präsentierte. »Hedy, das hier dürfte dir gefallen. Eine Frau hat Regie geführt, und das Drehbuch ist auch von einer Frau.«

»Erwähn das bloß«, mahnte sie ihn. »Am liebsten würde ich es selbst schreiben.«

»Der Tag wird kommen.« Er kniff ihr ein Auge, und sie zwinkerte zurück. Vielleicht ahnte sie, dass er sich bei der *Vossischen* bewerben würde.

Hugo arbeitete weiter, ohne auf die Uhr zu sehen, zog den fertigen Artikel aus der Maschine und stand gerade auf, als Uhlmann, der Metteur, die Redaktion betrat.

»Nächstes Mal geben Sie einen aus, wenn ich vor Ihnen fertig bin«, sagte er triumphierend und reichte Uhlmann das Blatt.

Der warf einen Blick drauf. »Zu lang. Da müssen wir streichen.«

»Sie müssen wohl immer das letzte Wort behalten.«

Uhlmann sah sich um. »Ich warte auf einen Artikel von Moritz Graf, der von Wallenberg groß angekündigt wurde. Soll auf die Titelseite. Wenn der jetzt nicht kommt, ist es damit Essig. Dann nehmen wir den Unfall mit dem Bolle-Wagen am Potsdamer Platz. Siebenhundert Liter Milch fluten Kreuzung.«

»Ich sehe mal nach, ob ich ihn finde«, bot Hugo an und streckte sich. Er konnte eine Pause gebrauchen. »Hedy, soll ich dir was zu essen mitbringen?«

»Ja, bitte. Eine Wurst mit Schrippe und eine Zimtschnecke«, sagte sie, ohne von der Maschine aufzublicken.

Er sah sich im Korridor um, schaute in die Redaktionen der anderen Zeitungen, steckte sogar den Kopf in den Toilettenraum und rief: »Sind Sie hier, Herr Graf?« Keine Antwort.

Bei den Fahrstühlen kam ihm ein Gedanke, und er drückte rasch den Knopf. Als die Tür aufging, sah er sich Fahrstuhlführer Schulze gegenüber, einem Original mit Mutterwitz, das alle und jeden im Hause kannte.

»Tach, Herr Behrendt, wohin darf ick Ihnen bringen?«

Er stieg ein und grinste. »Erdgeschoss, bitte. Und, Schulze, haben Sie Herrn Graf schon gesehen?«

»Heute nich. Jestern Abend zuletzt.«

»Wann war das?«

»Na ja, um achte ist Graf noch mal hochjefahren, vierter Stock. Danach hab ick ihn nich mehr jesehn.«

Sie hielten mit einem Ruck im Erdgeschoss, doch Hugo bedeutete Schulze, die Tür noch nicht zu öffnen.

»Er wird dringend gesucht. Sein Artikel ist überfällig.«

Schulze lachte. »Det jloob ick nich. Der ist doch pünktlich wie die Maurer.«

»Diesmal nicht.«

Hugo trat auf die Straße, wo ihn der Verkehrslärm wie ein Schlag traf. Selbst wenn den ganzen Tag Telefone klingelten und Schreibmaschinen ratterten, war das nichts gegen das Tohuwabohu in den Straßen der südlichen Friedrichstadt. Busse, Straßenbahnen, Fahrräder, Autos, dazwischen Botenjungen, die schwer bepackt von den Redaktionen in die Druckereien rannten. Und gleich würde sich die Flotte mit den Lieferwagen auf den Weg machen, um die *B. Z. am Mittag* auszuliefern. Denn die schnellste Zeitung der Welt brauchte nicht mal eine Stunde vom Satz zum Druck.

Heute aber würde sie ohne Moritz Grafs Titelgeschichte erscheinen. Bei dem Gedanken überfiel Hugo Behrendt das erste Unbehagen.

Leo war dabei, den Schlussbericht abzufassen. Es war ein traurig banaler Fall gewesen, Mord aus Habgier, und die Niederschrift reichlich ermüdend. Er schrieb von Hand und würde den Bericht an eine Stenotypistin weitergeben, da sich Fräulein Meinelt den ersten Urlaub seit langem gönnte, zwei

Wochen bei ihrer Schwester in München. Man hatte ihm eine Vertretung angeboten, doch er und Fräulein Meinelt waren aufeinander eingespielt, und er wollte sich nicht umgewöhnen.

Das Telefon klingelte. Er schrieb weiter, bis ihm einfiel, dass er auch das jetzt übernehmen musste. Er griff nach dem Hörer, ohne die Augen vom Bericht zu nehmen, und meldete sich.

»Inspektion A, Wechsler am Apparat.«

»Leo«, sagte die Stimme seiner Schwester. »Ich will dich nicht lange stören. Richard und ich möchten euch für Sonnabend zum Essen einladen. Magda kommt auch. Wir würden uns sehr freuen.«

»Von mir aus gern. Hast du Clara schon gefragt, ob sie Zeit hat?« Seit Clara nicht nur die Buchhandlung und Leihbücherei betrieb, sondern auch Vorträge hielt, verlor er gelegentlich den Überblick.

»Das Gleiche hat sie auch gesagt«, meinte Ilse. »Damit dürftet ihr wohl beide frei sein. Dann sehen wir uns Sonnabend um sieben, fein!«

Leo legte auf und schaute nachdenklich vom Telefon zu dem kleinen Gemälde, das er vor Jahren bei Elisa Reichwein gekauft und seinem Schreibtisch gegenüber aufgehängt hatte. Die einsame Frau auf der Bettkante. Er hatte sich damals nichts dabei gedacht, das Bild hatte ihn einfach angesprochen, doch später hatte er begriffen, dass es ihn an seine Schwester erinnerte.

Ein Glück, dass Ilse nicht mehr einsam war. Sie hatten beide schwere Zeiten durchgemacht, und er hatte schon befürchtet, sie werde ihr Leben lang allein bleiben. Bis Richard Dohm sie irgendwann in Magda Schotts Arztpraxis entdeckt und sich in sie verliebt hatte.

Leo wollte schon weiterschreiben, legte aber den Füllfederhalter noch einmal weg. Ilse schien dieses Beisammensein viel zu bedeuten. Leo, Clara, Richard, Magda – die Menschen, denen sie am nächsten stand, sollten unbedingt dabei sein. Er klopfte nachdenklich mit dem Bleistift auf seine Handfläche und fragte sich, ob er für Sonnabend eine gute Flasche Sekt besorgen sollte.

In der Bäckerei in der Besselstraße kaufte Hugo Behrendt eine Bulette für sich und eine Bockwurst mit Schrippe und eine Zimtschnecke für Hedy. Hier war es ein bisschen abgelegen, man lief kaum Gefahr, auch noch in der Mittagspause Zeitungsleuten zu begegnen. Die Besuche bei Jaedicke waren anregend, aber auch anstrengend, und wenn man für die *B. Z. am Mittag* arbeitete, brauchte man hin und wieder eine Ruhepause, denn das Tempo war erbarmungslos. Wer nicht mitkam, war dort fehl am Platz.

Hugo aß seine Bulette und trank einen Kaffee und genoss es, sich einfach nur dem Essen zu widmen. Morgens war meist keine Zeit fürs Frühstück, das erledigte er auf dem Weg zur U-Bahn, und mittags besorgte jemand aus der Redaktion was auf die Schnelle. Eigentlich blieb nur der Abend, um eine richtige Mahlzeit zu sich zu nehmen, und er überließ sich einer kleinen Gedankenspielerei, in der er Fräulein Klammroth in ein nettes Lokal ausführte und danach in eine Bar und …

Er sah auf die Uhr. Halb eins. Seufzend nahm er die Papiertüte mit Hedys Mittagsimbiss, machte sich auf den Weg zum Ullsteinhaus und ließ sich von Schulze in den zweiten Stock fahren.

»Ist Herr Graf mittlerweile aufgetaucht?«

»Nee, und vorhin hab ick Herrn Wallenberg jehört. Der

hat jeschrien, dit die Wände wackeln. Irjendwat von Unverschämtheit und dit er sich wen vorknöpfen will.«

Hugo drückte dem verblüfften Fahrstuhlführer die Tüte in die Hand. »Bringen Sie die bitte Fräulein Neumann.«

Dann sprintete er zur Tür, die ins Treppenhaus führte, und lief mit großen Schritten nach oben in den vierten Stock. Er ahnte, wo sich Grafs »Freiluftbüro« befand, auch wenn er noch nie dort gewesen war. Das Ullsteinhaus war kein Einzelbau, sondern ein ganzes Häusergeviert, das die Familie nach und nach gekauft hatte, als der Verlag immer weiter wuchs. Hugo hatte gehört, dass es hier oben eine Tür zum Dach gab, die von Handwerkern benutzt wurde. Kein schlechter Ort, um mit der Suche zu beginnen.

Er fragte sich durch, bis er die Tür gefunden hatte, die sich in einem entlegenen Korridor befand, der offenbar als Abstellraum genutzt wurde. Auf dem Boden stapelten sich Aktenordner und Kartons, daneben lag eine kaputte Leiter, an der Wand lehnten Reklameplakate, die von längst vergessenen Werbeaktionen kündeten.

AB HEUTE NEU – DIE *GRÜNE POST* –
SONNTAGSZEITUNG FÜR STADT UND LAND –
NUR 20 PFENNIG IM STRASSENVERKAUF,
MONATSABONNEMENT 80 PFENNIG UND
6 PFENNIG ZUSTELLGELD.

Die Zeitung erschien erst seit April letzten Jahres. Sie war als Sonntagszeitung für die Landbevölkerung gedacht, hatte aber rasch große Erfolge gefeiert, mit denen nicht einmal die Ullsteins selbst gerechnet hatten. Wer hätte auch ahnen können, dass die großstädtischen Berliner so viel Spaß an Landleben und abenteuerlichen Reisegeschichten finden würden?

Mit Schwung öffnete Hugo die Tür zum Dach. Sie war nicht abgeschlossen.

Draußen fuhr ihm ein frischer Windstoß ins Gesicht. Zum Glück stand er auf einem Flachdach, dem einzigen im Ullstein-Komplex. Alle umliegenden Gebäude hatten Spitz- oder Mansardendächer, darum befand sich der Zugang für die Handwerker auch hier.

»Herr Graf?«, rief er, dann noch einmal lauter. Keine Antwort.

Er wollte schon kehrtmachen, mit Höhen hatte er es nicht so. Warum sollte er etwas für jemanden riskieren, der ihn gewöhnlich keines Blickes würdigte?

Dann fiel sein Blick auf einen Schornstein, hinter dem etwas hervorragte, das wie eine Tischkante aussah.

Er ging vorsichtig hinüber, die Hände vor sich ausgestreckt, als würde es die Sicherheit erhöhen, und spähte hinter den Schornstein.

Ein einfacher Holzstuhl, ein kleiner Tisch. Das war alles. Und ein Aschenbecher, dessen Inhalt vermutlich über ganz Berlin verweht war.

Hugo sah sich um, rief noch einmal, ohne mit einer Antwort zu rechnen. Schaute zur Dachkante, die nur durch ein niedriges Mäuerchen begrenzt wurde. Er schluckte. Ein Geländer oder sonstige Sicherungen gab es nicht.

Zum Ullstein-Geviert gehörten große Innenhöfe, in die auch Lieferwagen passten, und kleinere, die als Abstellfläche genutzt wurden. Seit man im letzten Jahr das Druckhaus in Tempelhof eröffnet hatte, ging es zum Glück hier weniger gedrängt zu.

Zaghaft näherte er sich dem Mäuerchen, kniete sich hin, stützte die Hände auf und sah hinunter.

6

Hedy blickte auf, als Hugo Behrendt in die Redaktion stürzte, die Haare im Gesicht, das Hemd aus der Hose gerutscht. Er war so außer Atem, dass er kaum sprechen konnte.

»Wie Mittagspausen einen Menschen verändern können«, spöttelte Bernd Wilmert, doch Hedy brachte ihn mit einer Handbewegung zum Schweigen.

»Was ist passiert?«

»Unten liegt einer im Hof! Ich glaube, es ist Graf!«

Der Schutzpolizist betrat den kleinen Innenhof und bedeutete den Nachfolgenden, an der Tür zu warten. Die Geste wirkte gebieterisch, doch Hugo Behrendt bemerkte, dass der Mann abrupt stehenblieb und nach der Hauswand tastete, als müsste er sich abstützen.

Der Hof war kaum mehr als ein Schacht zwischen hohen, fensterlosen Mauern, über denen ein kleines Stück grauer Novembernachmittag zu sehen war. Alles wirkte nackt, kahl und grau und lenkte die ganze Aufmerksamkeit auf den dunkel gekleideten Mann, der wie eine zerbrochene Puppe auf den Pflastersteinen lag.

Während Hedy Neumann Polizei und Krankenwagen verständigte, hatte Hugo den Schupo auf der Kochstraße angehalten.

Jetzt schaute er an dem uniformierten Rücken vorbei zu

dem Mann, der reglos auf dem Boden lag, und musste kurz die Augen schließen. Die Gliedmaßen waren verdreht, der Kopf in einem Winkel abgeknickt, der nicht natürlich war. Etwas brennend Saures stieg ihm in die Kehle, als er die Lache sah, dunkelrot und von einem Film überzogen, darin graue Klümpchen, deren Bedeutung er zu verdrängen suchte. Stattdessen schaute er dem Toten ins Gesicht und fand dort die Bestätigung, die er eigentlich nicht brauchte.

Moritz Graf.

Der Schupo drehte sich um und breitete die Arme aus wie eine lebende Barriere. »Niemand betritt den Hof«, verkündete er. »Die Sanitäter sind gleich da.«

»Ich glaube nicht, dass man ihm noch helfen kann«, rutschte es Hugo heraus.

»Das entscheiden nicht Sie«, erwiderte der Polizist.

Hugo verbiss sich eine weitere Bemerkung und atmete tief durch, um die aufsteigende Übelkeit zu vertreiben.

Dann erklangen hastige Schritte im Korridor, und Ernst Wallenberg stürmte herbei. »Was ist passiert, Behrendt?«

Er deutete mit dem Kopf zum Hof. »Herr Graf ist ... gestürzt. Vom Dach, wie es aussieht.«

»Sie haben hier keine Feststellungen zu treffen«, dröhnte der Schutzpolizist, doch Wallenberg beachtete ihn nicht. »Wie konnte das passieren?«, fragte er Hugo.

»Ich weiß es nicht. Ich habe ihn gesucht, weil er den Redaktionsschluss verpasst hat. Schulze sagte, er habe ihn gestern Abend zuletzt gesehen, da sei er in den vierten Stock gefahren. Mir fiel ein, dass er gern aufs Dach verschwindet, um seine Ruhe zu haben. Also bin ich hin –«

In diesem Augenblick näherten sich Stimmen und Schritte – Hedy Neumann, gefolgt von zwei Sanitätern mit einer Trage und einem Arzt mit Einsatztasche.

»Wo ist der Verunglückte?«

»Hier. Ich habe die Unglücksstelle gesichert«, erklärte der Schupo und trat beiseite.

Der Arzt warf einen Blick auf den am Boden liegenden Mann, kniete sich hin und legte zwei Finger an den Hals. Dann stand er wieder auf. »Exitus. Der Schädel ist zerschmettert, er ist seit Stunden tot.« Er schaute hoch. »Sturz vom Dach, vermute ich. Unfall oder Suizid. Sie können übernehmen.«

Inzwischen hatte sich herumgesprochen, dass die Polizei im Haus war, und die Leute drängten sich im Korridor. Satzfetzen, Spekulationen, Fragen flogen durch die Luft, und Hugo sah besorgt zu dem Schupo, der sichtlich überfordert war. Dann entdeckte er Jette Klammroth, die ihn besorgt und fragend ansah, und ihm wurde unwillkürlich warm.

Bevor er zu ihr gehen konnte, teilte sich die Menge und machte einem hochgewachsenen Uniformierten Platz. »Wer hier nichts zu suchen hat, verlässt den Korridor. Nur Zeugen und unmittelbar Beteiligte bleiben«, rief er mit Kommandostimme.

Die Neugierigen verzogen sich widerwillig. Fräulein Klammroth deutete von sich auf Hugo, und er nickte. Eine Verabredung? Hoffentlich hatte er die Geste richtig gedeutet. Dann verschwand ihr blonder Kopf im Korridor.

»Polizeimajor Esken«, stellte sich der Neuankömmling vor und sah den Schupo an. »Haben Sie die Identität des Toten festgestellt? Zeugen befragt? Wer hat Sie überhaupt verständigt?«

»Dieser Herr dort, Herr Major.« Er deutete auf Hugo, der unwillkürlich strammstand. »Ich bin vor wenigen Minuten eingetroffen und habe zunächst die Unglücksstelle gesichert.«

Esken wandte sich an Hugo. »Was ist vorgefallen?«

»Ich ... war auf dem Dach und habe ihn von dort hier liegen sehen.« Sein Herz schlug heftig. Er meinte, das Blut zu riechen, wollte sich abwenden und konnte es nicht. Er schluckte, der Polizeimajor griff nach seinem Arm.

»Wollen Sie sich setzen?«

Hugo gab sich einen Ruck. »Danke, es geht schon.« Er rückte die Brille zurecht.

»Fangen wir mit Ihrem Namen und Ihrer Stellung an.«

»Hugo Behrendt, Journalist bei der *B. Z. am Mittag*. Ich arbeite hier im Haus.«

»Kennen Sie den Toten?«

»Ja. Das ist Moritz Graf, Reporter, ebenfalls bei der *B. Z.*«

Esken strich sich über den Schnurrbart und schaute im Schacht nach oben. »Sie sagten, Sie waren auf dem Dach? Das müssen Sie mir näher erklären. Können wir hier irgendwo reden?« Er wies den Schupo an, den Hof zu bewachen, und folgte Hugo durch den Korridor in eine Nische, in der einige Stühle standen.

Dort berichtete Hugo, was sich am Vormittag zugetragen hatte. Während er sprach, beschlich ihn ein ungutes Gefühl, das sich im Gesicht des Polizeimajors spiegelte. Auf einmal klang es gar nicht mehr so logisch, dass er aufs Dach gestiegen war, nur weil ein Kollege den Redaktionsschluss verpasst hatte. In seinem Kopf war es eine schlüssige Kette gewesen, die Moritz Graf, der nicht aufzufinden war, und dessen Refugium auf dem Dach des Verlagshauses miteinander verband, doch sein Gegenüber schien daran zu zweifeln.

Er schob verunsichert die Brille hoch, die von seinem feuchten Nasenrücken zu rutschen drohte, und räusperte sich. »Danach habe ich sofort die Kollegen in der Redaktion informiert und bin auf die Straße gelaufen, um einen Schupo zu suchen.«

»Ich verständige die Kriminalpolizei. Sie halten sich als Zeuge bereit, Herr Behrendt«, sagte Esken.

»Die Kriminalpolizei?« Damit hatte er nicht gerechnet, was wohl auf seine Erschütterung zurückzuführen war, denn es war offensichtlich, dass der Vorfall gründlich untersucht werden musste.

»Ungeklärte Todesfälle gehen an die Inspektion A, das gilt auch für mögliche Selbsttötungen.«

Inspektion A, ein Zauberwort. Der Journalist in ihm erwachte. »Das ist doch Gennats Abteilung.« Hugo kannte den Polizeirat von Fotografien und aus vielen Anekdoten. So erzählte man sich, Gennats »Mordauto« sei extra verstärkt worden, damit es sein gewaltiges Gewicht aushielt. Aber das mochte auch eine Legende sein.

Esken erhob sich. »So ist es. Aber glauben Sie bloß nicht, dass der sich persönlich herbemüht. Sie werden mit einem seiner Kommissare vorliebnehmen müssen.«

Als Leo Wechsler und seine Kollegen in der Kochstraße eintrafen, hatte die Schutzpolizei ganze Arbeit geleistet. Sämtliche Eingänge des weitläufigen Gebäudekomplexes wurden bewacht, am Haupteingang Ecke Charlottenstraße standen Polizisten, die niemanden aus dem Gebäude ließen. Wer hineinwollte, musste sich ausweisen, Schaulustige wurden zurückgedrängt. Drinnen hatte man den Korridor, durch den man zum Fundort der Leiche gelangte, abgesperrt.

Leo hatte eigentlich ein Geschenk für Ilse und Richard besorgen wollen. Vielleicht lag er falsch, was die Einladung für Sonnabend anging, aber sein Gefühl trog ihn selten. Er hatte gerade Hut und Mantel anziehen wollen, als das Telefon klingelte. Ein Toter in einem Innenhof des Ullsteinhauses. Ursache ungeklärt, womöglich Unfall oder Selbstmord. Also hatte er Clara angerufen und sie gebeten, das mit dem Geschenk zu übernehmen.

»Schön, dass du so ein Gefühl hast und ich mir jetzt was überlegen muss«, hatte sie mit gutmütigem Spott erwidert.

Leo, Sonnenschein und Neufeld wiesen sich aus und betraten die Eingangshalle. Steinerne Säulen bildeten eine eindrucksvolle Kolonnade, in der sich die Schalter der Annoncenannahme befanden. Überall lagen Zeitungen und Zeitschriften zum Lesen aus, in Vitrinen waren die neuesten Buchveröffentlichungen des Verlages ausgestellt, bunte Plakate warben für die vielfältigen Publikationen des Hauses.

Leo war schon einmal hier gewesen und kannte das hektische Treiben, das gewöhnlich in der Halle herrschte. Nun aber war es geradezu unheimlich still. Überall standen Leute in Gruppen herum, sprachen im Flüsterton, sahen sich bedrückt um. Ein Fotograf hatte seine Kamera gezückt, schien aber unentschlossen, ob er wirklich tätig werden sollte. Offenbar hatte sich schnell herumgesprochen, dass man einen Toten gefunden hatte, und die betroffenen Gesichter ließen vermuten, dass die Leute zumindest mutmaßten, um wen es sich handelte.

Ein Polizeimajor kam in militärisch aufrechter Haltung auf sie zu. »Die Herren von der Inspektion A? Esken mein Name.«

Leo stellte sich und die Kollegen vor. »Zeigen Sie uns bitte den Fundort.«

Sie wollten sich gerade in Bewegung setzen, als ein etwa sechzigjähriger Mann mit Glatze auf sie zutrat. Er trug einen dreiteiligen Maßanzug, ein weißes Hemd, dazu eine Seidenkrawatte. Ein Raunen ging durch die Halle, als er Leo die Hand entgegenstreckte.

»Louis Ullstein. Bitte sagen Sie, wenn Sie etwas brauchen. Ich stehe Ihnen jederzeit zur Verfügung.«

»Ich bin Oberkommissar Wechsler, dies sind meine Kollegen Kriminalinspektor Neufeld und Kriminalsekretär Sonnenschein. Danke für den freundlichen Empfang.«

Er hatte nicht damit gerechnet, dass einer der Inhaber des Konzerns sie persönlich begrüßen und seine Hilfe offerieren würde. Die fünf Ullstein-Brüder leiteten gemeinsam das gewaltige Zeitungsimperium, das ihr Vater im vergangenen Jahrhundert gegründet hatte, und galten als eine der mächtigsten Familien Berlins. Leo war erleichtert, dass man ihm bei den Ermittlungen – sollte es denn dazu kommen – keine Steine in den Weg legen würde.

Louis Ullstein räusperte sich. »Ich überlasse Sie Ihrer Arbeit, würde Sie aber bitten, mich zu verständigen, sobald Sie die Identität des Toten geklärt haben. Es kursieren Gerüchte, dass es sich um einen Mitarbeiter unseres Hauses handelt. In diesem Fall müssen wir uns um einen angemessenen Nachruf und weitere Formalitäten kümmern.« Seine Stimme klang ehrlich bewegt.

»Selbstverständlich, Herr Ullstein.«

Major Esken führte sie durch ein Gewirr aus Korridoren, Stufen hinauf, Treppen hinunter, nach links, nach rechts, sodass Leo fast die Orientierung verlor. Der Boden unter ihren Füßen vibrierte, er spürte es wie ein Summen im Körper und fragte sich schon, woher das Geräusch wohl stammte, als es ihm einfiel. Natürlich, die Druckmaschinen. Im vergangenen Jahr hatten die Ullsteins das neue, imposante Druckhaus in Tempelhof eingeweiht, doch die Tageszeitungen wurden nach wie vor hier in der Friedrichstadt gedruckt, damit sie schnellstmöglich ausgeliefert werden konnten.

Sie traten in einen Korridor, an dessen Ende mehrere Schutzpolizisten standen. In einiger Entfernung lehnte ein Mann an der Wand, den Kopf gesenkt, die Hände in den Taschen. Als er sie kommen hörte, hob er den Kopf und sah ihnen entgegen.

Er mochte Ende zwanzig sein und trug eine runde Hornbrille. Seine braunen Haare widersetzten sich der Pomade, mit der er sie zu glätten versucht hatte. Er wirkte blass und mitgenommen, und da er der Einzige in Zivil war, tippte Leo auf einen Zeugen.

»Das ist Herr Hugo Behrendt, er arbeitet hier«, erklärte Esken. »Nach eigener Aussage war er auf dem Dach und hat den Toten von dort aus entdeckt.«

»Zunächst möchte ich mir den Fundort ansehen.«

Der wachhabende Schupo trat beiseite.

Der erste Blick verriet, dass der Mann an massiven Schädelverletzungen gestorben sein musste. Nicht nur Blut, auch Gehirnmasse war ausgetreten, und die verdrehten Gliedmaßen ließen auf diverse Knochenbrüche schließen. Leo drehte sich zu den Kollegen um.

»Fangen wir mit der Tatortsicherung an.«

Er schaute nach oben, wo die Dachkanten ein Stückchen grauen Himmel einrahmten. Von dort war er herabgestürzt, aufs Pflaster geprallt, vermutlich schnell gestorben. Das sagte ihm die Erfahrung, auch wenn er das Ergebnis der Sektion abwarten musste.

Er wandte sich ab, als Sonnenschein und Neufeld an die Arbeit gingen, und trat zu Herrn Behrendt.

»Oberkommissar Wechsler. Sagen Sie mir bitte, was Sie auf dem Dach zu suchen hatten.«

Hugo Behrendt begann zu schwitzen, obwohl es im Korridor nicht sonderlich warm war. Durch die offene Hoftür wehte kühle Luft herein, in der er einen Hauch von Metall zu riechen glaubte.

Blut.

Nein, das musste Einbildung sein. Dennoch spürte er, wie ihm der Schweiß über den Rücken lief, ihm wurde flau im Magen. Er hatte sich nichts vorzuwerfen, aber so, wie die Frage formuliert war …

Der Kommissar war groß und dunkelhaarig, mit einer Narbe an der linken Schläfe. Sein Blick war forschend, aber nicht unfreundlich, als er sich neben Hugo an die Wand lehnte und ihn abwartend anschaute, in der Hand ein Notizbuch.

Hugo holte tief Luft und erklärte es ihm.

Wechsler zog die Augenbrauen hoch und hob die rechte Hand, an der er einen Ehering trug. Hugo wusste nicht, warum er das bemerkte. Vielleicht, weil er als Zeitungsmann alles Mögliche bemerkte.

»Augenblick. Sie wollen damit sagen, Sie sind aufs Dach gestiegen, weil ein Kollege gerade mal nicht aufzufinden war?«

Hugo zuckte hilflos mit den Schultern. Wer Moritz Graf nicht kannte, musste das für Unsinn halten, der Mann war eben exzentrisch … gewesen. Also sagte Hugo genau das. »Sie können alle hier im Haus fragen, er war ein absoluter Einzelgänger. Verkroch sich wie eine Schnecke, um zu arbeiten, und wir konnten nur ahnen, wo er sich aufhielt. Aber wenn es darauf ankam, also bei Redaktionsschluss, hatte er seine Texte fertig. Immer. Ohne Ausnahme. Graf lieferte, selbst wenn man ihn den ganzen Morgen nicht gesehen hatte.«

»Und heute nicht?«, fragte Wechsler, den Stift in der Hand.

»So ist es. Der Chefredakteur, Herr Wallenberg, wartete auf einen großen Artikel für die Titelseite. Und dann tauchte Graf nicht auf.« Er ballte die Hände zu Fäusten, um seinen Worten Nachdruck zu verleihen. »Darum hatte ich ein komisches Gefühl. Er hatte sich nicht krankgemeldet oder um Aufschub gebeten. Dann erzählte mir der Fahrstuhlführer, er habe Graf gestern Abend in den vierten Stock gefahren und seitdem nicht mehr gesehen.«

»Also haben Sie dort nach ihm gesucht?«

»So ist es. Er hielt sich gern zu allen Zeiten auf dem Dach auf, das war allgemein bekannt. Manche behaupten sogar, dass er an warmen Sommerabenden auch dort schlief.« Es klang nicht ganz überzeugend, das wusste er selbst, aber ihm war der Schritt vollkommen schlüssig erschienen. »Sie müssen verstehen, Herr Oberkommissar, was für ein Mensch Graf war. Er ragte heraus, blieb für sich, ging keine Kompromisse ein. Dafür bewunderten ihn viele.« Er hielt inne.

»Aber?«, fragte Wechsler, der sein Zögern bemerkt hatte.

»Aber es gab andere, die ... nun ja, der Ansicht waren, dass für ihn besondere Regeln galten. Was auch stimmte. Und sie missbilligten es.« Er sah zu Boden. *Nihil nisi bene*, dachte er mit seinem Schullatein. Doch die Frage wäre ohnehin gekommen, da war er sicher.

»Hatte er Grund, sich das Leben zu nehmen?«, fragte der Kriminalbeamte unverblümt.

Hugo zuckte zusammen. Die Frage war naheliegend, die Antwort nicht. »Einen konkreten Grund kann ich Ihnen nicht nennen. Aber auf mich wirkte er ... einsam. Man wusste nicht, was in ihm vorging. Er behielt alles für sich, erwähnte nichts Privates.« Er suchte nach den richtigen

Worten. »Für uns war Moritz Graf seine Arbeit, mehr nicht. Ich weiß nicht einmal, wo er wohnte. Wie er zur Arbeit kam.« Dann fiel ihm Wilmerts Bemerkung ein. »Er mochte wohl Jazz und hasste Zucker im Kaffee. Mehr kann ich Ihnen nicht sagen.«

Richard Dohm setzte den Bogen an. Im Probensaal der Staatskapelle war es völlig still. Erich Kleiber, der Generalmusikdirektor, saß in einer Ecke und hatte die Hände im Schoß gefaltet. Gestern hatte sich der Erste Solocellist ein Bein gebrochen und würde am Sonntag nicht Bachs Cello-Suite Nr. 1 spielen können. Richard war gebeten worden einzuspringen, und ihm blieben nur wenige Tage, um das Stück zu proben, besser gesagt, zu perfektionieren. Natürlich kannte er es, jeder Cellist, der etwas auf sich hielt, konnte es spielen. Er liebte das Werk und würde alles daransetzen, um am Sonntag sein Bestes zu geben – für den Kollegen, das Orchester und sich selbst, denn man bekam nur selten eine solche Chance.

Und, so dachte er, während er unter seinem Bogen die vertrauten Töne entstanden, die sein Herz immer wieder tief bewegten, er würde auch für Ilse sein Bestes geben.

Sie kam nicht zu allen seinen Konzerten – die moderne Musik von Berg und Hindemith lag ihr nicht –, doch diesmal würde sie dabei sein. Einen Tag, nachdem sie Ilses Familie verkündet hatten, dass sie bald heiraten wollten.

Plötzlich hörte er ein Räuspern und blickte auf. Kleiber sah ihn mit hochgezogenen Augenbrauen an.

Richard setzte sich aufrechter hin und begann noch einmal von vorn.

7

»Bevor wir mit den Leuten reden, sehen wir uns das Dach an«, sagte Leo, als Sonnenschein und Neufeld im Hof fertig waren. Der Leichnam war abtransportiert und die Fundstelle sorgfältig untersucht worden, nachdem der Polizeifotograf alles aufgenommen hatte.

Leo wandte sich zum Flur, wo Hugo Behrendt wartete, der inzwischen richtig mitgenommen aussah.

»Zeigen Sie uns bitte, welchen Weg Sie von der Redaktion aufs Dach genommen haben. Danach können Sie ins Büro zurück, halten sich aber zu unserer Verfügung.«

Behrendt führte sie in die Eingangshalle, wo sie in den Aufzug stiegen. Der uniformierte Fahrstuhlführer mit dem Schnauzbart musterte sie neugierig. »Ick bin janz außer mir, Herr Behrendt. Der arme Herr Jraf. Hat manchmal komisch daherjeredet, aber een anständjer Kerl war dit. Als meene Frau damals –«

Der Aufzug hielt im vierten Stock, und Leo sah den Fahrstuhlführer an. »Ihre Aussage brauchen wir auch, Herr –«

Schulze wurde blass. »Schulze, Herr Kommissar, Eduard Schulze. Ick schwör Ihnen, ick habe ihn bloß hochjefahrn –«

Leo unterbrach ihn. »Kam es öfter vor, dass Graf um diese Zeit noch nach oben fuhr?«

Schulze nickte eifrig. »Ja, er hatte seine Macken, Arbeet uffm Dach und so, war aber ein prima Kerl.«

»Danke, wir kommen wieder auf Sie zu, Herr Schulze.«

Sie stiegen aus.

»Hier befinden sich die Räume des Buchverlags«, erklärte Behrendt.

Der Korridor, in dem sie standen, war mit Schriftstellerporträts und den Titelbildern erfolgreicher Romane geschmückt. Schreibmaschinen klapperten, in der Nähe telefonierte jemand lautstark, zwei Frauen unterhielten sich, von denen eine einen dicken Papierstapel unter den Arm geklemmt hatte.

»Möglich, dass jemand Graf beim Aussteigen gesehen hat«, sagte Neufeld, und Leo nickte. Sollte sich ein Hinweis auf Fremdverschulden ergeben, würden sie die Verlagsangestellten befragen müssen, doch er wollte sich zunächst das Dach ansehen. Bislang deutete nichts darauf hin, dass Moritz Graf getötet worden war.

»Folgen Sie mir bitte«, sagte Hugo Behrendt und ging vor ihnen her. »Es ist ziemlich unübersichtlich, das ist auf allen Etagen so. Die Ullsteins haben immer neue Häuser dazugekauft. Es mussten Wände durchbrochen und Höhenunterschiede angeglichen werden.« Er deutete auf drei Stufen mitten im Korridor. »Hier fängt beispielsweise ein neues Gebäude an, dessen Geschosse höher sind. Daher die kleine Treppe.«

»Woher kennen Sie den Weg?«, fragte Leo, und Behrendt sagte über die Schulter: »Den kenne ich erst seit heute. Ich musste mich durchfragen.«

»Also gab es Leute, die wussten, wo Graf sich aufhielt, wenn er nicht in der Redaktion war?«

»Dass er gern aufs Dach ging, war allgemein bekannt. Wer im Einzelnen über den genauen Ort Bescheid wusste, kann ich Ihnen nicht sagen.«

Sie bogen um eine Ecke und gelangten in einen Korridor, der offenbar als Abstellraum genutzt wurde. Hugo Behrendt deutete auf eine weiß gestrichene Metalltür. »Dort geht es nach draußen.«

Er wollte sie öffnen, doch Leo hielt ihn zurück. »Einen Augenblick, bitte. War die Tür abgeschlossen?«

»Nein.«

»Ist das nicht eigenartig? Wegen der Sicherheit, meine ich.«

Behrendt zuckte mit den Schultern. »Darüber weiß ich nichts. Vielleicht hatte Graf einen Schlüssel. Oder die Tür war immer offen, sie wird wohl von Handwerkern genutzt. Wie Sie sehen, gibt es hier keine Büros, darum hat wohl niemand an mögliche Gefahren gedacht.«

Leo drückte die Klinke, zog die Tür auf und trat nach draußen auf ein Flachdach, von dem aus man auf den Gebäudekomplex mit seinen Innenhöfen blickte. Links überragte ein Schornstein das Dächermeer. Der Wind wehte ihm die Haare ins Gesicht, ein paar verirrte Regentropfen landeten auf seinem Mantel. Er drehte sich zu seinen Begleitern um.

»Bitte genau darauf achten, ob etwas auf dem Dach liegt. Jede Kleinigkeit kann von Bedeutung sein.« Sonnenschein und Neufeld wussten natürlich, wie man sich an einem möglichen Tatort verhielt, daher war die Bemerkung vor allem für Behrendt gedacht. »Zeigen Sie uns bitte genau, wie Sie sich bewegt und von wo aus Sie den Toten entdeckt haben.«

Der Journalist setzte vorsichtig einen Fuß vor den anderen, die Augen auf den Boden geheftet, und zeigte ihnen das »Freiluftbüro«.

Nur ein einfacher Stuhl, ein Tisch mit leerem Aschenbecher.

»Keine Schreibmaschine«, sagte Leo.

»Ich glaube, er konnte Steno. Hat hier wohl seine Entwürfe geschrieben und später in die Maschine getippt.«

»Was haben Sie getan, als Sie aufs Dach kamen?«

Hugo Behrendt deutete auf das Mäuerchen, das die Fläche begrenzte. »Dort unten ist der Hof. Ich bin hier herangetreten –«

»Warum?«, warf Oskar Neufeld ein.

Behrendt sah ihn an und wurde rot. »Ich … das kann ich nicht sagen. Es war ein Impuls.« Er rieb sich den Nacken. »Es tut mir leid, besser kann ich es nicht erklären.«

Leo schaute sich auf dem Dach um und seufzte leise. Falls hier etwas gelegen hatte, war es längst davongeweht worden.

»Schauen Sie mal, Herr Oberkommissar«, sagte Neufeld, der sich vor das Mäuerchen gekniet hatte und es minutiös mit der Lupe untersuchte.

Leo trat dazu, hockte sich hin und nahm die Lupe entgegen. Auf dem hell getünchten Stein war ein schwarzer Streifen zu erkennen.

»Was mag das sein? Farbe?«

»Denkbar. Aber wie kommt die dort hin?«

»Wir machen ein Foto, und dann nehmen Sie eine Probe. Jedes noch so kleine Indiz kann wichtig sein.« Leo schaute sich nachdenklich um. »Wie es aussieht, hat sich der Mann regelmäßig hier aufgehalten. Er kannte die Örtlichkeiten. Wie wahrscheinlich ist es, dass er gestürzt ist?«

»Na ja«, sagte Neufeld. »Wir haben November. Es war dunkel.« Er stand auf und klopfte sich die Hosenbeine ab.

»Der Mann scheint wirklich recht exzentrisch gewesen zu sein«, sagte Leo und schaute zu Behrendt. Er stand an der Tür und schaute auf seine Füße. Er schien sich äußerst unwohl zu fühlen, nickte aber zur Bestätigung.

Leo erbarmte sich. »Nennen Sie meinem Kollegen Ihre Anschrift und die Rufnummer, unter der wir Sie erreichen können.«

Nachdem Behrendt die Angaben gemacht hatte, schaute er Leo zögernd an. »Darf ich ... dann gehen?«

»Dürfen Sie. Noch eins – kommen Sie bitte morgen ins Präsidium, wir müssen Ihre Fingerabdrücke nehmen.«

Der Mann stolperte fast nach drinnen und verschwand.

»Der hat es ganz schön eilig«, meinte Neufeld. »Aber das kann auch Nervosität sein.«

Sie traten wieder in den Korridor, und Leo schloss die Tür.

»Er müsste ein guter Schauspieler sein, wenn er es war – falls es überhaupt jemand war. Aber noch können wir nichts ausschließen. Ich bitte Lehnbach, die Sektion zu beschleunigen.«

Sonnenschein lachte leise. »Wie du es immer tust.«

Sie kehrten in den Buchverlag zurück und riefen den Fahrstuhl. Als die Tür aufging, kam eine junge Frau heraus.

Kurze blonde Haare, Bleistift hinters Ohr geklemmt, ein graues Kleid, das seidig schimmerte. Lederschuhe mit kleinem Lochmuster.

Aus einem Impuls heraus gab Leo Sonnenschein und Neufeld ein Zeichen, schon nach unten zu fahren, und stellte sich vor. »Sie haben gehört, was vorgefallen ist?«

Die Frau sah ihn betreten an. »Ich habe es vorhin mitbekommen, als ich in der Mittagspause war. Der arme Herr Graf.«

»Kannten Sie ihn persönlich?«

»Nein, ich arbeite im Buchverlag und habe wenig mit den Zeitungsleuten zu tun. Aber Ullstein lebt von Nachrichten, da verbreitet sich so etwas schnell.« Dann, im Nachsatz: »Ich heiße Jette Klammroth.«

Leo notierte sich den Namen. »Was erzählte man sich denn über Herrn Graf als Mensch?«

Sie biss sich auf die Lippe, als widerstrebte es ihr, etwas weiterzugeben, das sie aus zweiter Hand erfahren hatte.

»Bitte, Fräulein Klammroth, Sie können offen sprechen. Ihre Aussage wird vertraulich behandelt.«

Sie schien erleichtert. »Nun, ich habe gehört, dass er nicht sehr beliebt war. Erstklassig in seinem Fach, aber ein Einzelgänger. Er konnte schroff und überheblich sein. Neulich war ich bei Jaedicke, das ist das Café gegenüber, da hat ein Kollege ihn angesprochen. Graf stand irgendwann mit einer barschen Bemerkung auf und ging einfach weg.«

»Was genau hat er gesagt?«

»›Ich brauche keinen dahergelaufenen Galizier, der mir Geschichten liefert.‹«

Leo machte sich eine Notiz. »Wissen Sie, welcher Kollege das war?«

»Sein Name ist Wilder, er schreibt auch für die *B. Z.*«

Da war er ja auf eine Goldmine gestoßen. »Wissen Sie sonst noch etwas über Herrn Graf?«

»Leider nicht.«

Leo schaute nachdenklich den Flur entlang. Die Türen waren mit Glasscheiben versehen. »Sie bekommen sicher mit, wer hier oben herumläuft.«

»Manchmal«, antwortete Fräulein Klammroth und runzelte die Stirn. »Aber ich schaue gewöhnlich nicht zur Tür, sondern kümmere mich um meine Arbeit. Warum fragen Sie?«

»Herr Graf musste hier vorbei, wenn er aufs Dach wollte. Wussten Sie, dass er sich regelmäßig dort aufhielt?«

Sie sah ihn erstaunt an. »Nein. Ist das nicht gefährlich?«

Sie wurde rot, weil sie wohl begriff, wie makaber die Frage klang. »Ich meine …« Sie verstummte.

»Sie wussten also nicht davon. Sind Sie selbst je dort gewesen?«

Sie sah ihn erschrocken an. »Nein, natürlich nicht.«

Leo war noch nicht fertig. »Haben Sie Herrn Graf gestern Abend hier im Korridor gesehen? Ist er an Ihrem Büro vorbeigegangen?«

Fräulein Klammroth schluckte, schien um Fassung zu ringen. »Nein, das habe ich nicht. Warum fragen Sie das alles? Ich …« Sie fuhr mit zittriger, dann festerer Stimme fort: »Die Kollegen bereiten gerade die Buchausgabe von *Im Westen nichts Neues* vor. Der Zeitungsabdruck ist ein Renner, jeden Tag ausverkauft. Allerdings bleibt viel andere Arbeit liegen, um die ich mich dann kümmern muss. Da habe ich nicht darauf geachtet, ob jemand vorbeigegangen ist.«

»Sie waren aber abends noch hier?«

»Ja, bis halb neun, würde ich sagen. Ich machte gute Fortschritte mit der Arbeit, da wollte ich nicht mittendrin aufhören.«

»Graf ist laut Fahrstuhlführer um acht hier hochgefahren«, sagte Leo. »Wir vermuten, er ist aufs Dach gegangen und noch am Abend hinabgestürzt, da ihn heute niemand mehr lebend gesehen hat.«

»Ich kann Ihnen wirklich nicht helfen.«

Leo löste sich von der Wand, an der er gelehnt hatte, und reichte ihr seine Karte. »Ich danke Ihnen. Bitte halten Sie sich in den nächsten Tagen zu unserer Verfügung. Wir werden weitere Befragungen durchführen. Sollte Ihnen vorher etwas einfallen, rufen Sie mich an.«

Sie steckte die Karte ein. »Tut mir leid, dass ich Ihnen nicht mehr sagen kann.«

»Auf Wiedersehen, Fräulein Klammroth.«

Zufallsbefragungen waren oft am ergiebigsten, dachte Leo im Fahrstuhl. Graf hatte einen Kollegen öffentlich beleidigt, das war doch schon mal etwas.

Der Anruf kam am Abend. Clemens Marold hatte sich im Wohnzimmer gerade ein Glas Cognac eingeschenkt. Er hatte noch an einer Rede für Hugenberg gearbeitet, doch nun war es Zeit, sich etwas zu gönnen.

Entsprechend unwillig nahm er den Hörer ab und meldete sich barsch: »Marold.«

Gleich darauf ließ er sich schwer in einen Sessel fallen. »Wie ist das passiert?«

Er hörte zu, seine Finger gruben sich in die lederne Sessellehne. »War es ein Unfall?«

Die Stimme am anderen Ende sprach schnell und leise.

Marold griff nach seinem Glas und kippte es in einem Zug hinunter. In seinem Inneren rangen Triumph und Sorge miteinander. Graf war tot, das war eine gute Nachricht. Aber auch riskant, denn nun würde man Fragen stellen, in Grafs Unterlagen schnüffeln. »Was sagt die Polizei? Glaubt sie an Unfall oder Selbstmord? ... Ach, wirklich?«

Er zog mit der freien Hand die Flasche heran und schenkte sich nach. »Hoffentlich. Wir verhalten uns still. Ich muss nachdenken. Bis bald.«

Er hängte ein. Ein unerwartetes Geschenk war ihm in den Schoß gefallen.

Doch plötzlich musste er an den Lateinunterricht im Gymnasium denken. Er hatte wenig davon behalten, aber ein Zitat kam ihm ungebeten in den Sinn.

Equo ne credite, Teucri. Quidquid id est, timeo Danaos et dona ferentes. »Traut nicht dem Pferde, Trojaner! Was immer es ist, ich fürchte die Danaer, auch wenn sie Geschenke bringen.«

Es gab Geschenke, die Unheil in sich bargen und einen ins Verderben stürzen konnten.

8

Freitag, 16. November 1928

Clara hatte gestern eine gute Flasche Wein und Pralinen besorgt. »Wir können ihnen schlecht etwas für die eheliche Wohnung schenken, wenn wir nicht wissen, ob sie uns morgen wirklich das sagen wollen, was wir glauben, dass sie uns sagen wollen.«

Leo hatte lachend zugestimmt. Für ein persönlicheres Geschenk blieb immer noch Zeit, falls seine Schwester und Richard Dohm tatsächlich ihre Verlobung bekannt gaben. Er hoffte es von ganzem Herzen, sowohl für Ilse als auch für den Musiker, der ihm ein Freund geworden war.

Jetzt wartete er auf den Obduktionsbericht aus der Hannoverschen Straße, der darüber entscheiden würde, wie lange er morgen Abend überhaupt bleiben konnte. Bei einem neuen Fall musste das Privatleben zurückstehen.

Er holte die *Morgenpost* aus der Aktentasche und breitete sie auf dem Schreibtisch aus. Oben auf der Titelseite prangte der Nachruf auf Moritz Graf; die Reichstagsdebatte über die Anschaffung eines Panzerkreuzers hatte in die untere rechte Ecke weichen müssen.

ZUM TODE VON MORITZ GRAF

Am gestrigen Donnerstag, dem 15. November 1928, wurde unser hochgeschätzter Redakteur und Reporter Herr Moritz Graf, bekannt unter dem Kürzel -mo, in einem Innenhof unseres Verlagshauses tot aufgefunden. Die Polizei wurde hinzugezogen, um Ursache und Verlauf des tragischen Falles aufzuklären.

Moritz Graf wurde 1885 in Königsberg geboren und lernte bei der dortigen *Volkszeitung*, bevor er ein Studium der Geschichte an der Friedrich-Wilhelms-Universität zu Berlin aufnahm. Schon damals schrieb er für verschiedene Tageszeitungen und war seit 1921 als Redakteur der *B. Z. am Mittag* tätig.

Er war bekannt für seine aufsehenerregenden Reportagen, in denen er häufig Unrecht anprangerte und bisweilen skandalöse Vorgänge aufdeckte.

Wir werden erst allmählich ermessen können, welch großen Verlust sein Tod für unser Haus bedeutet. Sein scharfer Intellekt wie auch sein unbeirrbarer Gerechtigkeitssinn werden uns ein Vorbild bleiben.

In ehrendem Gedenken
und im Namen aller Mitarbeiter des Hauses
Hans Ullstein   Louis Ullstein   Franz Ullstein
Rudolf Ullstein   Hermann Ullstein

Leo las den Nachruf zweimal und strich sich nachdenklich übers Kinn. Wer skandalöse Vorgänge aufdeckte, machte sich unbeliebt. Sollte Graf von fremder Hand gestorben sein, würden sie sich genau ansehen müssen, wem er mit seinen Reportagen auf die Füße getreten war.

Angehörige wurden nicht erwähnt, was ihn nicht überraschte. Sie hatten bereits gestern in der Personalabteilung bei Ullstein erfahren, dass der Verstorbene unverheiratet und kinderlos gewesen war. Laut seinem Lebenslauf, den er bei der Bewerbung eingereicht hatte, war er Waise und in einem Heim in Königsberg aufgewachsen.

Wieder schaute Leo zum Telefon und trommelte mit den Fingern auf den Tisch. Sollte er Lehnbach anrufen, um die Sache zu beschleunigen? Oder gleich selbst hinfahren? Er riss sich nicht darum, das Leichenschauhaus zu betreten, wenn es nicht nötig war.

Es klopfte, dann steckte Jakob Sonnenschein den Kopf durch die Tür. »Guten Morgen, Leo. Schon gesehen?« Er hielt den *Lokal-Anzeiger* in die Höhe.

»Steht was über Graf drin?«

Sonnenschein legte ihm die Zeitung auf den Schreibtisch. »Von Hussong persönlich.«

»Hugenbergs Kettenhund?«, fragte Leo. Friedrich Hussong, der Chefredakteur des Scherl Verlags, nutzte seit langem den *Lokal-Anzeiger*, um die ihm verhasste Republik zu bekämpfen.

TOD EINES VATERLANDSLOSEN GESELLEN

Gestern verstarb unter bislang ungeklärten Umständen der Journalist Moritz Graf. Er schrieb für den Ullstein-Konzern, mehr braucht man eigentlich nicht zu sagen. So wie die Herren, bei denen er in Lohn und Brot stand, warb auch er für diese schändliche Republik, die sich in Versailles knechten ließ und das Vaterland schmählich verkaufte.

Er wurde es nicht müde, jene Organe der Presse anzugreifen, die sich der Nationalen Opposition verschrieben haben und alles daransetzen, der Nation wieder jene Geltung zu verschaffen, die ihr ipso iure und erwachsen aus der deutschen Geschichte zusteht. Graf war sich nicht zu schade, auch zu persönlichen Niederträchtigkeiten zu greifen, wenn es darum ging, die politischen Gegner in den Schmutz zu ziehen.

So neigte er dazu, sich unter Vorspiegelung einer falschen Identität in Unternehmen und sogar Parteien einzuschleichen, um danach üble Lügen über die dortigen Verhältnisse zu verbreiten. Dies sorgte jedoch für Auflage, was für die Herren Ullstein schon ihrer Natur nach vorrangigen Wert besitzt.

In seinen Artikeln machte er selbst vor Geheimrat Dr. Hugenberg nicht halt, den er mit Beleidigungen überhäufte, welche eines ernsthaften Journalisten unwürdig sind. Nicht nur wusste er den Einsatz Dr. Hugenbergs für das Wohl des Vaterlandes nicht zu schätzen, er unterstellte ihm zudem intrigantes und schädliches Verhalten, was jeden, der den Geheimrat kennt, zutiefst abstoßen muss.

Während wir den Verlust eines Menschenlebens beklagen, der hoffentlich zu näherer Aufklärung gelangen wird, müssen wir zugleich in aller Aufrichtigkeit bekunden, dass es für das Ansehen unserer Hauptstadtpresse nur von Vorteil sein kann, dass sie künftig ohne Moritz Graf auskommen muss.

»Das ist ein starkes Stück!«, sagte Leo, worauf Sonnenschein mit den Schultern zuckte.

»Aber nicht überraschend. Hussong gießt seinen Hass gleichmäßig über alle aus, die nicht in sein Weltbild passen.

Vor allem über den Teil der Presse, der nicht zu Hugenberg gehört.«

Leo deutete auf den Artikel. »Das ist das Zerrbild eines Nachrufs. ›Was für die Herren Ullstein schon ihrer Natur nach vorrangigen Wert besitzt.‹«

Er sah zu Sonnenschein, der jedoch gelassen blieb und lediglich sagte: »Das ist nicht neu.«

Leo seufzte. »Ich bin gespannt, was Lehnbach sagt. Jedenfalls dürfte Graf sich einige Feinde gemacht haben.«

Wie aufs Stichwort klingelte das Telefon, und Leo meldete sich. »Inspektion A, Wechsler. – Nein, sie ist verreist. Ja, ich höre.« Er zog einen Notizblock heran und schrieb eilig mit. »Danke für die schnelle Bearbeitung. Der Bericht hat Zeit bis morgen.«

Er hängte ein. »Lehnbach bestätigt, was wir nach der Aussage des Fahrstuhlführers schon vermutet hatten: Der Tod ist am Abend des 14. November eingetreten. Als Behrendt Graf mittags gefunden hat, war er seit mehr als zwölf Stunden tot.«

Sonnenschein nickte. »Also können wir davon ausgehen, dass er um acht nach oben gefahren und in den folgenden Stunden zu Tode gekommen ist.«

Leo las aus seinen Notizen vor. »Graf ist zweifellos an den Folgen des Sturzes gestorben. Diverse Knochenbrüche und innere Blutungen sprechen dafür, dazu schwerste Kopfverletzungen, die für sich genommen schon den Tod herbeigeführt hätten. Keine Verletzungen, die sich nicht durch den Aufprall erklären lassen.«

»Also doch Unfall oder Suizid?«

»Es gibt einen Punkt, der mich stutzig macht. Neufeld hat doch diesen schwarzen Streifen an dem Mäuerchen entdeckt. Lehnbach hat auf meine Bitte hin die Kleidung untersucht und auf dem rechten Schuh einen Kratzer gefunden. Grafs Schuhe waren fast neu und sehr gepflegt.«

»Du denkst an Schuhcreme?«

Leo zuckte mit den Schultern. »Wir werden sehen, was das Labor sagt.«

»Es würde bedeuten, dass er mit dem Schuh an dem Mäuerchen hängengeblieben und darübergeschabt ist. Was gegen einen Selbstmord spricht.«

Leo stützte das Kinn in die Hände und sah nachdenklich auf die Tischplatte. »Ja. Wenn man stolpert oder gestoßen wird, sieht das natürlich anders aus. Falls er gestoßen wurde, muss er am Rand gestanden haben. Hätte ihn jemand gegen seinen Willen gezerrt oder geschleppt, wären entsprechende Hämatome am Körper vorhanden. Die gibt es aber nicht. Also Unfall oder Stoß.«

»Ein Unfall ist wenig wahrscheinlich, oder? Graf kannte sich aus, es herrschte auch kein starker Wind. Und es gibt keinerlei Schäden am Dach.«

Leo spann die Theorie weiter. »Graf war eins fünfundsiebzig und sehr schlank, Lehnbach sprach von etwa fünfundsechzig Kilo. Falls er am Rand gestanden hat und der Angreifer das Überraschungsmoment für sich hatte, dürfte es nicht weiter schwierig gewesen sein, ihn hinabzustoßen.«

»Vielleicht war Graf abgelenkt, oder der Täter hat sich angeschlichen. Und die Tür wird offenbar nicht abgeschlossen. Somit konnte jeder, der Grafs Gewohnheiten kannte, ihn allein dort abpassen«, sagte Sonnenschein.

Leo schob den Stuhl zurück. »Also, legen wir los.«

Die Mordkommission hatte sich im Besprechungszimmer versammelt, Leo fasste die bisherigen Erkenntnisse zusammen. »Der endgültige Obduktionsbericht steht noch aus.

Dr. Lehnbach hat keine Hinweise auf Fremdverschulden gefunden, aber die Lage ist so unklar, dass wir Ermittlungen aufnehmen. Der Tote scheint Feinde gehabt zu haben. Zudem haben wir eine Spur.« Er berichtete von dem schwarzen Fleck auf der Mauer und dem Kratzer, den Lehnbach am Schuh gefunden hatte.

Zustimmendes Nicken in der Runde.

»Wir setzen in drei Bereichen an: Grafs Privatleben, seine Arbeit und mögliche Feinde, die sicher in erster Linie im beruflichen Umfeld zu suchen sind. Da wäre zum Beispiel dieser Herr Wilder, den er im Café Jaedicke beleidigt hat. Aber ich denke auch an das hier.« Leo ließ den *Lokal-Anzeiger* herumgehen. »Ich rede mit Hussong. Natürlich ist es das gute Recht der Presse, ausgeprägte politische Meinungen zu vertreten, aber das hier zeugt von persönlichem Hass.«

Klein wiegte den Kopf. »Solches Zeug bringen die Hugenberg-Blätter ständig. Wenn jeder umgebracht würde, über den die so berichten, gäbe es in Berlin keinen einzigen Sozialdemokraten oder Kommunisten mehr.«

»Und auch keinen Juden«, warf Sonnenschein ein.

»Jakob, du befasst dich mit Grafs Privatleben. Es sind keine Angehörigen bekannt. Also eventuelle Freunde und Bekannte, die Wohnung, die Nachbarn. Klein, Neufeld und Hasselmann, Sie ermitteln weiter im Verlag. Reden Sie unbedingt mit Wilder, das hat Vorrang.«

»Bekommen wir zusätzliche Leute?«, erkundigte sich Neufeld. »Der Gebäudekomplex ist groß, wir müssen sämtliche Zugänge in vier Straßen berücksichtigen. Falls es einen Täter gibt, könnte er auch von außen gekommen sein.«

»Ich kümmere mich darum. Aber Sie fangen schon an.«

Als Leo die Jerusalemer Straße entlangging, wurde ihm wieder einmal bewusst, wie dicht die großen Zeitungsverlage aufeinandersaßen.

An der nächsten Ecke stand das Mossehaus mit seinem elegant geschwungenen Eckbau, den der wagemutige Architekt wie einen kühn vorragenden Schiffsbug auf das alte Gebäude gesetzt hatte. Ein beeindruckendes Haus. Er erinnerte sich, dass es darin vor einigen Jahren zu einem schweren Unglück gekommen war, als eine Decke eingestürzt war und vierundzwanzig Menschen unter sich begraben hatte. Im Vorbeigehen warf er einen Blick auf die Schaukästen, in denen die Titelseiten der Zeitungen ausgestellt waren. Das *Tageblatt* titelte:

EIN SCHWERER VERLUST FÜR DIE
BERLINER PRESSE –
ZUM GEDENKEN AN MORITZ GRAF.
VON TH. WOLFF.

Dieser Nachruf würde gewiss respektvoller ausfallen.

Das Gebäude des Scherl Verlags war nicht zu übersehen und wirkte verglichen mit dem Mossehaus geradezu protzig. Es war nagelneu und sah aus, als hätte der Architekt den Einfluss Hugenbergs, der hinter dem Verlag stand, in Eisen und Beton gegossen. Eine helle Fassade, in der senkrechte Linien dominierten und die sich nach oben hin in Terrassen verjüngte. Eindrucksvoll, aber ohne Seele, ohne Spuren von Geschichte, wie man sie bei Mosse fand. Es erinnerte ihn an Zeichnungen des neuen Karstadt-Warenhauses, das gerade am Hermannplatz errichtet wurde, auch ein Bau ohne Vergangenheit, der nur der Zukunft gehörte.

Und was würde das für eine Zukunft sein?

Leo musste sich eingestehen, dass ihm die ganze Hugenberg-Maschinerie zutiefst zuwider war.

Plötzlich glaubte er, Roberts vertraute Stimme zu hören. *Pass auf, was du sagst. Dein Mundwerk hat dich mehr als einmal in Schwierigkeiten gebracht.*

Leo war über die Jahre beherrschter geworden, was er nicht nur Roberts Warnungen, sondern auch Claras Einfluss verdankte. Er hatte gelernt, erst zu überlegen, bevor er sich politisch äußerte, und war gut damit gefahren. Aber das änderte nichts an seinen Überzeugungen. Für Friedrich Hussongs Artikel und alles, wofür er stand, konnte er nur Abscheu empfinden.

Doch davon durfte er sich nicht beeinflussen lassen, wenn er im Verlagsgebäude Hussong gegenübertrat. Empfangen musste man ihn. Die Kriminalpolizei ließ man nicht warten.

Es ging tatsächlich schnell. Wenige Minuten im Vorzimmer des Chefredakteurs, dann wurde er vorgelassen.

Friedrich Hussong wirkte äußerlich unauffällig, glattrasiert, sehr kurze Haare mit Geheimratsecken, entschlossener Zug um den Mund. Er trug einen grauen Anzug und ein weißes Hemd, dazu eine Seidenkrawatte. Leo schätzte ihn auf etwa fünfzig.

Hussong stand auf, als er hereinkam, und reichte ihm die Hand. »Bitte nehmen Sie Platz, Herr Oberkommissar. Womit kann ich dienen?« Er gab sich gelassen, konnte seine Neugier über den Besuch der Kriminalpolizei aber nicht ganz verhehlen. »Zigarette?«

»Nein, danke«, sagte Leo. »Ich habe Ihren Nachruf auf Moritz Graf gelesen.«

Hussong zündete sich in aller Ruhe seine Zigarette an. Er schüttelte das Streichholz aus und warf es in den Aschenbecher, bevor er einen Zug nahm, stieß den Rauch aus und bequemte sich erst dann zu einer Antwort. »Hat er Ihnen gefallen?«

»Darum geht es nicht. Mich interessiert eher der verächtliche Ton, in dem Sie über einen toten Kollegen schreiben. Wie war Ihr Verhältnis zu Herrn Graf?«

Hussong lachte. »Mein Verhältnis? Ich hatte keins. So wie der Rest von Berlin, wenn ich nach dem gehe, was man sich über ihn erzählte. Graf war ein Eigenbrötler, dabei aber bestimmt ein ausgezeichneter Schauspieler. Er konnte sich gut verstellen, sonst hätte sich ihm niemand für seine Reportagen anvertraut.«

»Dennoch erscheint es mir ungewöhnlich, in diesem Ton über einen verstorbenen Kollegen zu schreiben.«

Hussong zog die Augenbrauen hoch. »Er nahm kein Blatt vor den Mund – warum sollte ich das also tun? Ich schreibe Leitartikel, in denen ich offen meine Meinung äußere. Sofern ich nicht gegen Recht und Gesetz verstoße, kann ich über Verstorbene schreiben, wie es mir gefällt. Es stehen keine Unwahrheiten darin. Ich bin nur meinem Gewissen und meinem Arbeitgeber verpflichtet.«

Wes Brot ich ess, dachte Leo, sprach es aber nicht aus. Nach allem, was er über Friedrich Hussong wusste, schrieb dieser aus tiefer Überzeugung und nicht, weil Alfred Hugenberg es von ihm verlangte. »Eine andere Frage, Herr Hussong. Fällt Ihnen ein Grund ein, weshalb jemand Moritz Graf hätte ermorden sollen?«

Der Chefredakteur wirkte überrascht. Dann zog er an der Zigarette und sah Leo durch den Rauch belustigt an. »Nur *ein* Grund? Da gibt es viele. Graf war ein scharfer Hund, wenn es darum ging, nach rechts auszuteilen. Er war ein Vaterlandsverräter und dürfte vielen auf die Füße getreten sein. Allerdings –« er legte eine wirkungsvolle Pause ein, »bringt man nicht jeden gleich um, der unerfreulich über einen schreibt. Wir sind doch zivilisierte Menschen. Dennoch bleibe ich dabei, dass die Berliner Presselandschaft ohne ihn besser dran ist. – Ich entnehme Ihrer Frage, dass Graf umgebracht wurde?«

»Überlegen Sie bitte, wer sich besonders von ihm angegriffen gefühlt haben könnte. Wer ihn vielleicht zum Schweigen bringen wollte.«

Hussongs Gesicht verfinsterte sich. »Herr Oberkommissar, Sie erwarten doch nicht, dass ich Leute, die ebenso wie ich ums Vaterland besorgt sind, ans Messer liefere? Dass ich womöglich Politiker denunziere, nur weil sie die Berichterstattung des Herrn Graf missbilligten? Gar Dr. Hugenberg persönlich, nur weil er Graf einen ›widerwärtigen Emporkömmling‹ genannt hat, der nie gedient habe? Sie sehen, der Gedanke ist lächerlich. Worte sind Worte, und Taten sind Taten. Das eine führt nicht unweigerlich zum anderen.«

»Nicht unweigerlich, aber Sie werden nicht bestreiten, dass man mit Worten Hass schüren und Menschen zu Verbrechen anstiften kann.«

»Gewiss. Und wenn ich mir Grafs Artikel ansehe, finde ich durchaus Hass darin. Vielleicht hat er es zu weit getrieben. Manchmal fallen Taten auf einen selbst zurück.«

»Herr Hussong, es ist nicht auszuschließen, dass Moritz Graf vom Dach gestoßen wurde. Artikel hin oder her – dafür muss es einen konkreten Grund gegeben haben. Wir nennen das Motiv.«

Hussong blinzelte, dann trat ein hämischer Zug in sein Gesicht. »Danke für die Belehrung, das ist mir nicht neu. Wenn es meine Zeit erlaubt, lese ich gern Gerichtsreportagen. Aber wie ich bereits sagte, ist mir niemand persönlich bekannt, der ein solches Motiv haben könnte. Sie sollten sich vielleicht lieber beim *Berliner Beobachter* erkundigen.«

»Hat Graf früher dort gearbeitet?«, fragte Leo. Der *Beobachter* war ein übles Revolverblatt, und er konnte sich kaum vorstellen, dass ein Mann wie Graf dafür geschrieben haben sollte.

»Vor langer Zeit«, sagte Hussong und drückte seine Zigarette aus. »Das wollte er gern vergessen, als er ein renommierter Journalist geworden war. Aber die Vergangenheit holt einen immer ein. Man kann nicht vor dem davonlaufen, was man einst getan hat und gewesen ist. Daher könnte es sich lohnen, dort nachzufragen. Wer weiß, ob nicht jemand ein spätes Hühnchen mit ihm zu rupfen hatte. Die Praktiken dieser Blätter sind bekanntermaßen fragwürdig.«

Leo erhob sich. »Ich danke Ihnen für den Hinweis, Herr Hussong. Sollte Ihnen noch etwas einfallen, rufen Sie mich bitte an.« Er legte seine Karte auf den Tisch und verließ das Büro.

Es kam ihm vor, als hätte er einen Kampf verloren, auch wenn er sich das Gefühl nicht recht erklären konnte.

Oskar Neufeld hatte Glück und traf Herrn Wilder in der Redaktion an. Der kleine Mann mit den freundlichen, wachen Augen streckte ihm die Hand entgegen. »Billie Wilder mein Name. Ich habe schon mit Ihrem Besuch gerechnet. Eine schlimme Geschichte. Wollen wir ins Besprechungszimmer gehen? Hier ist die Hölle los.«

Damit hatte er recht, in der Redaktion herrschte der übliche lautstarke Wirbel, wenngleich Neufeld einige bedrückte Mienen bemerkte. Doch eine Zeitung musste erscheinen, auch wenn ihr Reporter vom Dach gestürzt war.

Im Besprechungszimmer schloss Wilder die Tür und bot ihm einen Platz an.

Neufeld holte sein Notizbuch heraus und kam gleich zur Sache. Wilder wirkte nicht wie jemand, den man behutsam an eine Befragung heranführen musste. »Es geht um Moritz Graf. Was können Sie mir über ihn erzählen?«

»Vermutlich nicht viel Neues. Er war als Einzelgänger bekannt. Arbeitete am liebsten allein. Über sein Privatleben weiß ich nichts, da hielt er sich noch mehr bedeckt als im Beruf.«

»Wie ich hörte, hatten Sie und Graf kürzlich eine Meinungsverschiedenheit. Im Café Jaedicke.«

Wilder sah ihn mit einem schiefen Lächeln an. »Ja, das hat vermutlich das ganze Café mitbekommen.«

»Laut Aussage einer Zeugin sagte Graf, er brauche keinen dahergelaufenen Galizier, der ihm Geschichten liefere. Was können Sie mir dazu sagen?«

»Nun ja, ich bin tatsächlich in Galizien geboren. Was den Rest angeht, muss ich ein wenig ausholen. Ich arbeite nicht nur für Zeitungen, sondern demnächst auch für den Film. Es ergab sich so, nachdem eines Nachts ein Mann in Unterhosen in meinem möblierten Zimmer auftauchte, irgendeine Frauengeschichte. Nun war er zufällig Direktor einer Filmgesellschaft. Ich bot ihm selbstlos meine Hilfe und mein erstes Drehbuch an. Stellen Sie sich vor, er hat tatsächlich ja gesagt. Jetzt hoffe ich auf eine große Karriere.«

Neufeld wusste nicht recht, ob er dem Schalk in Wilders Augen trauen konnte. Der Mann war amüsant, kein Zweifel.

»Ich bekomme dadurch natürlich so einiges mit aus der Filmwelt. Mir kamen interessante Gerüchte zu Ohren, es geht um einen sehr prominenten Regisseur und eine sehr junge Schauspielerin. Ich dachte, das könnte etwas für Graf sein, er deckt ja gern Skandale auf. Also habe ich es ihm vorgeschlagen. Nun, seine Antwort kennen Sie bereits. Worauf ich erwiderte –«

Plötzlich wurde er bleich und schob zwei Finger in den Hemdkragen, als wäre der ihm zu eng geworden.

»Was erwiderten Sie darauf, Herr Wilder?«

Der junge Reporter lachte, aber es klang gequält. »Wenn ich Ihnen das sage, verhaften Sie mich vermutlich auf der Stelle.«

Neufeld saß da, den Stift in der Hand, und sah ihn mit hochgezogenen Augenbrauen an. »Das überlassen Sie bitte mir.«

»Ihr Hochmut bricht Ihnen noch das Genick, habe ich geantwortet.« Er griff nach seinem Zigarettenetui. »Es war so dahingesagt. Aber im Nachhinein … klingt es furchtbar.«

Neufeld ging nicht darauf ein. »Könnte man sagen, dass Sie Rivalen waren? Dass Graf sich durch einen jungen, erfolgreichen Kollegen bedroht fühlte?«

Wilder schüttelte den Kopf. »Ach nein, sicher nicht. Ich schreibe selten längere Reportagen, bis auf diese Eintänzergeschichte damals. Außerdem sehe ich meine Zukunft eher beim Film. Wir sind uns beruflich nicht ins Gehege gekommen. Aber Graf bestand darauf, nur eigene Ideen zu verwenden, er nahm keine Ratschläge oder Empfehlungen an. Ich hätte mit dieser Reaktion rechnen müssen.«

»Dann bitte ich Sie noch, mir zu sagen, wo Sie sich am Abend des 14. November aufgehalten haben, Herr Wilder.«

Der Journalist lächelte. »Ich wollte schon immer hören, wie es klingt, wenn die Polizei das sagt. Mal überlegen. Ich war am Nachmittag in der Redaktion und habe um halb sieben das Gebäude verlassen, weil ich Theaterkarten hatte.

Um sieben habe ich mich mit einer Dame getroffen. Wir sind essen gegangen, dann waren wir im Theater des Westens, wo wir die Baker in *Bitte einsteigen* gesehen haben. Ich habe dort mehrere Freunde getroffen, die das bestätigen können.«

Nachdem Neufeld die Namen der Dame und der Freunde notiert hatte, fragte er abschließend: »Können Sie mir sonst noch etwas über Graf sagen? Hat er sich anders verhalten als sonst? Wissen Sie, woran er gearbeitet hat?«

Wilder kehrte bedauernd die Hände nach außen. »Ich arbeite frei, daher bin ich nicht oft in der Redaktion. Auch habe ich ihn nicht gesprochen seit der Sache bei Jaedicke. Vielleicht haben Sie bei den festangestellten Kollegen mehr Glück. Aber wie gesagt, der Mann zog sich zum Schreiben aufs Dach zurück. Was soll man da erwarten?«

Clemens Marold ging gerade durch den Flur, als er einen Mann bemerkte, der aus Hussongs Büro trat und ihm entgegenkam. Er blieb stehen und betrachtete ihn aufmerksam.

Gut gekleidet, aber nicht gut genug, um wohlhabend zu sein. Groß, schlank, dunkelhaarig, markante Narbe an der linken Schläfe. Er bewegte sich mit jener Selbstsicherheit, die nicht erworben, sondern angeboren ist, auch wenn seine Haltung verriet, dass die Begegnung mit Hussong nicht allzu erfreulich verlaufen war. Das wunderte Marold nicht. Der Redakteur war nützlich, aber kein angenehmer Zeitgenosse.

Er fragte sich, wer der Besucher gewesen sein mochte.

Also klopfte er und trat unaufgefordert ein, ein Privileg seiner Stellung im Hause.

»Guten Morgen, Hussong. Hervorragender Nachruf auf Graf.«

»Danke, Herr Marold. Bitte.« Hussong wies auf einen Sessel. »Es wird Sie interessieren, dass ich soeben hohen Besuch von der Kriminalpolizei hatte.«

Marold deutete über die Schulter. »Der Dunkelhaarige?«

Der Chefredakteur nickte. »Oberkommissar Wechsler. Natürlich kam er wegen Graf. Die Polizei scheint eine Gewalttat in Betracht zu ziehen.«

»Hat er Einzelheiten genannt?«

Hussong zuckte mit den Schultern. »Nein. Aber er schien mich zu verdächtigen. Wegen des Nachrufs. Worauf ich ihm erklärt habe, dass ich Graf keineswegs geschätzt habe, man Worte aber nicht mit Taten gleichsetzen könne.« Er hielt inne und schaute Marold über die zusammengelegten Fingerspitzen hinweg an. »Mein Artikel hat ihm missfallen, das war nicht zu übersehen. Vielleicht ist er auch einer dieser Sozialdemokraten, von denen es im Präsidium wimmelt.«

»Bedauerlich, dass sogar der Polizeipräsident diesem roten Haufen angehört.«

»Übrigens habe ich Wechsler zum *Berliner Beobachter* geschickt. Es kann nicht schaden, ihn auf Grafs unrühmliche Vergangenheit zu stoßen. Der Mann wird von den Ullstein-Blättern wie ein Heiliger gefeiert, aber er hat ganz anders angefangen. Wer weiß, ob da nicht jemand späte Rache genommen hat.«

Marold erhob sich. »Sie berichten mir, sollte sich die Polizei noch einmal melden. Ach, und noch eins. Es kann nicht schaden, wenn Sie sich dieses Kriminalbeamten ein wenig annehmen. Wir verstehen uns?«

9

Jakob Sonnenschein hatte von der Personalabteilung bei Ullstein die Privatanschrift von Moritz Graf in Charlottenburg erhalten, wo der Tote in einem recht herrschaftlichen Haus gewohnt hatte. Er wies sich aus und ließ sich vom Portier den Schlüssel aushändigen. Die Wohnung befand sich im zweiten Stock des Vorderhauses. Er zog Handschuhe an und inspizierte zunächst das Türschloss, an dem keinerlei Anzeichen von Gewaltanwendung zu erkennen waren. Dann schloss er die Tür auf und trat in die Diele. Es roch sauber, und er meinte, den Anflug eines guten Eau de Cologne wahrzunehmen.

Die Wohnung war nicht sehr groß, aber geschmackvoll und modern möbliert. An den Wänden des Flurs hingen Grafiken, die sicher von bekannten Künstlern stammten. Leo Wechsler hätte sie vielleicht gekannt, er selbst leider nicht. Es gab eine kleine, praktisch eingerichtete Küche, ein Schlafzimmer, das auch als Arbeitszimmer diente, ein Wohnzimmer und ein Bad. Alles wirkte sehr aufgeräumt.

Die Wohnung schien auf den ersten Blick ein wenig leblos, dachte Sonnenschein, aber er wusste nur zu gut, dass man überall etwas fand, wenn man nur gründlich suchte.

Im Badezimmer herrschte penible Ordnung: makellos sauberes Rasiermesser, ein Tiegel mit Rasiercreme aus einer guten Drogerie, säuberlich aufgereihte Flaschen Eau de

Cologne, Haarwasser und ein Töpfchen Brillantine. Akkurat gefaltete Handtücher im Regal, kein Haar im Waschbecken, keine Kalkflecken auf dem glänzenden Porzellan.

Dann war die Küche an der Reihe.

Im Schrank fand er getrocknete Erbsen, Reis, Nudeln, Brühwürfel. Zwei Konservendosen mit Obst. Das Brot im Brotkasten war nicht verschimmelt, also dürfte Graf kurz vor seinem Tod noch zu Hause gewesen sein. In einem Regal lagen mehrere Flaschen Rotwein.

Es sah nicht aus, als hätte der Tote regelmäßig gekocht. Das ein oder andere Spiegelei vielleicht oder was Junggesellen eben aßen. Sonnenschein konnte sich nicht vorstellen, wie es war, immer auswärts zu essen oder sich nur auf die Schnelle etwas zuzubereiten, um den Hunger zu vertreiben. Er hatte stets mit anderen Menschen zusammengelebt, und seine Mutter war eine hervorragende Köchin. Auch Esther kochte gut, aber nicht so aufwändig wie seine Mutter.

Nächster Schrank. Das Porzellan war von guter Qualität, aber nicht wertvoll. Zwei Kochtöpfe, eine Pfanne, die nötigsten Kochutensilien. Hier war nichts zu holen.

Im Wohnzimmer entdeckte er ein Grammophon und eine ansehnliche Sammlung von Schallplatten, vor allem Jazzmusik und etwas Klassik. Er blätterte in den Alben und las die Namen der Musiker, darunter Jelly Roll Morton, Sidney Bechet, Louis Armstrong, Weintraubs Syncopators. Von einigen hatte er schon gehört, sie wurden im Radio gespielt oder traten gelegentlich in den zahlreichen Nachtclubs und Konzerthallen der Stadt auf. Wie es schien, war Graf ein großer Freund der Jazzmusik gewesen.

Sonnenschein hockte sich auf die Fersen und betrachtete die Platten. Plötzlich hatte er das Gefühl, einen kleinen Blick auf das Wesen des Toten zu erhaschen, während er zuvor nur ein Gefühl der Leere empfunden hatte. Die Schallplatten waren sorgfältig in ihren Hüllen verstaut, und als er eine herauszog, war sie blank poliert und ohne einen einzigen Kratzer. Graf hatte seine Schallplatten offenbar geliebt.

Ein Gummibaum, der die Blätter hängen ließ, stand auf einem Hocker in der Ecke. Ansonsten gab es ein mit dunklem Stoff bezogenes Sofa, das für seinen Geschmack zu eckig wirkte und einen Rahmen aus Chrom hatte. Modern, wie der Rest der Wohnung. In einer Ecke stand ein Radioapparat auf einem kleinen Schrank.

Sonnenschein drehte sich einmal um sich selbst. Auch hier hingen Grafiken und einige kleine gerahmte Plakate, die von Konzerten und Theaterveranstaltungen kündeten, die Graf vermutlich besucht hatte. Keine Fotos von Angehörigen oder Freunden. Nun, er war als Waise aufgewachsen, das erklärte einiges.

Ihm fiel ein, was Hugo Behrendt über den Verstorbenen gesagt hatte. Dass er auch bei der Arbeit ein Einzelgänger gewesen sei, der kaum Freunde hatte und sich nur selten mit seinen Kollegen abgab. Seltsam nur, dass er ausgerechnet Reportagen geschrieben hatte, für die er in eine Rolle schlüpfen und sich mit anderen Menschen befassen musste. Womöglich hatte dieses Rollenspiel es ihm einfacher gemacht, sich auf andere Menschen einzulassen, dachte Sonnenschein. Wenn er nicht er selbst gewesen war, hatte er vielleicht besser auf sie zugehen können.

Er ging ins Schlafzimmer und öffnete den Kleiderschrank. Die Anzüge, Hemden und Jacketts hingen wie Soldaten aufgereiht, die Socken waren paarweise aufgerollt und nach Farben geordnet. Das galt auch für die Krawatten, die säuberlich auf einem speziellen Bügel hingen. Im Fach darüber standen mehrere Hutschachteln. In einer Schublade fand Sonnenschein Handschuhe aus Leder, mit und ohne Lochmuster, zwei Paar davon gefüttert. All das bot keine neuen Erkenntnisse.

Das Bett war militärisch akkurat gemacht, das Kissen parallel zur oberen Kante der Bettdecke ausgerichtet, die längs der Mitte säuberlich umgeschlagen war.

Er drehte sich um und betrachtete den Schreibtisch am Fenster.

Falls er auf schöpferisches Chaos gehofft hatte, auf verstreute Papiere, Notizen, Stifte, zerknüllte Zettel, wurde er enttäuscht. Der Tisch war aufgeräumt, die Schreibunterlage sauber und gerade ausgerichtet. In einer Schale aus Bakelit lagen Stifte, Radiergummi, Lineal.

Sonnenschein öffnete die Schubladen – Schreibpapier, leere Mappen, ein Tintenglas, und dann, in der untersten Schublade, Notizbücher, mindestens ein Dutzend. Er blätterte sie durch, alle waren dicht beschrieben, teils in Kurzschrift, manches war durchgestrichen, mit Ausrufezeichen versehen und insgesamt sehr viel chaotischer, als es die aufgeräumte Arbeitsecke vermuten ließ.

Sonnenschein legte die Notizbücher auf den Tisch, die würden sie im Präsidium alle durchgehen müssen.

In einem schmalen Regal neben dem Tisch standen mehrere Aktenordner.

Sonnenschein nahm einen heraus – er enthielt säuberlich abgeheftete Artikel und Reportagen, die Graf für die *B. Z. am Mittag* verfasst hatte. Sie reichten zurück bis ins Jahr 1926. Der Ordner daneben umfasste die Jahre von 1922 bis 1925. Eine beachtliche Menge. Dann nahm er den dritten Ordner heraus, in dem sich zahlreiche Artikel aus der *Morgenpost* fanden.

Sonnenschein griff zum letzten Ordner und stutzte, als er die Aufschrift auf dem Rücken las. *Berliner Beobachter*? Das war doch dieses Schundblatt, das an den Zeitungsständen in oberster Reihe angeboten wurde, dort, wo die grellsten Schlagzeilen lockten. Und dafür hatte Graf geschrieben? Die Artikel endeten im Jahr 1912. Er vergewisserte sich, dass die frühesten Artikel aus der *Morgenpost* von 1912 stammten. Offensichtlich hatte Graf damals seine Karriere als seriöser Journalist begonnen.

Sonnenschein suchte sich einen Wäschekorb und packte Ordner und Notizbücher hinein. Dann kehrte er in die Diele zurück und untersuchte die Wohnungstür von innen, bevor er hinausging. Auch an dieser Seite waren keine Kratzer oder Schäden zu erkennen.

Er schloss sorgfältig hinter sich ab und wollte gerade mit dem Korb zur Treppe gehen, als die gegenüberliegende Wohnungstür geöffnet wurde.

Eine Frau mit blond gefärbten, dauergewellten Haaren schaute ihn misstrauisch an.

»Was machen Sie denn da?«

»Guten Tag«, antwortete Sonnenschein gelassen und lächelte sie freundlich an. »Ich hätte auch eine Frage an Sie. Kennen Sie Herrn Graf?«

Sie verschränkte die Arme vor der Brust. Erst jetzt bemerkte er, dass sie stark geschminkt war und einen rosa Morgenmantel trug, der ihren Körper kaum verhüllte. Peinlich berührt schaute er auf eine Stelle rechts neben ihrem Kopf.

»Und was geht Sie das bitte an?«

Er zeigte seine Dienstmarke, worauf ihre Augen groß wurden. »Die Polizei?« Dann lachte sie verächtlich. »Na, wundern tut's mich nicht.«

»Würden Sie das bitte näher erklären?«

Sie schob sich die Haare aus dem Gesicht und musterte ihn ungerührt. »Er hat immer so laute Musik gehört. Grauenhaftes Zeug. Hörte sich an, als würde man Geschirr auf den Boden werfen. Oder einer Katze auf den Schwanz treten.«

Das musste der Jazz gewesen sein, dachte Sonnenschein und musste ein Grinsen unterdrücken. »Das klingt nicht sonderlich ungehörig. Haben Sie mir sonst noch etwas über Ihren Nachbarn mitzuteilen?«

»Warum sind Sie überhaupt hier? Wenn es nicht wegen der furchtbaren Musik ist, meine ich.«

»Ich stelle hier die Fragen«, sagte Sonnenschein mit einer gewissen Genugtuung. Endlich konnte er den Satz einmal anbringen.

Ihre Augenbrauen wanderten in die Höhe, als hätte sie nicht mit diesen energischen Worten gerechnet. »Da war natürlich noch der schwarze Mann.«

»Wie bitte?«

»Na ja, er hat mal einen schwarzen Mann mitgebracht. Der war so dunkel, als wäre er geradewegs aus Afrika gekommen.«

Sonnenschein war sich ziemlich sicher, dass es für die Hautfarbe keine Rolle spielte, ob man gerade aus Afrika gekommen war oder seit Jahren in Berlin wohnte, aber das tat nichts zur Sache. »Wann war das?«

Die Frau zuckte mit den Schultern. »Was weiß ich, vor zwei Monaten?«

»Und was haben die beiden gemacht?«

»Sie sind in die Wohnung gegangen. Mehr weiß ich nicht. Ach ja, doch, dann fing die Musik wieder an. Negermusik eben.«

»Sie haben nicht zufällig erfahren, wie der Mann hieß?«

Sie lief rot an. »Meinen Sie etwa, ich hätte mit so einem geredet? Ich hab ja nicht mal mit dem Graf geredet.«

»Wie heißen Sie?«

Sie zögerte. »Muss ich das sagen? Na schön, Martha Krause.«

Sonnenschein reichte ihr seine Karte. »Danke für die Information. Falls Ihnen noch etwas einfallen sollte, rufen Sie mich bitte an. Sie haben mir sehr geholfen.« Er genoss ihren irritierten Blick. Mit Freundlichkeit konnte man die Leute oft mehr verblüffen als mit Grobheit.

Dann nahm er den Wäschekorb und stieg die Treppe hinunter.

Der Sportpalast hatte ihm nie wirklich gefallen, überlegte Bernd Wilmert, als er sich nach der Veranstaltung durch das Gedränge in der Eingangshalle zum Ausgang vorarbeitete. Er war nicht besonders sportbegeistert, anders als viele seiner Kollegen, und darum auch nur ein- oder zweimal hier gewesen. Bei einem Kampf von Max Schmeling und einmal beim Sechstagerennen, was angeblich nötig war, wenn man als Berliner gelten wollte. Während der Sportpalast von außen eher traditionell wirkte, war die Halle nach den modernsten architektonischen Maßstäben gestaltet. Hier konnten zahlreiche Sportarten ausgeführt werden: Radfahren, Boxen, Eiskunstlauf, Eishockey, Reiten. Auch war hier schon Beethovens Neunte aufgeführt worden, und die Halle ließ sich zudem in ein riesiges Kino verwandeln.

Er wischte sich den Schweiß von der Stirn, fühlte sich beinahe benommen. Das Erlebnis von eben wirkte nach.

Die Plakate waren nicht zu übersehen gewesen, sie hingen

in der ganzen Stadt an Litfaßsäulen und Hauswänden und sprangen einem mit ihren grellen Lettern förmlich entgegen:

Zum ersten Male in Berlin!
Adolf Hitler spricht im Sportpalast.
»Der Kampf, der einst die Ketten bricht.«

Natürlich würden die Morgenblätter als Erste darüber berichten, aber er hatte sich den Auftritt nicht entgehen lassen wollen. Er würde einen Augenzeugenbericht verfassen. Nach dem schlechten Abschneiden der NSDAP bei der Wahl im Mai – ganze 2,6 Prozent, zwölf Abgeordnete – war das Redeverbot gegen Hitler in Preußen aufgehoben worden. Wilmert war sich nicht sicher, was er davon hielt; er hatte die Partei lange nicht ernst genommen, sie für eine vorübergehende Erscheinung gehalten, doch die ständig zunehmenden Straßenkämpfe zwischen SA und Kommunisten beunruhigten ihn. Vor allem trat Hitler immer stärker in den Vordergrund und nutzte die inneren Streitigkeiten seiner Partei, um seine eigene Macht zu festigen.

Bis zum heutigen Abend hatte sich Wilmert nicht vorstellen können, was die Menschen so an dem Mann faszinierte, den er nur von Fotos und aus kurzen Aufnahmen in der Wochenschau kannte. Darum hatte er die Gelegenheit genutzt, um ihn an diesem Abend persönlich zu erleben.

Es hatte schon beim Hineingehen angefangen, als er einem Ordner seinen Presseausweis gezeigt hatte. Der SA-Mann hatte ihn argwöhnisch gemustert und mit dem Daumen über die Schulter gedeutet. »Die Pressetribüne ist dahinten.«

Er hatte es unangenehm gefunden, von Männern in Uniform durchs Gebäude geschleust zu werden, aber daran musste man sich bei den Nationalsozialisten wohl gewöhnen.

Die riesige Halle hatte an diesem Abend nur einem Zweck gedient: einen Rahmen für Adolf Hitler abzugeben. An den oberen Rängen waren große Spruchbänder angebracht, auf denen Schlagworte wie »Unser die Zukunft« zu lesen waren. Auf der Bühne befand sich ein Rednertisch, über den man eine große schwarz-weiß-rote Flagge mit einem Hakenkreuz gebreitet hatte. Davor stand ein dreibeiniges Stativ, auf dem ein Mikrofon angebracht war. Hitler war für seine laute Stimme bekannt, aber in einem Raum dieser Größe brauchte selbst er eine künstliche Verstärkung. Aus den Lautsprechern, die überall in der Halle angebracht waren, schmetterte Marschmusik.

Im Publikum waren mehr Männer als Frauen, die meisten in Zivil, doch die braunen Uniformhemden der SA-Leute waren überall zu erkennen.

Wilmert hatte sich Notizen für den Artikel gemacht, sich mit Kollegen von den anderen Zeitungen unterhalten. Um kurz vor acht hatte die Polizei das Gebäude gesperrt, weil man aus Sicherheitsgründen keine weiteren Besucher einlassen konnte.

Die Zuschauereingänge wurden geschlossen. Dann hatte sich eine große Doppeltür geöffnet, und ein langer Zug von SA-Männern, die Standarten und Fahnen trugen, war in Zweierreihen in die Halle marschiert. Als Hitler im dunklen Anzug den Raum betreten hatte, war ohrenbetäubender Beifall aufgebrandet, durchsetzt mit »Heil«-Rufen.

Wilmert hatte sich zunächst über den dunklen Anzug gewundert, der Hitler eher klein und unscheinbar aussehen ließ, dann aber begriffen, weshalb er ihn gewählt hatte. Hinter ihm ragten hochgewachsene SA-Männer in braunen Uniformen empor, und er hob sich ganz in Schwarz besser von ihnen ab. Sie wirkten wie eine mit Hakenkreuzfahnen versehene Leibgarde, und das waren sie wohl auch.

Die Rede hatte weitgehend aus den üblichen gegen die Demokratie gerichteten Phrasen bestanden.

Hitler hatte von Herabsetzung des deutschen Geistes und Blutes geredet und sich verächtlich über amerikanische Jazzmusik geäußert, wobei Wilmert an Moritz Graf denken musste. »Negermusik herrscht, aber setzen wir einem Jimmy eine Symphonie Beethovens entgegen, so ist der Sieg entschieden.« Dann hatte Hitler sich direkt an seine Anhänger gewandt: »Aus unserem starken Glauben wird die Kraft kommen, um Selbsthilfe dieser Verbastardisierung gegenüber anzuwenden.«

Und so ging es weiter, immer wieder unterbrochen vom euphorischen Jubel der Menge.

All das hatte dazu geführt, dass Wilmert das Herz bis in die Kehle schlug. Es war nicht Faszination gewesen, die diese physische Reaktion auslöste, sondern tiefe Beklemmung. Wie es dieser Mann schaffte, Worte als Peitsche zu gebrauchen, war sehenswert und verstörend zugleich.

Als er den Ausgang beinahe erreicht hatte, wurde er um ein Haar von einer jungen Frau umgerannt, die mit leuchtendem Gesicht und sichtlich beflügelt aus der Halle eilte. Sie schien gar nicht zu merken, dass sie ihm fast auf den Fuß trat. Sie kam ihm vage bekannt vor, doch es gelang ihm nicht, ihr Gesicht einzuordnen.

Draußen konnte er endlich wieder richtig atmen. Er kehrte den begeisterten Massen, die hinter ihm herausströmten, den Rücken und befand, dass er jetzt einen anständigen Schnaps brauchte.

10

Sonnabend, 17. November 1928

Die Kollegen hatten einen Plan des Ullstein-Komplexes erstellt, auf dem sämtliche Gebäudegrundrisse, Innenhöfe und Zugänge eingezeichnet waren, und auf dem großen Besprechungstisch ausgebreitet.

Klein deutete auf den Haupteingang Ecke Koch- und Charlottenstraße. »Das ist der kürzeste Weg aufs Dach. Durch die Eingangshalle, mit dem Fahrstuhl oder durchs Treppenhaus nach oben in den vierten Stock, durch den Buchverlag und den bereits bekannten Korridor, in dem sich die Tür zum Dach befindet.«

»Den Fahrstuhl zu nehmen ist riskant, weil man dort unweigerlich gesehen wird«, sagte Hasselmann. »Die Fahrstuhlführer werden befragt, aber es herrscht viel Publikumsverkehr. Die sehen jeden Tag Hunderte Menschen und können kaum beurteilen, wer verdächtig sein könnte. Graf ist abends vom Dach gestürzt, und es wäre dem Fahrstuhlführer womöglich aufgefallen, wenn ein Fremder noch so spät nach oben gefahren wäre. Aber er könnte sich ebenso gut den Tag über versteckt gehalten und die Gelegenheit abgepasst haben.«

Leo deutete auf das Treppenhaus. »Also ist die Treppe wahrscheinlicher, falls die Person von außen gekommen ist.

Das heißt aber auch, dass die fragliche Person wusste, wo sich das Treppenhaus befindet. Oder hat sich jemand danach erkundigt?«

Neufeld schüttelte den Kopf. »Nein, wir haben den Portier gefragt. Er hat seinen Kollegen angerufen, der sich den Dienst mit ihm teilt, und auch der hat bestätigt, dass niemand nach dem Treppenhaus gefragt hat. Der Zugang liegt etwas versteckt. Also müsste derjenige ihn entweder gekannt oder sich die Zeit genommen haben, ihn zu suchen.«

»Gut, dann machen wir heute mit den Befragungen weiter. Zunächst bei der *B. Z. am Mittag*. Bei Bedarf dehnen wir sie auf die anderen Redaktionen und den Buchverlag aus.« Er schaute zu Sonnenschein. »Wie war es in der Wohnung?«

Sonnenschein berichtete. »Es gibt keine Hinweise auf eine Liebesbeziehung oder Familie, wobei sich Letzteres aus der Tatsache erklären dürfte, dass er im Waisenhaus aufgewachsen ist. Er scheint jemand gewesen zu sein, der seine Privatsphäre streng hütete. Und der vielleicht schon als Kind gelernt hatte, dass er sich nur auf sich selbst verlassen konnte.«

»Und sonst?«, fragte Leo. »Irgendwelche Vorlieben oder Angewohnheiten muss er doch gehabt haben.«

»Sein größter Stolz war wohl seine Schallplattensammlung. Die ist ziemlich umfangreich, er muss viel Geld dafür ausgegeben haben. Und er hat alle Platten sorgfältig in Alben aufbewahrt.« Dann berichtete er von Frau Krause und was sie über den schwarzen Besucher gesagt hatte.

»Dem müssen wir nachgehen«, sagte Leo. »Könnte der Mann Musiker gewesen sein? Wenn Graf Jazzmusik liebte, könnte er in entsprechenden Lokalen verkehrt haben. Das heißt natürlich nicht, dass der Mann etwas mit Grafs Tod zu tun hat, aber wenn ein angeblicher Einzelgänger ungewöhnlichen Besuch empfängt …«

»Daran habe ich auch gedacht.« Dann deutete Sonnenschein auf den Wäschekorb mit den Aktenordnern und Notizbüchern, der neben dem Besprechungstisch stand. »Das habe ich aus der Wohnung mitgebracht, seine Notizen und die gesammelten Werke als Journalist. Dabei ist mir etwas aufgefallen: Er hat vor Jahren für den *Berliner Beobachter* geschrieben, nicht gerade ein seriöses Blatt.«

Leo horchte auf. »Das mit dem *Berliner Beobachter* ist tatsächlich interessant. Den hat Hussong gestern nämlich auch erwähnt.« Er blätterte in seinem Notizbuch und las vor: »Das wollte er gern vergessen, als er ein renommierter Journalist geworden war. Aber die Vergangenheit holt einen ein. Man kann nicht vor dem davonlaufen, was man einst getan hat und gewesen ist.«

»Was hat er wohl damit gemeint?«, überlegte Neufeld. »Es ist doch nicht ehrenrührig, dass Graf für ein Käseblatt geschrieben hat, bevor er zu Ullstein gewechselt ist.«

Bevor jemand eine Antwort geben konnte, klingelte das Telefon, und Leo nahm den Hörer ab. »Inspektion A, Wechsler.«

Es war Dr. Lehnbach, und er hatte interessante Neuigkeiten.

Leo wandte sich den Kollegen zu. »Lehnbach hatte Grafs Schuh per Kurier ans Labor Dr. Friedrich geschickt. Bei dem schwarzen Streifen, den wir auf der Mauerbrüstung des Daches gefunden haben, handelt es sich um eine Mischung aus Lederabrieb und Schuhcreme. Beides passt zum Schuh des Toten. Unwahrscheinlich, dass er bei einem absichtlichen Sprung mit dem Fuß dort hängengeblieben und so über die Mauer geschrammt wäre, dass diese Spuren zurückgeblieben sind. Ebenso unwahrscheinlich ist, dass er ins Stolpern geraten und hinuntergefallen ist. Die Obduktion hat keinerlei

Vorerkrankungen ergeben, die möglicherweise Schwindel hervorgerufen hätten. Auch war er nicht angetrunken. Und er kannte sich dort oben aus.« Leo hielt inne. »Bei einem unerwarteten Stoß, den er vielleicht noch abzufangen suchte oder gegen den er sich gewehrt hat, könnte es jedoch zu dem Abrieb gekommen sein. Meine Herren, wir behandeln diesen Fall ab sofort als Gewaltverbrechen.« Er schaute in sein Notizbuch. »Lehnbach hat die Kleidung des Toten überprüft und Zigaretten, Streichhölzer, drei Mark in Kleingeld und einen Zettel gefunden. Darauf steht: *Friese, Palme.*«

Neufeld überlegte. »Vielleicht Informanten von Graf? Palme ... klingt irgendwie exotisch, es könnte auch ein Lokal sein. Vielleicht ein Jazzlokal?«

»Wir sollten bei Grafs Kollegen nachfragen, ob ihnen die Namen etwas sagen«, meinte Klein. »Und prüfen, ob es seine Handschrift ist.«

»In Ordnung.« Leo wollte schon zum nächsten Punkt übergehen, als ihm ein Gedanke kam. »Könnte vielleicht das städtische Obdach in der Fröbelstraße gemeint sein?«, fragte er. »Das nennt sich doch im Volksmund ›Palme‹. Ich denke, wir sollten nachfragen, ob dort jemand namens Friese bekannt ist. Das übernehme ich.« Es war nur ein Versuch, aber er fuhr gewöhnlich gut damit, wenn er auf sein Gefühl vertraute.

Die anderen nickten zustimmend.

»Jakob, Klein, ihr arbeitet die Notizbücher und Ordner durch, mit besonderem Augenmerk auf den *Berliner Beobachter*. Hasselmann und Neufeld, Sie machen bei Ullstein weiter wie besprochen. Fragen Sie nach den Namen Friese und Palme. Und, meine Herren, denken Sie daran: Hier ist ein Vertreter der Presse umgekommen, möglicherweise ermordet worden. Das heißt, wir werden von der Presse genau ins Visier genommen werden, sobald klar wird, dass wir ermitteln. Wir müssen schnell zu Ergebnissen kommen.«

Um sechs mussten sie bei Ilse sein, doch bis dahin blieb ihm genügend Zeit, um nach Prenzlauer Berg zu fahren und sich im Obdach umzusehen.

Bernd Wilmert, Hugo Behrendt und Hedy Neumann saßen bei Jaedicke. Drüben im Verlag wurde heftig über Grafs Tod spekuliert, und sie waren ganz froh, der hitzigen Atmosphäre entkommen zu sein. Wilmert kippte einen Schnaps hinunter und stellte das Glas mit einem Knall auf den Tisch. »Kinder, war ich erleichtert, als ich den Artikel aus der Maschine und bei Uhlmann hatte.«

»Den über Hitler im Sportpalast?«, fragte Hedy.

»Mhm.«

»Die *Vossische* hat gar nichts gebracht«, sagte Hugo leicht verwundert. »Dafür hat der *Völkische Beobachter* natürlich Lobgesänge angestimmt.«

Wilmert sah ernst aus. »Es fing schon an, als ich kam. Das waren Tausende, mehr Andrang als bei Schmeling. SA-Leute als Ordner. Ihr könnt mir glauben, ich habe schon einiges gesehen, aber das hatte nichts mit einer politischen Versammlung zu tun. Das war eine Messe, ein Gottesdienst. Götzenverehrung. Fehlte nur der Weihrauch.«

»Übertreibst du jetzt nicht etwas?«, fragte Hedy skeptisch.

»Schön wär's. Als er reinkam, skandierten die Menschen seinen Namen, streckten den rechten Arm aus, Frauen brachen in Tränen aus. Eine geradezu fiebrige Verehrung. Manche guckten so beseelt, als hörten sie Furtwängler mit Beethovens Neunter.«

Hugo schnaubte. »Der Mann kocht auch nur mit Wasser.«

Doch Wilmert blieb bei seiner Meinung. »Du warst nicht dabei. Der Mann inhaliert die Verehrung wie eine Droge, er scheint enorme Kraft aus ihr zu schöpfen. Ihr solltet sehen, wie er die Worte in den Raum schleudert, mit dem Publikum spielt, es geradezu mit Worten dirigiert. Wenn ihm eine Haarsträhne ins Gesicht fällt, schiebt er sie nicht weg, sondern lässt sie in die Augen hängen und mitfliegen, wenn er den Kopf nach hinten wirft, weil es dramatischer wirkt. Geht einmal zu einer Rede hin und macht euch selbst ein Bild. Und schaut vor allem auf sein Publikum. Die vergöttern ihn, betrachten ihn wie einen Heiland, einen Erlöser. Und was er geredet hat. Grauenhaftes Zeug, pure Hetze gegen Demokraten und Juden.«

»So kenne ich dich gar nicht«, meinte Hedy, die nun auch ernst geworden war. »Du bist doch immer der Erste, der Witze über Hitler reißt.«

Wilmert winkte, um noch einen Schnaps zu ordern. »Stimmt. Und er hat auch was Lächerliches an sich. Aber wenn man 16000 Menschen sieht, die ihm zujubeln, als hätte er das Sechstagerennen gewonnen oder die Weltmeisterschaft im Schwergewicht, wird einem ganz anders.« Er beugte sich vor und sah die beiden eindringlich an. »Ich glaube, die hätten mich totgeschlagen, wenn ich dort Witze gemacht hätte. Nicht alle, aber einige. Die hatten puren Fanatismus in den Augen. Als ich da drin war, konnte ich noch halbwegs ruhig bleiben. Erst als ich rausging, hat es mich so richtig überfallen.«

»So wie wenn du knapp einem Unfall entgehst und erst danach weiche Knie bekommst?«, fragte Hugo.

Wilmert deutete mit dem frisch eingeschenkten Schnapsglas auf ihn. »Genau so.« Dann kippte er auch das in einem Zug hinunter. »Ich dachte übrigens, ich hätte jemanden von

Ullstein dort gesehen. Eine Frau, die ganz verklärt wirkte. Aber ich konnte sie nicht einordnen.«

»Ich war's nicht«, rief Hedy und hob abwehrend die Hände.

Wilmert grinste und stand auf. »So, ich muss los.«

»Aber du hast gar nichts gegessen«, meinte Hugo.

»Hochzeitstag. Wir gehen heute aus. Macht's gut.« Mit diesen Worten verschwand er auf die Straße und tauchte im Gewimmel unter.

Hugo und Hedy löffelten ihre Suppe. Dann deutete sie durchs große Fenster auf die Kochstraße. »Schau mal, da geht deine Angebetete.«

Er wurde rot und stopfte sich eine halbe Schrippe in den Mund, um nichts sagen zu müssen. Dann lenkte er schnell ab. »Möchte wissen, wen Bernd da im Sportpalast gesehen hat.«

Das städtische Obdach in der Fröbelstraße kannte jeder Polizist. Als die Einrichtung 1895 eröffnet wurde, galt sie als vorbildlich, doch das Elend, das Berlin seit Kriegsende eisern umklammert hielt, hatte die Maßstäbe verschoben. Heutzutage herrschte dort drückende Enge. Es wurden weit mehr Menschen aufgenommen, als das Asyl eigentlich fasste, wodurch es zu Auseinandersetzungen kam, die nicht selten von der Polizei aufgelöst werden mussten. Leo wusste, dass die Einrichtung auch als »Polizeiasyl« bekannt war, weil die Schupos hier allgegenwärtig waren.

Er schob sich an der langen Schlange derjenigen vorbei, die schon am Nachmittag vor der Tür warteten, um ein Bett für die Nacht zu ergattern. Obwohl das Obdach hier mehrere Tausend aufnehmen konnte, reichte der Platz fast nie, schon gar nicht im Herbst und Winter.

»Heda, hinten anstellen!«, blaffte ein Mann mit vernarbtem

Gesicht, der sich auf einen Stock stützte. Leo hielt seine Dienstmarke hoch, worauf der Mann murrend zurückwich. Zwei Meter weiter passierte das Gleiche wieder, sodass Leo die Marke einfach draußen ließ und regelmäßig »Kriminalpolizei, lassen Sie mich durch« sagte.

Beim Türsteher wies er sich aus, bevor der ihn nach seinen Papieren fragen konnte. »Kriminalpolizei. Ich will hier nicht übernachten«, sagte er mit der Marke in der Hand.

Der Mann im grauen Kittel grinste. »Sie jlooben jar nich, wen ick schon allet hier hatte. Schnieke Herren, aber nüscht dahinter. Allet nur Fassade. Womit kann ick dienen?«

»Arbeitet hier ein Herr Friese?«, fragte Leo. Natürlich konnte es sich um eine Frau handeln, aber der Gebrauch des Nachnamens deutete auf einen Mann.

»Nee, kenn ick nich.«

»Oder übernachtet er hier?«

»Weeß ick nich.«

»Sie führen doch ein Verzeichnis aller, die hier übernachten«, sagte Leo.

»Klar, da müssen Se reinjehn zu die Herrn im weißen Kittel. Die haben Karteikästen, da stehn se alle drin. Falls die Polizei mal wen sucht.«

»Danke. Noch etwas – kennen Sie einen Moritz Graf?« Denkbar, dass der Journalist hier recherchiert hatte.

»Nee, den kenn ick ooch nich.«

Als der Mann ihm die Tür öffnete, erhob sich unwilliges Gemurmel in der wartenden Menge. Nicht alle hatten mitbekommen, dass Leo Polizist war. »Wenn einer Hut und Mantel trägt und rasiert ist, kommt er früher rein, wa? Hat dir wohl 'ne Zigarre zugesteckt, Egon?«

»Der Mann ist Polizist«, sagte der Türsteher. »Halt lieber dein Maul. Immer jradeaus, Herr Kommissar.«

Leo ging durch einen gefliesten Flur, in dem seine Schritte widerhallten. Es roch nach Desinfektionsmittel und Kohlsuppe, eine unangenehme Mischung. Sein Magen knurrte dennoch, und er freute sich auf das Essen, das ihn nachher bei Ilse und Richard erwartete.

Dann betrat er einen Saal, in dem lange Tische aufgestellt waren, auf denen Karteikästen standen. Nur ein dicklicher Mann im Kittel war zu sehen, der an einem der Tische saß und etwas auf einer Liste abhakte. Er blickte auf, als Leo vor ihn trat.

»Wir haben noch geschlossen.«

Wieder zückte er die Dienstmarke. »Wechsler, Kriminalpolizei. Ich suche einen Mann namens Friese. Hat er mal hier übernachtet?«

Der Mann rückte die Brille zurecht. »Hier ist A bis E.«

»Wie bitte?«

Der Mann zeigte auf den Karteikasten auf dem Nebentisch. »F ist da drüben.«

Leo fragte sich, ob er ihn auf den Arm nehmen wollte. »Aber da sitzt niemand.«

Bevor der Mann mit den Schultern zucken konnte, stützte Leo sich auf den Tisch und sah den Bekittelten drohend an. »Gehen Sie so auch mit den Leuten um, die hier übernachten? Oder wären Sie gern Beamter und stellen sich vor, dass die so arbeiten? Sie begeben sich jetzt augenblicklich da hinüber und suchen nach F wie Friese, kapiert?«

Der Mann wurde rot und erhob sich, so schnell es sein behäbiger Körper zuließ. Er klappte den Kasten auf, begann zu suchen und wurde tatsächlich fündig. »Herr Kommissar, hier habe ich ihn.« Er hielt die Karte in die Höhe. »August Friese. Geboren 18.3.92.«

Leo nahm die Karte und notierte die Angaben. Name,

Geburtsdatum, Beruf, Daten der Übernachtung. »Kennen Sie den Mann?«

»Hier übernachten bis zu fünftausend Menschen in einer Nacht. Und er ist, wie gesagt, nicht in meinem Bereich. Der Kollege Busch könnte ihn kennen, er macht normalerweise F.« Er ging in einen Nebenraum und kam mit einem dürren, groß gewachsenen Kollegen zurück, äußerlich sein genaues Gegenteil.

»Busch«, stellte er sich vor. »Sie suchen wen?«

»August Friese. Können Sie mir etwas über ihn sagen?« Er reichte ihm die Karteikarte, doch Busch brauchte sie gar nicht anzusehen.

»Ach, der Kupfer-Friese.«

Leo schaute ihn fragend an.

»Na ja, der hat allen, die es hören wollten oder nicht, seine Geschichte erzählt. War Facharbeiter und hat mal bei der Arbeit ein Kupferrohr mitgehen lassen und verkauft. Dummerweise hat das einer von der Zeitung spitzgekriegt und in seinem Artikel erwähnt. Daraufhin haben sie den Friese entlassen, ohne Zeugnis. Dann hat er keine Stelle mehr gefunden. Sie wissen ja, wie das heute ist.« Er kehrte die Hände nach außen, als wollte er das gesamte Asyl umfassen.

Graf, dachte Leo sofort. Ein Treffer, mit dem er nicht gerechnet hatte. War das schon ein Motiv?

»Hier steht, er sei Anfang November zuletzt im Obdach gewesen.«

»Ja, da waren seine fünf Nächte wieder mal abgelaufen. Er wollte mit uns handeln, aber wir sind unbestechlich«, verkündete Busch nicht ohne Stolz.

»Und seither ist er nicht mehr aufgetaucht?«

»Nein. Vielleicht hat er Arbeit gefunden und ein Zimmer. Gibt immer Wunder.«

»Hat er mal einen Moritz Graf erwähnt?«, fragte Leo.

»Sagt mir nichts. Aber ich habe auch keine Zeit, mit den Leuten zu reden. Hier wird gearbeitet.« Er schaute seinen Kollegen an, der eifrig im Karteikasten blätterte. Leos Ansprache hatte offenbar gewirkt.

»Danke. Sollte er hier auftauchen, rufen Sie mich im Präsidium an.«

»Hat er was ausgefressen?«, fragte Busch mit gierig leuchtenden Augen.

»Dazu kann ich nichts sagen. Wir wollen ihn zunächst nur befragen. Auf Wiedersehen.«

Der Besuch hatte sich gelohnt. August Friese hatte ein Motiv, wenn er wegen Graf seine Stelle verloren hatte. Sonnenschein, der die Artikel aus den Aktenordnern studierte, sollte sich gleich auf die Suche begeben, was genau Graf über Friese geschrieben hatte und wann das gewesen war. Jedenfalls waren die beiden in Verbindung geblieben, das bewies der Zettel.

Als Leo durch die Tür nach draußen trat, sah er, dass die wartende Menge weiter angewachsen war. Und es hatte zu regnen begonnen. Er warf den Leuten einen mitfühlenden Blick zu. Wie mochte es sich anfühlen, im Novemberregen hier zu stehen, weil man kein Dach über dem Kopf hatte? Womöglich mit kleinen Kindern wie die Frau dort drüben, die eins auf dem Arm und ein etwas älteres an der Hand hielt. Sie hatte den Kopf gesenkt, als hätte sie jede Hoffnung verloren, dass ihr Leben noch einmal besser werden könnte.

11

Jakob Sonnenschein hatte bis Einbruch der Dunkelheit gewartet, bevor er die Aktenordner und Notizbücher hervorholte. Er und Klein waren im Büro nicht fertiggeworden, und er hatte sich Arbeit nach Hause mitgenommen. Er wusste selbst, dass seine Kompromisse, was die Einhaltung der Glaubensregeln betraf, äußerst halbherzig waren. Er arbeitete oft am Sonnabend und schaffte es nicht immer, am Freitagabend zum Schabbatmahl zu erscheinen. Mehr als einmal war Esther allein mit Samuel zu seinen Eltern in die Hirtenstraße gegangen, und er hatte stets ein schlechtes Gewissen, aber es reichte nicht, um den Beruf zu wechseln. Dafür liebte er die Arbeit in der Inspektion A viel zu sehr. Doch er hatte ein Abkommen mit sich selbst geschlossen: Wann immer möglich, würde er die Regeln einhalten. Deshalb hatte er auch heute gewartet, bis der Schabbat vorbei war, bevor er sich der Arbeit widmete.

Esther übte im Wohnzimmer auf der Geige, Samuel spielte neben ihr auf dem Teppich, und Jakob hatte sich ins Schlafzimmer zurückgezogen.

Er begann mit dem *Berliner Beobachter*, den Leo erwähnt hatte. Aus dieser Zeit gab es keine Notizbücher, das hatte er schon überprüft. Er hatte das Blättchen oft an Zeitungsständen gesehen, ganz oben, wo die Revolverpresse ihren Platz hatte, es aber nie gelesen. Die grellen Schlagzeilen hatten ihn stets abgeschreckt: FLAGELLANTEN-FEST IM TIERGARTEN! NACKTORGIEN IN SCHÖNEBERG! DIE *PIKANTEN* ESKAPADEN DER *ARISTOKRATEN*.

Der Ordner war vollgepackt, die Klammer ließ sich kaum noch schließen, denn Graf hatte ganze Exemplare der dünnen Heftchen aufbewahrt. Eine Schlagzeile kündigte Geheimnisse eines Frauenarztes an. Beim Weiterblättern stellte Sonnenschein verwundert fest, dass der Artikel ganz und gar nicht sensationell war, sondern einen eher trockenen Einblick in eine Praxis nahe dem Stettiner Bahnhof bot. Auch die anderen Enthüllungen entpuppten sich als halb so wild. Die Artikel waren nicht namentlich gekennzeichnet, doch da Graf im Impressum als Redakteur angegeben war, stammten sie wohl von ihm.

Andere Artikel handelten von Personen der Gesellschaft, die gegen die Regeln von Sittlichkeit und Moral verstoßen hatten. Sittlichkeit und Moral der Kaiserzeit, wohlgemerkt, denn die meisten Behauptungen hätten heutzutage keinen Hund hinter dem Ofen hervorgelockt. Warum hatte Graf sie aufbewahrt? Um sich an seine bescheidenen Anfänge zu erinnern? Oder war er bloß penibel gewesen und hatte seine Arbeiten prinzipiell ordentlich abgelegt? Sonnenschein konnte sich nicht vorstellen, dass ihn journalistischer Stolz dazu getrieben hatte.

Er stützte nachdenklich den Kopf in die Hand. Konnte Grafs Arbeit für dieses Blatt ein Mordmotiv liefern? Sie lag Jahre zurück und war kein Geheimnis. Jeder hätte mit ein wenig Mühe herausfinden können, dass Graf für das Revolverblatt geschrieben hatte. Natürlich war alles Schund und lockte das Publikum mit Versprechungen, die nicht eingehalten wurden, aber das war nicht strafbar.

Auf der letzten Seite der Ausgabe stutzte er, fuhr mit dem

Finger an einer Spalte entlang, die mit »Unser Briefkasten« überschrieben war.

> Chiffre »Lauthals«: Wie uns zugetragen wurde, kam es in einem gewissen Haus in der Kantstraße zu nächtlichen Exzessen, die Graf V. gewiss lieber für sich behalten würde.
> Chiffre »Unternehmen«: Ein einträgliches Geschäft, dachte sich Herr P. aus Oranienburg, hatte aber nicht mit den kriminellen Verbindungen seines Partners gerechnet.

Er kannte solche Chiffre-Annoncen aus Bekanntschaftsanzeigen. Man konnte sich unter Angabe der Chiffre darauf melden, wodurch die annoncierende Person anynom bleiben und sich in Ruhe überlegen konnte, ob sie antworten wollte. Dies hier aber roch verdächtig nach Erpressung. Die Zeitung drohte Personen der Gesellschaft mit unliebsamen Veröffentlichungen, von denen sie sich freikaufen mussten. So etwas konnte Existenzen zerstören, Menschen ins Unglück stürzen.

Wenn sich nun jemand verspätet an Graf gerächt hatte? Jemand, der nicht gezahlt hatte und dessen Geschichte bekannt geworden war? Der Jahre danach zufällig auf Graf gestoßen war, welcher sich mittlerweile im Zeitungsviertel einen Namen gemacht hatte?

Es könnte ein Motiv sein. Sie würden der Redaktion des Blattes wohl einen Besuch abstatten müssen.

Sonnenschein arbeitete den Ordner durch, bis er es nicht länger ertragen konnte. Er legte ihn beiseite und nahm sich die späteren Artikel in den seriösen Blättern vor.

Beim Lesen merkte er schnell, dass hier ein Talent zur vollen Blüte gelangt war. Kaum zu glauben, dass die Artikel von demselben Mann stammen sollten, der für den *Beobachter* geschrieben hatte, denn alles, was dort fehlte – geschliffener Stil, Witz, Tiefe, Mitgefühl, aber auch beißende Ironie –, war hier in einer Fülle vorhanden, die ihn staunen ließ.

Er bekam ein schlechtes Gewissen, weil er die Reportagen so spannend fand, und musste sich ermahnen, nach Hinweisen auf mögliche Feinde des Journalisten zu suchen. Andererseits machte er das hier in seiner Freizeit, also durfte ein bisschen Unterhaltung sein.

In einer besonders faszinierenden Reportage beschrieb Graf, was er als Platzanweiser eines Kinos erlebt hatte. Es waren meist Kleinigkeiten, Momentaufnahmen: eine weinende Frau, die nach der Vorstellung reglos sitzenblieb; ein altes Paar, das jeden Donnerstag einen Film anschaute und dabei eine Tüte Mandeln aß; zwei junge Männer, die er wegen unzüchtiger Handlungen aus dem Saal befördert hatte. Dazu eine Betrachtung all der Dinge, die er beim Aufräumen zwischen den Sitzen und auf dem Boden gefunden hatte: Bonbonpapiere, Münzen, eine goldene Uhr, einen Seidenstrumpf (nur einen), ein Gebiss, einen Gedichtband von Rilke, eine angebissene Bockwurst, einen Trauring. Vulgäres und Anrührendes dicht beieinander, keine Deutungen, man wurde beim Lesen angestoßen, sich eigene Gedanken zu machen.

Sonnenschein blätterte weiter zur nächsten Reportage: Grafs Erlebnisse in einem exklusiven Modesalon in der Fasanenstraße.

Leo und Clara standen pünktlich um sieben Uhr vor Richard Dohms Wohnung. Das Essen sollte dort stattfinden, weil er mehr Platz hatte als Ilse, doch sie war es, die ihnen öffnete.

Ihre Wangen waren gerötet, und Clara sah sofort, dass sie ein neues Kleid anhatte.

Sie überreichten Wein und Pralinen. »Wo ist denn der Hausherr?«

»Oh, vielen Dank! – In der Küche«, sagte Ilse. »Er kann sehr gut kochen.«

»Was kann dieser Mann eigentlich nicht?«, fragte Clara und zog den Mantel aus. »Ich könnte glatt neidisch werden.«

»Das habe ich gehört«, rief Leo.

»Mal ehrlich – er spielt Cello wie ein Meister *und* kann kochen.«

Ilse lachte. »Habe ich nie erzählt, wie Leo in der Schule Blockflöte spielen gelernt hat? Na, was heißt gelernt … wie sagt man so schön: Er hat sich stets bemüht.«

»Ilse, du Verräterin!«, sagte Leo vorwurfsvoll und schnupperte. »Ich glaube, ich folge mal lieber dem Duft und begrüße den Gastgeber.«

Richard Dohm stand mit aufgekrempelten Ärmeln vor einem Topf mit Klößen. Leo drückte ihm grüßend die Schulter.

»Das riecht wunderbar.«

»Das ist das Sauerbratenrezept meiner Mutter, sie kommt aus dem Rheinland. Man gibt Zuckerrübensirup und Aachener Printen hinein, die um diese Jahreszeit zum Glück auch in Berlin zu haben sind. Das Geheimnis besteht darin, das Fleisch so lange zu schmoren, bis es butterweich ist.«

»Meine Frau droht mir schon untreu zu werden«, sagte Leo lachend. »Sauerbraten und Cello sind offenbar eine unwiderstehliche Verbindung.«

Richard grinste. »Ach, sie hat doch einen Helden zum Mann, der Verbrecher jagt. Das ist viel aufregender, als bei Kleiber im Orchestergraben zu sitzen.«

Leo lehnte sich an den Schrank und sah Richard nachdenklich an. Er hatte sich selbst nie als Helden betrachtet. Schon wahr, es hatte einige Verfolgungsjagden gegeben, zuletzt im Fußgängertunnel des Hotels Excelsior am Askanischen Platz, aber das waren Ausnahmen. Die Presse schlachtete so etwas gern aus, weil es Auflage brachte, und Gennat war zu einer Art Star geworden, dessen Erfolge überall gefeiert wurden. Doch Leo machte seine Arbeit am liebsten ungestört und abseits neugieriger Blicke.

»Habe ich was Falsches gesagt?«, fragte Richard besorgt.

Leo lachte. »Ganz und gar nicht. Ich dachte nur, wie wenig heldenhaft unsere alltägliche Arbeit ist. Gestern war ich bei einem rechten Journalisten, der mich angewidert hat. Und doch musste ich höflich bleiben, damit er meine Fragen beantwortet. Da habe ich mich alles andere als heldenhaft gefühlt.« Noch während er sprach, staunte er über seine eigene Ehrlichkeit.

»Wer war das?«

»Hussong.«

Richard streute noch Printen in die Soße und verzog das Gesicht. »Ein furchtbarer Hetzer. Hat es mit dem Tod dieses Reporters zu tun?«

»Ja. Ich hatte Hussongs sogenannten Nachruf gelesen und wollte ihm auf den Zahn fühlen.«

Richard hielt plötzlich im Rühren inne, legte den Löffel weg und drehte sich um. »Ich möchte dir was sagen.« Er suchte nach Worten. »Ich bin ein altmodischer Mensch, Leo. Vieles hat sich verändert. Die Zeiten, in denen man um Erlaubnis bat, wenn man eine Frau heiraten wollte, sind vorbei. Dennoch ist es mir sehr wichtig, dass du – ich weiß, Ilse hat lange bei euch gewohnt und …« Er fuhr sich verlegen durch die Haare.

Leo hatte Mitleid, wollte ihm aber nicht ins Wort fallen.

»Eure Eltern sind tot, und darum möchte ich dir als Ilses Bruder sagen, dass es mir viel bedeuten würde, wenn du zustimmst. Dass wir heiraten, meine ich.«

Bevor Leo antworten konnte, fügte er hinzu: »Das habe ich jetzt ganz schön vermasselt, was? Vielleicht hätte ich es auf dem Cello spielen sollen.«

Leo musste lachen. »Clara und ich haben es schon geahnt. Und ich freue mich sehr, dich als Schwager zu bekommen.«

Richard nickte wortlos. Dann griff er entschlossen nach den Topfhandschuhen. »Ab ins Wohnzimmer mit dir. Sag den Damen, das Essen ist fertig.«

Nach dem Essen standen Ilse und Richard Hand in Hand auf und verkündeten gemeinsam ihre Verlobung. Alle küssten und umarmten sich, dann holte Ilse den Sekt, den sie auf der Fensterbank kaltgestellt hatte, und sie stießen miteinander an.

Leo erinnerte sich halb wehmütig, halb erleichtert, wie schwierig es damals mit ihm und Clara gewesen war – ihre Sorge, noch einmal so unglücklich zu werden wie mit ihrem ersten Mann, seine Sorge, Ilse zu verletzen, sie womöglich aus dem Haus zu treiben. Letztlich hatte sich alles zum Guten gewendet, und er freute sich zutiefst, dass seine Schwester endlich ihr Glück gefunden hatte.

Er schaute zu Clara. Sie lächelte, als könnte sie seine Gedanken lesen.

Diesen Augenblick wollte er festhalten, dachte Leo. Das Leben würde nicht vollkommen bleiben, aber er wollte sich daran erinnern, dass es an diesem 17. November 1928 so gewesen war.

12

Sonntag, 18. November 1928

Sonnenschein hatte Esther versprochen, mit ihr und Samuel ins Puppentheater zu gehen. Vorher aber wollte er noch die Reportagen lesen, die er gestern nicht geschafft hatte. Er hatte Esthers Blick aufgefangen, der halb gereizt, halb amüsiert war.

»Manchmal glaube ich, du bist nicht nur mit mir, sondern auch mit deinem Beruf verheiratet«, hatte sie geseufzt, worauf er sie in den Arm genommen und zärtlich an sich gezogen hatte.

»Du wirst immer meine Ehefrau Nummer eins sein«, hatte er ihr ins Ohr geflüstert, worauf sie ihm einen Klaps versetzt hatte und mit Samuel in der Küche verschwunden war. Manchmal staunte er, wenn er sich an das schüchterne Mädchen mit der Geige erinnerte, das er damals kennengelernt hatte.

Nun aber zurück zu Graf. Er schlug den Ordner auf und blätterte zu der Stelle, an der er gestern aufgehört hatte.

Graf hatte im April und Mai dieses Jahres auf der Helmholtz-Insel in Charlottenburg recherchiert, einer industriell genutzten Halbinsel, die an drei Seiten von der Spree begrenzt wurde. Im betreffenden Notizbuch fanden sich Adressen von Firmen, Namen von Mitarbeitern, stenographierte Zitate. Graf war unter anderem bei Siemens-Schuckert gewesen, hatte sich mit den Angestellten unterhalten und das eindringliche Bild eines Industriegebiets im stetigen Wandel gezeichnet. Er hatte einfühlsame Worte für den Zwiespalt der Arbeiter gefunden, die einerseits stolz darauf waren, bei großen Unternehmen zu arbeiten, sich aber auch vor der eigenen Bedeutungslosigkeit fürchteten. Viele waren gebeutelt durch die unruhigen Nachkriegsjahre, fürchteten den Verlust ihres Arbeitsplatzes und bescheidenen Wohlstands, so wie sie es schon einmal während der Inflation erlebt hatten. Andere vertrauten hingegen blind auf die Klugheit der Unternehmer und hielten sich aus der Politik heraus. An einem Absatz blieb er hängen.

> Ein Mann vertraut mir an, dass er aus Wut ein Kupferrohr hat mitgehen lassen. Er ist seit achtzehn Jahren im Betrieb, wegen einer hohen Arztrechnung unverschuldet in Geldnot geraten und hat um einen Vorschuss auf seinen Lohn ersucht, den man ihm abschlug. Mit barschen Worten. Ohne Respekt für die geleistete Arbeit. So kann es geschehen, dass einer zu einem Unrecht getrieben wird, das er nie begehen wollte.

Sonnenschein lehnte sich zurück und las die Passage noch einmal. War Graf hier zu weit gegangen? Gewiss, seine Kritik zielte auf den fragwürdigen Umgang mit dem verdienten Angestellten. Doch wer von dem Vorfall wusste, würde mühelos erkennen, um wen es sich handelte. Angenommen, ein Vorgesetzter hatte das gelesen? Er machte sich eine Notiz. Es war ein Schuss ins Blaue, aber sie mussten prüfen, ob man den Arbeiter entlassen hatte und was aus ihm geworden war.

Er warf einen Blick auf die Ordner. Immerhin hatten sie zwei Spuren.

Der Kreis traf sich sonntags in einer Villa in Dahlem zum inoffiziellen Frühschoppen. Die Herren saßen bei Cognac und Zigarren in der holzgetäfelten Bibliothek. In diesem zwanglosen Rahmen sprach man über Privates wie auch über die politische Zukunft. Eine Mitgliedschaft in der DNVP war üblich, aber nicht Vorschrift, denn ein Parteibuch allein bedeutete noch nicht, dass man willkommen war. Seit seiner Beförderung war auch Clemens Marold Mitglied dieses Kreises. Er schätzte die Verbindungen, die er hier knüpfen konnte. Man traf Industrielle, aber auch Angehörige des Militärs, der alten Offizierskaste, die das Ende des Kaiserreichs nie verwunden hatten und auf diesem Weg versuchten, an ihrer ehemaligen Bedeutung festzuhalten.

Ihm war klar, dass diese Männer wie überflüssiger Ballast abgeworfen werden würden, wenn in Deutschland wirklich eine neue Zeit anbrach. Noch aber waren sie wichtig, besaßen Geld und Einfluss, ohne die kein Weg nach oben führte.

Ulrich von Mühl, ihr Gastgeber, setzte sich zu Marold, den Cognacschwenker in der Hand. Er war ein ehemaliger Offizier, der seit Kriegsende gegen die Republik kämpfte und – wie Marold aus sicherer Quelle wusste – Mitglied der Asgard-Gesellschaft gewesen war. Sie war nach außen hin als Forschungsgemeinschaft aufgetreten, in Wahrheit handelte es sich jedoch um einen völkischen Geheimbund. Von Mühl prostete Marold zu. »Hugenbergs erster Mann bei Scherl. Großartig. Wir alle setzen auf Sie.«

»Danke. Ich muss sagen, wir verfügen auch über einen Apparat, der seinesgleichen sucht«, erwiderte Marold. »Was der Geheimrat seit 1916 aufgebaut hat, ist an Perfektion kaum zu übertreffen. Es ist eine Meinungsmaschine, die wir allein steuern, und zwar auf allen Ebenen, von der Herstellung des Papiers bis hin zur Auslieferung bei den Lesern. Es gibt keinen Schritt, den wir nicht selbst in der Hand haben. Und nicht nur hier in Berlin, sondern überall in Deutschland. Es gibt kaum eine Zeitung, die nicht unsere Artikel druckt. Und auch im Ausland ist man auf uns angewiesen.« Er schaute sein Gegenüber entschuldigend an. »Verzeihung, ich habe mich mitreißen lassen. Ich wollte Sie nicht langweilen.«

»Keineswegs«, sagte von Mühl und sog an der Zigarre. »Ausgezeichneter Artikel von Hussong übrigens. Dieser Graf war mir schon länger ein Dorn im Auge. Ich schätze es nicht, wenn ständig die Kümmernisse des Proletariats in der Presse ausgebreitet werden. Das schafft nur Mitleid mit Menschen, die jammern, statt ihr Schicksal in die eigene Hand zu nehmen.«

Marold hatte Mühe, seine Belustigung zu verbergen. Von Mühl entstammte einer vermögenden schlesischen Gutsbesitzerfamilie und hatte sein Schicksal wohl nur selten in die eigene Hand nehmen müssen. Ihm war der Übergang von einer Gesellschaft, in der Männer wie er in Privilegien hineingeboren wurden, in die Republik gelungen, ohne dass er auf seine angestammte Herablassung hätte verzichten müssen. Leute wie von Mühl konnten nützlich sein.

»Nun, wir sollten diese Menschen nicht vergessen«, sagte Marold milde. »Auch sie sind Wähler, auch sie können uns dorthin bringen, wo sich wirklich etwas verändern lässt. Allerdings muss ich sagen, dass ich Graf nicht nachtrauere. Manche seiner Reportagen erschienen mir prätentiös und aufgeblasen, als wollte er ein Shakespeare-Drama in der Mietskaserne schreiben.«

»Es heißt, sein Tod sei womöglich kein Unfall gewesen«, bemerkte von Mühl. »Was die interessante Frage aufwirft, wer dahintersteckt.«

»In der Tat. Gestern war ein Kriminalkommissar bei

Hussong in der Redaktion. Er hat reichlich unangenehme Fragen gestellt, als wäre es ein Verbrechen, einen Nachruf zu verfassen, der kritische Töne enthält.«

Von Mühl schnaubte verächtlich. »Die Polizei ist auch nicht mehr das, was sie mal war. Ein Haufen verdammter Sozialdemokraten. Ich hatte selbst schon unschöne Begegnungen mit einem von denen.« Er verstummte plötzlich, als hätte er eine Anekdote erzählen wollen, die ihm dann doch unangenehm war.

Marold witterte eine lohnende Geschichte. »Wem sind Sie denn begegnet?«

Von Mühl kippte seinen Cognac hinunter und beugte sich vertraulich vor. »Wir sind hier unter Männern, und es ist ohnehin kein Geheimnis. Meine geschiedene Frau ist in zweiter Ehe mit einem Kriminalkommissar verheiratet. Und meine wenigen Begegnungen mit ihm waren unerfreulich, wenngleich rein beruflicher Natur.«

Marolds Mundwinkel wanderten unwillkürlich nach oben. Genau darum besuchte er Veranstaltungen wie diese.

Sie hatte ja gesagt. Hochbeglückt hatte Hugo Behrendt einen Tisch im Café Josty am Potsdamer Platz reserviert, schließlich wollte er Fräulein Klammroth etwas bieten. Gestern hatte er sie im Fahrstuhl getroffen, und sie hatte so reizend ausgesehen, dass er sich endlich ein Herz gefasst hatte – unter dem wohlwollenden Blick von Fahrstuhlführer Schulze.

Hugo trug seinen besten Anzug und das neue Hemd, das er sich nach der letzten Gehaltserhöhung bei Wertheim gegönnt hatte. Dazu die goldenen Manschettenknöpfe mit dem Monogramm, die Onkel Heinrich ihm zur Konfirmation geschenkt hatte.

Er schaute sich um. Obwohl er das Café gut kannte, war ihm, als müsste er noch einmal prüfen, ob es für romantische Zwecke geeignet war. Ja, es war ohne Zweifel eindrucksvoll: hohe Decken mit Stuck und Hängelüstern, Tische mit Marmorplatten und verschnörkelten Beinen, eine vielversprechende Kuchentheke.

Ihr Tisch bot eine gute Aussicht auf das Treiben draußen. Für die Außenterrasse, von der man den besten Blick genoss, hatte er sich die falsche Jahreszeit ausgesucht, aber Fräulein Klammroth schien ein Mensch zu sein, der interessiert die Welt um sich betrachtete. Und wo gab es mehr zu sehen als am Potsdamer Platz? Daher hatte er um einen Tisch am Fenster gebeten und ihn auch bekommen.

Hugo hatte gerade Platz genommen, als Fräulein Klammroth zur Tür hereinkam. Sie trug eine dunkelblaue Cloche mit einer Stoffmargerite, dazu passend Mantel und Schuhe. Sie entdeckte ihn und kam mit raschen Schritten auf ihn zu, die Hand ausgestreckt.

»Wie ich mich freue, Herr Behrendt. Ich war noch nie in diesem Josty, nur in der Kaiserallee. Noch einmal danke für die Einladung.«

Er nahm ihr den Mantel ab und hängte ihn an die Garderobe. Er wollte sie ans Kuchenbüfett führen, doch sie schüttelte lachend den Kopf.

»Ich nehme immer Frankfurter Kranz, da brauche ich gar nicht zu überlegen. Und einen Kaffee, bitte.«

Nachdem er bestellt hatte, fand er endlich Zeit, sie anzuschauen. Ihre Haare schimmerten noch seidiger als sonst, und das blaue Hütchen, das sich eng um ihren Kopf schmiegte, betonte ihre Augen. Starr sie nicht so an, schalt er sich, doch nun, da er hier mit ihr saß, wollte ihm kein flotter Einstieg gelingen. Warum war das mit Hedy so leicht und mit dieser Frau so schwer? Dann endlich kam ihm ein Gedanke. »Es gibt sogar ein Gedicht über dieses Café.«

»Tatsächlich? Können Sie es aufsagen?«

»Nur die erste Strophe.« Als er sie aus dem Gedächtnis hervorkramte, wurde ihm siedend heiß klar, wie wenig romantisch sie war. Doch Fräulein Klammroth sah ihn erwartungsvoll an, es gab kein Zurück.

»Der Potsdamer Platz in ewigem Gebrüll
Vergletschert alle hallenden Lawinen
Der Straßentrakte: Trams auf Eisenschienen,
Automobile und den Menschenmüll.«

Er räusperte sich verlegen. »Verzeihung, ich hatte ganz vergessen, wie trübsinnig es ist.«

Sie lachte. »Ach, da draußen ist es wirklich höllisch laut. Daran werde ich mich nie gewöhnen als Kind vom Land.«

Hugo war erleichtert und fand nun die Worte, die ihm vorhin gefehlt hatten. Bald verriet sie ihm, dass sie aus Stahnsdorf bei Berlin stammte, wo ihre Familie noch lebte.

Dann kamen Kaffee und Kuchen, und Hugo genoss die zwanglose Unterhaltung. Es lief besser als erwartet, sogar das trostlose expressionistische Gedicht hatte sie nicht abgeschreckt.

»Ich hoffe übrigens, Sie haben sich erholt«, sagte Fräulein Klammroth unvermittelt.

Als er sie fragend ansah, setzte sie hinzu: »Sie haben den armen Herrn Graf gefunden, stimmt's?«

»An dem Abend habe ich mir zwei Schnäpse genehmigt. Es ist erschütternd, dass so etwas in unserem Haus geschehen ist.«

»Ja, wirklich. Und überall Polizei, aber das muss wohl so sein.«

Er rührte Zucker in seinen Kaffee. »Sie haben die ganze Redaktion befragt, aber niemand scheint etwas zu wissen. Wir zerbrechen uns alle den Kopf, wer Herrn Graf das angetan haben könnte. Sicher, er war nicht der netteste Mensch auf Erden, aber das … Natürlich fragt man sich, ob es mit seiner Arbeit zu tun hat. Ob er etwas enthüllen wollte, das ihn in Gefahr gebracht hat. Ich weiß, es klingt wie ein reißerischer Roman, aber man weiß ja nie. Ich meine, mich betrifft so etwas nicht, ich schreibe Filmkritiken. Wobei mir einfällt – was könnte geschehen, wenn ich einen Film verreiße und der Regisseur auf Rache sinnt?« Ihm wurde plötzlich sehr warm. Warum redete er solchen Unsinn? Das war doch gar nicht seine Art.

Er hätte sich keine Sorgen machen müssen, Fräulein Klammroth ging sofort darauf ein.

»Es wäre denkbar, dass er auf etwas gestoßen war, das ihn in Gefahr gebracht hat«, meinte sie zustimmend. »Aber was könnte das gewesen sein? Wissen Sie, woran er gearbeitet hat?«

»Er hat selten über seine Arbeit gesprochen. Aus gutem Grund, nehme ich an. Er wollte alle überraschen, sogar die Kollegen. Und verhindern, dass Rechtsanwälte ihm den Mund verboten, weil gewisse Leute sich nicht in seinen Artikeln dargestellt sehen wollten.«

Er hätte sie gern beeindruckt, doch die Befragungen waren ziemlich banal verlaufen. Und da er Graf kaum gekannt hatte, war sein eigener Beitrag wenig hilfreich gewesen. Dann aber fiel ihm doch noch etwas ein. »Ein Kriminalbeamter hat gefragt, ob wir jemanden namens Friese oder Palme kennen. Ich hatte die Namen noch nie gehört. Aber es muss mit Graf zu tun haben.«

Sie nickte und machte sich genießerisch über ihren Frankfurter Kranz her. Er hätte ihr ewig beim Kuchenessen zuschauen können, zwang sich aber, seinen Kirschstreusel in Angriff zu nehmen.

»Ich gestehe, ich finde das geradezu spannend, auch wenn ich dabei ein schlechtes Gewissen habe. Jedenfalls hoffe ich, dass man herausfindet, wie es passiert ist«, sagte Fräulein Klammroth. »Ich wurde übrigens auch befragt.«

»Tatsächlich? War die Polizei nett zu Ihnen?«

»Durchaus, es war ein Oberkommissar Wechsler«, sagte sie lächelnd. »Leider konnte ich ihm nicht weiterhelfen. Ich war zwar am fraglichen Abend noch im Büro, wegen der Remarque-Buchausgabe bleibt viel liegen, um das ich mich kümmern muss, habe aber nichts bemerkt. Und ja, der Kommissar war sehr freundlich. Ansehnlich obendrein.«

Hugo zuckte zusammen, bemerkte dann aber den Schalk in ihren Augen und überlegte, ob es ein Test sein sollte.

»Wollen Sie mich eifersüchtig machen?«, fragte er kühn, worauf sie verschmitzt lächelnd die Achseln hob.

Kurz darauf waren sie beim Vornamen angelangt, und Hugo war hingerissen, wenngleich Jette weiter über Berufliches sprach. »Man wird sicher herausfinden, woran er gearbeitet hat.«

»Die Polizei hat seinen Schreibtisch durchsucht, aber da war wohl nicht viel drin. Hätte mich auch gewundert, er war ein Heimlichtuer.«

Sie schob den leeren Teller weg und verschränkte die Arme. »Na, wenn es etwas Neues gibt, erfährt es die Presse sicher zuerst. Ich bin jedenfalls gespannt.«

»Ich auch.« Auf einmal hatte Hugo keine Lust mehr, über tote Kollegen zu reden, und besann sich auf das, wovon er am meisten verstand.

»Wollen wir demnächst einmal ins Kino gehen? Falls Sie *Moulin Rouge* noch nicht gesehen haben, würde ich Sie gern einladen. Ein britischer Film mit großartigen Revueszenen, Olga Tschechowa spielt die Hauptrolle.«

Sie strahlte und ergriff spontan seine Hand. »Lieber Hugo, das würde ich sehr gern. Von ihr gab es doch so ein reizendes Foto im neuen *Uhu*, mit ihren Hunden.«

»Dann suche ich ein schönes Kino aus.«

»Abgemacht.«

Er bestellte Kaffee nach, um den Abschied hinauszuzögern. »Der Kollege Wilmert war übrigens bei der Hitler-Rede im Sportpalast. Der hatte ganz schön was zu erzählen.«

»Das glaube ich. Es muss ein gewaltiges Spektakel gewesen sein.«

Friedrich Hussong legte den Füllfederhalter weg und überflog noch einmal den Artikel, den er wie immer von Hand geschrieben hatte, bevor er ihn an seine Sekretärin weitergab. Nach dem Gespräch mit Marold hatte er sich gleich ans Werk gemacht.

ANGRIFF AUF DIE FREIE PRESSE?

Als wäre es nicht schlimm genug, dass ein Journalist im Hause Ullstein auf fragwürdige Art und Weise zu Tode gekommen ist, wendet sich die Kriminalpolizei bei ihren Ermittlungen nun auch noch als Erstes an einen Vertreter dieser Zeitung – nämlich mich. Warum?

Weil ich einen Nachruf auf Moritz Graf verfasst habe, der einem Oberkommissar der Kriminalpolizei offenbar nicht genehm ist. Doch haben wir eine freie Presse in diesem

Land und müssen uns nicht für Nachrufe verteidigen, die wir im Rahmen der Meinungsfreiheit veröffentlichen.
Nur weil es Herrn Leo Wechsler nicht gefällt, wie wir über den Tod von Moritz Graf berichtet haben, rechtfertigt das kein Vorgehen gegen mich und damit den gesamten Scherl Verlag. Es ist unser gutes Recht, wenn nicht gar unsere Pflicht, abweichende politische Meinungen kundzutun, denn davon lebt doch unsere geschätzte Demokratie, an der die Herren Sozialdemokraten so hängen. Oder reicht dieses Recht nur so weit, als es die Meinung bestimmter Gruppen widerspiegelt? Denn es ist ja allgemein bekannt, dass sich im Polizeipräsidium am Alexanderplatz Vertreter der Sozialdemokratie in wichtigen und hohen Positionen eingenistet haben. Dass man nun aber auch noch bei Ermittlungen alle Ausgewogenheit fahren lässt und voreingenommen ins Büro des Leitartiklers marschiert, um unverschämte Fragen zu stellen, können wir nicht dulden.
So sehr wir den Tod unseres Kollegen bedauern, verwahren wir uns doch ausdrücklich gegen ein solches Vorgehen. Ist es nicht die Aufgabe der Polizei, im Umfeld eines Toten zu ermitteln, statt sich auf die Verfasser von Nachrufen zu stürzen? Auch wüssten wir gern, ob sich Herr Oberkommissar Wechsler auch an Herrn Wolff vom *Tageblatt* gewandt hat. Vermutlich nicht, da ihm dessen Nachruf wohl besser ins Weltbild passt.
Eines sei jedoch ganz klar gesagt: Wir werden die Ermittlungen im Fall Graf im Allgemeinen und den Umgang der Polizei mit der Presse im Besonderen genau im Auge behalten. Wir fühlen uns zur Verteidigung der Meinungsfreiheit berufen und nehmen es nicht hin, dass man uns dafür bestraft.

Denn ironischerweise ist es ja gerade so, dass uns die Linken vorwerfen, wir wollten die Freiheit abschaffen. Wir seien es, die Maulkörbe verteilen und die Zensur wieder einführen wollten. Ein wohlfeiler Vorwurf, denn gerade das tun sie doch selbst, indem sie fortwährend jene angreifen, denen einzig und allein das Wohl des Vaterlandes am Herzen liegt.
Kurzum, wir hoffen auf sachliche und ausgewogene Ermittlungen im Todesfall Moritz Graf, die sich keinesfalls zu einem politischen Feldzug auswachsen dürfen. Denn die Polizei ist dazu da, für Recht und Ordnung zu sorgen, und nicht etwa dazu, nach eigenen politischen Vorlieben zu ermitteln.

Das würde morgen im *Lokal-Anzeiger* erscheinen. Er hatte sich Zeit genommen, um Marolds Erwartungen gerecht zu werden. Und dieser Kommissar hatte ihm eine Vorlage geliefert, die nicht zu nutzen geradezu ein journalistisches Verbrechen wäre.

13

Montag, 19. November 1928

Als Leo an diesem Morgen die Inspektion A betrat, war er guter Dinge. Gestern hatte er seinen Kater ausgeschlafen – es war ein feuchtfröhlicher Abend mit Ilse und Richard geworden, und Letzterer hatte sich im angeheiterten Zustand als begnadeter Alleinunterhalter entpuppt. Zudem hatte sich Jakob telefonisch gemeldet und durchgegeben, dass er in Grafs Unterlagen zwei interessante Spuren gefunden hatte. Allerdings war ihm aufgefallen, dass Grafs aktuelles Notizbuch offensichtlich fehlte. Das mussten sie noch suchen.

Auf dem Korridor begegnete er sonderbaren Blicken. Zwei Kollegen tuschelten, eine Sekretärin schaute ihn durch die Glaswand ihres Vorzimmers neugierig an.

Leo sah an sich hinunter, fühlte an Gesicht und Haaren, ob er etwas übersehen hatte – ein Fleckchen Rasierseife, zu viel Frisiercreme –, konnte aber nichts entdecken. In seinem Büro stellte er die Aktentasche ab, zog Hut und Mantel aus und bemerkte dann die Zeitung, die auf seinem Schreibtisch lag.

ANGRIFF AUF DIE FREIE PRESSE?, lautete die Schlagzeile des *Lokal-Anzeigers*, und er glaubte schon, es sei eine unerwartete Verteidigung von Moritz Graf.

Doch als er zu lesen begann, wurde seine Kehle eng, und er ließ sich schwer auf den Stuhl fallen. Natürlich musste er sich als Kriminalbeamter der Presse stellen, die seine Arbeit aufmerksam verfolgte, doch bisher war es immer um genau das gegangen – seine Arbeit. Dies aber war ein persönlicher Angriff, und Hussong scheute nicht einmal davor zurück, seinen Namen zu nennen.

Er atmete tief durch und las den Artikel noch einmal, schwankte zwischen Unsicherheit und Zorn. War er voreilig gewesen, als er schnurstracks zu Hussong gegangen war, statt die Befragungen bei Ullstein abzuwarten? Hatte er sich verhalten, als verdächtige er ihn persönlich? Hatte er wirklich den Eindruck erweckt, er wolle die Freiheit der Presse einschränken?

Nein. Er war direkt gewesen, aber Hussongs sogenannter Nachruf nicht minder. Und wenn jemand gewaltsam zu Tode kam, bestand der erste Schritt nun einmal darin, mögliche Feinde ausfindig zu machen.

Hussong hatte sehr richtig erkannt, dass Leo seine Ansichten nicht schätzte. Ihm jedoch zu unterstellen, er habe Hussong nur befragt, weil er dessen politische Meinung ablehnte, war unerhört.

Er schaute hoch, als es an die Verbindungstür klopfte. »Herein.«

Sonnenschein trat ein und deutete auf die Zeitung. »Die habe ich dir hingelegt.« Pause. »Was für ein niederträchtiger Mensch.« Für Sonnenschein, der sich mit Schimpfwörtern meist zurückhielt, war das ein vernichtendes Urteil.

»Wird darüber geredet?«

Achselzucken. »Nichts Dramatisches, sie sind nur neugierig. Manche fragen sich, wie es dazu kommen konnte. Aber die Aufregung hält sich in Grenzen. Wir kennen doch dieses unerträgliche Gewäsch.«

Leo biss sich auf die Lippe. Es war nicht nur der Stil des

Artikels, der ihn störte, auch die Unverfrorenheit dahinter. Dass Hussong offenbar glaubte, sich erlauben zu können, einen Polizeibeamten als voreingenommen und parteiisch darzustellen, war beunruhigend. Er faltete die Zeitung zusammen und legte sie in eine Schreibtischschublade. Dann stand er auf.

»Kümmern wir uns lieber um den Fall Graf.«

Leo wies Sonnenschein an, bei Siemens-Schuckert weitere Erkundigungen über die Sache mit dem entwendeten Kupferrohr und den entlassenen Friese einzuziehen, über den Graf geschrieben hatte und bei dem es sich wahrscheinlich um den Mann aus der Palme handelte. Hasselmann würde den *Berliner Beobachter* übernehmen, Neufeld und Klein sich weiter durch die Ullstein-Redaktionen arbeiten.

Er rechnete eigentlich nicht mit entscheidenden Erkenntnissen, da schon die engsten Kollegen Graf kaum gekannt hatten. Doch Leo wollte sich angesichts der schlechten Presse keinesfalls mangelnde Sorgfalt und Objektivität vorwerfen lassen.

Auch er würde sich bei Ullstein umhören, vielleicht mit diesem Wilmert sprechen. Womöglich konnte er doch einen Hinweis darauf geben, wer der Mann gewesen war, mit dem Graf lauten Jazz gehört hatte.

Bevor Leo in die Friedrichstadt fuhr, versuchte er sein Glück in der Theaterabteilung des Präsidiums, die vielfältige Aufgaben wahrnahm. So war sie beispielsweise dafür zuständig, dass bei Filmaufnahmen und Theateraufführungen die Kinderschutzbestimmungen eingehalten wurden. Angesichts der Menge an Filmateliers und Theatern, die einen nicht enden wollenden Strom an Kunst und Unterhaltung für vier Millionen Berliner produzierten, war der Bedarf an jugendlichen Darstellern offenbar groß.

Er hatte jedoch etwas anderes im Sinn, als er an die Tür mit dem Schild *Polizeirätin Dr. Martha Mosse* klopfte.

»Herein.«

Hinter dem Schreibtisch saß eine Frau von Anfang vierzig, die ihre dichten, dunklen Haare kurz geschnitten trug. Sie hatte ein freundliches Gesicht, dessen Züge die Entschlossenheit erkennen ließen, die man benötigte, um die erste Polizeibeamtin des höheren Dienstes in Preußen zu werden.

Ihr Schreibtisch war aufgeräumter als seiner, das fiel ihm sofort auf. Der einzige Schmuck war das Foto einer Frau im silbernen Rahmen.

»Oberkommissar Wechsler aus der Inspektion A. Guten Tag, Frau Dr. Mosse. Ich habe ein Anliegen, bei dem Sie mir vielleicht helfen können.«

»Nehmen Sie doch Platz.« Sie schob ihre Akten beiseite und schaute ihn auffordernd an.

»Sie beaufsichtigen die Stellenvermittlungen im Bereich Theater und Film?«

»So ist es. Und nicht zu vergessen das Schausteller- und Zirkusgewerbe. Sie glauben nicht, wie viele Jongleure und Zuckerwatteverkäufer es in Berlin gibt.«

Leo lächelte. »Sind Sie auch für Musik zuständig? Tanzorchester? Jazzkapellen?«

»Bedaure, das fällt nicht in meine Zuständigkeit.« Sie schien seinen enttäuschten Blick zu bemerken. »Worum geht es denn?«

»Wir suchen einen schwarzen Amerikaner, der ein Zeuge in unserem laufenden Fall sein könnte. Wir vermuten, dass er Jazzmusiker ist. Führen Sie eine Kartei über ausländische Musiker, die in Berlin auftreten?«

»Hier im Präsidium nicht, und ich wüsste auch nicht, wo

sonst es ein solches Verzeichnis geben könnte. Die meisten Kapellen haben einen eigenen Agenten, der Verträge über Tourneen und Auftritte für sie abschließt. Für deren Überwachung sind wir nicht zuständig.«

»Verstehe. Trotzdem danke für die Auskunft. Es war den Versuch wert.«

»Darf ich fragen, um welchen Fall es geht?«

»Moritz Graf, der Sturz vom Dach bei Ullstein.«

»Davon habe ich gelesen. Er ist also tatsächlich einem Verbrechen zum Opfer gefallen?«

»Davon gehen wir inzwischen aus.« Leo zögerte. »Darf ich Sie etwas Persönliches fragen?«

Dr. Mosse sah ihn überrascht an. »Wenn es nicht *zu* persönlich ist …«

»Keineswegs. Aber ich bin gerade viel im Zeitungsviertel unterwegs, und da fiel mir natürlich Ihr Name auf. Sind Sie zufällig mit den Zeitungs-Mosses verwandt?«

Sie lächelte. »Ja, das bin ich. Rudolf Mosse, der den Verlag gegründet hat, war mein Onkel.«

»Und Sie selbst hat es nicht in die Zeitungsbranche gezogen?«

»Nein, das hat mich nie gereizt. Ich wollte eigentlich Sängerin werden, aber dafür hat es nicht gereicht. Also habe ich Jura studiert und mich der sozialen Arbeit mit Kindern gewidmet. Aber ich erinnere mich gern an Onkel Rudolf und die Besuche in seinem Palais am Leipziger Platz. Und er hatte auch noch ein Schloss in Mittenwalde. Diese Pracht war wie aus einer anderen Welt.«

»Bisher haben mich meine Ermittlungen nicht zu Mosse geführt, aber ich bin natürlich oft an dem markanten Verlagshaus vorbeigekommen.«

Sie wirkte jetzt ernst. »Angeblich steht es nicht gut um den

Verlag, seit mein Onkel tot ist. Dem Mann meiner Cousine fehlt wohl das verlegerische Genie. Aber das bleibt bitte unter uns.«

»Versprochen.« Leo stand auf. »Nochmals vielen Dank.«

»Ich hätte Ihnen gern mehr geholfen. Ich hoffe, Sie finden den Musiker bald.«

Muthesiusstraße in Steglitz, dachte Hasselmann verwundert, das war nun wirklich nicht die Gegend, in der man eine Zeitungsredaktion vermutete. Ziemlich jottwede, weit ab von Zeitungsviertel und Reichstag, von Nachtleben und großer Kunst. Eine unauffällige Wohnstraße, nicht weit vom Bahnhof Steglitz und dem Botanischen Garten entfernt. Am Eingang befanden sich zahlreiche Schilder, die unter anderem auf einen Zahnarzt und eine Ernährungsberaterin hinwiesen, was immer er sich darunter vorzustellen hatte. Auf einer kleinen, goldgerahmten Tafel stand *Berliner Beobachter*. Sie war recht unauffällig, und man musste schon zweimal hinsehen, bevor man sie überhaupt an der grauen Fassade entdeckte. Im Erdgeschoss des Hauses befanden sich ein Kolonialwarengeschäft, das mit Delikatessen und Südfrüchten warb, und eine Huthandlung, in der leicht angestaubte Modelle für Damen und Herren ausgestellt waren, die selbst Hasselmann, der in Modefragen nicht bewandert war, als reichlich überholt einschätzte.

Er trat ein Stück zurück und bemerkte, dass im zweiten Stock auf mehreren Fenstern der Namenszug *Berliner Beobachter* prangte. Also machten sie doch ein wenig Reklame, aber sein Erstaunen blieb. Es war schwer vorstellbar, dass eine Zeitung sich so weit vom pulsierenden Berliner Leben ansiedelte. Und wer verirrte sich hierher, um eine Annonce aufzugeben?

Vielleicht verdiente die Zeitung tatsächlich mit anderen Dingen ihr Geld.

Er stieß die Haustür auf und ging nach oben in den zweiten Stock. Die dunkelbraune Wohnungstür, auf der in Goldbuchstaben *Berliner Beobachter – Redaktion und Annoncen-Annahme* stand, war leicht verschrammt, die Farbe alt und rissig. Daneben stand eine Topfpalme, die bessere Tage gesehen hatte.

Hasselmann klingelte. Es dauerte ein paar Minuten, bis schlurfende Schritte ertönten und die Tür geöffnet wurde. Ein gedrungener Mann mit Halbglatze und kugelrundem Bauch stand vor ihm. Er trug weder Jackett noch Weste, nur ein Hemd mit Hosenträgern darüber, dessen Manschetten speckig aussahen. Seine dicken Lippen glänzten, als leckte er sie ständig ab.

»Ja?«

Hasselmann wies sich aus. »Ich habe mit Ihnen zu reden. Darf ich reinkommen?«

Der Mann trat beiseite. »Otto Leverenz, Chefredakteur«, stellte er sich vor und führte ihn in ein Büro. In Regalen waren Aktenordner und Archivkartons aufgereiht, die wohl frühere Ausgaben der Zeitung enthielten. Dazwischen hingen einige ungelenke Landschaftsaquarelle, aber nichts, was darauf hingedeutet hätte, dass sie sich in einer Zeitungsredaktion befanden. Bei Ullstein sah es jedenfalls ganz anders aus – dort herrschte Leben, Telefone bimmelten, Leute rannten durch die Gänge, überall sah man Werbeplakate für die hauseigenen Zeitungen und Bücher. Dies hier hätte ebenso gut das Büro eines Buchhalters oder kleinen Anwalts sein können und wirkte ebenso alltäglich und wenig aufregend wie die ganze Gegend.

Nachdem Hasselmann Platz genommen hatte, schaute er

Leverenz prüfend an. »Hat hier einmal ein Mann namens Moritz Graf gearbeitet?«

Sein Gegenüber leckte sich wie erwartet über die Lippen. »Da hol mich doch dieser und jener. Wegen dem kommen Sie zu mir? Wissen Sie eigentlich, wie lange der Graf schon nicht mehr beim *Beobachter* war?«

Im Nebenzimmer begann eine Schreibmaschine zu klappern, laut und unregelmäßig, als beherrschte die Person das Tippen nur unzureichend. Leverenz stand auf und steckte den Kopf durch die Tür. »Nicht gerade jetzt, Rita, das hat Zeit.«

»Sie haben gesagt, das soll fertig sein, bis –«

»Ruhe jetzt.« Er schlug die Tür zu und drehte sich entschuldigend um. »Meine Sekretärin ist fleißig, aber leider nicht die Schnellste. Die letzte ist mir weggelaufen, zur *Vossischen* gegangen. Was soll ich machen, die zahlen besser.«

»Zurück zu meiner Frage«, sagte Hasselmann energisch.

»Ach ja, der Graf. Der hat tatsächlich hier gearbeitet, aber das ist lange her. Hat 1912 aufgehört. Ich erinnere mich so genau, weil es beim Untergang der Titanic war, also der Tag, an dem er gekündigt hat. Er verlasse jetzt das sinkende Schiff, hat er gewitzelt. Aber da lag er falsch. Wir sind immer noch da. Und er –«

Hasselmann fiel ihm ins Wort. »Was genau hat Graf hier gemacht?«

Gönnerhaftes Achselzucken. »Was man eben so macht bei einer kleinen Zeitung. Artikel schreiben, auch mal Annoncen annehmen, sich die Sorgen der Leute anhören.«

»Wenn ich mir Ihre Zeitung so ansehe, scheint es Ihnen weniger um die Sorgen als um die Sensationslust der Leute zu gehen.«

Leverenz hob abwehrend die Hände. »Wir können nicht

alle das *Tageblatt* oder die *Weltbühne* sein. Unser Publikum hat auch ein Recht auf Lesestoff.«

Hasselmann ließ sich nicht beirren. »Schön, Herr Graf hat also bis vor sechzehn Jahren für Sie geschrieben. Fingerübungen für seine spätere Karriere sozusagen. Aber ich wüsste gern, womit Sie Ihr Geld verdienen.«

»Was ist denn das für eine Frage?«, sagte der Redakteur entrüstet. »Das sehen Sie doch. Wir verkaufen Zeitungen.«

»Wie hoch ist Ihre Auflage?«

»Um die fünftausend, mal mehr, mal weniger.«

»Das ist nicht gerade viel. Und wie ich gesehen habe, enthält Ihr Blatt so gut wie keine Annoncen. Daher frage ich noch einmal: Womit verdienen Sie Ihr Geld?«

Als Leverenz nicht sofort antwortete, zog Hasselmann eine Ausgabe der Zeitung aus der Innentasche seines Jacketts und schob sie Leverenz hin. Er deutete auf die Rubrik »Briefkasten«, in der sich die Chiffre-Annoncen fanden, die Sonnenschein in Grafs Unterlagen aufgefallen waren. »Das sind verschlüsselte Botschaften, nicht wahr? Ich vermute, Sie drohen der anonymisierten Person, etwas über sie zu veröffentlichen. Zeigen sich die Leute großzügig, erscheint der Artikel nicht. Ist das richtig?«

Leverenz verschrankte die Arme. »Ich kann hier nicht über unsere Geschäftsgeheimnisse sprechen, Herr Kommissar. Abgesehen davon verstehe ich nicht, was das mit Graf zu tun haben soll. Er ist seit sechzehn Jahren nicht mehr bei uns beschäftigt.«

Hasselmann beugte sich vor und sah ihn kühl an. »Wir schließen nicht aus, dass sich jemand an Graf gerächt hat. Angenommen, es kam, als Graf hier arbeitete, zu einem Skandal, bei dem jemand durch Ihre Zeitung ins Unglück gestürzt wurde.«

»Aber das wäre doch ewig her«, protestierte der Redakteur.

»Sie glauben gar nicht, wie nachtragend manche Menschen sind. Die warten nur auf den richtigen Zeitpunkt, um Vergeltung zu üben. Wenn Sie meine Fragen nicht umfassend beantworten, machen Sie sich strafbar, Herr Leverenz. Wir ermitteln in einem Kapitalverbrechen.«

Leverenz sank ein wenig in seinem Sessel zusammen. »Kapitalverbrechen, sagen Sie? Grafs Tod? Sachen gibt's! Aber dass sich jemand so lange danach – das glaube ich einfach nicht.«

Hasselmann hatte genug. »Glauben können Sie in der Kirche. Mich interessieren Tatsachen. Sie suchen mir jetzt alle Fälle aus Grafs Zeit hier heraus, in denen Leute von Ihnen erpresst wurden. Und nein, Sie brauchen sich gar nicht zu empören, ich nenne es beim Namen.«

Leverenz' Stirn glänzte jetzt ebenso wie seine Lippen. Gut, dachte Hasselmann. »Ich habe übrigens Zeit mitgebracht und warte gern, bis Sie mir die fraglichen Unterlagen herausgesucht haben. Ich nehme an, Sie pflegen eine ordentliche Buchführung.«

Der Mann sprang beinahe von seinem Stuhl und stürzte nach nebenan. Dort entspann sich ein erregter Dialog, den Hasselmann leider nicht verstehen konnte, da Leverenz die Tür geschlossen hatte. Vermutlich wies er seine Sekretärin an, die Unterlagen herauszusuchen.

Hasselmann trat ans Fenster und blickte leise vor sich hinpfeifend auf die Straße, wo ein einsames Automobil hinter einem Pferdefuhrwerk herzockelte. In Berlin prallten Vergangenheit und Gegenwart ständig aufeinander, und er fragte sich, wie lange man noch Pferde auf der Straße sehen würde. Eigentlich war ihre Zeit vorbei, doch viele Betriebe hielten daran fest, weil ihnen Kraftfahrzeuge zu teuer waren oder sie lieber auf die althergebrachte Kraft der Tiere vertrauten. Er zündete sich eine Zigarette an und rauchte sie gemächlich zu Ende, und noch immer war der Redakteur nicht wieder da.

Er hielt es selbst für unwahrscheinlich, dass sich jemand nach all den Jahren an Graf gerächt haben sollte, Erpressung hin oder her. Andererseits mussten sie allen Hinweisen nachgehen. Hinzu kam, dass er es genossen hatte, den schmierigen Redakteur in die Zange zu nehmen. Wie ihm der Schweiß auf die Stirn getreten war ... Bei manchen Leuten machte die Befragung mehr Spaß als bei anderen.

Hasselmann griff nach der aktuellen Ausgabe des *Beobachters*, die auf dem Schreibtisch lag, und schaffte es, sie komplett zu lesen, bevor Leverenz endlich wieder auftauchte. In der Hand hielt er eine abgegriffene Kladde mit Stoffrücken. So viel zur ordentlichen Buchführung. Er setzte sich und blätterte darin, wobei er mit dem Finger an den Spalten entlangfuhr.

»Hier beginnt es, in diesem Jahr hat Graf bei uns angefangen.«

Hasselmann nahm die Kladde und steckte sie ein, ohne hineinzuschauen.

»Das können Sie nicht mitnehmen, das sind meine Geschäftsunterlagen«, rief Leverenz.

»Und ob ich das kann. Falls Sie mich daran hindern wollen, weise ich darauf hin, dass Sie sich in Ihrem Geschäft tagtäglich strafbar machen. Ich bin zwar nicht für derartige Vergehen zuständig, kann die Vorgänge aber gern an meine Kollegen vom Betrugsdezernat weitergeben. Die freuen sich wie Bolle.«

Leverenz wischte sich über die Stirn und nickte resigniert.

»Nehmen Sie das Ding mit, aber ich hätte es gern zurück. Das Finanzamt, Sie wissen schon.«

Du hast Nerven, dachte Hasselmann, setzte den Hut auf und verließ grinsend die Redaktion.

Bernd Wilmert wollte gerade zum Reichstag aufbrechen. Stresemann würde eine Rede halten, in der es um die Aussöhnung mit den Nachbarländern im Westen gehen sollte. Er stand schon mit dem Mantel in der Hand da, als Oberkommissar Wechsler hereinkam.

»Guten Tag, Herr Wilmert. Ich muss Sie kurz sprechen.«

Wilmert sah auf die Uhr. Das konnte knapp werden, er kam ungern zu spät auf die Zuschauertribüne, aber die Kriminalpolizei konnte er schlecht vertrösten. »Gewiss, Herr Oberkommissar. Allerdings muss ich gleich in den Reichstag, Rede des Außenministers.«

»Es dauert nicht lange«, sagte Wechsler höflich.

Wilmert ging mit ihm in ein Besprechungszimmer und schloss die verglaste Tür, da in der Redaktion gerade der Geburtstag einer Sekretärin gefeiert wurde. Die Sektkorken knallten schon seit halb zehn.

Wechsler holte ein Notizbuch heraus und schlug es auf. »Es geht noch einmal um Moritz Graf. Sie haben bei der Befragung erwähnt, er habe gern Jazz gehört?«

»Ja, das habe ich gefolgert«, sagte Wilmert etwas überrascht.

»Woraus?«

Er berichtete von der Begegnung in der Schallplattenhandlung. »Jelly Roll Morton, ich hatte den Namen noch nie gehört. Es handelt sich um einen Jazzmusiker aus Chicago, wie mir unser Musikkritiker erklärt hat.«

»Haben Sie sich je mit Graf darüber unterhalten?«

Die Sache wurde zunehmend kurioser.

»Nein. Über solche Dinge sprach er nicht.«

Der Kriminalbeamte sah ihn prüfend an. »Sie wundern sich vermutlich, weshalb ich danach frage. Eine Nachbarin Grafs hat ausgesagt, er habe mal, ich zitiere, ›einen schwarzen Mann mitgebracht‹. In seine Wohnung. Als ich von seiner Vorliebe für Jazz hörte, kam mir der Gedanke, es könnte eine Verbindung geben.«

»Sie meinen, ob der Mann ein Musiker war? Wäre möglich. Von denen gibt es in Berlin eine ganze Menge. Jedes Tanzlokal, das etwas auf sich hält, hat heute eine Jazzkapelle, je schwärzer, desto besser.«

»Sie haben also nie gehört, ob Graf solche Bekanntschaften pflegte?«

Wilmert seufzte innerlich und verschränkte die Hände auf der Schreibtischplatte. »Herr Oberkommissar, ich habe Ihren Kollegen bereits gesagt, der Mann war verschlossen wie eine Auster. Hätte ich ihn nicht damals in der Schallplattenhandlung gesehen, wüsste ich bis heute nicht, welche Musik er hörte. Und man ging allgemein davon aus, dass er keine Freunde hatte, jedenfalls nicht unter den Kollegen. Hätte jemand erfahren, dass er mit einem Schwarzen befreundet ist, hätte es die Runde gemacht.«

Wechsler erhob sich und steckte das Notizbuch ein. »Ich danke Ihnen. Und falls Sie sich doch an etwas erinnern …«

Wilmert nickte. »Selbstverständlich melde ich mich dann bei Ihnen, Herr Oberkommissar. Und jetzt muss ich schleunigst in den Reichstag.«

14

Im Redaktionsbüro der *B. Z. am Mittag* legte die Geburtstagsparty eine Pause ein. Dennoch schien sich kein Mensch für Leo zu interessieren, was ihn nicht wunderte, da um zwölf Redaktionsschluss war. Es wurde wild durcheinander geschrien und hektisch getippt, ein Mann im grauen Kittel stürmte herein, in der Hand ein langes Stück Papier, das hinter ihm herflatterte, und rief etwas Kryptisches, das klang wie: »Wenn das noch in die Spitze soll, ist höchste Eisenbahn!«

Leo lehnte sich an die Wand, verschränkte die Arme und betrachtete den Betrieb. Er fragte sich, wie ein Mensch in dieser Atmosphäre ganz für sich hatte bleiben können, so sehr, dass niemand eine Ahnung hatte, wie er wirklich gewesen war. Graf war es offenbar gelungen. Keine Freunde unter den Kollegen, nur dieser Mann, der ihn mal zu Hause besucht hatte. Und selbst er konnte ein zufälliger Bekannter gewesen sein. Jemand, dem Graf bei seinen Recherchen begegnet war, über den er hatte schreiben wollen.

Oder ein Liebhaber? Graf war unverheiratet, das wussten sie natürlich, es schien keine Frau in seinem Leben gegeben zu haben. War er vielleicht homosexuell gewesen?

Irgendeinen Punkt musste es doch geben, bei dem sie ansetzen, einen Haken, an dem sie sich festhalten konnten, statt lauter glatten Flächen, an denen sie wieder und wieder abrutschten.

Er war so in seine Überlegungen vertieft, dass er die Frau, die neben ihm stehen geblieben war, erst gar nicht bemerkte. »Kann ich Ihnen helfen?«, fragte sie.

Sie war schlank und trug einen Herrenanzug, der ihr auf den Leib geschneidert war. Kurze, dunkle Haare, Seitenscheitel, helle Haut, Sommersprossen.

»Oberkommissar Leo Wechsler.«

»Hedy Neumann, Feuilleton. Ich hatte mit Ihrem Kollegen gesprochen, Neufeld, glaube ich. Wir kennen uns noch nicht.«

»Haben Sie kurz Zeit?«

»Für die Polizei doch immer. Mein Artikel ist schon im Satz.« Sie drehte sich kurz um und rief dem grauen Kittel über die Schulter zu: »Uhlmann, bei mir wird nichts gestrichen, ist das klar?«

Sie führte Leo in das Besprechungszimmer, in dem er vorhin mit Wilmert gesessen hatte, zündete sich eine Zigarette an und hielt ihm die silberne Dose hin. Leo lehnte dankend ab.

»Es fällt mir schwer, mir ein Bild von Moritz Graf zu machen«, begann er. »Ich weiß, wie er ausgesehen und wie er geschrieben und ein wenig auch, wie er gearbeitet hat, aber ich erkenne ihn einfach nicht als Person. Genau das muss ich aber, wenn ich einen Todesfall aufklären will.« Er wusste selbst nicht genau, weshalb er so offen mit Fräulein Neumann sprach. Es gab Menschen, die Vertrauen weckten, und sie gehörte dazu.

»Das kann ich verstehen.« Dann lachte sie leise. »Seltsam, dass man Menschen für selbstverständlich nimmt, solange sie da sind, und sich nie Gedanken macht, warum sie so sind, wie sie sind. Erst wenn sie nicht mehr da sind, überfallen einen lauter Fragen, nicht wahr?«

»Er war Waise, wuchs in einem Heim auf«, sagte Leo. »Keine Familie. Vielleicht hatte er daher früh gelernt, sich nicht auf andere zu verlassen.«

»Auch das habe ich nicht gewusst. Er muss einsam gewesen sein.«

Vielleicht konnte ihm die Frau doch etwas sagen, das er noch nicht wusste. »Wissen Sie, ob Graf eine Freundin oder Geliebte hatte? Oder einen Geliebten? Ich weiß, dass er hier im Hause keine Freunde hatte, aber er kann nicht ganz ohne menschliche Kontakte gewesen sein.«

Fräulein Neumann klopfte die Zigarettenasche ab. »Das war er auch nicht. Natürlich hat er mit anderen gesprochen, soweit es die Arbeit erforderte. Aber auch nicht mehr. Er zog sich zurück, sobald vertrauliche Fragen aufkamen oder über Familie und Privatleben gesprochen wurde.«

»Eine Nachbarin hat ihn mit einem Schwarzen in seine Wohnung gehen sehen.«

Hedy Neumann zog die Augenbrauen hoch. »Na so was! Meinen Sie, die beiden könnten ein Paar gewesen sein? Mir kam er nicht vor, als hätte er es mit Männern, aber ich kann mich irren. Die tragen ja kein Schild um den Hals, auf dem ›homosexuell‹ geschrieben steht.«

Gut, mit dieser Frau konnte man offen reden. »Sie müssen auch kein Liebespaar gewesen sein. Es würde schon reichen, dass sie befreundet waren. Ich hoffe sehr, dass uns der Mann etwas über Graf verraten kann. Ich habe überlegt, ob er Jazzmusiker sein könnte.«

Leo sah, wie sich etwas in ihrem Gesicht veränderte, wie es plötzlich heller wurde. Das hatte er bei vielen Zeugen erlebt. Es war der Moment, in dem jemand zwei und zwei zusammenzählte.

Hedy Neumann sprang auf. »Einen Augenblick, ich muss

nur etwas nachschauen.« Sie eilte aus dem Zimmer und kam mit einem Kalender von 1927 zurück. »Sehen Sie, hier ist es.« Sie deutete auf einen Tag im Dezember, daneben hatte sie *Eröffnung Dixie* gekritzelt. »Es fiel mir gerade wieder ein. Wir haben einen Artikel über die Eröffnung eines Jazzclubs gebracht, renoviert, unter neuer Leitung, mit Musikern aus New York. In der Redaktion wurde darüber gesprochen. Später passte Graf mich im Flur ab und erkundigte sich nach dem genauen Datum. Vielleicht ist er tatsächlich hingegangen.«

»Waren Sie bei der Eröffnung?«

»Oh ja, und nein, ich habe Graf dort nicht gesehen. Kein Wunder, der Trubel hätte ihm nicht gefallen. Falls er hingegangen ist, dann an einem anderen Tag.«

Leo notierte sich Namen und Adresse des Clubs und stand auf. »Ich danke Ihnen sehr, Fräulein Neumann. Das könnte uns tatsächlich weiterhelfen.«

»Gern geschehen. Ich hoffe, Sie finden den Täter bald. Graf war ein schwieriger Mensch, aber er wird fehlen.« Sie klappte mit ernster Miene die Zigarettendose auf, nahm aber keine heraus. Dann machte sie eine unwirsche Handbewegung, als wollte sie die düsteren Gedanken vertreiben. »Schauen Sie mich an – dabei bin ich für die Unterhaltung zuständig. Also Schluss mit dem Trübsalblasen, die Theater-B. Z. wartet. Auf Wiedersehen, Herr Oberkommissar.«

Und schon war sie verschwunden.

August Friese war am Ende. Seit er vorhin die Zeitung im Rinnstein gefunden hatte, wusste er, dass seine letzte Hoffnung dahin war. Zuerst hatte er gar nicht auf die Überschrift geachtet, es war nur ein durchweichtes Stück Papier, das ihm der Regen vor die Füße spülte, aber dann war ihm der Name aufgefallen.

Graf.

Er hatte sich gebückt, doch das Papier war unter seinen Fingern zerfallen. Also war er zum nächsten Zeitungsstand gelaufen und hatte sich dort herumgedrückt, bis der Besitzer abgelenkt war und er die neuesten Artikel überfliegen konnte.

Danach war Friese in die nächste Kneipe getaumelt und hatte sich einen Schnaps bestellt. Ein bisschen Geld hatte er noch, von Graf.

Die Begegnung mit ihm war wie ein Zeichen gewesen, dass doch noch alles gut werden könnte. Graf war mit ihm in ein Lokal gegangen, hatte ihm einen Teller Suppe und eine Weiße spendiert und vor allem zugehört.

Friese hatte erzählt, was ihm zugestoßen war, seit die Sache mit dem Kupferrohr in der Zeitung gestanden und man ihn entlassen hatte. Wie er sich den Sommer über mit Gelegenheitsarbeiten über Wasser gehalten hatte. Graf hatte nachgefragt, was genau er denn gemacht habe, und Friese hatte drauflosgeredet. Erstaunlich, dass den Mann das alles interessierte, der hatte doch eigentlich Besseres zu tun, aber solange sie im Warmen saßen und Bier nachbestellt wurde – nur für ihn, nicht für Graf –, wollte er sich nicht beschweren.

Irgendwann hatte Graf sein Notizbuch rausgeholt. Weitergefragt. Ihm ein Stück Kuchen bestellt.

Jetzt war er tot, und damit war auch jede Hoffnung auf neue Arbeit dahin, die Graf ihm versprochen hatte.

Ich finde was für Sie, hatte er gesagt, aber es dauert vielleicht ein bisschen. Ich höre mich um. Das bin ich Ihnen schuldig.

Vorbei, dachte Friese und kippte den zweiten Schnaps.

Mehr konnte er sich nicht leisten, zum Glück war er noch von gestern ein bisschen betrunken. Den Pegel musste er halten, damit es nicht ganz so wehtat, das Leben.

Er verließ die Kneipe und wankte an der Spree entlang nach Osten. Ein Ziel hatte er nicht. Heute Abend ging es wieder in den Keller in der Franklinstraße, in dem er hauste, wenn er nicht in die Palme konnte. Die Gegend kannte er von früher. Den Keller hatte er für sich, vorerst jedenfalls. In der Palme gab es was zu essen, und es war ein bisschen wärmer, kein Wunder bei so vielen Leuten. Aber manchmal wurde ihm das auch zu viel, das Gedränge, der Gestank, die lauten Stimmen.

Friese taumelte den Gehweg entlang. Der Wirt hatte großzügiger eingeschenkt, als er gedacht hatte.

Dann ging alles sehr schnell. Er prallte gegen etwas Weiches, ein Aufschrei, etwas fiel zu Boden. Pakete. Eine bunte Schachtel. Friese schaute sich verstört um.

Vor ihm stand eine gutgekleidete Frau, den Mund empört geöffnet, den Arm ausgestreckt. »Was fällt Ihnen ein? Heben Sie sofort meine Sachen auf.«

Er verstand nicht, was passiert war, hob beschwichtigend die Hände, musste aber gewaltig rülpsen. Die Frau wich zurück, sah ihn angewidert an, begann wieder zu schreien.

Bald waren sie von einer Gruppe Schaulustiger umringt. Er hörte nur Wortfetzen, ihm war plötzlich übel, was war das nur für ein Zeug gewesen –

Er erbrach sich vor die Füße der Frau und erwischte dabei ihre Schuhe.

Dann eilten energische Schritte herbei, jemand packte ihn grob an der Schulter und riss ihn zurück. Ein Schupo.

»Was ist das für eine Sauerei, Freundchen … der Mann ist völlig betrunken … müssen Sie wohl selbst aufheben.«

Friese merkte, wie er am Kragen weggeführt wurde. Er wehrte sich nicht, stolperte einfach neben dem Schutzmann her.

Sie betraten ein Gebäude, er wurde rüde auf eine harte Bank gestoßen.

»Papiere?«

Er konnte nicht klar denken.

Der Polizist fing an, seine Taschen zu durchsuchen, den Kopf halb abgewandt. Warum hält der bloß den Kopf so komisch?, fragte sich Friese benebelt.

»Ja, einen Herrn Friese hatten wir hier«, sagte die Angestellte in der Personalabteilung bei Siemens-Schuckert und schaute von der Schublade mit der Kartei auf. »Was möchten Sie denn wissen?«

»Alles«, erwiderte Sonnenschein höflich. »Uns hilft alles weiter.«

Sie nahm die Mappe aus der Schublade und legte sie auf den Tisch. »Viel steht nicht drin.«

»Danke.« Sonnenschein setzte sich auf einen Stuhl und klappte die Mappe auf. Bewerbungsschreiben vom September 1910, Schulzeugnis, Ausbildungszeugnis, Arbeitsvertrag. Alles so weit tadellos bis auf die letzte Seite – ein Entlassungsschreiben, das auf den 25. Mai 1928 datiert war.

> Sehr geehrter Herr Friese!
> Wir sehen uns gezwungen, Sie mit sofortiger Wirkung zu entlassen. Aufgrund eines Diebstahls in unserer Firma, den Sie begangen haben, ist ein Beschäftigungsverhältnis nicht länger möglich.
> Sie werden hiermit aufgefordert, Ihre persönliche Habe

aus dem Spind zu entfernen. Der noch ausstehende Lohn wird einbehalten wegen des Tatbestands des Diebstahls.

Hochachtungsvoll
Scherer
Lt. der Personalabteilung

Sonnenschein schaute hoch. »Was ist mit einem Zeugnis?«

»Das gibt es in einem solchen Fall nicht.«

»Ich sehe in der Akte keine sonstigen Beschwerden oder Abmahnungen. Er hat sich also nur einmal etwas zuschulden kommen lassen. Ist das richtig?«

Ihr Blick wurde kühl. »Herr Kommissar, es ist nicht an mir, die Entscheidungen der Firmenleitung zu beurteilen. Ich führe die Kartei, das ist alles. Wer sich eines Diebstahls schuldig macht, erhält bei uns kein Arbeitszeugnis.«

Sonnenschein hakte ein. »Erzählen Sie mir mehr über diesen Diebstahl.«

Sie lächelte beflissen. »Es stand in der Zeitung. Jemand in der Firma habe einen Lohnvorschuss verlangt, ihn nicht bekommen und darum ein Kupferrohr gestohlen. Mein erster Gedanke war, wenn das der Chef sieht, kann derjenige seinen Hut nehmen. Und so ist es auch gekommen.« Sie hielt inne. »Friese kam daraufhin zu mir. Nur das eine Mal, hat er immer wieder gesagt, und ob wir ihm nicht wenigstens ein Zeugnis ausstellen können. Ich habe ihm erklärt, dass ich nicht dazu befugt sei und meine Anweisungen befolge. Es war doch nur ein Kupferrohr, hat er geschrien und ist gegangen.«

Sonnenschein, der sich die wichtigsten Punkte aus der Akte notiert hatte, reichte sie ihr zurück. »Haben Sie danach noch einmal von ihm gehört?«

»Nein.«

»Wir müssen Herrn Friese dringend ausfindig machen.«

»Seine Adresse steht ja in der Akte.«

Sonnenschein fand ihr Verhalten seltsam herzlos. »Soweit wir wissen, ist er inzwischen obdachlos.«

»Das ist bedauerlich, aber nicht meine Verantwortung. Darf ich fragen, warum Sie Herrn Friese suchen? Hat er etwas angestellt?«

Sonnenschein verspürte allmählich eine tiefe Abneigung gegen die Frau. Mehr würde er wohl nicht erfahren. Er ging zur Tür, drehte sich aber noch einmal um. »Dazu kann ich nichts sagen. Aber der Mann, der den Artikel geschrieben hat, ist tot. Es geht um ein Gewaltverbrechen.«

In der Eingangshalle blieb Leo kurz stehen und nahm die geradezu fiebrige Atmosphäre in sich auf. Alle schienen es eilig zu haben, sogar die Leute, die nur eine Annonce aufgeben wollten. Jemand trug ein großes Schild mit dem bekannten Werbespruch »Sei sparsam, Brigitte, nimm Ullstein-Schnitte« vorbei, und Leo musste grinsen, als er sich Claras entrüsteten Blick vorstellte, wenn er ihr das *Blatt der Hausfrau* mitbringen würde.

Er wollte gerade das Gebäude verlassen, als er den Portier an der Tür bemerkte. Natürlich hatte man die Männer an den Türen bereits befragt, aber ihm kam gerade ein Gedanke.

Er trat zu dem Mann, der eine goldbesetzte Uniform trug, und wies sich aus.

»Was kann ich für Sie tun, Herr Oberkommissar?« Der Portier trat beiseite, um die Tür freizumachen, behielt aber geübt alle Leute im Auge, die ein- und ausgingen. »Ihre Kollegen waren schon bei mir. Konnte leider nicht helfen. Mir ist an dem Abend nichts aufgefallen. Der arme Herr Graf, eine furchtbare Geschichte –«

Leo musste ihn bremsen. »Danke, Herr –«

»Altenburg, Friedrich.«

»Danke, Herr Altenburg. Ich hätte noch eine weitere Frage – ist Ihnen in den Wochen, bevor Herr Graf starb, etwas aufgefallen?«

Der Portier sah ihn mit einem leichten Lächeln an. »Glauben Sie mir, wenn ich hier stehe, fällt mir eine ganze Menge auf. Das ist die belebteste Kreuzung im ganzen Zeitungsviertel. Wer hier so alles vorbeiläuft …«

Leo blieb geduldig. »Das ist mir klar. Ich denke an Vorfälle, die in irgendeiner Weise mit Herrn Graf zu tun hatten. Vielleicht hat er mit jemandem gesprochen, war in Begleitung –« Er sah, wie sich etwas in Altenburgs Gesicht veränderte.

»Wenn Sie es so erklären, Herr Oberkommissar. Manchmal muss einer nur die richtigen Fragen stellen. Also –« Und er begann zu erzählen.

15

DIENSTAG, 20. NOVEMBER 1928

Robert Walther saß am Schreibtisch, den Kopf in die Hände gestützt, den Blick auf die Anzeige gerichtet, die vor ihm lag. Er war nicht ganz ausgeschlafen und musste die Augen zusammenkneifen, um sich auf die wenigen Zeilen zu konzentrieren.

August Friese, geboren am 18. März 1892 in Reinickendorf, Metallarbeiter, z. Zt. ohne feste Anstellung, ohne festen Wohnsitz, verhaftet wegen öffentlicher Ruhestörung aufgrund übermäßigen Alkoholkonsums.

»Der Mann sitzt seit gestern zwecks Ausnüchterung und Vernehmung ein«, verkündete Oberinspektor Kirche von der Schutzpolizei gewichtig. »Er hat sich auf die Schuhe einer Dame erbrochen, das war vielleicht 'ne Sauerei.«

»Und was habe ich damit zu tun?«, fragte Walther und dachte bei sich: Was ist nur aus mir geworden? Früher Inspektion A in der Burg, jetzt vollgekotzte Damenschuhe im Polizeiamt 2.

Kirche blähte die Brust. »Es geht um den Fall Graf, den Reporter, der vom Dach gefallen ist.«

»Und was hat das mit der Anzeige gegen diesen Friese zu tun?«, fragte Walther ungeduldig.

Der Oberinspektor deutete triumphierend mit dem Daumen über die Schulter. »Der Kerl war voll wie 'ne Strandhaubitze und redete wirres Zeug. Wir mussten irgendwie seine Personalien feststellen.«

Walther trommelte mit den Fingern auf den Tisch. Wie lange wollte Kirche die Pointe noch hinauszögern?

»Also haben wir seine Taschen durchsucht und dabei das hier gefunden.« Er legte eine fleckige hellgraue Visitenkarte auf den Tisch: *Moritz Graf. Journalist* stand darauf und die Anschrift der *B. Z. am Mittag*. »Das ist doch der, der vom Dach gefallen ist. Es soll Mord gewesen sein. Also hab ich den Festgenommenen gefragt, ob er ihn gekannt hat. Aber er war zu betrunken, um klar zu reden.«

Walther war jetzt hellwach. Er hatte gestern Hussongs Artikel über den Fall Graf gelesen, in dem Leo erwähnt oder, besser gesagt, an den Pranger gestellt wurde. Er war sich immer noch nicht sicher, wie er darüber dachte, schwankte zwischen spontanem Abscheu und erzwungener Gleichgültigkeit. Seine erste Reaktion war Empörung gewesen, der Drang, Leo in Schutz zu nehmen, so wie er es immer getan hatte. Dann war ihm wieder eingefallen, dass Leo nichts dagegen unternommen hatte, als man ihn aufs Abstellgleis geschoben hatte.

Nun aber hatten sie jemanden in der Ausnüchterungszelle sitzen, der womöglich mit dem Mordopfer in Verbindung gestanden hatte. Es könnte eine Chance sein, sich in der Inspektion A zu rehabilitieren.

Er stand auf und ging zur Tür. »Danke, Kirche, ich bespreche das mit dem Herrn Kriminalkommissar.«

Ludwig Richter hörte sich an, was Walther zu sagen hatte, und blätterte dabei in einer Akte. »Übernehmen Sie das, Walther. Es kann nicht schaden, sich mit der Inspektion A gut zu stellen«, fügte er augenzwinkernd hinzu.

Bei der morgendlichen Besprechung hatte Leo von der Aussage des Portiers berichtet.

»Der Unbekannte war angetrunken und wollte zur *B. Z.*, weil er angeblich jemanden dort kannte. Den Namen nannte er nicht. Altenburg hat ihn natürlich nicht ins Gebäude gelassen. Und er würde beeiden, dass er gesehen hat, wie Graf kurz darauf das Gebäude verließ und den Mann auf der Straße bemerkte. Er hat mit ihm gesprochen, dann sind beide gemeinsam weggegangen. Und die Beschreibung passt zu einem Obdachlosen, der in der Palme übernachtet.«

»Dann wären sich die beiden noch einmal begegnet, nachdem Graf den Artikel veröffentlicht hat, der zu Frieses Entlassung führte«, sagte Neufeld.

»Der Artikel wäre ein Motiv. Andererseits wissen wir nicht, worüber Graf mit ihm gesprochen, ob er sich womöglich sogar entschuldigt hat. Und außerdem – wie sieht es mit der Gelegenheit aus? Wie sollte ein Obdachloser unbemerkt aufs Dach gelangen? Woher hätte er wissen sollen, dass Graf sich regelmäßig dort aufhielt? Das passt nicht zusammen.«

»Die Geschichte geht noch weiter«, sagte Hasselmann. »Wir haben doch den Zettel. *Friese, Palme*. Angenommen, Friese hat ihm gesagt, dass er dort übernachtet. Und Graf wollte sich aus irgendeinem Grund mit ihm treffen und hat sich den Ort notiert.«

Leo legte die Hände flach auf die Tischplatte und sah in die Runde. »Wir rufen Friese sofort zur Fahndung aus, die Meldung geht an alle Polizeiämter und -reviere, die Presse und sämtliche Obdachlosenasyle, städtische wie private. Jakob, das übernimmst du.«

»Wird gemacht.«

Leo schaute Hasselmann an. »Was gibt es vom *Berliner Beobachter*?«

Hasselmann hob eine Kladde hoch, die vor ihm auf dem Tisch lag. »Ich habe hier die Einnahmenliste dieses Schmierblatts. Die Namen sind teilweise abgekürzt, aber die meisten konnte ich ermitteln. Einige Personen sind verstorben oder ins Ausland verzogen. Die fallen als Verdächtige schon mal weg.« Er hielt inne. »Es ist sehr lange her. Warum sollte sich eine Gräfin Hohenheim nach über sechzehn Jahren rächen, weil man sie mit einer Affäre erpresst hat?« Er beugte sich vor und tippte mit dem Zeigefinger auf die Kladde. »Wenn jemand gegen die Zeitung vorgehen wollte, würde er sich an die Leute halten, die noch dort arbeiten. Diesen Leverenz beispielsweise. Warum einen Journalisten ermorden, der seit einem halben Menschenleben nicht mehr beim *Beobachter* ist? Das ergibt keinen Sinn.«

Hasselmann hatte recht. Es war mehr als unwahrscheinlich, dass jemand so späte Rache an Graf geübt hatte. Zwischen damals und heute lagen ein Krieg und eine Revolution, eine Republikgründung und eine Inflation.

Dann kam Leo noch ein Gedanke. »Warum hat Hussong mich wohl auf den *Beobachter* gebracht? Ansonsten war er wenig hilfreich, aber den hat er ausdrücklich erwähnt.«

Sonnenschein zuckte mit den Schultern. »Denkbar, dass er Graf nachträglich schaden wollte. Der Mann war ihm ja wohl ein Dorn im Auge.«

Leo nickte. Keine Frage, es würde zu Hussong passen.

Sie saßen zu dritt in einem kleinen Speiselokal weitab der Kochstraße, in dem es selbst um die Mittagszeit ruhig war. Hier verkehrten keine Journalisten, und sie mussten nicht befürchten, Kollegen über den Weg zu laufen, die aus ihrer angeborenen Neugier heraus unangenehme Fragen gestellt hätten.

Clausner und Kappusch setzten sich ihrer Begleiterin gegenüber. »Danke, dass Sie gekommen sind, Fräulein Klammroth.«

Sie nickte. »Selbstverständlich.«

»Sie hatten angeboten, eine genaue Liste aller Angestellten des Buchverlags für die Betriebszelle anzufertigen. Sind Sie damit fertig?«

Statt einer Antwort zog sie eine maschinengeschriebene Liste aus der Handtasche und reichte sie ihm.

»Danke. So etwas kann zu einem späteren Zeitpunkt nützlich werden.«

»Gewiss. Die Liste ist vollständig, und ich habe auch einige Angaben zu kommenden Buchprojekten beigefügt, die für uns interessant sein könnten.«

»Wenn Sie eigene Vorschläge haben, würden wir sie gerne hören.«

Jette Klammroth rührte in ihrem Kaffee. »Ich habe eine Kontaktperson bei der *B. Z.* und könnte vielleicht auch Informationen über die inneren Vorgänge dort liefern.«

»Eine Kontaktperson?«, fragte Clausner sofort. »Wie ist der Name?«

»Hugo Behrendt. Ich habe mich mit ihm angefreundet, und er redet für sein Leben gern. Er kannte übrigens Moritz Graf.«

Kappusch zog die Augenbrauen hoch. »Graf, das ist ja interessant. Was hat dieser Behrendt über ihn erzählt?«

»Die Polizei hat sich in der Redaktion nach jemandem namens Friese oder Palme erkundigt, die Namen scheint aber niemand dort zu kennen.«

»Mehr wissen Sie nicht?« Kappusch wirkte ungeduldig und löffelte seine Suppe, als wäre es ein Wettbewerb.

Jette Klammroth sah ihn halb schüchtern, halb ungehalten an. »Wir kennen uns gerade erst. Wenn ich diese Freundschaft pflege, kann ich sicher mehr berichten – nicht nur über Graf, sondern auch über Wallenberg und die ganze Redaktion.«

Clausner nickte. »Einverstanden. Und wann immer Sie etwas über private Vorlieben und Neigungen, finanzielle Probleme, politische Ansichten und so weiter erfahren, lassen Sie es uns wissen. Unser Tag wird kommen, und dann wird uns dieses Wissen nützen.«

Kappusch legte den Löffel weg. »Auf jeden Fall sollten Sie an der Sache mit Graf dranbleiben. Der Mann war undurchsichtig, wenn man den Gerüchten glaubt.«

Clausner nickte. »So ist es, Fräulein Klammroth. Wir fragen uns natürlich – und damit meine ich nicht nur uns beide –, was es mit Grafs Tod auf sich hat. Hussong hat im *Lokal-Anzeiger* scharf gegen die Kripo geschossen und sogar Namen genannt, was mich ehrlich gesagt wundert. Man sollte erwarten, dass Hussong eine Flasche Sekt aufmacht und es gut sein lässt.«

»Dazu kann ich nichts sagen, Herr Clausner. Dieser Oberkommissar Wechsler, über den er schreibt, hat mich selbst im Verlag befragt. Er machte einen freundlichen und fähigen Eindruck. Aber das will natürlich nichts heißen.«

Die Männer sahen sich an, dann sagte Clausner: »Im Grunde ist mir vollkommen gleich, wer Graf vom Dach gestoßen hat. Mir haben sowohl seine Reportagen als auch seine politische Haltung missfallen. Dennoch kann uns nicht daran gelegen sein, dauerhaft die Kripo im Haus zu haben. Sie wissen, wie das läuft, eine Aussage führt zur nächsten, jemand äußert ein Gerücht, eine Beobachtung, was auch immer, und schon richtet sich die Aufmerksamkeit auf uns. Und das können wir uns nicht erlauben.«

Jette Klammroth nickte. »Das verstehe ich natürlich. Ich werde berichten, sowie ich etwas über die Ermittlungen erfahre. Aber ich muss vorsichtig sein, damit Herr Behrendt nicht argwöhnisch wird.«

»Gut«, sagte Clausner. »Und falls sich dieser Mensch in Sie verliebt, umso besser. Gehen Sie ruhig drauf ein, spielen Sie mit.«

Sie wirkte ein bisschen schockiert, und Kappusch grinste anzüglich.

»Ich möchte selbst entscheiden, wie ich an Informationen gelange«, sagte sie würdevoll, legte ein paar Münzen auf den Tisch und ging hinaus.

»Na denn«, sagte Clausner. »Das Spiel geht weiter.«

Leo hob den Telefonhörer ab. »Verbinden Sie mich bitte mit dem Dixie-Club in Schöneberg. Ja, ich warte.«

Kurz darauf meldete sich eine Frauenstimme. »Dixie-Club, hier spricht Else.«

»Kriminalpolizei, Oberkommissar Wechsler am Apparat.«

Schweigen am anderen Ende.

»Ich habe nur eine Frage.«

»Ja, bitte?« Sie klang erleichtert.

»Verkehrt bei Ihnen ein Gast namens Moritz Graf?«

»Nicht dass ich wüsste.« Die Antwort kam schnell, aber nicht verdächtig schnell.

Gut, die Nachricht mochte nicht bis zu ihr durchgedrungen sein. Nicht jeder interessierte sich für aktuelle Mordfälle oder las die Zeitung.

»Treten bei Ihnen schwarze Musiker auf?«

Else lachte leise. »Sie stellen vielleicht komische Fragen. Oh, Verzeihung. Aber nein, unsere Jazzkapelle ist von hier.«

»Wir ermitteln in einem Mordfall. Uns ist bekannt, dass das Opfer gern Jazz hörte und mit einem Schwarzen in seiner Wohnung gesehen wurde. Wir vermuten, er könnte Musiker sein.«

»Und jetzt suchen Sie ihn und wollen wissen, wo er auftritt?«

Sehr gut, Else dachte mit.

»So ist es.«

»Im März soll das neue Haus Gourmenia am Zoo eröffnen, mit Weinrestaurant und American Buffet und allem Drum und Dran. Es heißt, die suchen eine Jazzband und haben Sam Wooding und seine Jungs im Auge. Die sind schwarz. Er und sein Orchester sind ganz fabelhaft! Ich habe sie vor drei Jahren im Admiralspalast gesehen, in der Revue *Chocolate Kiddies*. Ganz großartig war das.«

»Das hört sich durchaus interessant an, Fräulein Else. Ich suche allerdings jemanden, der sich in letzter Zeit in Berlin aufgehalten hat. Trifft das auf diesen Sam Wooding und seine Leute zu?«

»Leider nicht«, sagte sie bedauernd. »Die kommen wohl erst nächstes Jahr wieder nach Berlin. Aber da fällt mir etwas ein – im Delphi-Palast könnten Sie Erfolg haben.«

»In der Kantstraße?«, fragte Leo.

»Ja, genau. Die haben öfter Jazzkapellen aus Amerika da.«

Leo bedankte sich und hängte ein. Er konnte nicht recht glauben, dass Moritz Graf in dem beliebten Tanzpalast verkehrt haben sollte, in dem sich am Wochenende die Menschen drängten. Nach allem, was sie über den Mann wussten, war er ein Mensch gewesen, der für sich blieb, sofern die Arbeit nichts anderes von ihm verlangte. Aber es war immerhin eine Möglichkeit.

16

Leo wollte sich gerade auf den Weg zum Delphi-Palast machen, als das Telefon klingelte.

»Inspektion A, Wechsler.«

Als er hörte, wer am Apparat war, ließ er sich wieder auf den Stuhl fallen. »Was? Aber Jakob hat die Fahndung doch gerade erst ... Die Meldung ist noch gar nicht bei euch angekommen? ... Ja, ich fahre sofort los.«

Er warf den Hörer auf die Gabel und eilte in Richtung Treppenhaus. Er war ganz froh, dass er allein fahren konnte, denn eine Begegnung mit dem früheren Freund und Kollegen war nicht einfach. Neulich war Robert ihm hier im Präsidium aus dem Weg gegangen, und Leo ahnte, welche Überwindung es ihn gekostet haben musste, jetzt anzurufen. Aber er hatte seine Pflicht getan.

Im Polizeiamt 2 saß niemand anderes als August Friese in der Ausnüchterungszelle.

Hedy Neumann tippte so schnell auf der Maschine, dass sich die Typen verhakten. Leise fluchend versuchte sie, die Blockade zu beseitigen, zwischen den Lippen eine Zigarette, von der Asche auf ihre Bluse rieselte. Verdammt, wenn sie nicht bald eine neue Maschine bekam, würde sie Wallenberg mal ordentlich ...

Endlich waren die Typen gelöst, das Blatt wieder gerade in

der Maschine, die Zigarette im Aschenbecher ausgedrückt, als das Telefon klingelte.

»Ich geh ran«, erbot sich Hugo Behrendt, und sie lächelte ihm dankbar zu.

»Du bist ein Schatz.«

Hedy hörte, wie sich Hugos Stimme veränderte, und schaute unauffällig hoch. Wangen gerötet, Atem beschleunigt – seine Flamme war am Apparat. Sie tippte auf eine gemeinsame Mittagspause.

»Ja, das passt mir sehr gut! Bis gleich.« Er hängte ein. »War ohnehin für mich.«

»Dachte ich mir. Die Blonde aus dem Buchverlag?«

Er lachte. »Du solltest Filmtitel erfinden, Darling.«

Hedy zog die Augenbrauen hoch. »Gute Idee. Ich hätte da auch noch den *Verknallten vom Feuilleton* zu bieten.«

Er warf ein zusammengeknülltes Blatt nach Hedy, doch sie tauchte geschickt ab, und der Papierball traf Bernd Wilmert, der gerade hereinkam. »Ach, Kinder, was soll der Unsinn? Es gibt Wichtigeres.« Er ließ sich auf einen Stuhl fallen. »Der Reichstag hat einen Misstrauensantrag der Nationalsozialisten gegen Stresemann abgelehnt. Mit Zweidrittelmehrheit.«

Hedy zuckte mit den Schultern. »Das ist keine Sensation, sondern gesunder Menschenverstand. Wir können von Glück sagen, dass wir Stresemann haben. Sollen die Nazis ihn ruhig hassen, den werden sie nicht los.« Sie steckte sich eine Zigarette an. »Hugo, gibst du mir deine Karten für *Ungarische Rhapsodie*? Liebe in der Puszta mit Willy Fritsch, was kann es Schöneres geben? Du magst doch ohnehin nicht über so was schreiben.«

Er wirkte plötzlich verlegen, stand auf und griff nach seinem Mantel. »Hm, das geht leider nicht. Ich ... habe es schon jemandem versprochen.«

Hedy war enttäuscht, ließ es sich aber nicht anmerken. »Gut, dann amüsierst du dich aber auch mit der Rezension.«

»Natürlich. Tut mir leid, nächstes Mal wieder.«

Jetzt erschien Jette Klammroth am Eingang zur Redaktion und kam schüchtern zu ihnen herüber. »Bin ich zu früh?«

Hugo eilte zu ihr. »Ganz und gar nicht. – Mahlzeit!«

Als er weg war, zog Hedy seufzend das Blatt aus der Maschine und legte es beiseite. Was Liebe aus den Männern machte ... Hugo war klug und feinsinnig, doch seit er diese Klammroth kannte, schien er wie verwandelt. Jetzt ging er sogar in eine Puszta-Schmonzette, um ihr einen Gefallen zu tun.

»Da hol mich doch«, sagte Bernd Wilmert und riss sie unvermittelt aus ihren Gedanken.

»Was ist denn?«

Er schaute von ihr zur Tür, durch die Hugo und Fräulein Klammroth verschwunden waren.

»Hast du noch nie ein verliebtes Paar gesehen?«, neckte sie ihn.

Er wirkte unerwartet ernst. »Ich hab doch von der Frau erzählt, die mir bekannt vorkam. Letzte Woche beim Hitler-Auftritt im Sportpalast.«

»Ja, und?«

»Ich konnte sie nicht unterbringen. Bis jetzt.«

Hedy spürte, wie sie leise erschauerte, als wäre ein kalter Luftzug durchs Büro geweht.

»Marold.«

»Hussong hier. Sie wollten doch, dass ich Sie über den Fall Graf auf dem Laufenden halte.«

Clemens Marold schob seinen Stuhl zurück und schlug die Beine übereinander. »Erzählen Sie.«

Ein wohnungsloser Mann namens August Friese war verhaftet worden. Hussong hatte soeben die Information bekommen und bereits an die Redaktionen weitergegeben.

»Ich weiß dank meiner Quelle, dass es dabei um den Fall Graf geht.«

»Bleiben Sie dran. Wenn mehr über diesen Mann bekannt wird, will ich es sofort erfahren.«

»Gewiss, Herr Marold. Sie können sich auf mich verlassen.«

Nachdem er aufgelegt hatte, kritzelte Marold mit dem Bleistift auf dem Notizblock vor sich herum und überlegte, wer dieser Friese sein mochte. Der Name sagte ihm nichts. Was hatte Graf mit einem Obdachlosen zu tun gehabt?

Gut, dass Hussong seine Verbindungen pflegte.

Leo stand vor dem Polizeiamt 2 in der Klopstockstraße, in dem Robert Walther seit Juli arbeitete. Er hatte nie dienstlich hier zu tun gehabt, und, da ihre Freundschaft auf Eis lag, Robert auch nicht besucht. Er hoffte, dass sie einander höflich und sachlich begegnen würden. An ihm sollte es nicht liegen, und am Telefon hatte Robert ganz vernünftig geklungen.

Er meldete sich am Empfang, wo ein Uniformierter strammstand, als Leo sich auswies, und zur Treppe deutete. »Der Herr Kriminalsekretär erwartet Sie, Herr Oberkommissar.«

Leo hatte ein seltsames Gefühl im Magen. Er hätte nie geglaubt, dass er sich einmal unbehaglich fühlen könnte, nur weil er sich mit Robert Walther traf, doch die Umstände waren sonderbar und die Umgebung ungewohnt. Bevor er anklopfen konnte, wurde die Tür geöffnet.

»Tag, Leo. Komm rein.« Robert trat beiseite und deutete auf den Stuhl vor seinem Schreibtisch.

Leo lächelte versöhnlich. »Ein eigenes Büro, wie ich sehe.«

Der Freund sah ihn mit undurchdringlicher Miene an. »Ja, das ist ganz schön. Aber kommen wir zur Sache. Mein Vorgesetzter, Kriminalkommissar Richter, hat mich gebeten, die Angelegenheit zu übernehmen. Eure Fahndungsmeldung ist inzwischen eingegangen, aber mir war schon vorher klar, dass der Mann ein Fall für euch ist.«

»Warum?«

Robert schlug eine Aktenmappe auf, nahm eine Visitenkarte heraus und schob sie über den Tisch. »Ich habe nicht vergessen, wie man bei der Kripo arbeitet.«

Leo ignorierte die Anspielung und warf einen Blick auf die Karte. Sie hatten schon gewusst, dass Graf und Friese einander bei Siemens-Schuckert begegnet waren. Das hier aber bewies, zusammen mit dem Zettel aus Grafs Tasche, die Aussage des Portiers, dass sie kürzlich noch Kontakt gehabt hatten.

Er schaute hoch. »Danke, Robert.«

»Sag das dem Schupo, der seine Taschen durchsucht hat.«

Für jeden Schritt, den Leo auf ihn zuging, wich Robert einen zurück. Na schön, dann eben höfliche Distanz. »Danke, dass du dich sofort gemeldet hast. Das spart uns viel Zeit und Mühe, wir können die Fahndung gleich wieder abblasen.« Er stand auf. »Ich nehme Friese mit aufs Präsidium.«

»Ich bringe dich nach unten.«

Robert ging neben ihm her die Treppe hinunter und sah ihn von der Seite an. »Mach bloß die Fenster auf, wenn du ihn bei dir im Wagen hast.«

»Warum? Ist er so verdreckt?«

War das ein leises Lachen?

»Na ja, er hat nicht nur einer Passantin, sondern auch sich selbst auf die Schuhe gekotzt. Heute Morgen hat er sie notdürftig abgeschrubbt, aber der Geruch hält sich.«

Leo verdrehte die Augen, musste aber unwillkürlich lächeln. Es waren die ersten persönlichen Worte, die Robert an ihn gerichtet hatte.

Die Kollegen staunten nicht schlecht, als Leo mit seinem halbwegs nüchternen Zeugen, der keine Schuhe trug und sich ein feuchtes Handtuch vors Gesicht drückte, in der Inspektion A auftauchte. »Darf ich vorstellen – Herr August Friese.«

»Donnerwetter! Wie haben Sie das so schnell geschafft?«, fragte Oskar Neufeld, und seine Überraschung spiegelte sich in allen Gesichtern.

»Ich wusste ja, dass wir gut sind«, grinste Hasselmann, »aber so gut ...?«

»Das haben wir dem Kollegen Walther zu verdanken«, sagte Leo, und verlegene Stille trat ein. »Herr Friese wurde in seinem Zuständigkeitsbereich verhaftet, und zwar noch bevor die Fahndungsmeldung einging. Auf dem Polizeiamt 2 war man bereits hellhörig geworden, weil Herr Friese eine Visitenkarte von Moritz Graf bei sich trug.«

Friese nahm das Handtuch vom Gesicht und warf es auf einen Stuhl. »So, bin sauber. Warum reden Sie, als wär ich gar nicht da? Was wollen Sie überhaupt von mir? Und wann krieg ich meine Schuhe wieder?«

Leo schob ihm einen Stuhl hin und setzte sich mit verschränkten Armen auf die Tischkante. »Ihre Schuhe können Sie anziehen, sobald Sie draußen auf der Straße sind. Der Zeuge hat sich auf sie erbrochen«, fügte er für die Kollegen hinzu. »Unschöne Sache.«

In das allgemeine Gelächter hinein sagte Leo freundlich:

»Herr Friese, wir vernehmen Sie hier als Zeugen. Für Ihr ungebührliches Verhalten von gestern sind wir als Kriminalpolizei nicht zuständig.«

Der Mann sah ihn mit einem schiefen Grinsen an. »Hab mich schon gewundert, was am Saufen kriminell sein soll.«

»Kennen Sie Moritz Graf?«

Die Frage kam so unvermittelt, dass Friese mehrmals blinzelte, als hätte ihn die Wendung überrascht. »Ja«, sagte er zögernd.

»Wissen Sie auch, dass er tot ist?«

Er schluckte mühsam. »Hab's gelesen. Drum hab ich mich auch vollaufen lassen.«

»Das müssen Sie mir erklären. Wir wissen, dass Sie wegen Graf Ihre Stelle verloren haben. Da dürfte Ihre Trauer nicht allzu groß gewesen sein, oder?«

»Kann ich ein Glas Wasser haben?« Er schaute unsicher in die Runde der Kriminalbeamten. Sonnenschein stand auf und kam kurz darauf mit einem Glas zurück. Friese ergriff es mit beiden Händen und leerte es auf einen Zug.

»Das mit der Stelle stimmt.« Es folgte die Geschichte mit dem Kupferrohr, die alle schon kannten, doch Leo ließ ihn reden. Als Friese fertig war, sagte Leo: »Wir haben bei Herrn Graf einen Zettel gefunden, auf dem er Ihren Namen und das Wort Palme notiert hatte. Und jetzt diese Visitenkarte. Sie standen also in Verbindung?«

Friese verschränkte die Hände im Schoß und beugte sich ein wenig vor. »Ich hab ihn wiedergetroffen. Eigentlich wollte ich in sein Büro und ihm die Hölle heiß machen. Der Winter fängt an, ich hab keine Stelle und keine Wohnung mehr, ich schlafe im Obdach oder krieche sonst wo unter. Wissen Sie, was das heißt?« Seine Verzweiflung wirkte echt. »Ich war ein anständiger Bürger, hab gearbeitet und sauber gewohnt und jetzt muss ich … Ich muss …« Ihm versagte die Stimme. Dann gab er sich einen Ruck und richtete sich gerade auf. »Die wollten mich nicht reinlassen bei Ullstein. Da stand so ein Kerl in Uniform, aufgeplustert wie ein Pfau, der hat mich vertrieben. Aber dann kam Graf raus und hat mit mir geredet.«

»Und was geschah dann?«

»Er hat sich entschuldigt und mir was zu essen gekauft.«

Leo sah ihn fragend an. »Das erklärt aber nicht, weshalb Sie sich betrunken haben, nachdem Sie von Grafs Tod erfahren hatten.«

»Er wollte mir Arbeit besorgen!«, rief Friese ungeduldig, als wären die Kriminalbeamten schwer von Begriff. »Das hatte er versprochen. Wollte sich umhören und mir Bescheid geben, sobald er was gefunden hatte. Ich hab gedacht, warum meldet er sich nicht? Sucht er noch? Ich war mir sicher, dass Graf mir hilft. Bis gestern, als ich die Zeitung gefunden hab.« Er ließ den Kopf hängen.

»Eine Zeitung, in der stand, dass er verstorben ist?«

»Ja«, sagte Friese niedergeschlagen.

Leo sah ihn nachdenklich an. »Dann wissen Sie auch, dass Herr Graf keines natürlichen Todes gestorben ist.«

Ein Nicken.

»Haben Sie irgendeine Vorstellung, warum man ihn getötet haben könnte?«

Frieses Kopf schnellte hoch. »Ich hab nichts damit zu tun, Herr Oberkommissar.« Er schaute in die Runde, als wollte er sich vergewissern, dass niemand ihn verdächtigte.

»Das habe ich auch nicht behauptet. Wir wissen, dass Herr Graf privat sehr zurückgezogen lebte. Sie könnten einer der wenigen sein, mit denen er sich kurz vor seinem Tod getroffen hat. Ist Ihnen etwas an ihm aufgefallen?«

Friese kratzte sich am Kopf. »Na ja, ich kannte ihn kaum. Er war wirklich freundlich, darum war ich auch so enttäuscht, als er das mit dem Kupferrohr geschrieben hat. Und ich war ganz schön sauer, nachdem sie mich entlassen hatten.« Er wurde ein bisschen rot, ballte die Fäuste und sprach weiter. »Das hört sich jetzt sicher schlimm an, aber ich hätt ihn gern richtig verdroschen. Ihm erst gesagt, was ich von ihm halte, und ihn dann verdroschen.«

»Aber …?«, fragte Leo auffordernd.

»Aber als ich ihn vorm Ullsteinhaus getroffen hab, war er ziemlich anständig. Wie gesagt, er hat mir was zu essen gekauft und gefragt, was mit mir los ist. Der sah richtig erschrocken aus, als ich erzählt hab, dass ich in der Palme schlafe. Das hat er sich aufgeschrieben, damit er mich auch findet. Er wollte mir Arbeit besorgen und dann in die Palme kommen und mir Bescheid sagen.«

Leo überlegte. Auch das fügte sich ins Bild. »Noch einmal – wirkte Graf ängstlich oder besorgt? Hat er irgendetwas erwähnt, das mit seinem Tod zusammenhängen könnte?«

Friese sah ratlos aus. »Nein, die meiste Zeit hab ich erzählt, was mir so passiert ist nach der Entlassung. Und er hat zugehört. Er hat sich auch was notiert. Er hatte so ein kleines schwarzes Notizbuch dabei. Ich hab gedacht, vielleicht will er was über mich schreiben, um es wiedergutzumachen.«

Das fehlende Notizbuch, dachte Leo verärgert. Er hatte sich von den anderen Spuren ablenken lassen, aber sie mussten unbedingt danach suchen. Sie hatten keinerlei Notizen zu Grafs letzten Recherchen finden können, und laut Dr. Lehnbach hatte der Tote kein Notizbuch bei sich gehabt.

»Wissen Sie, an welchem Tag das war?«

»26. Oktober«, sagte Friese prompt. »Hab ich mir gemerkt. Weil ich gehofft hab, dass ich bald wieder …« Er verstummte und schaute zu Boden.

»Wo haben Sie sich am Abend des 14. November aufgehalten?«, fragte Leo.

Friese sah ihn erschrocken an. »Ist das der Tag, an dem er … umgebracht wurde?«

»Ja. Das war letzten Mittwoch.«

Friese ließ den Kopf hängen. Es dauerte, bis eine Antwort kam. »Ich … ich schlaf manchmal in einem Keller in der Franklinstraße. Wo die Fabriken sind. Hab früher da gearbeitet, daher kenn ich die Gegend.« Er atmete tief durch und schaute hoch, seine Augen waren rot gerändert.

Neufeld konnte nicht länger an sich halten. »Erklären Sie uns doch mal eins, Herr Friese. Wie hätte Graf Sie finden sollen? Er hatte sich die Worte *Friese*, *Palme* notiert. Angenommen, er hätte später eine Stelle für Sie gefunden und sich zur Palme begeben. Wer hätte ihm sagen sollen, dass Sie in der Franklinstraße untergekrochen sind?«

Frieses Gesicht hellte sich auf. »Das kann ich aufklären. Wenn ich nicht da war, sollte er mir eine Nachricht hinterlassen. Darum hat er sich das mit der Palme aufgeschrieben.«

»Aber Sie haben nichts mehr von Graf gehört?«

»Nein. Und ich hab ihn nicht vom Dach geschmissen, das schwör ich.«

Leo erhob sich. »Kommen Sie bitte mit.«

Friese folgte ihm nach nebenan und blieb unsicher stehen. »Bin ich … immer noch verhaftet?«

Leo schloss vorsichtshalber die Tür zum Korridor ab. »Nein, aber Sie warten hier, bis ich Ihnen Bescheid gebe.«

Dann kehrte er zu den Kollegen zurück. »Wir können ihn

nicht hierbehalten. Für einen Haftbefehl haben wir keine Handhabe.«

»Wenn wir ihn laufen lassen und dann etwas herausfinden, was ihn belastet, finden wir ihn nicht wieder«, gab Hasselmann zu bedenken.

Leo überlegte und kam zu einem Entschluss. »Wir bringen ihn in die Wiesenburg. Ich kenne eine Rechtsanwältin, die dort im Vorstand ist. Morgen nehmen wir uns noch einmal das Ullstein-Gebäude vor. Graf muss irgendwo Notizen aufbewahrt haben, die wir noch nicht kennen. Und einer von Ihnen fährt in den Delphi-Palast und sucht nach unserem geheimnisvollen schwarzen Besucher.«

Neufeld hob die Hand. »Das kann ich gleich morgen früh erledigen.«

»Gut. Dann einen schönen Feierabend.«

Hinter dem leicht verklärenden Namen Wiesenburg verbarg sich ein Obdach in Gesundbrunnen. Es war vom Berliner Asylverein gegründet worden und genoss einen ausgezeichneten Ruf.

Leo, der durch den Mund atmete, um dem Geruch von Frieses Schuhen zu entgehen, hatte die Rechtsanwältin Grete Meyer angerufen, die er vom Mordfall Henriette Strauss kannte. Sie war für das Asyl tätig und hatte sich seine Schilderung bereitwillig angehört. »Der Mann ist nicht gefährlich?«

Er hatte ihr versichert, dass von August Friese keine Gefahr ausging.

»Gut, ich sorge dafür, dass man einen Platz für ihn bereithält. Aber höchstens fünf Nächte, mehr kann ich nicht verantworten.«

Er hatte sich herzlich bedankt und war mit Friese losgefahren. Leo wurde das Gefühl nicht los, dass der Mann für ihren Fall noch wichtig werden konnte. Zwar gab es bislang keinen Grund, an Frieses Aussage zu zweifeln. Niemand hatte ihn innerhalb des Verlagsgebäudes gesehen, und für einen Obdachlosen, der so abgerissen wirkte, wäre es nahezu unmöglich gewesen, unbemerkt dort einzudringen und sich aufs Dach zu schleichen. Dass er der Mörder war, hielt Leo daher für unwahrscheinlich.

Andererseits war August Friese der erste Zeuge, der noch relativ kurz vor Grafs Tod mit ihm Kontakt gehabt hatte und nicht bei Ullstein arbeitete. Sie mussten ihn im Blick behalten.

»Graf wollte Ihnen also eine Arbeit besorgen. Was haben Sie denn getan, nachdem Sie Ihre Stelle verloren hatten?«, fragte Leo, während sie durch die dunkle Stadt fuhren.

»Hab hier und da gearbeitet, Transporte, Umzüge, Gartenarbeit, was gerade anfiel. Im August hab ich ein Grundstück am Schlachtensee gerodet. Damit konnte ich mich so einigermaßen über Wasser halten. Aber im Herbst war mit allem Schluss.«

Sie bogen in die Wiesenstraße ein und hielten vor dem dunkelroten Backsteinbau. Dann lieferte Leo Friese persönlich im Obdach ab.

Auf dem Heimweg nach Moabit kam ihm ein Gedanke. Vielleicht hatte Graf vor seinem Tod Telefonanrufe getätigt, die ihnen einen Hinweis geben konnten – dass ihm das nicht schon früher eingefallen war. Laut dem Gesetz über Fernmeldeanlagen, das seit Januar galt, konnte die Polizei auf die sogenannten Verkehrsdaten zugreifen. Die Kollegen hatten bisher noch niemanden vom Telefondienst befragt. Es wäre sicher eine mühsame Arbeit, denn er konnte sich ungefähr vorstellen, wie viele Telefonate täglich im Ullsteinhaus geführt wurden.

Aber möglicherweise konnten sie aus Grafs Gesprächspartnern auf das Thema schließen, an dem er vor seinem Tod gearbeitet hatte.

»Herzlichen Glückwunsch«, sagte Clara, die ihn an der Wohnungstür empfing. Leo schaute sie erstaunt an.

»Was meinst du?«

»Na, die Verhaftung«, sagte sie und küsste ihn auf die Wange. »Das ging ja schnell. Es steht schon in der *Nachtausgabe.*«

»Seit wann liest du die *Nachtausgabe?*«, fragte er, als wäre dies das Wichtigste an Claras Worten. Es war ein Scherl-Blatt. Bevor sie antworten konnte, kam Georg aus der Küche und sagte »Prima, Vati«, bevor er in seinem Zimmer verschwand.

Leo kam es vor, als wäre er durch seine Wohnungstür in eine Welt getreten, in der die Wirklichkeit auf dem Kopf stand. Er zog den Mantel aus und hängte ihn an die Garderobe, legte den Hut auf die Ablage und ließ die Aktentasche fallen.

»Die hat mir ein Kunde gegeben«, sagte Clara. »Er sagte, darin stünde etwas über den Fall Graf, das wolle ich doch sicher lesen.«

»Aber ich habe niemanden verhaftet«, sagte Leo.

Clara zog ihn ins Wohnzimmer und deutete auf die *Nachtausgabe*, die auf dem Tisch lag. »Obdachloser im Fall Graf verhaftet.«

Er überflog den Artikel und spürte, wie Wut in ihm aufstieg. Mit einer heftigen Bewegung zerknüllte er die Zeitung.

»Was ist denn los, Leo?«, fragte Clara besorgt und berührte ihn am Arm.

Er atmete tief durch und ließ sich in einen Sessel fallen. Clara holte eine Flasche Bier und goss ihm ein Glas ein. »Ich glaube, das kannst du gebrauchen.« Dann setzte sie sich ihm gegenüber und zog die Beine hoch. »Erzähl.«

Er wusste gar nicht, wie er beginnen sollte. Es dauerte einen Moment, bis sich seine Gedanken zu Sätzen formten. »Es stimmt, dass gestern ein obdachloser Mann verhaftet wurde – weil er Unruhe gestiftet und sich auf die Schuhe einer Passantin erbrochen hat. Und ja, wir haben diesen Mann befragt, weil er Grafs Visitenkarte bei sich trug. Tatsächlich kannte er den Toten.« Er hielt inne und deutete auf die zerknüllte Zeitung. »Aber er wird nicht des Mordes verdächtigt. Ich habe ihn vorhin in der Wiesenburg untergebracht, damit er einen trockenen Schlafplatz hat und greifbar ist, wenn wir ihn brauchen. Das ist alles.«

Zwischen Claras Augenbrauen war eine steile Falte aufgetaucht. »Warum sollten sie etwas schreiben, was nicht stimmt?«

Leo nahm einen tiefen Schluck und stellte das Glas neben sich auf den Boden. Er starrte vor sich hin. »Wenn ich das wüsste. Wir haben nichts an die Presse gegeben, da der Mann zurzeit nicht tatverdächtig ist. Im Fahndungsaufruf stand nur, er solle als Zeuge vernommen werden.«

»Weiß er etwas über den Mörder?«

»Angeblich nicht. Aber ich habe das Gefühl, dass bei ihm mehr zu holen ist. Wenn die Presse ihn jetzt als mutmaßlichen Mörder darstellt, müssen wir damit rechnen, dass er untertaucht.«

Clara goss sich nun ebenfalls ein Glas Bier ein und prostete ihm zu. »Trotzdem, auf dich.«

Leo lächelte kurz. »Die Informationen können eigentlich nur vom Polizeiamt stammen, auf dem Robert arbeitet.«

Clara sah ihn erschrocken an. »Robert hat den Mann verhaftet?«

»Nein, das war die Schutzpolizei, aber er hat mir Bescheid gegeben, weil der Mann die Visitenkarte bei sich trug.«

»Robert ist nicht dumm. Oder bösartig. Er würde nichts an die Zeitung geben, was nicht stimmt.«

Natürlich hatte Clara recht. Und er kannte den Freund lange genug, um zu beurteilen, ob dieser ehrlich mit ihm war. Robert hatte sich nie gut verstellen können. Und nichts hatte darauf hingedeutet, dass er ihm mit einer falschen Meldung in den Rücken fallen wollte.

»Das stimmt, aber wer war es dann? Wenn bekannt wird, dass wir den Obdachlosen haben laufen lassen, wird sich die Presse darauf stürzen. Entweder haben wir unsauber gearbeitet oder handeln verantwortungslos, falls er doch der Täter war. Wie immer es ausgeht, wir stehen nicht gut da.«

Clara setzte sich auf die Seitenlehne von Leos Sessel und schlang ihm die Arme um den Hals. »Du bist doch sonst nicht so pessimistisch.«

Weil er darauf nur seufzte, fragte sie: »Du denkst an den Artikel von Montag, oder? Du fühlst dich angegriffen und fürchtest, dass diese Falschmeldung es noch schlimmer macht.«

Er nickte.

»Rede mit deinen Kollegen darüber. Ihr müsst zusammenhalten. Sobald ihr den Fall aufklärt, ist alles vergessen.«

Das konnte er nur hoffen. Er schloss die Augen und atmete tief ihren Duft ein, Körperpuder, ein Hauch von Parfum und der Geruch alten Papiers, der sie immer zu begleiten schien.

17

Mittwoch, 21. November 1928

Oskar Neufeld war froh, als er in den Delphi-Palast fahren konnte. Der Chef war bei der Morgenbesprechung schlecht gelaunt gewesen und hatte die *Nachtausgabe* ungehalten auf den Tisch geknallt. So hatte er Leo Wechsler noch nicht erlebt. Doch er konnte gut verstehen, weshalb ihn der Artikel so erzürnte.

Sie hatten Friese laufen lassen – was Zeitungen, die ihnen nicht freundlich gesinnt waren, nach Belieben ausschlachten konnten: verfrühte Verhaftung, Freilassung eines mutmaßlichen Mörders, was immer sie daraus stricken wollten. Ob es den Tatsachen entsprach, war zweitrangig, und was einmal in der Welt war, ließ sich schwer zurückholen. Sie brauchten einen echten Ermittlungserfolg. Und dafür mussten sie jemanden finden, der Graf näher gekannt hatte. Näher als August Friese.

Neufeld trat durch den Torbogen, über dem der Name des Gebäudes stand. Dahinter lag eine Terrasse, auf der gewaltige Topfpalmen standen, die man mit Tüchern verhüllt hatte, damit sie den harschen Berliner Winter überstanden. Er war hier schon tanzen gewesen und erinnerte sich, wie wunderbar exotisch die Terrasse an Sommerabenden wirkte.

Das orientalisch anmutende Gebäude war aus hellem

Stein erbaut und sollte wohl an die Architektur antiker Tempel erinnern, bot aber einen wilden Mischmasch unterschiedlicher Stilrichtungen. Dennoch, den Berlinern schien es zu gefallen, und abends bildeten sich lange Schlangen vor dem Eingang.

Eine Frau mit Kopftuch und Schrubber in der Hand öffnete die Tür und sah ihn fragend an. »Bisschen früh, wa?«

Er wies sich aus. »Ich möchte den Geschäftsführer sprechen. Oder sonst jemanden, der sich auskennt.«

Sie deutete mit dem Besenstiel hinter sich. »Jradeaus, durch den Saal, dritte Tür links.« Dann tauchte sie den Schrubber in den Eimer und wischte drauflos, ohne ihn weiter zu beachten.

Ähnlich wie Clärchens Ballhaus, in dem sie vor einigen Monaten ermittelt hatten, wirkte auch das Delphi bei Tageslicht entzaubert. Diese Lokale waren nicht dafür geschaffen, im Hellen besucht zu werden, sondern entfalteten ihre Magie nur dann, wenn Musik, Glitzerdekoration und bunte Lichter ihre Wunder wirkten. Er kam an der langen Theke mit den samtbezogenen Hockern vorbei, warf einen Blick nach oben zu den futuristisch runden Lampen, die gar nicht nach Antike aussahen, dachte flüchtig daran, wie sich der Saal verwandelte, sobald es dunkel wurde und die Berliner Nacht hereinbrach.

Schließlich stand er vor der Tür mit dem Schild *V. Steinhoff, Geschäftsführer*. Neufeld klopfte und trat auf ein kurzes »Herein« ins Zimmer.

Hinter dem Schreibtisch erhob sich ein Mann – klein, schlank, dünnes Oberlippenbärtchen. Seine Haare glänzten wie lackiert vor Brillantine. »Was kann ich für Sie tun?«

Neufeld wies sich aus, worauf ihm der Mann einen Platz anbot. »Ich hoffe, es gibt keine Beschwerden?«

»Keine Sorge, Herr Steinhoff, unsere Ermittlung hat nur indirekt mit Ihrem Haus zu tun.« Er holte ein Foto von Moritz Graf aus der Tasche und legte es auf den Tisch. »Kennen Sie diesen Mann?«

Steinhoff setzte eine Brille auf und betrachtete eingehend das Bild. »Ja, der Herr ist mir bekannt.«

»Wissen Sie, wie er heißt?«

Kopfschütteln. »Ich kenne ihn nur vom Sehen.«

»Treten bei Ihnen schwarze Musiker auf?«, fragte Neufeld.

Steinhoff schien verwirrt über den Themenwechsel, antwortete aber bereitwillig. »Ja, eine unserer Kapellen stammt aus Chicago, die sind alle schwarz. Sie spielen dienstags und freitags.«

Neufeld tippte auf das Foto. »Haben Sie einmal gesehen, wie sich dieser Gast mit einem der Musiker unterhalten hat?«

»Jetzt, wo Sie es sagen – er redet öfter mal mit Lenny, das ist der Pianist. Lenny bleibt gern noch da, wenn die anderen Schluss gemacht haben, und improvisiert auf dem Klavier. Wildes Zeug, zu dem man nicht tanzen kann. Aber der Herr hier scheint das zu mögen. Er sitzt dann ganz versonnen da und hört zu. Danach reden und trinken sie miteinander.«

Er schaute Neufeld fragend an. »Hat Lenny sich was zuschulden kommen lassen?«

»Dieser Mann hier ist tot. Moritz Graf, der Journalist, Sie haben vielleicht davon gelesen.«

Steinhoff lehnte sich erschrocken zurück, eine Hand vor dem Mund. »Aber ja, die Sache bei Ullstein, vom Dach gestürzt, oder? Ich wusste nicht, wer unser Gast war. Wir fragen nicht nach Namen, hier sind alle willkommen, die tanzen wollen und dafür bezahlen.« Dann schien er sich auf die eigentliche Frage zu besinnen. »Glauben Sie, Lenny hat etwas damit zu tun?«

»Zurzeit nicht«, erwiderte Neufeld. »Wir wollen ihn als Zeugen befragen. Herr Graf war ein Einzelgänger, der nur wenige Bekanntschaften pflegte. Dieser Lenny scheint eine davon zu sein. Geben Sie mir bitte seinen Namen und seine Adresse.«

Steinhoff blätterte in einer Kartei, klemmte einen Finger an die fragliche Stelle und notierte etwas auf einen Zettel, den er Neufeld hinschob.

Dieser steckte den Zettel ein und erhob sich. »Sollte Ihnen noch etwas zu Herrn Graf einfallen, rufen Sie bitte im Präsidium an, Inspektion A. Guten Tag, Herr Steinhoff.«

18

Leos Hand umklammerte den Hörer, als er sich mit dem Polizeiamt 2 verbinden ließ. Als sich Robert Walther meldete, kam er gleich zur Sache.

»Leo hier. Was habt ihr der Presse erzählt?«

Kurze Stille. »Ich habe nicht mit der Presse gesprochen. Warum fragst du?«

»Die *Nachtausgabe* hat geschrieben, Friese sei als Verdächtiger im Fall Graf verhaftet worden! Die spekulieren wild darüber, dass er ihn vom Dach gestoßen hat, im Rausch oder aus Habsucht oder politischen Motiven. Natürlich alles schön im Konjunktiv, aber jetzt ist es in der Welt.«

»Wie bitte?« Robert klang ehrlich überrascht. »Wie kommen die denn darauf? Hier war niemand von der Presse, ich habe nur mit dir über den Vorfall gesprochen.«

Leo bemühte sich, ruhig zu bleiben. »Als Friese verhaftet wurde, hat jemand auf eurem Revier Grafs Visitenkarte bei ihm gefunden. Könnte einer der Schupos es ausgeplaudert haben? Wir wissen beide, dass es immer Leute gibt, die den Mund nicht halten können und sich geschmeichelt fühlen, wenn ein Reporter sie befragt.«

»Ja, das stimmt.« Robert war lange genug dabei, um zu wissen, wie die Presse arbeitete. Und die Gier nach Schlagzeilen war in einem Fall wie diesem groß. »Ich war es jedenfalls nicht. Aber ich rede mit den anderen.« Er zögerte.

»Oder könnte es jemand aus deiner Kommission gewesen sein?«

Leo spürte, wie sich sein Puls beschleunigte, zwang sich aber zur Geduld. »Robert, du kennst die Leute hier so gut wie ich. Ich vertraue jedem Einzelnen von ihnen, so wie ich dir immer vertraut habe. Wir haben gestern gemeinsam beschlossen, dass es keine Handhabe gegen Friese gibt und wir ihn laufen lassen müssen. Wir haben ihn in der Wiesenburg untergebracht, damit wir ihn jederzeit wieder befragen können. Warum hätte jemand von den Kollegen der Presse danach falsche Informationen liefern sollen?«

Die Antwort klang ausweichend. »Sicher, ich vertraue den alten Kollegen, ich kenne sie ja gut. Bis auf Neufeld.«

Leo schloss die Augen und fluchte lautlos vor sich hin. Gestern war es ihm zeitweise vorgekommen, als hätte ihre Freundschaft überlebt und würde nur auf Eis liegen, bis Robert irgendwann ins Präsidium zurückkehrte. »Neufeld hat dich nicht verdrängt, das weißt du genau. Und nur weil er von der Politischen kommt, redet er noch lange nicht mit der Hugenberg-Presse.« Er hielt inne. »Ich bin dir übrigens dankbar, dass du mir Frieses Verhaftung gemeldet hast. Er könnte ein wertvoller Zeuge sein.«

Robert schien zu merken, dass das ein Versöhnungsangebot war. »Das würde mich freuen. Wenn ich etwas wegen der Pressegeschichte höre, lasse ich es dich wissen.«

Dann hängte er ein.

Leo legte den Hörer auf und rieb sich über die Stirn.

Oskar Neufeld schaute auf den Zettel mit der Adresse. Mister Leonard Watkins, Aschaffenburger Str. 5, 3. Stock, Wilmersdorf. Das Haus war herrschaftlich, mit schön verzierten Balkonen, auf denen vereinzelt noch Pflanzen standen, die den Vorboten des Winters trotzten. Offenbar verdiente man als Musiker in einer Jazzkapelle recht gut, denn die Wohnungen hier waren gewiss nicht billig. Er trat durch die hohe Tür mit den runden Fenstern in den Flur, in dem es leicht nach Putzmittel roch.

Im dritten Stock fand er sofort die Klingel mit dem Namen Watkins. Neufeld sah auf die Uhr. Kurz nach elf, das war sicher eine gute Zeit, wenn er den Mann daheim antreffen wollte, auch auf die Gefahr hin, ihn aus dem Bett zu klingeln.

Die Tür wurde umgehend geöffnet. Der Mann war hochgewachsen, trug ein weißes Hemd und eine graue Hose. Seine krausen, dunklen Haare waren kurzgeschoren und wiesen erste silbrige Fäden auf, obwohl sein Gesicht faltenlos war. Er lächelte fragend. »Guten Tag?«

Neufeld wies sich aus. »Mr. Leonard Watkins? Ich würde gern mit Ihnen über Moritz Graf sprechen.«

Das lächelnde Gesicht des Mannes wurde ernst. »Bitte kommen Sie herein.«

Er führte Neufeld in ein Wohnzimmer, in dem ein Klavier stand, darauf eine handgeschriebene, aber unvollendete Partitur, nach der leeren rechten Seite zu urteilen.

Neufeld deutete auf das Instrument. »Sie komponieren?«

Watkins zuckte mit den Schultern. »Gelegentlich. Meist improvisiere ich.« Sein Akzent war unüberhörbar, sein Deutsch jedoch ausgezeichnet.

»Sie sprechen gut Deutsch.«

»Ich lerne schnell.« Er deutete auf einen Sessel und nahm gegenüber Platz. »Es ist schlimm. Das mit Moritz, meine ich.«

»Sie waren befreundet?«

Watkins ließ sich Zeit mit der Antwort. »So kann man sagen. Er kam öfter ins Delphi, spät, wenn die meisten gegangen waren. Die tanzen wollten. Er hörte mir bei *improvisation* zu.«

»Haben Sie ihn zu Hause besucht?«

Der Musiker sah Neufeld überrascht an. »Ja, aber einmal nur. Er wollte mir Platten zeigen, seine Sammlung, wie er sagte. Die ist gut. Er verstand Jazz. Das ist selten für Europäer.«

»Sie haben sich sonst nur außerhalb Ihrer Wohnungen getroffen?«

Watkins sah ihn prüfend an, als wollte er ergründen, was sich hinter der Frage verbarg. Dann zog er leicht die Augenbrauen hoch, als wäre ihm eine Erkenntnis gekommen, und lächelte verhalten. »Es ging um Musik bei uns. Wir waren nicht … ein Paar.«

Erst jetzt wurde Neufeld bewusst, dass er tatsächlich in diese Richtung gedacht hatte. Leonard Watkins war ein gut aussehender Mann, und sie hatten bisher keine Frau gefunden, die für Graf mehr als eine Kollegin gewesen war. »Danke für Ihre Offenheit. Wann haben Sie einander kennengelernt?«

Watkins dachte nach. »Letztes Jahr im Mai, glaube ich. Die Kapelle war gegangen. Dann spiele ich immer noch für mich. Moritz saß da und hat zugehört. Er hat mir – wie sagt man – ausgegeben? Wir haben uns unterhalten. Danach kam er öfter.«

»Hat er je mit Ihnen über seine Arbeit gesprochen?«

»Selten. Wie gesagt, Musik war wichtig. Ich wusste, dass er für Zeitungen schreibt.« Er stand auf und trat an eine Kommode, holte ein leuchtend gelbes Heft heraus und legte es auf den Tisch. Es war eine Ausgabe der Zeitschrift *Der Querschnitt*, und als Neufeld sie aufschlug und das

Inhaltsverzeichnis las, entdeckte er einen Artikel von Moritz Graf: »Synkopen der Großstadt – Jazz in Berlin.«

»Ich komme darin vor. Er hat mit mir gesprochen dafür«, sagte Watkins und sah traurig aus.

»Hat er je sein Privatleben erwähnt?«

»Nein. Er sprach wenig über sich.«

»Ist Ihnen in letzter Zeit etwas an Graf aufgefallen? Hatte er sich verändert?«

Watkins überlegte. »Nicht verändert, aber ... da war ein Abend. Es war kurz vor seinem Tod, glaube ich. Da hat er viel getrunken, mehr als sonst. Er hatte was Interessantes, sagte er.«

Neufeld horchte auf. »Hat er erwähnt, was so interessant war?«

»Hm.« Wieder eine nachdenkliche Pause. »Es war spät, ich war müde. Und habe mitgetrunken.« Er zuckte leicht verlegen mit den Achseln. »›Bald hab ich ihn.‹ Das hat er gesagt. Aber nicht, was er meint.«

»Sind Sie ganz sicher, dass dies seine Worte waren?«

»Ja. Ich habe gefragt, wen er meint. Aber Moritz hat mir Schnaps eingegossen und von Musik geredet.« Er kehrte die blassen Handflächen nach außen.

Neufeld steckte das Notizbuch ein und gab Watkins seine Karte. »Falls Ihnen noch etwas einfällt, es kann auch eine Kleinigkeit sein, rufen Sie mich bitte an.« Er erhob sich. »Danke für Ihre Hilfe, Mr. Watkins.«

Der Musiker brachte ihn zur Tür. »Mögen Sie Jazz?«, fragte er lächelnd. »Dann kommen Sie vorbei. Delphi, Dienstag und Freitag.«

Robert Walther saß am Schreibtisch und grübelte. Wer hatte mit der Presse geredet? Sicher niemand aus dem Präsidium, da musste er Leo recht geben. Er ging nach unten zu Oberinspektor Kirche und nahm ihn beiseite.

»Haben Sie mit der Presse über Friese gesprochen?«

»Was meinen Sie, Herr Kriminalbezirkssekretär?«

»Gestern hat die *Nachtausgabe* über Frieses Verhaftung berichtet und behauptet, er werde des Mordes an Graf verdächtigt.«

Der Oberinspektor sah ihn mit offenem Mund an. »Aber ... es ging doch nur um vollgekotzte Schuhe!«

»So ist es. Die haben eine schöne Schlagzeile draus gemacht. Die Inspektion A musste ihn laufen lassen, weil im Fall Graf nichts gegen ihn vorliegt. Also noch einmal, haben Sie der Presse das gesteckt?«

Kirche drückte den Rücken kerzengerade durch und schaute Walther empört an. »Ich rede nicht mit diesen Zeitungsfritzen, die drehen einem das Wort im Mund um. Bringt bloß Ärger ein.«

Es klang überzeugend.

»Wer könnte es dann gewesen sein?«

Der Oberinspektor kehrte hinter die Empfangstheke zurück. »Sie sind hier der Kriminalbeamte.«

Bei Richter hatte er auch nicht mehr Glück. Der Kommissar brummte nur: »Ich weiß gar nicht, was Sie wollen. Wenn der Mann von der Kripo in die Wiesenburg gebracht wurde, sind wir die Sache jedenfalls los. Die Presse kriegt immer was spitz, ist ja ihr Metier.«

Nach dem Gespräch mit Robert fuhr Leo in die Kochstraße, um seine Idee vom gestrigen Abend umzusetzen. Der Portier wies ihm den Weg zur Telefonzentrale, und er klopfte höflich an die Tür.

Als er eintrat, empfing ihn ein Tohuwabohu aus Geklingel und weiblichem Stimmengewirr, aus dem Fetzen an sein Ohr drangen, »Ullsteinhaus Berlin, guten …«, »Wen möchten Sie …« oder »… warten, ich verbinde«. Rechts und links saßen in langen Reihen die Telefonistinnen vor ihren Klappenschränken, mit Kopfhörern und konzentrierter Miene, während sie mit flinken Fingern Nummern wählten und Verbindungen stöpselten.

Eine ältere Frau, die eine Brille um den Hals trug, bemerkte Leo, kam zu ihm und blickte ihn fragend an.

Er wies sich aus. »Wir ermitteln im Fall Moritz Graf. Ich möchte mit Ihren Telefonistinnen sprechen.«

»Seidel mein Name, ich leite die Telefonzentrale. Sie sehen, was bei uns los ist, Herr Oberkommissar. Ich schlage vor, ich schicke Ihnen die Telefonistinnen einzeln nach draußen, sonst bricht hier drin alles zusammen.«

Er nickte. »Danke, so machen wir es.«

Die jungen Frauen zeigten sich hilfsbereit, stellten seine Geduld jedoch auf eine harte Probe, denn er musste sich fünfzehnmal anhören, dass sie täglich Hunderte, wenn nicht Tausende Gespräche vermittelten und sich nicht an Einzelheiten erinnern konnten. Nein, mit wem Moritz Graf telefoniert hatte, wussten sie nicht.

Bei Nummer sechzehn wurde er dann fündig.

Die junge Frau mit den roten Locken riss die Augen auf, als sie seine Frage hörte, und fiel ihm mit ihrer Antwort fast ins Wort.

»Ich heiße Carola Ludwig. Und ja, da war etwas. Ich erinnere mich genau daran, weil es gleich mehrmals passierte.« Sie holte tief Luft.

Leo sah sie auffordernd an, sie schien einen großen Auftritt zu planen. »Was passierte mehrmals?«

»Herr Graf wollte mit Herrn Marold im Scherl Verlag

sprechen. Und dessen Sekretärin hat jedes Mal abgelehnt. Beim letzten Anruf war sie ziemlich unfreundlich.« Sie zuckte mit den Schultern, als gehörte das zum Beruf. »Ich habe es an Herrn Graf weitergegeben.«

»Was genau hat sie denn gesagt?«

»Etwas wie, Herr Graf solle Herrn Marold nicht belästigen.«

»Wissen Sie noch, wann das war?«

Sie wiegte den Kopf. »Mal überlegen. Anfang November, würde ich sagen, vermutlich in der ersten Woche. Und er hat es an verschiedenen Tagen versucht.«

Das konnte wichtig sein. Leo bedankte sich und nahm Fräulein Ludwigs Daten auf.

Als er auf die Kochstraße trat, schaute er sich unschlüssig um und ging dann einfach drauflos. Das half gelegentlich beim Nachdenken.

Marold. Der Name kam ihm bekannt vor. Und dann, an der nächsten Ecke, fiel es ihm ein: Es gab einen Marold, der in hoher Stellung für Hugenberg arbeitete, und das passte natürlich zu den Anrufen im Scherl Verlag.

Angenommen, Graf wollte mit Marold sprechen, weil er über ihn recherchierte – einen Mann, der Hugenberg nahestand. Das könnte riskant gewesen sein. Und wenn Fräulein Ludwig mit dem Zeitpunkt richtiglag, hatte Graf kurz vor seinem Tod an dieser Geschichte gearbeitet.

Von einem Café aus rief er im Präsidium an und gab die neuesten Erkenntnisse durch.

Dann begab er sich mit energischen Schritten in die Jerusalemer Straße.

19

Jette Klammroth stand in der Telefonzelle, den Hörer krampfhaft umklammert. Sie war wie gelähmt, konnte nicht einhängen, sich nicht rühren. Ihre Zunge klebte trocken am Gaumen. Blind starrte sie ins bunte Durcheinander der Eingangshalle. Botenjungen eilten vorbei, der Portier in seiner goldbetressten Uniform paradierte auf und ab, zwei Ullstein-Brüder verließen ins Gespräch vertieft den Fahrstuhl. Doch sie nahm nichts davon wirklich wahr. Clemens' Worte rotierten in ihrem Kopf wie die Zeitungsseiten auf den gewaltigen Druckmaschinen.

Ich habe heute keine Zeit. Morgen leider auch nicht.

Wir sollten uns im Augenblick nicht sehen.

Meine Stellung bei Hugenberg, ich muss behutsam vorgehen.

Natürlich liebe ich dich.

Sie kniff die Augen zu und atmete tief durch. Dann endlich konnte sie sich wieder bewegen. Sie hängte ein, strich ihren Mantel glatt und verließ die Telefonzelle.

Oskar Neufeld schloss den nassen Regenschirm und lehnte ihn in die Ecke, wischte das Wasser von den Mantelärmeln und ließ die Aktentasche auf einen Stuhl fallen. »Sauwetter«, verkündete er und schaute die Kollegen an. »Wo ist der Chef?«

»Der war bei Ullstein in der Telefonzentrale und ist jetzt auf dem Weg zu Scherl. Eine Telefonistin hat ausgesagt, dass Graf mehrmals versuchte, mit einem gewissen Marold zu sprechen, doch die Sekretärin hat ihn immer abblitzen lassen.«

Neufeld nahm die mit Regentropfen gesprenkelte Brille ab und wischte sie sorgfältig trocken. »Ach. Clemens Marold ist der Nachfolger von Reinhold Brüder.« Er sah die Kollegen auffordernd an. »Na kommen Sie, lesen Sie keine Zeitung? Brüder war ein enger Mitarbeiter Hugenbergs, er ist im Sommer im Schlachtensee ertrunken.«

»Mag sein, dass Graf über diesen Marold berichten wollte«, sagte Hasselmann. »Und womöglich kritisch, er war ein Ullstein-Mann und nahm kein Blatt vor den Mund. Aber selbst bei Hugenberg werfen sie niemanden vom Dach, nur weil er unliebsame Artikel schreibt.«

Sonnenschein schaute ihn nachdenklich an. »Wir wissen nicht, warum Graf sich für Marold interessiert hat. Es könnte auch etwas anderes dahinterstecken als ein politischer Artikel.«

»Bald hab ich ihn«, sagte Neufeld unvermittelt.

»Wie bitte?«, fragte Hasselmann.

»Ich habe vorhin mit dem amerikanischen Musiker gesprochen, mit dem Graf befreundet war. Er tritt im Delphi-Palast auf, und dort verkehrte auch Graf. Kurz vor seinem Tod war er abends dort und hat viel getrunken, wie Leonard Watkins erklärt – das ist der Jazzmusiker. Er lud Watkins ein und sagte, er habe etwas Interessantes erfahren. Dabei fiel der Satz: ›Bald hab ich ihn.‹«

»Hat Watkins das auch richtig verstanden?«, fragte Hasselmann prompt. »Er ist ja Ausländer.«

»Sein Deutsch ist recht gut, und er hat sogar nachgefragt,

wen Graf damit gemeint habe. Doch der hat angefangen, von Musik zu reden. Offenbar wollte er nicht darüber sprechen.«

»Es kann alles Mögliche bedeuten, dass er sich einen großen Auftrag erhoffte, beispielsweise«, sagte Sonnenschein, stand auf und begann, im Zimmer auf und ab zu gehen. »Aber die Worte könnten auch als Drohung aufgefasst werden. Wenn wir davon ausgehen, dass mit ›ihn‹ eine Person gemeint ist.«

»Das dachte ich auch«, meinte Neufeld.

Bei Regen sah das Scherl-Gebäude auch nicht einladender aus, dachte Leo, als er einen großen Schritt über eine Pfütze machte. Nicht, dass es viel genützt hätte. Seine Socken waren schon ähnlich nass wie seine Schuhe, wovor ihn höchstens Galoschen geschützt hätten, aber die konnte er nicht leiden. In der Eingangshalle trat er an den Empfang und wies sich aus. »Oberkommissar Wechsler, ich möchte mit Herrn Marold sprechen.«

»Haben Sie einen Termin?«

»Den brauche ich nicht«, erwiderte Leo. »Es geht um eine laufende Ermittlung, die nicht warten kann.«

Der junge Mann im Maßanzug sah ihn entgeistert an. »Als Direktor der Zentralstelle der Redaktionen ist Herr Marold sehr beschäftigt. Ich kann Sie leider nicht vorlassen, sein Terminkalender –«

»Rufen Sie ihn bitte an und melden mich«, sagte Leo betont gelassen. Er hatte es sich mit Friedrich Hussong verscherzt, da musste er nicht auch noch den ersten Mann im Scherl Verlag vor den Kopf stoßen.

Der Empfangsangestellte zögerte und griff dann nach dem Telefon. »Ein Oberkommissar von der Kriminalpolizei für den Herrn Direktor.« Eine Frauenstimme war zu hören, doch die Worte waren unverständlich. »Ich warte.« Der Mann schaute auf seine Fingernägel. »Ja, danke. Ich schicke ihn hoch.« Er hängte ein und sagte in verbindlichem Ton: »Oberster Stock, dann rechts. Sie werden empfangen.«

Leo bedankte sich und ging zum Fahrstuhl.

Vor dem Spiegel in der Kabine richtete er Krawatte und Mantel.

»Bitte sehr.« Der Fahrstuhlführer hielt ihm die Tür auf, und Leo trat in einen Korridor, der gediegener wirkte als das Gebäude selbst. Holzgetäfelte Wände, Porträts grauhaariger Herren mit Kneifer und spitzem Kinnbart, Bronzebüsten auf halbhohen Marmorsäulen, die zwischen den Türen die Wände schmückten. Es roch nach edlem Tabak und Leder wie in einem Herrenclub. Was diese Etage wohl auch war, dachte er leicht amüsiert.

Dann wurde eine Tür geöffnet, und eine Frau steckte den Kopf heraus. »Sind Sie der Oberkommissar?« Sie mochte um die fünfzig sein, mit Haarknoten, knöchellangem Kleid und goldener Brillenkette. Vermutlich die Sekretärin, an der Fräulein Ludwig abgeprallt war.

»Ja, mein Name ist Wechsler.«

»Bitte treten Sie ein, der Herr Direktor erwartet Sie.«

Das Büro von Clemens Marold erinnerte ihn an die Fassade des Gebäudes. Kühl, glatt, ins Senkrechte strebend. Zwar waren die Wände holzgetäfelt, doch die Möbel hatten nichts Rustikales, sondern waren aus Chrom, mit weißem Leder bezogen, gerade Linien, klinisch blank und strahlend. Kein Teppich auf dem Boden. Keine Vorhänge an den Doppelfenstern, hinter denen ein Balkon lag, dessen Brüstung geometrisch filigran wirkte. Alles war hell und transparent, und hätten nicht schwere Novemberwolken über der Stadt gehangen, wäre das grelle Licht kaum zu ertragen gewesen.

Der Mann hinter dem Schreibtisch erhob sich und streckte ihm die Hand hin. Er sah aus wie alles hier, dachte Leo spontan, klar und elegant. Blonde, exakt gescheitelte Haare, ein grauer Anzug mit Weste, kleingepunktete Krawatte mit passendem Einstecktuch. Die Schuhe konnte er nicht sehen, aber das musste er auch nicht. Clemens Marold war ein Mann, der das Jahresgehalt eines Arbeiters am Leib trug, und da waren Siegelring und Armbanduhr nicht eingerechnet.

Seine Hand war kühl und trocken.

»Bitte nehmen Sie Platz, Herr Oberkommissar.«

Er setzte sich ebenfalls und legte die Handflächen locker auf den Tisch. »Was kann ich für Sie tun?«

Leo war ein wenig überrascht, dass Marold ihn so rasch empfing. Gewiss, die Nachricht von Grafs Tod hatte die Runde gemacht, nicht zuletzt in den Zeitungen des Verlags, aber das bedeutete nicht zwangsläufig, dass man Marold dazu befragen würde. Vielleicht war er einfach neugierig.

»Sie kannten Moritz Graf?«, begann Leo. Es war weniger eine Frage als eine Feststellung.

»Wer kannte ihn nicht?«, entgegnete Marold. »Der Graf vom Zeitungsviertel, so nannten ihn manche. Brillanter Mann. Bei Scherl hätte man ihn gern abgeworben, aber er hat ihnen wohl einen Korb gegeben. Ob er so loyal war oder Ullstein ihn so gut bezahlte, weiß ich nicht. Das war vor meiner Zeit.«

Charmant und geschickt, dachte Leo, dem Marolds Taktik nicht entgangen war. Er hatte mit einer Gegenfrage geantwortet und dann die Weiche des Gesprächs verstellt, um ihn auf ein anderes Gleis zu lenken.

»Ich spreche von einer persönlichen Bekanntschaft, Herr Marold. Herr Graf hat kurz vor seinem Tod mehrmals versucht, Sie anzurufen. Sie haben das durch Ihre Sekretärin ablehnen lassen.«

Marold beugte sich vor, stützte die Ellbogen auf den Tisch und das Kinn auf die gefalteten Hände. »Ich habe Besseres zu tun, als mich mit den Reportern der Konkurrenz zu unterhalten.«

Leo ließ ihn nicht aus den Augen, doch Marold blieb kühl wie Marmor. »Vielleicht wollte er sich um eine Stelle bewerben? Sie sagten vorhin, Ihr Haus hätte ihn mit Kusshand genommen.«

Marold lächelte beinahe mitleidig. »Herr Oberkommissar, Sie missverstehen meine Position. Bei mir laufen die Fäden aller Redaktionen des Verlages zusammen, ich steuere, was gedruckt wird, bin für die große Richtung verantwortlich, in die wir uns bewegen. Was wiederum bedeutet, dass ich nicht mit Reportern anderer Häuser telefoniere oder Vorstellungsgespräche mit ihnen führe. Man hat Graf einmal gefragt, aber das ist einige Jahre her. Ich hatte nichts damit zu tun.«

Leo glaubte selbst nicht, dass Graf sich hatte bewerben wollen. Dann aber musste er ein journalistisches Interesse an Marold gehabt haben, und zwar ein ziemlich starkes, wenn man nach seiner Hartnäckigkeit ging.

»Sie haben also in den letzten Wochen kein Telefonat mit Herrn Graf geführt?«

»Nein, das habe ich nicht.« Ein wenig dezenter Blick auf die Uhr, doch Leo ließ sich nicht beirren.

»Und Sie hatten auch sonst in der letzten Zeit keinerlei Kontakt mit Moritz Graf?«

Marold blieb aufreizend ruhig, als er seine Manschetten

zurechtrückte, über die Krawatte strich und dann aufblickte. Seine Mundwinkel zuckten kaum merklich. »Doch, den hatte ich, aber nicht hier, und schon gar nicht, um mit ihm über eine Stelle zu sprechen.«

Leo spürte, wie etwas heiß in ihm aufstieg. Der Mann wollte ihn provozieren und hatte Erfolg damit. Er konnte nur versuchen, es sich nicht anmerken zu lassen. Also zog er das Notizbuch heraus und schlug es auf. »Ich höre.«

Marold seufzte. »Es war bei Horcher. Ich hatte in einem Nebenraum ein dringendes Telefonat angenommen. Auf dem Rückweg zum Tisch trat Graf plötzlich zu mir und begann, Fragen zu stellen, wie der Scherl Verlag nun ausgerichtet würde, wie eng ich mit Herrn Hugenberg bekannt und ob ich in der Partei aktiv sei. Er war aufdringlich. Ich habe mich beschwert, worauf ihn zwei Kellner auf die Straße beförderten. Danach erhielt er meines Wissens von Herrn Horcher Hausverbot.«

»Das hätten Sie mir sofort sagen sollen.«

Marold zuckte mit den Schultern. »Es erschien mir nicht wichtig. Graf war ein aufdringlicher Mensch, er hoffte womöglich, mich auf dem falschen Fuß zu erwischen, indem er unangekündigt dort auftauchte. Ich kann nur sagen, der Schuss ist für ihn nach hinten losgegangen.«

Leo überlegte. »Graf war eigentlich kein politischer Redakteur. Warum sollte er Ihnen diese Fragen stellen?«

»Mit Verlaub, aber es ist wohl Ihre Aufgabe, das herauszufinden.«

»Wann genau war das?«

Marold runzelte die Stirn, schlug einen Tischkalender auf und blätterte eine Weile darin. »Es muss am 11. November gewesen sein.«

Nur drei Tage vor Grafs Tod, dachte Leo, doch bevor er

etwas sagen konnte, zog Marold in gespielter Verwunderung die Augenbrauen hoch. »Im Übrigen erstaunt es mich doch, dass Sie sich nicht mit dem Verdächtigen beschäftigen, den Sie verhaftet haben. Ein Obdachloser, wenn ich mich recht entsinne?«

»Ich spreche nicht über laufende Ermittlungen.«

»Nun gut, dann warte ich, bis ich es aus unseren Redaktionen erfahre. Und nun müssen Sie mich entschuldigen, Herr Oberkommissar, ich habe zu tun.« Marold stand auf, die elegante Form des Rauswurfs. Dann schien er sich zu besinnen. »Ach, eins noch. Nehmen Sie bitte davon Abstand, meinen Redakteur zu belästigen, nur weil er einen Nachruf verfasst hat, der Ihnen nicht genehm ist.«

Bevor Leo etwas entgegnen konnte, fügte Marold hinzu: »Guten Tag, Herr Oberkommissar. Und meine Empfehlung an Ihre Gattin. Sie scheint, wie soll ich sagen, vielseitig interessiert zu sein.«

Im Korridor blieb Leo einen Moment stehen und atmete tief durch. Dann ging er am Fahrstuhl vorbei und öffnete die Tür mit der Aufschrift »Treppenhaus«. Ihm war nicht danach, mit anderen Menschen in einer engen Kabine zu stehen, er musste in Ruhe nachdenken. Statt die Stufen hinunterzugehen, schaute er in die Tiefe, auf die sich nach unten scheinbar verjüngenden Stockwerke, die an ein viereckiges Schneckenhaus erinnerten.

Und meine Empfehlung an Ihre Gattin. Sie scheint, wie soll ich sagen, vielseitig interessiert zu sein.

Was sollte das? Was auf den ersten Blick höflich klingen mochte, war eher eine unterschwellige Drohung. Gut, er trug einen Ehering, also gab es eine Gattin. Aber das erklärte nicht den nächsten Satz. Marold musste Erkundigungen eingezogen haben, und zwar nicht nur über Leo selbst, sondern auch über seine Familie. Vielseitig interessiert – vermutlich wusste er von Claras politischen Aktivitäten. Leo presste die Lippen zusammen. Das gefiel ihm gar nicht.

Sein Beruf brachte es mit sich, dass er unangenehmen Menschen begegnete, doch Clemens Marold war eine Klasse für sich – herablassend, glatt, kultiviert bis in die manikürten Fingerspitzen. Er bewegte sich mit einer lässigen Gewandtheit, die man kaum erlernen konnte, in die man hineingeboren wurde. Menschen wie er fühlten sich häufig unangreifbar und empfanden Fragen wie die Leos als persönlichen Angriff. Dabei hatte er nur seine Arbeit getan. Tauchte ein Name bei einer Mordermittlung auf, war die betreffende Person zu befragen.

Langsam stieg er die Treppe hinunter, noch immer in Gedanken. Tief unter ihm schlug eine Tür, dann klapperten Absätze auf den Stufen und verklangen wieder. Je weiter er nach unten kam, desto lauter wurden die Verkehrsgeräusche, die von der Jerusalemer Straße hereindrangen.

Marolds Verhalten ließ sich mit gekränkter Eitelkeit erklären. Denkbar, dass er es als Zumutung empfand, in einem Mordfall von der Kriminalpolizei befragt zu werden. Das machte ihn nicht sympathischer, war jedoch nachvollziehbar.

Aber nein. Wieder dachte er an Marolds letzte Worte – er hatte sich auf Leos Erscheinen vorbereitet, Erkundigungen eingezogen. War vielleicht sogar für Hussongs Artikel verantwortlich.

Auf jeden Fall hatte Marold ihm deutlich gezeigt, dass er im Hause Scherl unerwünscht war.

Auf der Straße blieb Leo stehen und sah auf die Uhr. Kurz vor fünf. Er betrat das nächste Telefonhäuschen und ließ sich mit dem Präsidium verbinden. Hasselmann meldete sich.

»Wechsler hier. Irgendwelche neuen Entwicklungen?«

»Augenblick, ich gebe Ihnen Neufeld.«

Der Kollege berichtete, was er von dem Musiker aus dem Delphi-Palast erfahren hatte.

»›Bald hab ich ihn‹, sagen Sie?«

»Ja, der Zeuge erinnert sich sehr genau daran.«

»Gut, wir sprechen morgen darüber. Ich fahre jetzt zu Horcher. Clemens Marold hatte dort kürzlich eine Auseinandersetzung mit Moritz Graf.«

Er hängte ein und trat auf den regennassen Gehweg, in dem sich die Lichter spiegelten. Marolds Geschichte klang glaubhaft, doch wollte er sie von den Angestellten des Restaurants persönlich hören. Vielleicht war bei ihnen mehr zu holen als die dürre Schilderung, die Marold ihm geliefert hatte.

20

In der Eingangshalle rannte Hugo Behrendt fast in Jette Klammroth hinein. Ihr Gesicht wirkte verweint.

»Guten Abend. Geht es Ihnen nicht gut?«, fragte Hugo taktvoll.

Sie schaute zur Tür, als wollte sie die Flucht ergreifen. Dann räusperte sie sich. »Ach, es ist nichts, nur Ärger mit dem Chef.«

»Das kommt vor. Wobei unser Wallenberg ein anständiger Kerl ist, da gibt es selten Tränen.« Er schaute verlegen auf seine Füße, holte tief Luft und fragte: »Darf ich Sie zum Abendessen einladen? Nichts Großes, dafür sind wir nicht angezogen. Ich kenne ein nettes Lokal nicht weit von hier, die bieten deftige Hausmannskost. Was halten Sie davon?«

Er sah, wie es hinter ihrer Stirn arbeitete, dann gab sie sich einen Ruck. »Danke, Herr Behrendt, die Einladung nehme ich gerne an. Sie können mir von den neuesten Filmen erzählen und mich damit ablenken.«

Er strahlte. »Dann kommen Sie, ich habe richtig Kohldampf!«

Als sie im Nebel die Charlottenstraße entlanggingen, schaute Fräulein Klammroth auf ihre Füße und sagte nichts, doch er spürte, dass sie mit sich rang, und wartete geduldig ab. An der nächsten Querstraße hob sie den Kopf.

»Ich habe vorhin gelogen. Es gab keinen Ärger mit dem

Chef. Mein Freund hat mich versetzt, besser gesagt, unsere nächste Verabredung auf den Sankt-Nimmerleins-Tag verschoben. Er hat viel zu tun, sagt er. Aber ich weiß nicht, ob es nur ein Vorwand ist. Vielleicht hat er eine andere.«

Hugo schluckte. Damit hatte er nicht gerechnet. Seine Antwort ging im Klingeln der Straßenbahn unter, und er musste sie wiederholen. »Wenn ich eine Freundin hätte, also diese Art Freundin, würde ich alles tun, um sie nach Feierabend zu sehen. Und am Wochenende. Es gibt nicht nur die Arbeit.«

»Ha!« Fräulein Klammroth schaute ihn an, eine blonde Strähne war aus ihrem Hut gerutscht und schmiegte sich ganz reizend an die Wange. »Das sagen Sie. Mein Freund hat da andere Ansichten. Er ist aber auch sehr ehrgeizig.«

»Das ist an sich nichts Schlimmes. Ich träume auch davon, für die *Weltbühne* oder die *Vossische* zu schreiben«, sagte Hugo lächelnd. Es tat gut, sie neben sich leise lachen zu hören, doch er verschwieg, dass seine Bewerbung bereits unterwegs war.

»Lassen Sie uns von etwas anderem reden, ja? Ich möchte ihn für heute Abend am liebsten vergessen.«

Das kam ihm sehr entgegen. Von ihrem Freund zu hören, war ein Schock gewesen, doch ermutigte es ihn, dass mit der Beziehung offenbar nicht alles zum Besten stand. »Ich habe gelesen, man habe einen Obdachlosen im Zusammenhang mit dem Fall Graf verhaftet. Ob es sich wohl um den Mörder handelt? Es klingt recht unwahrscheinlich. Wie sollte ein solcher Mann unerkannt bei Ullstein aufs Dach gelangen? Hier entlang.«

Sie bogen nach links ab, wo ihnen das Schild des Restaurants im Dunst entgegenleuchtete. Als sie ihre feuchten Mäntel aufgehängt, auf den schlichten, dunkelbraunen Holzstühlen Platz genommen und Eisbein mit Sauerkraut bestellt hatten, kam Hugo auf ihre Unterhaltung zurück. »Ich frage mich auch, welches Motiv ein Obdachloser gehabt haben sollte.«

Fräulein Klammroth beugte sich eifrig vor. »Wenn es nun ein Raubmord gewesen wäre – aber dann überfällt man das Opfer doch in einer dunklen Gasse und nicht auf dem Dach eines Gebäudes, in dem Tausende Menschen arbeiten.« Sie legte den Kopf schief. »Verzeihen Sie, aber ich spekuliere einfach gern. Haben Sie noch etwas mitbekommen? Hat die Polizei weiter bei der *B. Z.* ermittelt?«

»Mit mir haben sie nicht mehr gesprochen, wohl aber mit einigen Kollegen. Es ging dabei um Jazz.«

Fräulein Klammroth schaute ihn an, die Augenbrauen Bögen des Erstaunens. »Um Jazz? Was hat das mit Herrn Grafs Tod zu tun?«

»Wie ich hörte, soll er einen Freund gehabt haben, der Jazzmusiker ist. Sie suchen dringend nach Menschen, die ihn näher gekannt haben, weil er ein solcher Einzelgänger war. Und dabei sind sie wohl auf diesen Musiker gestoßen. Ich selbst kenne ihn nicht.«

Das Essen wurde serviert, und beide langten zu. Als sie die Hälfte ihres Eisbeins verputzt hatte, sagte Fräulein Klammroth: »Das klingt interessant. Falls Sie noch etwas hören, erzählen Sie es mir? Seit das passiert ist, habe ich ein ganz komisches Gefühl, wenn ich allein im Büro bin. Es würde mich beruhigen, wenn der Täter bald gefasst würde.«

Sie sah besonders reizend aus, wie sie mit geröteten Wangen dasaß.

Hugo hob sein Bierglas. »Natürlich! Ich halte Sie auf dem Laufenden.«

Ilse wirkte ein bisschen verlegen, als sie in Claras Küche Platz nahm. Sie legte die Hand um die Tasse, trank aber nicht, weil der Tee noch zu heiß war. Dann gab sie sich einen Ruck.

»Eigentlich wollte ich Leo etwas fragen. Ich war heute in der Nähe des Präsidiums und habe sogar überlegt, ob ich reingehen soll. Aber dann kam es mir dumm vor. Ich kann ihn ja zu Hause fragen.«

Clara, die gerade Brot schnitt, blickte erstaunt auf. »Verrätst du mir, worum es geht?« Sie stellte Brot, Aufschnitt, Käse und Butter auf den Tisch und setzte sich. »Falls es nicht zu vertraulich ist.«

Ilse suchte nach den richtigen Worten. Schließlich stellte sie die Tasse ab, verschränkte die Hände und räusperte sich. »Es geht um die Hochzeit.«

Clara sah sie aufmunternd an.

»Ich ... Es klingt vielleicht dumm, aber Richard und ich möchten es ... traditionell. In der Kirche.«

»Das ist doch nicht dumm.« Sie und Leo hatten nur standesamtlich geheiratet, weil sie beide schon einmal verheiratet gewesen waren. Doch wenn Ilse und Richard es anders halten wollten, war das auch gut.

»Danke. Unsere Eltern sind ja tot.«

Das kam unerwartet. Clara ahnte etwas. Sie lächelte. »Und?«

»Na ja, ich wollte Leo fragen, ob er Brautführer sein möchte. Also nicht dass er mich zum Altar führen soll oder so etwas. Aber er könnte die Gäste empfangen und ... vielleicht eine kleine Rede halten? Das wäre schön.«

Clara musste an die Zeit denken, in der Ilse sehr verschlossen, sogar harsch gewesen war, in der sie und ihr Bruder zusammengelebt hatten, weil Dorotheas Tod es ihnen aufgezwungen hatte, und nicht, weil es beider Wunsch gewesen war. Doch das war lange her.

Sie legte ihre Hand auf Ilses. »Das macht er sicher sehr gern.«

Ilse strahlte, worauf Clara ins Wohnzimmer ging und mit einer Weinflasche zurückkam. »Den habe ich neulich geschenkt bekommen. Wie wäre es, wenn wir auf Leo, den Brautführer in spe, anstoßen? Er hält bestimmt eine schöne Rede. Solange er nicht die Blockflöte auspackt …«

Leo stieg am Wittenbergplatz aus der U-Bahn. Die Lichter vom Kaufhaus des Westens schimmerten in der feuchten Dämmerung, die Menschen strömten mit Päckchen und Schachteln beladen aus den großen Türen. Er ging die Kleiststraße entlang, die Hände in den Manteltaschen vergraben. Es wunderte ihn ein bisschen, dass Clemens Marold bei Horcher verkehrte, wenn er an die moderne, geradezu kühle Ausstattung des Büros dachte. Vermutlich ging es ihm darum, dort Kontakte zu pflegen, denn wer bei Horcher zu Gast war, gehörte zu den Spitzen der Gesellschaft.

Der Hauptraum war sehr traditionell eingerichtet, mit holzgetäfelten Wänden, Ölgemälden und Simsen, auf denen Krüge aus Zinn und Porzellan aufgereiht waren. Zwischen den Tischen befanden sich Trennwände aus Glas und edlen Hölzern, die den Gästen größtmögliche Diskretion bieten sollten. Es hieß, in sämtlichen Regalen stünde eine Ausgabe des Gotha-Adelsregisters, sodass man bei Bedarf den Stammbaum der Leute am Nachbartisch nachschlagen konnte.

Leo legte auf so etwas keinen Wert und hätte sich im Übrigen auch kein Essen in dem Lokal leisten können.

Die Nässe zog in seine Schuhe, er verspürte den Drang, in die nächste Bahn zu steigen und nach Moabit zu fahren.

Etwas Warmes essen, in Ruhe mit Clara reden. Doch zuerst musste er das hier erledigen.

Marolds Geschichte war plausibel gewesen. Graf hatte ihn privat bedrängt, er hatte sich gewehrt. Und Leo war, wie er sich eingestehen musste, nicht unvoreingenommen. Das Gespräch mit Marold war sonderbar verlaufen, als bestünde eine persönliche Animosität zwischen ihnen, obwohl sie einander nie zuvor begegnet waren.

Es war, als spielte sich hinter dem Fall des toten Journalisten eine weitere, undurchsichtigere Geschichte ab, die er selbst in Gang gesetzt hatte, indem er Friedrich Hussong befragte. Als hätte er die Eitelkeit eines ganzen Verlags gekränkt und würde nun dafür bestraft.

Er gab sich einen Ruck, um den morbiden Gedanken loszuwerden. Er war nur dann ein Opfer, wenn er sich dazu machen ließ. Dass Marold Hussong erwähnt hatte, war kein Zufall – er wollte Leo zeigen, dass hinter dem Scherl Verlag die geballte Macht des Hugenberg-Imperiums stand.

Nun, Leo würde den Fall Graf aufklären, und indem er seine Aufgabe als Kriminalist erledigte, machte er sich unangreifbar.

Er bog nach rechts in die Martin-Luther-Straße ab, nun war es nicht mehr weit.

Ein tadellos gekleideter und frisierter Kellner empfing ihn an der Tür und lächelte bedauernd. »Verzeihung, alle Tische sind besetzt. Möchten Sie für einen anderen Tag reservieren?«

Leo wies sich aus. »Ich habe nur einige Fragen an Sie.«

Der Kellner machte eine unwillkürliche Bewegung, als wollte er schützend vor die Gäste treten. »Gewiss. Ich müsste nur erst Herrn Horcher Bescheid sagen.« Leo sah, wie er den Gastraum betrat und mit einem Mann sprach, der vorn am ersten Tisch saß. Dieser runzelte die Stirn, nickte dann aber.

»Wenn Sie mir folgen wollen.« Der Kellner führte Leo in einen kleinen Raum neben der Küche, in dem ein einfacher Tisch mit Stühlen und eine Garderobe standen. Es schien der Pausenraum der Angestellten zu sein.

»Was möchten Sie wissen?«

»Vor kurzem kam es hier im Restaurant zu einem Zwischenfall. Ein Gast namens Marold wurde von einem Journalisten bedrängt, den man daraufhin aus dem Lokal beförderte.«

Der Kellner wusste sofort Bescheid. »Ich habe davon gehört, war aber nicht dabei. Es war mein freier Abend. Wenn Sie möchten, hole ich meinen Kollegen.«

»Danke. Und er soll bitte nachschauen, an welchem Datum sich der Vorfall ereignet hat.«

Kurz darauf trat ein älterer Mann mit Glatze, auf der Schweißperlen standen, in den Pausenraum und wischte sich die Stirn mit einem Taschentuch. »Frommer mein Name.«

Leo stellte sich vor und wiederholte seine Frage.

Der Kellner legte ein in rotes Leder gebundenes Buch auf den Tisch. »Ich habe bereits nachgeschaut, das war am 11. November, einem Sonntag.«

»Bitte erzählen Sie mir genau, was vorgefallen ist.«

Frommer legte die Hand auf eine Stuhllehne. »Darf ich? Ich bin nicht mehr der Jüngste, die Knie, Sie verstehen.« Als er sich gesetzt hatte, fuhr er fort: »Ich erinnere mich gut. Herr Marold ist Stammgast, er kommt mindestens einmal im Monat. Bei dieser Gelegenheit war er mit einer Dame hier und begab sich in einen Nebenraum, um zu telefonieren.«

»Augenblick, bitte. Können Sie die Dame beschreiben?«

Frommer antwortete wie aus der Pistole geschossen. »Schlank, nicht besonders groß. Gut gekleidet, aber keine Maßarbeit. Blonde Haare, eher kurz, Bubikopf nennt man das, richtig? Und eine moderne Halskette, recht klobig.«

»Ich wünschte, alle Zeugen hätten Ihre Beobachtungsgabe.«

Der Kellner lächelte. »In meinem Beruf ist es nützlich, sich die Leute genau anzusehen.«

»Erzählen Sie weiter.«

»Die Dame saß allein am Tisch, während Herr Marold telefonierte. Ich ging in die Küche, weil sich ein Gast über das Gamsbocksteak beklagt hatte. In diesem Augenblick muss der andere Herr hereingekommen sein.«

Leo zeigte ihm ein Foto von Moritz Graf. »Dieser hier?«

»Ja, der war es. Ich kehrte in den Gastraum zurück, und da standen er und Marold einander gegenüber. Ich habe sofort gemerkt, dass etwas nicht stimmte, sie wirkten feindselig. Sie redeten miteinander, Herr Marold schien ungehalten, der andere blieb ruhig.«

Das war interessant.

»Wie hat sich die Dame verhalten?«

»Sie sah etwas erschrocken aus, rührte sich nicht von der Stelle, als hätte sie Angst, sich einzumischen. Mein Kollege – er hat heute seinen freien Tag – und ich sind hingegangen, weil Herr Marold heftig winkte. Wir haben den anderen Herrn dann hinausbegleitet.«

»Hat er Widerstand geleistet?«

»Nein. Er rief nur, er sei noch nicht fertig mit Herrn Marold. Wir haben ihn auf die Straße geführt. Herr Horcher kam dazu und erteilte ihm Hausverbot. Da ist er sehr streng, das Wohlbefinden der Gäste genießt absoluten Vorrang, und das nicht nur beim Essen und Trinken.«

»Was geschah danach?«

»Herr Marold und seine Begleiterin haben gegessen, sind aber recht bald gegangen.«

»Wie sind sie miteinander umgegangen? Bestand zwischen den beiden ein romantisches Verhältnis?«

Frommer wischte sich erneut die Stirn. »Bevor dieser Mann auftauchte, gingen sie zwanglos miteinander um, küssten einander auf die Wange, er legte seine Hand auf ihre. Nach dem Vorfall sprachen sie erregt, aber leise miteinander. Ich habe natürlich nicht zugehört, aber es kam mir vor, als wollte sie etwas von ihm wissen. Vielleicht, was es mit dem Mann auf sich hatte. Irgendwann hat sie sich beruhigt.«

Leo blätterte um. »Herr Frommer, dies ist die vorerst letzte Frage, und ich bin mir der Tatsache bewusst, dass Sie diskret sind und Ihre Gäste nicht belauschen. Aber haben Sie zufällig etwas von dem Wortwechsel zwischen den beiden Männern mitbekommen?«

Frommer zog die Schultern hoch, als wollte er sich schützen. Schluckte. Bereute vielleicht, dass er sich so mitteilsam gezeigt hatte. »Nicht viel. Als ich zu ihnen trat, sagte Herr Marold gerade, das müsse er sich nicht bieten lassen. Die Antwort des anderen konnte ich nicht ganz verstehen, er sprach sehr leise, aber er sagte etwas von einem See.«

»Einem See?« Darauf konnte Leo sich keinen Reim machen, notierte es aber dennoch. »Ich danke Ihnen, Herr Frommer, das war sehr hilfreich. Bitte nennen Sie mir noch den Namen Ihres Kollegen, der dabei war.«

Nachdem er alles aufgeschrieben hatte, stand er auf und ging zur Tür. Frommer stützte sich schwer auf den Tisch und erhob sich ebenfalls. Kein leichter Beruf für einen alternden Mann, dachte Leo mit einem Anflug von Mitgefühl und verließ den Pausenraum.

Leo zuckte zusammen, als er die Wohnungstür aufschloss und zwei Frauen lachen hörte. Er hatte sich auf einen ruhigen Abend mit Clara gefreut. Egal. Er ging in die Küche und holte sich ein Bier, bevor er ins Wohnzimmer trat.

Clara und Ilse saßen auf dem Sofa und blätterten in einer Illustrierten. Sie schauten ein bisschen schuldbewusst auf, als er sich müde in den Sessel fallen ließ.

»Guten Abend. Du siehst erschöpft aus«, sagte Clara besorgt.

Er machte eine abwehrende Handbewegung. Ihm war jetzt nicht danach, über Marold zu sprechen, auch wenn ihm eine Frage auf der Zunge lag. Dann fiel sein Blick auf die Weingläser.

»Gibt es was zu feiern?«

Ilse biss sich auf die Lippe und schaute Clara hilfesuchend an, die ihr einen leichten Stoß versetzte. »Ich hole uns was zu essen.« Mit diesen Worten verschwand sie in die Küche.

»Heraus mit der Sprache, Ilse. Ich mache tagsüber nichts anderes, als Leute zum Reden zu bringen. Bitte nicht auch noch nach Feierabend.« Er trank einen großen Schluck und lehnte den Kopf nach hinten.

»Also gut.« Sie verschränkte die Hände im Schoß und beugte sich vor.

Als Clara kurz darauf ins Wohnzimmer zurückkehrte, glänzten Ilses Augen verdächtig, und Leo räusperte sich. »Bin ganz schön hungrig.«

Später im Bett drehte er sich auf die Seite, stützte den Kopf in die Hand und schaute Clara an.

»Was ist los? Vorhin warst du so glücklich, und jetzt, wo wir allein sind, siehst du bedrückt aus«, sagte sie.

Leo fuhr mit dem Zeigefinger über ihren Arm. »Ilse und

du habt mich wunderbar abgelenkt, aber ich hatte heute eine unangenehme Begegnung. Jemand wollte mit mir spielen.«

»Wie meinst du das?« Zwischen ihren Augenbrauen erschien eine kleine senkrechte Falte.

»Er wollte mir seine Macht zeigen. Er hat mich empfangen, um zu sehen, was ich von ihm will, sich aber immer wieder meinen Fragen entzogen. Hat genau dosiert, wann er dichtmacht und wann er etwas preisgibt. Rede ich gerade Unsinn?«

»Nein. Erzähl weiter.«

»Als ich ging, sagte er: ›Und meine Empfehlung an Ihre Gattin. Sie scheint, wie soll ich sagen, vielseitig interessiert zu sein.‹ Es kam aus heiterem Himmel, mir fiel keine Entgegnung ein, weil ich so überrascht war. Und dann begriff ich – unmittelbar davor hatte er mich gewarnt, ich solle seine Redakteure nicht mehr behelligen. Es klang wie eine Warnung, als er dich erwähnte.«

Clara saß jetzt aufrecht im Bett, die Hände um die Knie geschlungen. »Was ist denn das für ein Mensch?«, fragte sie, nicht ängstlich, sondern entrüstet, was Leo beruhigte.

»Clemens Marold vom Scherl Verlag. Er ist dort für alle Zeitungsredaktionen verantwortlich. Ein enger Mitarbeiter Hugenbergs, wie es heißt, und eine Art Graue Eminenz des Konzerns.«

Sie schob sich die Haare aus der Stirn und sah ihn fragend an. »Woher weiß er, was ich mache?«

Leo zuckte mit der Schulter. »Er sitzt doch an der Quelle, was Informationen angeht. Womöglich hat er seine Rechercheure auf uns angesetzt.«

Clara blieb nachdenklich. »Er wollte dich einschüchtern, ganz sicher. Einfach ein paar Sätze in den Raum werfen und sehen, wie du reagierst. Vielleicht hat er sich gedacht, ich bin deine Schwachstelle.«

Leo zog sie an sich. »Wenn überhaupt, bist du meine starke Stelle.«

Er schloss die Augen, konnte aber lange nicht einschlafen. Es tat immer gut, mit Clara zu reden, doch seine Beklommenheit hatte sie nicht ganz vertreiben können.

21

Donnerstag, 22. November 1928

Am nächsten Morgen berichtete Leo von seinen Ermittlungen bei Marold und im Restaurant, wobei er die Grüße an Clara verschwieg. Marold musste in der Zeitung etwas über sie gelesen haben, und inzwischen kam es Leo fast lächerlich vor, dass er die Bemerkung als so bedrohlich empfunden hatte.

»Wir müssen die Frau finden, mit der Marold bei Horcher war«, sagte Sonnenschein.

Leo sah ihn leicht resigniert an. »Der Kellner hat sie ziemlich präzise beschrieben, aber wie viele blonde Frauen mit Bubikopf gibt es in Berlin?«

»Wir könnten einfach Marold fragen, wer sie ist«, schlug Sonnenschein vor.

»Auf gar keinen Fall!« An Sonnenscheins überraschtem Blick merkte Leo, dass er ein wenig zu heftig geantwortet hatte. »Wenn wir das tun, kann er sie jederzeit warnen und die Aussage mit ihr absprechen. Ich möchte sie unvorbereitet befragen. Ich traue Marold nicht.« Er spürte, dass Sonnenschein nicht völlig überzeugt war, und schob ihm die aktuelle Ausgabe des *Lokal-Anzeigers* hin.

VERDÄCHTIGER IM ULLSTEIN-MORD AUF FREIEM FUSS!, lautete die Schlagzeile und gleich darunter: »Ist kein Verlass auf Oberkommissar Wechsler?«

Leo rieb sich die Augen. »Friese wurde nicht im Fall Graf verhaftet, aber wen interessiert das schon? Die Leute werden glauben, wir würden potentielle Mörder auf die Straße lassen. Außerdem wüsste ich gern, wie das schon wieder an die Presse gelangt ist. Von uns haben die das nicht.« Er seufzte. »In einer halben Stunde ist Pressekonferenz, da werde ich einiges richtigstellen müssen. Aber du siehst, wie die Hugenberg-Presse über den Fall berichtet. Die nutzen jede Gelegenheit, um uns in Misskredit zu bringen.«

»Ich sehe vor allem, wie die Hugenberg-Presse über *dich* berichtet«, sagte Sonnenschein leise.

Leo wusste, er durfte sich nicht davon beirren lassen. Und Sonnenschein hatte völlig recht, sie mussten die Frau finden. Vielleicht hatte Marolds Begleiterin doch etwas aufgeschnappt. Oder er hatte ihr verraten, was Graf von ihm gewollt hatte. Laut Frommer hatten die beiden ja erregt miteinander gesprochen, nachdem man Graf hinausbefördert hatte.

Leo griff zum Telefon. »Verbinden Sie mich mit dem Restaurant Horcher.«

Hedy Neumann schaute verstohlen zu Hugo hinüber. Er tippte fröhlich auf der Maschine, pfiff sogar leise vor sich hin, war geradezu unanständig gut gelaunt. Es konnte nur an dieser Klammroth aus dem Buchverlag liegen. Nicht dass Hedy eifersüchtig gewesen wäre – Hugo war nun wirklich nicht ihr Typ, lieb und herzensgut, aber kein Mann, der ihren Puls in die Höhe trieb. Sie gönnte ihm die Schwärmerei, und doch lag ihr etwas wie ein Stein im Magen.

Bernd Wilmert hatte die Klammroth im Sportpalast gesehen. Natürlich war es möglich, dass sie aus Neugier hingegangen war oder sich als Journalistin versuchen wollte. Es kam bei Ullstein durchaus vor, dass Leute die Bereiche wechselten, dass Journalisten irgendwann Romane schrieben oder zu Lektoren wurden. Vicki Baum, die sie sehr bewunderte, war Redakteurin hier im Haus und veröffentlichte zugleich Romane.

Falls Fräulein Klammroth ähnliche Ambitionen hegte, war es denkbar, dass sie zu dem Hitler-Auftritt gegangen war, um zu lernen, wie man über solche Ereignisse berichtete.

Es musste nichts bedeuten, außerdem war Hedy nicht Hugos Kindermädchen. Er war erwachsen und konnte selbst entscheiden, in wen er sich verliebte. Doch wann immer sie sein offenes, freundliches Gesicht betrachtete, versetzte es ihr einen Stich.

Sie schob mit einem Ruck den Stuhl zurück, dass sich Hugo die Ohren zuhielt. »Kannst du mal was drunterkleben? Der quietscht ja grauenhaft. Wie soll man dabei denken?«

Sie gab ihm einen Klaps auf die Schulter und warf einen Blick auf das Blatt in der Maschine. »Hab dich nicht so. *Hinter Haremsmauern*? Darüber könnte ich auch in einer vollbesetzten U-Bahn schreiben.«

Dann verließ sie energischen Schrittes die Redaktion.

Als August Friese aufgewacht war, hatte er sich zum ersten Mal seit Tagen warm, trocken und sauber gefühlt. Anständig von der Polizei, ihn in der Wiesenburg unterzubringen, in der es deutlich angenehmer war als in der Palme. Gestern hatte er sogar Hemd und Hose waschen können. Er wusste nicht, wie lange er hierbleiben durfte, beschloss aber, es fürs Erste zu genießen. Vielleicht konnte er das Trinken drangeben und sich dann noch mal um eine Aushilfsstellung bemühen.

Er seifte sich ausgiebig unter der Dusche ein und hing seinen Zukunftsträumen nach, wurde aber rüde unterbrochen.

»Bissken flott, ja?«, herrschte ihn ein Mann an, der mit einem Handtuch über dem Arm vor der Dusche aufgetaucht war. »Ick will ooch noch heißet Wasser haben.«

Friese griff nach seinem Handtuch und machte, dass er wegkam. Die Duschen waren stark umkämpft, da wurde jeder heftig angegangen, der zu lange brauchte.

Zum Frühstück gab es Milchkaffee und Brot mit Margarine, er schob sich eine Stulle für später in die Tasche. Die junge Frau, die die Kaffeekannen herumtrug, sah es und zwinkerte ihm zu.

Der Tag fing gut an. Vielleicht brachte er ihm Glück, ein Schild an einer Hauswand oder in einem Schaufenster, Aushilfe gesucht. Immerhin sah er passabel aus, geduscht und mit sauberen Sachen. Nachdem er seine Habseligkeiten eingepackt hatte, verließ er das Gebäude und ging in Richtung Wiesenstraße.

Er schwenkte sein Bündel im Rhythmus seiner Schritte und überlegte, wo er sich nach einer Arbeit umsehen konnte. Erstaunlich, was zwei Nächte in einer neuen Unterkunft bewirkten –

»Bist du August Friese?«

Er blieb abrupt stehen. Ein schwarzer Wagen hatte neben ihm gehalten, der Fahrer steckte den Kopf durchs Fenster. Er trug eine dunkle Schirmmütze wie von einer Uniform, die er tief ins Gesicht gezogen hatte.

»Ja«, sagte er unsicher.

»Hat die Polizei dich laufen lassen?«

Er machte ein paar Schritte, der Wagen rollte mit. Sein Herz schlug plötzlich heftig. »Was wollen Sie von mir?«

»Du solltest besser aufpassen, was du denen erzählst«, sagte der Mann mit der Mütze. »Über Graf, meine ich. Die Polizei steht unter Druck, die suchen dringend einen Täter, da kommt ihnen einer wie du gerade recht. Wenn sie dich einmal verhaften, machen sie es auch ein zweites Mal.«

»Lassen Sie mich doch einfach in Ruhe.« Friese ging verzweifelt schneller. Der Tag, der so verheißungsvoll begonnen hatte, war schlagartig düster geworden.

Wieder holte ihn der Wagen ein. »Stell dir vor, jemand erzählt denen, er hätte dich abends am Ullsteinhaus gesehen. Wie du durch einen Seiteneingang reingeschlichen bist.«

Friese blieb stehen. Seine Füße waren wie gelähmt, trotz des kühlen Novembermorgens sickerte ihm Schweiß vom Nacken zwischen die Schulterblätter. Er hielt sein Bündel krampfhaft fest.

»Wem werden die wohl glauben?«

Er schüttelte die Starre ab, rannte los, bog ab auf ein verwildertes Grundstück und ließ die Wiesenstraße und den Wagen hinter sich.

Hedy kam selten in den Buchverlag. Hier oben ging es weniger hektisch zu als in den Redaktionen, man hörte zwar das Klappern von Schreibmaschinen und Telefongeklingel, doch schien es, als würde man der Seriosität des Buches mit einem gesetzteren Tempo Rechnung tragen. Sie klopfte kurzerhand an die erste Tür und steckte den Kopf hinein. »Wo finde ich Fräulein Klammroth?«

Die Frau schaute nicht von ihrer Schreibmaschine auf, sondern deutete vage den Flur entlang. »Dritte Tür links.«

»Danke.«

Die Tür war angelehnt, und sie wollte gerade klopfen, als sie hörte, dass drinnen gesprochen wurde. Hedy biss sich auf die Lippe, rang ihr schlechtes Gewissen nieder und lehnte sich neben der Tür an die Wand. Schaute den Korridor auf und ab, ob jemand sie beobachtete.

»Bitte, ich muss dich sehen. – Er war bei dir? Ich habe ihm nichts gesagt, Clemens, das schwöre ich. – Ich komme nachher zu dir.«

Hedy hörte, wie der Telefonhörer klapperte, als wäre er hinuntergefallen, bevor er auf der Gabel landen konnte. Sie klopfte und trat ein.

Jette Klammroth saß am Schreibtisch, die Wangen gerötet, an ihrem Hals pochte eine Ader. Doch sie hatte sich schnell in der Gewalt und fragte freundlich: »Ach, Fräulein Neumann von der *B. Z.*, nicht wahr?«

Hedy trat ein, schloss die Tür und lehnte sich gegen die Scheibe. »Verzeihen Sie, wenn ich so reinplatze, aber ich habe einen kleinen Überfall auf Sie vor.« Als sie das Gesicht der anderen bemerkte, fügte sie rasch hinzu: »Keine Sorge, es ist nichts Schlimmes.«

»Bitte setzen Sie sich doch.« Fräulein Klammroth räumte einen Stapel Manuskripte von einem Stuhl und deutete darauf. Hedy wäre lieber stehen geblieben, konnte aber schlecht ablehnen, ohne unhöflich zu wirken.

»Es geht um Folgendes. Ich möchte einen Artikel über Frauen und die NSDAP schreiben. Man sieht immer nur Männer bei den Aufmärschen und könnte glauben, dass es ein reiner Herrenclub ist.« Sie hielt inne und überlegte, wie sie die Frage am besten formulierte, ohne ihr Gegenüber abzuschrecken. »Letzte Woche hat Hitler im Sportpalast gesprochen. Ein Kollege erzählte mir, Sie seien dort gewesen, und ich würde Sie gern nach Ihren Eindrücken fragen.«

Sie bemerkte, wie Jette Klammroth flüchtig die Lippen aufeinanderpresste. Dann neigte sie den Kopf, dass ihr die blonden Haare ins Gesicht rutschten, und lächelte liebenswürdig. »Oh, tut mir leid, dass Sie sich die Mühe gemacht haben, Fräulein Neumann. Sie kommen leider vergeblich.

Ich war nicht dort, Ihr Kollege muss mich verwechselt haben.«

Hedy war einen Moment verlegen, fasste sich aber wieder. »Was für eine dumme Geschichte, bitte entschuldigen Sie. Ich wollte auch gar nichts andeuten, viele gehen sicher nur aus Neugier hin. Ich werde meinem Kollegen tüchtig den Marsch blasen. Einen schönen Tag noch.«

Sie stand auf und ging zur Tür.

»Grüßen Sie Hugo von mir«, rief Jette Klammroth ihr nach, und Hedy fragte sich im Gehen, wer Clemens war und ob Hugo von seiner Existenz wusste.

Als sie in die Redaktion zurückkam, saß Hugo nicht an seinem Platz. Besser so, dachte sie, dann konnte sie sich in Ruhe überlegen, ob sie ihn auf seine Flamme ansprechen sollte. Es fiel ihr schwer, sich auf den Artikel zu konzentrieren, an dem sie gerade arbeitete. Sie tippte eine Zeile und x-te sie gleich darauf durch, zündete sich eine Zigarette an und stützte den Kopf in die Hand. Schaute dem Rauch nach, der zur vergilbten Decke emporstieg.

Wer mochte dieser Clemens sein, mit dem die Klammroth telefoniert hatte? Es hatte persönlich geklungen, dringlich, fast ein wenig dramatisch. Ein Geliebter, der sich von ihr trennen wollte? Und wer war bei ihm gewesen?

»Fräulein Neumann, der personifizierte Fleiß«, sagte eine gutmütige Stimme. »Gibt's heute keinen Redaktionsschluss?«

Bernd Wilmert ließ sich auf einen Stuhl fallen und packte ein Schokotörtchen aus, brach es in der Mitte durch und reichte ihr eine Hälfte. »Du siehst aus, als könntest du es brauchen.«

Hedy biss hinein und schaute ihn prüfend an. »Sag mal, bist du dir sicher, dass du die Klammroth aus dem Buchverlag bei dem Hitler-Auftritt gesehen hast?«

Er wischte sich die Krümel vom Mund und sah sie überrascht an. »Natürlich. Ich bin doch tagelang rumgelaufen und habe überlegt, wer sie ist, nachdem ich sie dort gesehen hatte. Und dann kommt sie in die Redaktion marschiert – da wusste ich's.«

Ihr Gesicht musste sie wohl verraten haben.

»Was ist denn los?«

»Ach, nichts. Ich musste nur dran denken, weil Hugo so verliebt ist. Ich hatte gehofft, du hättest dich vielleicht geirrt.«

»Meine Augen sind unbestechlich. Wer weiß, vielleicht war sie aus Neugier da. Die können unmöglich alle glauben, was der Kerl redet.«

Das beruhigte sie nicht. Denn sie wusste jetzt, dass Jette Klammroth gelogen hatte. Warum?

Die Pressekonferenz war verlaufen wie erwartet: Die Scherl-Presse hatte sich angriffslustig gegeben, die anderen Reporter waren zurückhaltender, aber nichtsdestotrotz kritisch gewesen. Eins stand fest: Erst mit Aufklärung des Falls würde der Druck auf die Polizei nachlassen.

Gleich anschließend war Leo zu Horcher gefahren.

Das Restaurant war noch nicht für Gäste geöffnet. Auf Leos Klopfen kam ein junger Mann mit schütterem Haar an die Tür, der schon seine Kellnerkluft trug. »Wir öffnen erst …«

Leo hielt ihm die Dienstmarke hin und wurde sofort hereingebeten. »Verzeihung, Herr Oberkommissar, ich wusste nicht, wie Sie aussehen. Hartlieb mein Name.« Er führte ihn in den Pausenraum, in dem Leo am Vorabend mit Erich Frommer gesprochen hatte.

»Mein Kollege hat mir schon gesagt, worum es geht. Ein

kurioser Zwischenfall – es kommt vor, dass Gäste über die Stränge schlagen, aber dass jemand von draußen hereinkommt und sie belästigt, ist selten.«

»Bitte erzählen Sie, was Ihnen aufgefallen ist. Haben Sie etwas von der Unterhaltung zwischen Herrn Marold und dem Mann, der ihn angesprochen hat, mitbekommen? Oder etwas von dem nachfolgenden Gespräch zwischen Herrn Marold und seiner Begleiterin?«

Hartlieb wollte sofort widersprechen, doch Leo hob abwehrend die Hand. »Ich weiß, dass Sie diskret sind und nicht lauschen. Aber hier geht es um einen mutmaßlichen Mord, da spielen solche Rücksichten keine Rolle.«

Der Kellner schaute zu Boden, seine Zunge wölbte von innen die Wange. Dann blickte er hoch. »Viel habe ich nicht mitbekommen. Als der Eindringling weg war, haben sie heftig geredet, vor allem die Frau. Es kam mir vor, als wollte sie wissen, worum es bei dem Zwischenfall ging, und als wollte Herr Marold es ihr nicht sagen. Sie hat mehrmals in Richtung Tür gezeigt.« Er zog die Augenbrauen zusammen, als dächte er angestrengt nach. »Eins habe ich gehört, als ich Getränke serviert habe. Ich musste die Weinflasche öffnen, dabei habe ich kurz neben ihnen gestanden. Die Frau sprach zwar leise, aber es klang wie ›Er muss doch irgendetwas von dir wollen‹. Leider war das alles, was ich mitbekommen habe.«

Leo machte sich eine Notiz. »Sie wirkten also vertraut miteinander?«

»Oh ja«, sagte Hartlieb prompt. »Sie hatten sicherlich ein engeres Verhältnis.«

»Hat Herr Marold ihren Namen genannt?«

Der Kellner schüttelte bedauernd den Kopf. »Es gibt immer einen gewissen Geräuschpegel, Stimmen, Gläserklirren, Sie verstehen. Und ich darf nicht indiskret erscheinen.«

»Eine Frage noch: Ihr Kollege sagte aus, der andere Mann habe einen See erwähnt. Haben Sie das auch gehört?«

»Leider nicht, aber das will nichts heißen. Es war wirklich recht laut im Lokal.«

Leo zog eine Fotografie von Moritz Graf aus der Tasche. »Der guten Ordnung halber frage ich Sie, ob dies der Mann war, der Herrn Marold belästigt hat.«

Hartlieb nickte sofort. »Ohne jeden Zweifel.«

22

Leo saß am Schreibtisch und kritzelte auf einem Zettel herum. *See?*, hatte er darauf notiert. Und: *Er muss doch irgendetwas von dir wollen.* Etwas nagte an ihm, seit er mit den Kellnern gesprochen hatte. Der Gedanke war wie ein Steinchen im Schuh, unsichtbar, aber lästig.

»Was könnte Clemens Marold mit einem See zu tun haben?«

Neufeld sah ihn überrascht an. »Einem See?«

»Einer der Kellner bei Horcher meint, Graf habe zu Marold etwas von einem See gesagt. Der einzige See, der mir in diesem Fall bisher begegnet ist, ist der Schlachtensee. Friese hat mir erzählt, dass er im Sommer dort gearbeitet hat. Ein Grundstück gerodet, wenn ich mich recht entsinne. Aber was sollte das mit Marold zu tun haben?«

»Schlachtensee?«, warf Sonnenschein ein. »Da ist doch der Hugenberg-Vertraute ertrunken, das war auch im Sommer. Breuer? Brüder? Herr Neufeld, Sie hatten das erwähnt. Ist Marold nicht sein Nachfolger?«

Leo setzte sich ruckartig auf. Das war die Verbindung, nach der er gesucht hatte. »Augenblick mal. August Friese arbeitet im Sommer am Schlachtensee, in dem Brüder ertrunken ist. Eine Weile danach trifft er Graf wieder und erzählt ihm davon. Kurz darauf versucht Graf wiederholt, Marold telefonisch zu erreichen, ohne Erfolg. Worauf er bei Horcher auftaucht und

Marold mit Fragen überfällt. Ein Kellner bekommt mit, dass er dabei einen See erwähnt.«

Neufeld schien skeptisch. »Mit Verlaub, Herr Oberkommissar, aber das ist ein wenig dünn. Brüders Tod war ein Bootsunfall, das wurde nie bezweifelt. Selbst wenn Marold einmal dort gewesen wäre, will das nichts heißen. Beide Männer arbeiteten für Hugenberg und dürften einander gekannt haben.«

Sonnenschein hob höflich die Hand, wie es seine Art war. »Aber wenn Friese Marold am Tag des Unfalls dort am See gesehen hätte? Wisst ihr noch, wie er erzählt hat, Graf habe bei ihrem Gespräch plötzlich mitgeschrieben? In dem Notizbuch, das wir nicht finden können?«

Leo verschränkte die Hände unter dem Kinn. Sie durften keine vorschnellen Schlüsse ziehen. »Auch das will noch nichts heißen, aber es lohnt sich, dem nachzugehen. Wir sichten die polizeilichen Unterlagen zum Bootsunfall, ebenso die Berichterstattung der Presse. Falls es irgendwelche Zweifel am Unglückshergang gab, könnte Graf in diese Richtung ermittelt haben.«

»Da wäre auch noch die Aussage von Watkins, nach der Graf kurz vor seinem Tod ›Bald hab ich ihn‹ gesagt haben soll«, sagte Neufeld, dessen Skepsis zu schwinden schien. »Er könnte Marold damit gemeint haben.«

»Jedenfalls hatte etwas seinen Reporterinstinkt geweckt«, sagte Leo, spürte aber nicht das übliche Kribbeln wie sonst, wenn sich eine Spur auftat. Das Gespräch mit Marold saß ihm auf eine Weise in den Knochen, die ihm nicht gefiel.

»Wir müssen noch einmal mit Friese sprechen. Ich hoffe, wir treffen ihn nüchtern an, denn wir brauchen jedes Detail seiner Unterhaltung mit Graf. Das übernehme ich. Neufeld, Sie beschaffen die Ermittlungsakten zum Bootsunfall. Jakob, du fährst zu Ullstein ins Archiv, da bist du doch in deinem Element. Sieh dir an, was die Presse darüber berichtet hat.«

Jakob Sonnenschein verstand sich tatsächlich auf Recherchen. Er kündigte sich telefonisch an, und ein freundlicher Archivar namens Zeidler sagte, er könne jederzeit vorbeikommen.

In der Eingangshalle des Verlags bemerkte er ein gerahmtes Foto von Moritz Graf, an dem ein schwarzes Band befestigt war. Es tat gut zu sehen, dass er in dieser Welt, die vom Tempo lebte und in der nichts älter war als die Schlagzeile von gestern, nicht vergessen wurde.

Das Archiv bestand aus mehreren Räumen mit deckenhohen Regalen, die nach altem Papier und Klebstoff rochen, enthielt aber auch zahlreiche Fotografien, die bis in die 1890er-Jahre zurückreichten, wie ihm der Archivar stolz erklärte.

Er war ein älterer Mann mit hagerem Gesicht und halber Brille, der einen grauen Kittel trug. »Wenn Sie hier nicht fündig werden, Herr Kriminalsekretär, kann Ihnen wohl niemand helfen.«

Sonnenscheins Frage nach der Berichterstattung über Brüders Tod nahm er kommentarlos zur Kenntnis, ging zu einem Regal und kam mit einem Aktenordner zurück.

Sonnenschein bedankte sich und nahm lächelnd auf dem angebotenen Stuhl Platz. »Ich habe noch eine andere Frage. Kannten Sie Moritz Graf persönlich?«

Der Archivar schaute ihn über die Brille an. »Gewiss. Ein anständiger Mensch. Er redete nicht viel, brachte mir aber immer eine gute Zigarre mit.«

Sonnenschein horchte auf, dankbar für jede Information, die den Toten menschlicher erscheinen ließ. »Die meisten, mit denen wir gesprochen haben, schildern ihn als äußerst reserviert.«

Zeidler nickte. »Das war er auch, keine Frage. Er vertraute wenigen, vielleicht war er im Leben enttäuscht worden. Aber bei mir machte er eine Ausnahme. Und wie gesagt, immer eine Zigarre.«

»Hat er mit Ihnen über seine Arbeit gesprochen?«

»Ab und zu. Gelegentlich hat er sich über Wallenberg mokiert, weil der verlangte, dass er sich an Regeln hielt. Das gefiel ihm nicht, er machte seine eigenen Regeln. Meist kam er damit durch, weil man wusste, wie gut er war.«

»Wann haben Sie ihn zuletzt gesehen?«

Zeidler kratzte sich mit einem Bleistift am Kopf. »Hm, das müsste ich nachsehen. Augenblick.« Er stand auf und trat an einen Sekretär, auf dem ein dickes Registerbuch lag. Er blätterte und fuhr mit dem Finger die Seiten hinunter. »Hier ist es. 29. Oktober, da war er hier.«

Drei Tage, nachdem er August Friese getroffen hatte, dachte Sonnenschein sofort. »Erinnern Sie sich zufällig, was er recherchiert hat?«

Der Archivar drehte sich um und sah ihn belustigt an. »Das brauche ich nicht im Kopf zu haben, es steht hier drin. Er hatte es eilig, darum hat er mich die Sachen heraussuchen lassen und ist später wiedergekommen, um sie durchzusehen. Wenn ich Unterlagen heraussuche, notiere ich immer, was es war. Sie glauben ja nicht, was hier abhandenkommt. Nicht mal aus bösem Willen, aber manche von diesen Journalisten sind derart schludrig ... nur Schlagzeilen und Redaktionsschluss im Kopf. Und ich darf den Akten hinterherlaufen. Von den Fotos ganz zu schweigen, wo wir die schon überall gefunden haben ...«

Manche Leute ließ man am besten reden, dann kamen sie

von selbst wieder aufs Thema. So auch Zeidler. »Aber Sie wollten wissen, was er sich angesehen hat.« Er warf einen Blick ins Register und lachte.

»Das ist wirklich kurios, Herr Kriminalsekretär.«

»Was meinen Sie?«

»Herr Graf wollte das Gleiche wie Sie – die Berichterstattung über den Fall Brüder.«

Leo fuhr bis Gesundbrunnen und nahm den Weg durch den Volkspark Humboldthain. Das Wetter war unfreundlich, aber er verspürte den Drang, draußen zu sein, und beim Gehen konnte er am besten nachdenken. Er war sich keineswegs sicher, dass Marold etwas mit ihrem Fall zu tun hatte, aber es gab eine Verbindung zu Graf, der sie nachgehen mussten. Er konnte sich kaum vorstellen, dass der Hugenberg-Mann sich bei Ullstein aufs Dach geschlichen haben sollte, um einen unliebsamen Journalisten in die Tiefe zu befördern. Andererseits musste er es nicht selbst gewesen sein – Leute wie Clemens Marold ließen für sich arbeiten. Vielleicht auch, wenn es darum ging, sich jemanden vom Hals zu schaffen, der unerwünschte Fragen stellte.

Feiner Nieselregen benetzte sein Gesicht, und er nahm den Hut ab, um den kühlen Nebel auf dem Kopf zu spüren. Er lief gern zu Fuß durch Berlin, wenn es seine Zeit erlaubte, und war ohnehin früh dran, da man die Obdachlosen erst am späten Nachmittag ins Asyl ließ. Er wollte vorher kurz mit Grete Meyer sprechen und sich für ihre Unterstützung bedanken.

Von einem Spielplatz drang Kindergeschrei herüber. Die Kleinen tobten und lachten und ließen sich vom Regen nicht die Laune verderben. Viele lebten in Mietskasernen und waren froh, für ein paar Stunden den engen, oft feuchten

Wohnungen zu entkommen. Ein Spielplatz im Park war verlockender als die Hinterhöfe, in denen man an Teppichstangen schaukeln oder Himmel und Hölle spielen konnte, aber kein Gebüsch für Versteckspiele oder Sand fand, aus dem man Burgen bauen konnte. Er blieb einen Augenblick stehen und betrachtete zwei kleine Mädchen, die im nassen Sand hockten und eine Burg fantasievoll mit Zweigen und Eicheln verzierten.

So hatte Marie früher gespielt. Wie lange das schon her war, dachte er mit einem Anflug von Wehmut. Aber das konnte auch am Wetter liegen.

Er beschleunigte seine Schritte, um die trüben Gedanken hinter sich zu lassen.

Jenseits des Parks lag die Wiesenstraße. Er bog nach rechts ab und ging ein Stück geradeaus, dann tauchten auf der linken Seite die dunkelroten Backsteinbauten des Asyls auf. Kein Wunder, dass der Volksmund von der »Wiesenburg« sprach, denn die schmuckvollen Fassaden ließen nicht erahnen, was sich hinter ihren Mauern verbarg.

Auf dem gepflasterten Weg, der sich zwischen den roten Häusern entlangwand, hatte sich bereits eine Warteschlange gebildet. Hier war es ruhiger als vor der Palme, Spatzen hüpften zwischen den Männern hindurch, und hinter den Gebäuden floss die Panke. Der Burggraben, ging es Leo durch den Kopf, als er zu den Häusern aufblickte, den Zeugen des letzten Jahrhunderts, einer längst vergangenen Zeit.

Die Männer unterhielten sich, rauchten, warteten geduldig, um eine Dusche, eine Suppe und ein Bett für die Nacht zu bekommen. Das Gebäude, in dem die Schlafsäle untergebracht waren, hatte ein Sägezahndach, wie man sie von Fabriken kannte, und die gezackten Linien hoben sich vom Himmel ab, der sich herbstlich dunkel färbte.

Leo hielt Ausschau nach August Friese, konnte ihn aber nicht entdecken. Was ihn nicht weiter überraschte. Das Asyl war noch geschlossen, und die Männer standen an, um sich einen Platz für die Nacht zu sichern. Friese hingegen hatte das zurzeit nicht nötig.

Leo betrat das Verwaltungsgebäude und erkundigte sich nach Grete Meyer. Sie schien ihn gehört zu haben, denn sie trat aus einer Tür neben der Pförtnerloge und kam ihm mit ausgestreckter Hand entgegen. Äußerlich hatte sie sich kaum verändert, trug die Haare noch immer kurz, dazu die strenge Brille.

»Herr Wechsler, es freut mich, Sie wiederzusehen. Ich hoffe, es geht Ihnen gut. Wie lange ist es jetzt her, fünf Jahre?«

Sie führte ihn in ein kleines Büro und bot ihm einen Platz an.

»Beim letzten Mal haben wir uns in Ihrer Kanzlei in Schöneberg gesehen.«

Sie lächelte. »Dort arbeite ich noch immer, verbringe aber zunehmend Zeit hier in der Wiesenstraße.« Ihr Gesicht wurde ernst. »Wir haben finanzielle Probleme, die Stadtverwaltung musste einspringen. Dadurch hat die Polizei jetzt Zutritt zum Asyl, das war früher untersagt. Viele, die hier Zuflucht suchen, fürchten sich vor der Polizei und haben das Asyl immer als geschützten Raum betrachtet. Das ist jetzt vorbei, alle Männer müssen namentlich registriert werden.«

»Wie kam es zu den finanziellen Sorgen?«, fragte Leo.

Sie zuckte mit den Schultern. »Unser Asyl galt zwar schon bei seiner Gründung im vergangenen Jahrhundert als besonders fortschrittlich, aber seit dem Krieg wurden die Spenden immer weniger; zudem wollen manche Menschen kein Geld an Juden geben. Das Asyl wird ja seit zwei Jahren von der jüdischen Gemeinde betrieben.«

»Das tut mir leid«, sagte er aufrichtig. »Es gibt so viele, die keine Wohnung haben. Ich war neulich in der Fröbelstraße, die sind jede Nacht voll belegt.«

»Genau wie wir. Ich weiß nicht, wie lange wir noch durchhalten. Jeder Tag, den wir geöffnet bleiben, ist ein kleiner Sieg. Aber lassen wir meine Sorgen. Was kann ich für Sie tun?«

»Ich muss dringend mit August Friese sprechen. Draußen konnte ich ihn nicht entdecken.«

»Tatsächlich? Gestern stand er als Erster vor der Tür, obwohl er seinen Platz sicher hat.« Sie sah auf die Uhr. »Es kann nicht mehr lange dauern. Möchten Sie sich bis dahin die Einrichtung anschauen?«

»Gern«, sagte Leo. Die Orte, die am Rande der Gesellschaft lagen, an denen die Menschen im Schatten lebten, musste er als Polizeibeamter besonders genau kennen. Und als Mensch.

Es gab einen Waschraum mit peinlich sauberen Fliesen, dessen Wände von Becken gesaumt waren, dazu einen Tisch, auf dem frische Handtücher gestapelt waren. Auch ein Badesaal war vorhanden, ebenfalls tadellos sauber und aufgeräumt.

»Viele, die das erste Mal herkommen, haben seit Jahren nicht gebadet«, sagte Grete Meyer. »Es ist nicht nur eine Frage der Hygiene, sondern auch der Würde.«

Sie führte Leo in die lange Speisehalle, in der schon die Tische gedeckt waren. Suppenschalen, dazu Brotkörbe, alles wirkte einfach und solide.

»Abends gibt es Suppe, morgens Brot und Kaffee.«

Sie öffnete eine der zahlreichen Türen, die von der Speisehalle abgingen. Ein Schlafraum mit eisernen Bettgestellen, ordentlich aufgereiht und mit sauberem Bettzeug versehen. »Alle Räume, in denen sich die Männer aufhalten, werden täglich geputzt, das hat Rudolf Virchow damals so verfügt. Wir haben eine eigene Wäscherei für Handtücher und Bettwäsche. Aufs Lüften wird großer Wert gelegt. Wir haben vierzehn Schlafsäle für jeweils fünfzig Männer.«

Siebenhundert Menschen, die auf der Straße schlafen müssten, wenn die Wiesenburg irgendwann die Tore schloss. »Ich bin beeindruckt.«

Sie lächelte. »Danke, aber wir sind nur noch ein schwaches Abbild dessen, was sich die Gründer vorgestellt hatten. Hier sollte jeder Aufnahme finden, ohne sich für seine Lage rechtfertigen zu müssen. Bis heute fragen wir nicht, wieso ein Mann in diese Not geraten ist und ob es seine Schuld war. Wir fragen nicht nach Vorstrafen, auch wenn wir die Polizei hereinlassen müssen, wenn sie jemanden sucht.« Sie gingen langsam zum Verwaltungstrakt zurück. »Man hat das Asyl schon im letzten Jahrhundert als ›jüdisch rotes Haus‹ bezeichnet, weil viele Gründer Juden waren, als Brutstätte des Verbrechens. Und die Menschen, die herkamen, als Faulpelze und Drückeberger beschimpft. Aber wir sind immer noch hier.«

Sie traten vor die Eingangstür. Die Warteschlange reichte inzwischen bis zur Wiesenstraße, und es war ein bisschen unruhiger geworden, weil die Öffnung kurz bevorstand.

Leo ging an der Reihe entlang und musterte die Männer. Manche beäugten ihn misstrauisch, sie schienen zu ahnen, dass er Polizist war. Am Ende machte er kehrt und nahm die Schlange von der anderen Seite in Augenschein, doch August Friese war nicht dabei.

Grete Meyer wartete an der Tür auf ihn. »Nicht gefunden? Vielleicht ist er aufgehalten worden.«

Vielleicht, aber was sollte einen Mann aufhalten, der weder Arbeit noch Familie hatte?

»Warten Sie.« Vor der Tür des Männerasyls stand ein Mitarbeiter in Kittel und Mütze. Frau Meyer sprach kurz mit ihm, worauf der Mann mit den Schultern zuckte. Sie wollte schon zu Leo zurückgehen, als ein junger Bursche, der vorn in der Schlange wartete, die Hand hob und sie ansprach.

Sie winkte Leo zu sich.

»Ick hab jehört, was Sie jefragt haben«, sagte der junge Mann. »Wejen dem Aujust.«

»Sie kennen ihn also?«, fragte Leo. »Wissen Sie, wo er ist?«

Der junge Mann nahm die Schirmmütze ab. »Wir haben zwee Nächte im selben Saal jeschlafen. Den Aujust hatten se verhaftet und dann herjebracht, weil er een wichtjer Zeuje ist. Dit hat er mir jesacht.«

Leo seufzte ungeduldig. »Gut, und weiter?«

Der junge Mann holte tief Luft, als bereite er eine große Enthüllung vor. »Und dann hab ick heute Morjen dit Auto jesehn.«

»Welches Auto?«

»Der Aujust ist los, die Wiesenstraße lang. Ick war hinter ihm, hatte mir noch 'ne Schrippe jemopst, und da hab ick jesehn, wie so 'n schwarzet Auto neben ihm jehalten hat. Da saß eener drin, der hat mit dem Aujust jesprochen.«

»Konnten Sie den Mann erkennen?«, unterbrach ihn Leo.

»Nee. Aba der hat 'ne Mütze uffjehabt, schwarz, mit Schirm. Wie 'n Schofför. Aba dit Jesicht konnt ick nicht erkennen.«

Leo notierte sich die Angaben. »Was für ein Auto war das?«

Der Mann lachte und kniff ein Auge zu. »Seh ick aus wie eener, der Autos kennt? Ick bin mein Leben lang jeloofen.«

Welche Verbindung mochte es zwischen Friese und diesem Mann geben? »Gut, aber ein bisschen mehr haben Sie doch sicher gesehen, Herr …?«

»Haase, Herr Kommissar, Friedrich Haase. Na ja, teuer, würd ick sagen, teurer Schlitten, poliert, so jlänzend und jroß. Der Aujust wollt nich mit dem reden, ist schneller jejangen, fast jerannt ist der. Aber dit Auto ist neben ihm herjerollt, so am Trottoir entlang. Plötzlich ist der Aujust nach links jerannt, weg von der Straße, zur Panke hin. Ick hab ihn nich mehr jesehn. Dit Auto ist dann wegjefahren.«

Leo sah ihn eindringlich an. »Herr Haase, das ist eine sehr wichtige Aussage. Möglicherweise müssen wir Sie noch einmal vernehmen.« Er gab dem Mann seine Visitenkarte. »Falls Ihnen noch etwas einfällt oder Sie Friese anderswo als im Asyl begegnen, rufen Sie diese Nummer an oder kommen selbst ins Präsidium.«

»Jawoll, Herr Kommissar.« Ein schlauer Zug trat in Haases Gesicht. »Jibt et ooch 'ne Belohnung?«

Grete Meyer wollte ihn ärgerlich zurechtweisen, doch Leo beschwichtigte sie. »Ich nehme an, Herr Haase wird seine Bürgerpflicht tun, auch wenn man ihn nicht dafür bezahlt.«

Der Mann schluckte. »Ja, Herr Kommissar.«

Leo dankte ihm und trat von der Schlange weg. Grete Meyer folgte ihm besorgt. »Was hat das zu bedeuten?«

»Das weiß ich noch nicht. Aber ich befürchte, wir werden heute vergeblich auf Herrn Friese warten.«

23

Freitag, 23. November 1928

»Hitze, Herzbeschwerden, gesundheitlich nicht im besten Zustand«, zitierte Jakob Sonnenschein aus den Notizen, die er sich im Ullstein-Archiv zum Todesfall Brüder gemacht hatte. Der Artikel war in der *Vossischen* erschienen.

Neufeld deutete auf eine Aktenmappe. »Das ist korrekt, ich habe den Obduktionsbericht gelesen. Es gab keinerlei Hinweise auf Fremdverschulden, keine Abwehrverletzungen, keine Spur eines Schlags, der ihn betäubt haben könnte, bevor er ins Wasser gelangte.«

»Das klingt mir zu neutral. Was ist denn mit den anderen Blättern – *Tempo*, *B. Z. am Mittag*, wie haben die berichtet?«, fragte Leo, der sich nicht so leicht geschlagen geben wollte.

Sonnenschein blätterte in seinen Unterlagen. »Die *Tempo* gibt es erst seit dem 11. September, darum findet sich dort nur ein kleinerer Artikel auf der letzten Seite. Über die Trauerfeier.« Er überflog seine stenographierten Notizen. »Brüder wurde auf dem Dorotheenstädtischen Friedhof beigesetzt, dort gibt es ein Familiengrab. Hugenberg war persönlich zugegen, große Bestürzung in Wirtschaft und Politik, die Witwe brach am Grab zusammen.« Er schaute hoch. »Nichts, was auf etwas anderes als einen Unfall hindeutet. Die *B. Z.* berichtet kritisch. ›Wie ein Spinnennetz überzieht Hugenbergs Imperium die Republik, und Brüder hat entscheidend daran mitgewoben, seine Seile sind fein und unzerstörbar zugleich.‹«

Leo nickte. »Das stimmt. Brüder war Direktor der Zentralstelle der Redaktionen, das ist eine entscheidende Position in Hugenbergs Imperium.«

»Da wäre noch etwas, das mir wichtig erscheint«, sagte Sonnenschein. »Der Archivar erwähnte, Graf habe sich kurz vor seinem Tod dieselben Unterlagen angesehen wie ich. Wir können also davon ausgehen, dass er über Brüder recherchiert hat.«

»Wann genau war er im Archiv?«

»Am 29. Oktober, drei Tage nach der Begegnung mit Friese.«

Leo spürte, wie sein Puls schneller ging. »Das kann kein Zufall sein. Angenommen, Graf trifft Friese, der erzählt ihm etwas, das Marold verdächtig erscheinen lässt. Graf recherchiert über Brüder und stellt Marold bei Horcher zur Rede, worauf der ihn hinauswerfen lässt. Kurz danach stürzt Graf vom Dach. Friese wird, nachdem er Kontakt zur Polizei hatte, von einem Unbekannten in einem schwarzen Auto angesprochen und taucht unter.«

Das Telefon riss sie aus ihren Überlegungen. Es war Grete Meyer, und sie hatte schlechte Neuigkeiten.

Als er in dem Keller in der Franklinstraße erwachte, wusste August Friese zuerst nicht, wo er war. Es roch nach Pisse und feuchtem Stein, und seine Zähne schlugen aufeinander, weil über Nacht die Feuchtigkeit tief in seine Kleider gedrungen war. Die verschlissene Decke half auch nicht viel. Er schob sich an der Wand hoch; als der Mantelstoff darüberschabte, rieselte Putz zu Boden. Durch ein kleines

Fenster ohne Scheibe drang trübes Tageslicht. Jetzt konnte er auch die schadhaften Stufen erkennen, die aus dem Keller führten.

War die Wiesenburg nur ein schöner Traum gewesen? Die herzhafte Suppe, die Waschräume, das saubere Bett? Er rieb sich heftig das Gesicht, als könnte er die Spinnweben der Nacht vertreiben.

Und dann fiel es ihm ein. Der Mann mit der Mütze, das schwarze Auto, die Drohung, der Polizei erfundene Geschichten über ihn zu erzählen …

Friese hatte den Mann noch nie gesehen. Woher wusste der, dass er in der Wiesenburg geschlafen hatte? Warum spionierte er ihm nach? Er war doch keine Gefahr, nur ein armes Schwein, ohne Arbeit, ohne Wohnung.

Die nasse Kälte wurde unerträglich. Friese rappelte sich mühsam auf, streckte die schmerzenden Beine aus. Alles tat ihm weh, er musste verkrampft dagelegen haben, eingerollt, um die letzte kostbare Wärme seines Körpers zu bewahren. Mit blau verfärbten Händen klopfte er sich Dreck und feuchte Erde von der Kleidung, faltete die Decke und warf sie in die Ecke.

Dann stand er mit hängenden Armen da und wusste nicht, wohin. Wenn er essen wollte, musste er stehlen oder betteln.

Er trat in den Hof, schaute sich vorsichtig nach allen Seiten um. Auf dem Gelände wucherten Sträucher, dazwischen türmten sich Haufen alter Ziegelsteine. Die Mauer zur Straße war stellenweise eingestürzt, das Tor hing schief in den Angeln. Ein Schauer überlief ihn, und er kroch förmlich in seinen Mantel hinein, der nicht ganz so feucht war wie die übrige Kleidung.

Er lehnte sich gegen die Mauer und überlegte, was er tun sollte. Zur Polizei gehen? Die waren ganz anständig zu ihm gewesen. Und warum hätte er Graf was antun sollen, der ihm doch helfen wollte? Er machte einen Schritt zur Straße hin, fast schon entschlossen, aufs nächste Revier zu gehen, damit die den Kommissar am Alexanderplatz anriefen. Er könnte heute Abend in die Wiesenburg zurück, essen, duschen, warm und trocken schlafen.

Dann sah er wieder den schwarzen Wagen vor sich, den Mann mit der Mütze ... und hielt inne.

Der Mann hatte gedroht, der Polizei eine Geschichte zu erzählen, die nicht stimmte. Wenn die dem nun glaubten? Er hatte wie ein feiner Pinkel geredet ... Ihn, Friese, würden sie verhaften, diesmal wegen Mordes, und dann säße er im Gefängnis und bekäme nie wieder Arbeit, selbst wenn irgendwann herauskam, dass alles gelogen war.

Nein, er musste untertauchen, in seinem Keller bleiben, auch wenn er sich den Rheumatismus und die Motten holte.

Erst aber musste er sich was zu essen besorgen, ihm war schon ganz flau im Magen. Er klopfte noch einmal den Mantel ab und trat auf die Franklinstraße.

»Kennen wir uns nicht?«

Eine Frauenstimme, freundlich und ein bisschen verwundert. Er drehte sich um. Die Frau kam langsam näher und sah ihn fragend an. »Ich arbeite in der Lohnbuchhaltung bei Siemens-Schuckert. Sie waren auch mal dort, richtig?«

Jetzt fiel es ihm ein. Die nette Kleine, die immer ein Blumensträußchen auf dem Tisch hatte. Er hatte sie mal drauf angesprochen. Das stimme sie jeden Tag froh bei der Arbeit, hatte sie gesagt.

»Ja. August Friese.« Er schaute beschämt auf seine abgestoßenen Schuhe, unter deren Sohlen der Dreck des Kellers klebte. Er hatte keinen Sinn, sie zu belügen. »Die haben mich entlassen.«

»Das tut mir leid«, sagte die Frau spontan und hielt inne, die Hand an der Manteltasche. »Haben Sie schon was Neues?«

Er schüttelte den Kopf. »Ist schwer ohne Zeugnis.«

Sie schaute von ihm zu dem verlassenen Fabrikgelände. Dann zog sie das Portemonnaie hervor und reichte ihm eine Mark. Die Münze glänzte in ihrer Handfläche, lockte und stieß ihn doch ab. Sie standen einander gegenüber, reglos, während ein Lastwagen an ihnen vorbeirollte und den Gehweg erzittern ließ. Scham und Gier kämpften in ihm. Er war heute kurz davor gewesen, auf der Straße zu betteln, und nun bot man ihm ein Almosen an, das ihn über den Tag rettete. Vielleicht reichte es bis morgen. Aber die Frau kannte ihn, und das machte es so schwer.

Schließlich streckte er die Hand aus und nahm das Geld. »Danke. Ich danke Ihnen sehr.«

»Viel Glück.« Sie eilte davon, als wollte sie das Unerträgliche nicht unnötig ausdehnen.

Man hatte August Friese erneut zur Fahndung ausgeschrieben, es würde noch heute in den Abendzeitungen stehen.

Leo hatte es sofort veranlasst, nachdem er von Grete Meyer erfahren hatte, dass Friese letzte Nacht nicht in die Wiesenburg zurückgekommen war. Es konnte nur mit dem Mann im schwarzen Wagen zusammenhängen. Warum hatte er es auf Friese abgesehen? Und womit hatte er ihn unter Druck gesetzt?

Hätte er Friese mit Geld bestochen, hätte Haase es bemerkt. Aber die Männer waren einander nicht nahe genug gekommen, dass Geld den Besitzer hätte wechseln können. Und dass Friese weggerannt war, ließ eher auf eine Drohung als auf Schweigegeld schließen.

Leo war sich sicher, dass die Vorfälle mit Graf zusammenhingen. Aber sie mussten mit Friese sprechen, sonst kamen sie nicht weiter. Dann fiel ihm etwas ein. Er blätterte in der Aussage – da war die Stelle: »Ich schlaf manchmal in einem Keller in der Franklinstraße. Wo die Fabriken sind. Ganz allein. Hab früher da gearbeitet, daher kenn ich die Gegend.«

Leo ging ins Nebenzimmer. »Jakob, Hasselmann, ihr fahrt in die Franklinstraße. Da gibt es einen Keller, in dem Friese gelegentlich übernachtet.«

Hasselmann räusperte sich. »Auf der Helmholtz-Insel gibt es ganz schön viele Keller.«

»Aber die meisten werden genutzt«, warf Sonnenschein ein. »Wenn ein Obdachloser dort übernachtet, dürfte es ein verlassener Keller sein. Da fällt mir etwas ein – ich war doch neulich bei Siemens-Schuckert, da bin ich an einem verwilderten Grundstück vorbeigekommen. Ehemalige Fabrik, alles voller Unkraut, eingestürzte Mauern. Da sollten wir uns umsehen.«

Sein Kollege nickte. »Gut, fahren wir.«

Als sie weg waren, sagte Leo zu Neufeld: »So, und jetzt zu Brüder. Was wissen wir über ihn?«

Neufeld breitete die Ordner und Mappen auf dem Tisch aus. »Reinhold Brüder, geboren 1863 in Stettin, studierte Jura in Heidelberg und arbeitete danach als Jurist für verschiedene Großkonzerne, wodurch er die Bekanntschaft Hugenbergs machte. Er trat gleich nach der Gründung 1918 in die DNVP ein. Hugenberg bot ihm die Leitung der Zentralstelle der Redaktionen an, da Brüder beste Verbindungen in die Schwerindustrie besaß und dafür sorgte, dass deren Interessen ganz in Hugenbergs Sinn in den Zeitungen des Verlags vertreten wurden. Er war verheiratet, zwei Söhne, eine Tochter, geordnete Familienverhältnisse. Haus im Grunewald – und natürlich das Wochenendhaus am Schlachtensee.«

»War das allgemein bekannt?«, fragte Leo.

»Ja, zumindest bei Familie und Freundeskreis. Es diente Brüder als eine Art Rückzugsort, Feste wurden in der Villa der Familie gefeiert. Aber das Wochenendhaus war kein Geheimnis.« Neufeld deutete auf den Artikel aus der *Vossischen.* »Der fasst es gut zusammen, wie Sonnenschein schon sagte. Es gab keine Hinweise auf ein Fremdverschulden, niemand hatte am Haus oder auf dem See etwas Verdächtiges bemerkt, wobei man bedenken muss, dass die Stelle recht abgelegen ist. Brüder wurde nicht niedergeschlagen oder in irgendeiner Weise betäubt. Keine Spuren einer Fesselung.«

»Und dennoch …«

»Und dennoch deutet alles darauf hin, dass Grafs Tod mit diesem Unglücksfall zusammenhängt.«

»Wurde Clemens Marold damals vernommen?«

»Nein, dazu bestand kein Anlass. Man konzentrierte sich bei den Befragungen auf die Familie und enge Mitarbeiter. Alle sagten übereinstimmend aus, Brüder habe sich wie immer verhalten, es habe keine privaten oder beruflichen Probleme gegeben. Er litt an hohem Blutdruck und hatte Herzprobleme, ließ sich aber nicht von seinen üblichen Tätigkeiten abhalten. Die Kollegen haben keine Hinweise auf einen Selbstmord gefunden.«

Leo seufzte. »Ohne Friese kommen wir nicht weiter. Wie es scheint, hat sich Graf erst für Marold interessiert, nachdem er mit Friese gesprochen hatte. Er war kein politischer Redakteur, der das Tagesgeschehen kommentierte – er deckte Dinge auf, brachte Enthüllungen. Das war sein Geschäft.

Um über Marolds Beförderung oder seine Position im Hugenberg-Konzern zu schreiben, hätte er nicht die Szene bei Horcher machen müssen. Ihm ging es um etwas anderes. Vielleicht rechnete er gar nicht mit einer Antwort und wollte nur sehen, wie Marold reagierte. Daraus hat er dann seine Schlüsse gezogen.«

»Wir brauchen die Frau. Wie wäre es mit einer Phantomzeichnung?«

»Veranlassen Sie das für morgen, Schmidt soll hinfahren. Und rufen Sie bei Horcher an, damit sich die beiden Kellner vormittags bereithalten. Noch etwas – fragen Sie diesen Musiker, ob Graf je den Namen Marold erwähnt hat.«

Jette Klammroth hatte sich an diesem Tag krankgemeldet, was auch nicht ganz gelogen war. Sie hatte schlecht geschlafen, beim Aufstehen waren Kopfschmerzen hinzugekommen.

Nun lief sie ruhelos auf und ab, soweit dies bei einem Zimmer mit Kochecke, Flur und Bad möglich war. Sie hatte die Wohnung vor zwei Jahren gemietet, ohne lange zu überlegen, weil sie ein eigenes Bad hatte. Es war ein Luxus, auf den sie immer hingearbeitet hatte. Sie hatte es sich nett gemacht – rosa Vorleger auf dem Boden, eine Vase mit Trockenblumen auf dem Fenstersims, hübsche Handtücher aus dem KaDeWe.

Auch das Zimmer, in dem sie wohnte und schlief, war sorgfältig eingerichtet. Sie hatte lieber gute gebrauchte Möbel gekauft als billige neue, dazu gab es einige Erinnerungsstücke an ihre Großmutter. Diese dreißig Quadratmeter waren ihre Welt, in die sie nur selten Fremde ließ.

Als Clemens das erste Mal hier gewesen war, hatte er sich staunend umgesehen. »So viel Jette auf so wenig Platz.« Das hatte sie glücklich gemacht, auch wenn in seinen Worten die Frage mitschwang, wie man es in solch beengten Verhältnissen aushielt.

Er ahnte ja nicht, wie sie aufgewachsen war, mit den Eltern und ihrem Bruder Helmut in der kleinen Wohnung in Stahnsdorf, in der sie kein eigenes Zimmer hatte, in das sie sich zurückziehen konnte. Mit einer Blechbadewanne in der Küche und der Toilette auf halber Treppe. Beim Abendessen hatten Helmut und Vater über Politik geredet, Helmut oft in seiner Uniform, die Mütze am Band über den Stuhl gehängt. Jette hatte zugehört, alles in sich aufgenommen, wie sie von einem besseren Leben sprachen und dass es mit Deutschland wieder aufwärtsgehen müsse. Es hatte ihr gefallen, aber wenn sie etwas dazu sagen wollte, schauten die beiden sie nur mitleidig an oder fuhren ihr über den Mund.

Jedenfalls hatten sie und Clemens sich danach meist bei ihm getroffen oder waren ausgegangen, doch die Worte »so viel Jette« hatte sie nie vergessen.

Heute aber hatte sie keinen Blick für ihre Wohnung. Die Enge in der Brust, die sie seit Tagen spürte, war seit gestern noch stärker geworden. Es war, als steckte sie in einer Schraubzwinge, die ihr die Luft zum Atmen nahm.

Dieser überraschende Auftritt der Neumann in ihrem Büro. Sie schreibe über Frauen und die NSDAP. Schon da hatte sich ihr Herzschlag beschleunigt. Als die Neumann dann behauptete, ein Kollege habe Jette im Sportpalast gesehen, musste sie sich mühsam zusammenreißen. Irgendwie hatte sie es abgebogen, von einer Verwechslung gesprochen, und die Neumann schien es zu glauben und hatte erklärt, sie wolle ihrem Kollegen den Marsch blasen.

Gestern Abend nach der Arbeit hatte Jette zu Clemens fahren wollen, doch er hatte ihr wieder abgesagt. Hatte sie im Büro angerufen und gesagt, er habe keine Zeit. Dabei gab es so viel zu besprechen.

Sie war früh ins Bett gegangen, hatte sich darin verkrochen, dann aber doch nicht geschlafen. Sie hatte wachgelegen und die Szene wieder und wieder vor sich ablaufen lassen. Hatte die Löcher in den Geschichten erkannt – Neumanns und ihrer eigenen.

Denn Hedy Neumann schrieb nicht über Politik, sondern übers Theater. Also war der Artikel nur ein Vorwand gewesen. Was aber steckte dahinter? War die Neumann eifersüchtig? Jette hätte beinahe gelacht. Hugo Behrendt war ihr herzlich egal, aber das konnte sie schlecht eingestehen.

Doch sie hatte sich in eine unangenehme Lage manövriert. Wenn der Kollege sagte, er habe sie im Sportpalast gesehen, war das die Wahrheit. Und wem würde die Neumann wohl eher glauben?

Jette ließ sich auf die Sesselkante fallen und vergrub den Kopf in den Händen. Nicht dass sie sich für ihre Ansichten geschämt hätte, ganz und gar nicht. Sie hatte Helmut und dem Vater zeigen wollen, dass auch sie als Frau etwas erreichen konnte. Also hatte sie nach der Schule zunächst Stenographie und Maschineschreiben gelernt, statt in die Fabrik zu gehen, und eine Stelle als Stenotypistin in einer kleinen Zeitungsredaktion des Scherl Verlags gefunden. Sie hatte sich Bücher besorgt und viel über Politik gelesen. Und dort war sie auch Clemens Marold begegnet.

Als sie zum ersten Mal ganz impulsiv zu einer Versammlung der Nationalsozialisten gegangen war, hatte sie dort etwas gespürt, ein inneres Feuer, das sich in ihrem ganzen Körper ausgebreitet hatte. Diese Leute sprachen nicht vom trüben Alltag, was man verdiente, wie viel die Miete kostete, warum die Elektrische Verspätung hatte – nein, ihnen ging es um etwas Höheres, um die Zukunft, um ein besseres Deutschland, um das, was man beseitigen musste, um ans Ziel zu gelangen.

Kurz darauf war Jette Parteimitglied geworden. Das Gesicht ihres Vaters, als sie ihm ihre Mitgliedskarte zeigte, würde sie nie vergessen. Eines Tages hatte sie nach einer Versammlung ein Mann angesprochen und sich als Clausner vorgestellt. Er arbeite bei Ullstein und habe gehört, im Buchverlag sei eine Stelle für eine Schreibkraft frei. Ob sie sich nicht dort bewerben wolle, sie habe doch Erfahrung in der Branche.

Er hatte ihr anvertraut, dass es bei Ullstein eine geheime Betriebszelle der Partei gab, noch klein, aber sie würde wachsen. Im Buchverlag habe man noch niemanden, und sollte sie die Stelle bekommen, würde man sie gern in diese Zelle holen. Sie müsse nichts tun, außer Augen und Ohren offenzuhalten und bei gelegentlichen Treffen zu berichten. Sie würden sich bereithalten, bis der Tag gekommen sei, an dem die Bewegung die Macht übernähme.

Jette hatte ja gesagt, sich beworben und die Stelle tatsächlich bekommen. Sie war besser bezahlt als ihre frühere, und sie hatte sich in die Arbeit gestürzt und war bald von der Schreibkraft zur Verlagsassistentin aufgestiegen. In ihrer Freizeit war sie weiter zu den Versammlungen gegangen, ohne dass jemand im Verlag von ihrem politischen Leben wusste.

Doch nun hatte sie einen Fehler begangen, der womöglich Folgen für sie haben konnte. Mit ihrer Lüge hatte sie Argwohn geweckt, aus Argwohn konnte Misstrauen werden, die Polizei ging im Verlag ein und aus, weil der Fall Graf noch nicht aufgeklärt war …

Sie stand auf, zog Hut und Mantel an und verließ die

Wohnung. An der nächsten Ecke gab es ein Telefonhäuschen. Sie *musste* mit Clemens sprechen.

Und gleich danach würde sie Clausner anrufen und ihm sagen, dass sie die Geschichte mit Hugo Behrendt beenden würde. Er und Hedy Neumann waren befreundet, es war ihr einfach zu gefährlich.

24

Das Industriegebiet auf der Helmholtz-Insel war weitläufig. Tatsächlich hätten Sonnenschein und Hasselmann nach der Stecknadel im Heuhaufen gesucht, wäre da nicht das verlassene Grundstück gewesen, das Sonnenschein beim letzten Besuch aufgefallen war. An der Mauer hing noch ein Schild – *August Kraft Maschinenfabrik* –, doch die Firma hatte die Inflation nicht überstanden. Das Gelände war seit Jahren verlassen, nach der Höhe der Büsche und jungen Bäume zu urteilen, die sich überall ausgebreitet hatten. Die Fenster des Backsteinbaus waren zerbrochen, die Metallstreben rötlichbraun vom Rost. Sie traten durch das Tor, das schief in den Angeln hing und nichts mehr zu schützen hatte.

Auf dem Boden lagen Scherben, zerknülltes Papier, eine leere Schachtel Fromms Act. Es herrschte Stille, hier war nichts davon zu erahnen, dass nur einige Meter weiter Maschinen liefen und Lastwagen fuhren. Sie trennten sich und gingen in entgegengesetzten Richtungen ums Gebäude. Als Sonnenschein um die Ecke bog, bemerkte er eine Tür, zu der Betonstufen hinunterführten. Sie waren mit nassem Laub bedeckt, und er griff unwillkürlich nach dem rostigen Geländer, um nicht auszurutschen.

Unten stieß er die Tür auf, die quietschend nach innen schwang. Er zog seine Taschenlampe hervor und leuchtete in den Raum. Eine alte Holzbank, einige Regale, Scherben auf dem Boden, feuchtkalt. Dann fiel der Strahl auf etwas in einer Ecke, und er trat näher.

Eine gefaltete Decke, feucht wie alles in dem Keller. Sie bewies nur, dass hier jemand übernachtete, aber ob es Friese war?

Er hörte Hasselmanns Stimme von draußen und machte kehrt, blieb unten an der Treppe stehen und schaute zu seinem Kollegen hoch.

»Hier ist ein Keller, ich habe eine Decke gefunden.«

»Sonst nichts?«

Sonnenschein schüttelte den Kopf und hielt Hasselmann die Taschenlampe hin. »Vier Augen sehen mehr.«

Der Kollege fand auch nichts. Sie stiegen wieder nach oben. »Ich bin ja beinahe froh, dass wir ihn nicht gefunden haben«, sagte Hasselmann.

Sonnenschein sah ihn fragend an.

»Na ja, beim letzten Mal hatten wir Friese gerade zur Fahndung ausgerufen, da wurde er verhaftet. Dann wieder freigelassen. Wenn uns das noch mal passiert, stehen wir dumm da. Und die Presse hat uns sowieso auf dem Kieker.«

Hasselmann hatte nicht unrecht, aber Sonnenschein musste widersprechen. Leo Wechsler war von der Presse persönlich angegriffen worden, und er verspürte den Drang, ihn in Schutz zu nehmen, selbst wenn der Chef das nicht nötig hatte.

»Wir sind alle zusammen verantwortlich«, sagte er, als sie in Richtung Tor gingen. »Es sind Dinge an die Presse durchgesickert.«

»Aber nicht von uns«, sagte Hasselmann entrüstet. »Das muss vom Polizeiamt 2 gekommen sein. Vielleicht von Walther?«

Sonnenschein missfiel die Wendung, die das Gespräch genommen hatte. Es lag ihm nicht, hinter ihrem Rücken über

Kollegen zu reden, darum sagte er knapp: »Fahren wir zurück ins Präsidium.«

Leo war noch einmal in die Kochstraße gefahren. Der Portier Altenburg legte salutierend die Hand an die Mütze. Leo quittierte es mit einem freundlichen Nicken und nahm die Treppe zur Redaktion der *B. Z. am Mittag*. Falls er sich erhofft hatte, dass es nach Redaktionsschluss ein bisschen ruhiger wäre, wurde er enttäuscht. Es klingelte und klapperte, das Stimmengewirr war so laut wie immer, und über allem waberte blauer Zigarettenrauch. Alle waren so beschäftigt, dass ihn niemand zur Kenntnis nahm, als er an Ernst Wallenbergs Tür klopfte.

Wallenberg erhob sich und gab ihm die Hand.

»Herr Oberkommissar, bitte nehmen Sie Platz. Gibt es Fortschritte bei den Ermittlungen?« Sein besorgtes Interesse klang vollkommen aufrichtig. Wie es schien, hatte ihm tatsächlich viel an seinem exzentrischen Reporter gelegen.

Leo schlug die Beine übereinander und sah ihn forschend an. »Ich kann keine Details nennen, aber wir verfolgen einige Spuren. Eine davon führt mich zu Ihnen.«

»Nur zu, wenn ich helfen kann.«

»Wussten Sie, dass Moritz Graf sich für Reinhold Brüders Tod interessiert hat?«

Wallenberg sah ihn überrascht an und legte die Zigarre in den Aschenbecher. »Brüder? Aber das war ein Unglücksfall, er ist in einem See ertrunken, wenn ich mich recht entsinne. Was hatte Graf damit zu schaffen?«

»Das wissen wir noch nicht. Ich hatte gehofft, Sie könnten mir etwas darüber sagen.«

Der Chefredakteur räusperte sich leicht verlegen. »Graf genoss bei mir eine gewisse Narrenfreiheit. Wenn er einer interessanten Geschichte auf der Spur war, merkte man es ihm zwar an, er wurde ganz kribbelig und rauchte mehr als sonst, aber er redete nicht darüber. Das führte immer wieder zu Auseinandersetzungen zwischen uns. Ich habe ihm gesagt, ich kann keine Zeitung führen, wenn ich nicht weiß, woran meine Leute arbeiten. Dann hat er mich nur angesehen und ›Mosse‹ gesagt. Was so viel hieß wie, ich kann auch woanders schreiben. Also habe ich ihm seinen Willen gelassen, und er hat mich nie enttäuscht.«

Leo nickte. »Da wäre noch etwas – kurz vor seinem Tod hat Graf bei Horcher Clemens Marold konfrontiert und ihm Fragen gestellt, nachdem er mehrmals vergeblich versucht hatte, ihn telefonisch zu erreichen. Marold fühlte sich belästigt und ließ ihn hinauswerfen.«

»Das ist ja nicht zu fassen«, sagte Wallenberg. Auf seiner Stirn trat eine Ader hervor. »Hing das mit der Geschichte zusammen, an der er arbeitete? Was wollte er von Marold?«

Leo sah ihn prüfend an. »Wir vermuten, es könnte mit dem Fall Brüder zu tun haben.«

Wallenberg beugte sich vor und verschränkte die Hände auf der Tischplatte. »Marold ist Brüders Nachfolger.«

»Dessen bin ich mir bewusst. Was können Sie mir über ihn sagen?«

»Ich bin ihm nur ein paarmal gesellschaftlich begegnet«, antwortete Wallenberg. »Es heißt, er sei ehrgeizig, was ja kein Charakterfehler ist. Er stammt aus wohlhabendem Hause, der Vater war General der Reichswehr. Er unterhält beste Beziehungen zur Politik. Niemand in der Branche war überrascht, als er Brüders Nachfolge antrat. Man sagt ihm eine große Nähe zu Hugenberg nach, er ist also in jeder Hinsicht in Brüders Fußstapfen getreten.«

»Haben Sie je über ihn berichtet?«

Wallenberg zuckte mit den Schultern. »Es gab bisher keinen Anlass, über ihn zu schreiben, er ist kein Mensch, der die Öffentlichkeit sucht. Marold lenkt die Redaktionen aus dem Hintergrund und bestimmt das Gesamtbild der Berichterstattung.«

»Das alles bringt uns keinen Schritt näher an die Geschichte, der Graf auf der Spur war«, sagte Leo mehr zu sich selbst als zu seinem Gegenüber.

»Es beschämt mich, dass ich Ihnen nicht sagen kann, was es war, Herr Oberkommissar.«

Leo erhob sich. »Ich möchte noch einmal Ihre Mitarbeiter befragen, vielleicht hat er doch einmal etwas fallen lassen.«

Wallenberg nickte. »Sie haben freie Hand. Grafs Tod liegt wie ein Schatten über dem ganzen Haus. Wir alle möchten, dass sein Mörder gefasst wird.«

Sie stellte sich gegenüber unter ein Vordach, um sich vor dem Regen zu schützen. Sie musste Clemens abpassen, wenn er nach Hause kam, etwas anderes blieb ihr nicht übrig. Freitags machte er früher Feierabend, sie hatten sich mehr als einmal um diese Zeit getroffen. Jette hatte immer wieder versucht, ihn anzurufen, doch er hatte sich von seiner Sekretärin verleugnen lassen. Egal, sie würde hier stehen bleiben, und wenn es Stunden dauerte. Sie musste mit ihm sprechen.

Wenn sie den Zeitungen glaubte, kamen die Ermittler nicht recht voran. Es hatte eine Verwirrung um einen Obdachlosen gegeben, der verhaftet und wieder freigelassen worden war. Nun konzentrierten sie sich wohl auf Grafs Arbeitsplatz. Sie fürchtete, Hedy Neumann könnte Hugo oder der Polizei gegenüber die Sache mit dem Sportpalast erwähnen. Es hatte nichts mit dem Fall Graf zu tun, aber wer log, machte sich verdächtig.

Clausner war am Telefon sehr kurz angebunden gewesen, als sie ihm erklären wollte, dass sie den Kontakt zu Behrendt beenden müsse. Sie solle ihn gefälligst nicht im Büro anrufen. Damit hatte er abrupt aufgelegt.

Sie zog den Mantel noch enger und sah auf die Uhr. Schon fünf. Clemens müsste längst hier sein. Sie trat von einem Fuß auf den anderen und wünschte sich, sie würde rauchen, weil sie dann wenigstens ihre Hände beschäftigen könnte.

Jetzt fuhr ein Wagen vor, Reifen zischten auf nassem Asphalt, die Tür wurde vom Chauffeur aufgerissen, und Clemens stieg aus. Er eilte in Richtung Haustür, während der Wagen davonfuhr, und sie rannte über die Straße, dass schmutziges Wasser ihre hellen Strümpfe sprenkelte.

»Clemens!«

Er hatte schon die Hand an der Tür und drehte sich nur halb zu ihr um.

»Ich muss mir dir sprechen, es ist dringend.«

Er machte keine Anstalten, die Haustür aufzuschließen, und sah sie nur an, die blauen Augen kühl und abschätzig, die Hand lässig in der Manteltasche.

»Ich habe dir doch gesagt, dass ich zurzeit sehr beschäftigt bin.«

Doch das konnte sie nicht bremsen. Die Worte stürzten wie eine Flut aus ihr heraus, und als er hörte, was sie sagte, zuckten seine Augen nach links und rechts. Er drehte sich um, schloss die Tür auf und zog sie in den Hausflur. Dann trat er die Tür mit dem Fuß zu, drängte Jette in eine Ecke und umfasste mit seiner großen Hand ihr Gesicht. Seine Finger gruben sich schmerzhaft in ihre Wange, bis auf den Knochen.

»Du hast dir das alles selbst eingebrockt. Ich habe mit dem Ganzen nichts zu tun, am allerwenigsten mit Hitler, Sportpalast und NSDAP«, sagte er gefährlich ruhig.

Jette schluckte. Du tust mir weh, wollte sie sagen, doch aus einem Instinkt heraus schleuderte sie ihm entgegen: »Ach, nein? Das glaubt vielleicht Herr Hugenberg.«

Der Griff in ihren Nacken kam so plötzlich, dass sie vor Schmerz aufkeuchte. »Eine Warnung, meine Liebe. Dieses Spiel beherrsche ich auch, und zwar besser als du. Wissen denn die Herren Ullstein, dass sich eine glühende Anhängerin der Nazis in ihrem Verlag herumtreibt?«

Tränen brannten in ihren Augen, doch die Genugtuung würde sie ihm nicht geben. »Hugenberg gegen die Ullsteins? Unentschieden, würde ich sagen.«

Er stieß sie heftig gegen die Wand. Seltsam, dass wir ganz allein sind, dachte Jette zusammenhanglos, niemand sonst ist im Flur.

Dann schaute sie Clemens ins Gesicht, sah das kalte Funkeln seiner Augen, den verächtlichen Zug um den Mund, und fragte sich, wie sie sich je in ihn hatte verlieben können. Und beantwortete die Frage gleich selbst: weil er charmant war und gut aussah, vor allem aber, weil er Macht besaß.

»Unentschieden? Ich glaube nicht. Wenn wir bei den Sportmetaphern bleiben wollen, würde ich sagen, du bist angezählt. Muss ich noch deutlicher werden?«

Sie stolperte an ihm vorbei, drückte die schwere Haustür auf und wankte auf den regennassen Gehweg. Sie hörte nicht mehr, wie die Tür hinter ihr ins Schloss fiel.

Leo sprach noch einmal mit allen Angestellten, die sich gerade in der Redaktion befanden. Es blieb dabei: niemand hatte von Grafs aktuellen Ermittlungen gewusst. Und er hatte Clemens Marold nie erwähnt.

Bernd Wilmert, der politische Redakteur, schaute ihn nachdenklich an, als er die Frage hörte. »Interessanter Typ, dieser Marold. Glatt wie Marmor, an dem prallt alles ab. Ich habe mich natürlich mit ihm befasst, als er Brüders Nachfolge antrat, aber sein Lebenslauf ist tadellos. Beste Familie, Jura-Examen cum laude, keine persönlichen Skandale, seit Jahren Mitglied der DNVP. Graf muss eine ganz besondere Quelle gehabt haben, wenn er in Sachen Marold recherchiert hat. Ins Blaue hinein hat er nie gearbeitet, er muss einen Anfangsverdacht gehabt haben, wie man in Ihren Kreisen sagt.«

»Den er Ihnen nicht mitgeteilt hat.«

»Selbstverständlich nicht.«

»Ich danke Ihnen, Herr Wilmert«, sagte Leo. »Sollte Ihnen noch etwas einfallen –« Bevor er die bewährte Formel beenden konnte, entstand im Flur ein Tumult. Laute Stimmen, ein Mann, eine Frau, dann stürmte Hugo Behrendt in die Redaktion, zog seinen Stuhl so heftig zurück, dass er beinahe umkippte, und ließ sich schwer atmend darauf fallen.

Draußen vor der Tür traf Leo auf Hedy Neumann, die an der Wand lehnte und mit zitternden Fingern eine Zigarette hielt. Sie stieß den Rauch in Richtung Decke aus.

»Darf ich fragen, was hier los ist?«

Sie öffnete die Augen. Tränen schimmerten darin, sie hatte die Lippen aufeinandergepresst. »Ich habe jemandem etwas gesagt, das er nicht hören wollte.«

»Herrn Behrendt, nehme ich an.«

Er ging ein paar Schritte, weg von der Tür, und sie folgte ihm zögernd. Behrendt hatte bei ihren bisherigen Begegnungen ruhig, beinahe schüchtern gewirkt, und seine heftige Reaktion weckte Leos Neugier. Er blieb stehen und ließ Fräulein Neumann Zeit, zu antworten.

»Ja«, sagte sie schließlich und klopfte achtlos die Asche auf den Boden. Sie holte tief Luft. »Ich weiß nicht, warum ich Ihnen das erzähle, es hat nichts mit Ihrer Arbeit zu tun. Vielleicht möchte ich nur, dass Sie mir sagen, ich hätte nichts falsch gemacht.«

Ihre Offenheit war entwaffnend.

»Nur zu, ich höre.«

Und dann erzählte sie, dass ihr Kollege sich in eine Frau verliebt hatte, die im Sportpalast beim Hitler-Auftritt gewesen war, dies Hedy Neumann gegenüber jedoch abgestritten hatte.

»Und Sie haben es ihm vorhin gesagt, um – was? Ihn zu warnen? Oder weil Sie selbst an ihm interessiert sind?«

Ihre Augen wurden groß, die seitlich gescheitelten Haare fielen ihr ins Gesicht. »Nein, er – wir sind wirklich gute Freunde. Kumpel. Durch dick und dünn. Und ich kann nicht ertragen, wie er sich an diese Frau hängt. Glauben Sie mir, ich habe mich vergewissert, dass es kein Irrtum war. Der Kollege Wilmert hat sie an dem Abend gesehen. Und als sie neulich zu uns ins Büro kam, hat er sie sofort erkannt.«

»Wer ist die Frau?«

Sie räusperte sich und deutete mit dem Kopf nach oben. »Fräulein Klammroth aus dem Buchverlag.«

25

Sonnabend, 24. November 1928

Am nächsten Morgen war Leo zeitig im Präsidium, doch Neufeld war ihm zuvorgekommen. Er klopfte, sowie Leo sein Büro betreten hatte, und trat ein. »Guten Morgen, Herr Oberkommissar. Schmidt ist verständigt, wir fahren zusammen zu Horcher wegen der Phantomzeichnung. Die beiden Kellner halten sich ab zehn Uhr bereit.«

»Danke.« Leo setzte sich und deutete auf den Stuhl gegenüber. »Haben Sie Watkins erreicht?«

»Ja. Er hat gründlich überlegt und ist sich sicher, dass Graf den Namen Marold nicht erwähnt hat. Sie haben allerdings selten über die Arbeit gesprochen, das hatte Watkins ja bereits ausgesagt. Graf ging in den Club, um sich zu entspannen, sie redeten meist über Musik.«

Nebenan klingelte das Telefon. Neufeld stand auf und nahm das Gespräch an, und Leo hörte, wie seine Stimme erregter wurde. Als er aufgelegt hatte, trat er in die Tür. »Das war eine Angestellte von Siemens-Schuckert in der Franklinstraße. Sie ist Friese gestern Morgen begegnet, sie kennt ihn noch aus seiner Zeit in der Firma. Er tat ihr leid, weil er so abgerissen aussah, da hat sie ihm ein bisschen Geld gegeben.« Ihm war anzusehen, dass noch etwas nachkam. »Sie hat Friese vor dem Grundstück getroffen, das die Kollegen gestern durchsucht haben. Wir lagen richtig mit dem Unterschlupf.«

Oskar Neufeld und Hermann Schmidt, der Polizeizeichner, standen vor der Tür des Restaurants, das um diese Tageszeit noch geschlossen war. Auf ihr Klopfen öffnete Gustav Horcher persönlich die Tür und bat sie herein. Er führte sie an einen Tisch des Restaurants, an dem bereits Frommer und Hartlieb warteten.

»Ich lasse Sie jetzt allein, meine Herren. Allerdings weise ich Sie höflich darauf hin, dass Diskretion neben der exzellenten Küche unser höchstes Gut ist. Daher bitte ich Sie darum, behutsam vorzugehen. Es macht sich nicht gut, wenn sich herumspricht, dass wir die Polizei im Hause haben.« Er nickte ihnen knapp zu und verschwand in den Tiefen des Restaurants.

Neufeld stellte sich und Schmidt vor.

»Meine Herren, Sie wissen, worum es geht. Wir brauchen ein möglichst genaues Porträt der Dame, mit der Herr Marold am fraglichen Abend hier war. Bitte fangen Sie an.«

Während Schmidt sich mit den beiden Kellnern an die Arbeit machte, stand Neufeld auf und schlenderte im Gastraum umher, betrachtete die sorgfältig gedeckten Tische, auf denen Porzellan und Kristall auf die Mittagsgäste warteten. Im Hintergrund hörte er die Stimmen der Männer, ließ Schmidt aber in Ruhe seine Arbeit tun. Er war erfahren und brauchte keinen Kriminalbeamten, der ihm sagte, wie er Zeugen zu möglichst präzisen Angaben bewegte.

Auf einem Tischchen lagen Speisekarten, und Neufeld klappte eine davon auf. Schildkrötenparfait, Kalbsröllchen auf Artischockenböden und Medaillons Horcher. Baumkuchen als Spezialität des Hauses. Den gönnte er sich selbst gern gelegentlich, wenn auch nicht hier. Er drehte sich um und bemerkte, dass neben den Tischen kleine Hocker standen, zu niedrig zum Sitzen, aber praktisch, um eine Handtasche darauf abzustellen. Es waren wohl die Kleinigkeiten, durch die ein solches Restaurant hervorstach.

Neufeld bemerkte eine angelehnte Tür und schaute hinein. Ein ganz in Hellgrün gehaltener Raum mit Seidentapete und Sitzbänken, die mit der gleichen Farbe bezogen waren. Er fasste etwa dreißig Personen und diente vermutlich für private Bankette.

»Herr Neufeld?«

Er kehrte an den Tisch zurück. Schmidt wirkte recht zufrieden. »Die Herren haben ein gutes Auge«, sagte er. »Und sie waren sich einig.«

Neufeld hatte überlegt, ob er zwei separate Zeichnungen anfertigen lassen und dann vergleichen sollte, sich aber dagegen entschieden. Die Aussagen von Frommer und Hartlieb hatten weitgehend übereingestimmt, da erschien ihm die Vorsichtsmaßnahme übertrieben.

Frommer räusperte sich. »Man übt sich im Beruf. Außerdem legt Herr Horcher großen Wert darauf, dass wir die Gäste erkennen, selbst wenn sie noch nie hier gewesen sind. Wir lesen täglich Zeitung, um zu wissen, wer uns beehrt.«

»Für Zeugen geradezu ideal«, sagte Neufeld anerkennend und zog das Blatt zu sich heran. Blonder Bubikopf, breiter Mund, ausgeprägte Wangenknochen, eine hübsche Frau. Doch er las auch eine gewisse Zurückhaltung in ihrem Gesicht, als wäre sie schüchtern oder sich ihres guten Aussehens nicht bewusst. Sie trug ein dunkles Oberteil mit spitzem Ausschnitt, in dem eine Kette mit eckigen Steinen ruhte. Er deutete darauf. »Welche Farbe hatte die Kette?«

»Dunkelrot. Sie war recht auffällig«, sagte Hartlieb.

»Vielen Dank, das war sehr hilfreich«, sagte Neufeld. Er und Schmidt erhoben sich. »Falls wir weitere Aussagen benötigen, melden wir uns. Guten Tag.«

Als sie auf der Straße standen, sagte Schmidt: »Wenn Sie damit nichts anfangen können, weiß ich es auch nicht. Das ist eins der detailliertesten Phantombilder, die ich je gemacht habe.«

Leo hatte Hasselmann und Sonnenschein noch einmal in die Franklinstraße geschickt, um das fragliche Gelände zu observieren. Es schien tatsächlich Frieses Unterschlupf zu sein, die Aussage der Frau war klar und schlüssig gewesen. Er ärgerte sich, dass er Sonnenschein nicht aufgetragen hatte, auch Informationen über Clemens Marold aus dem Ullstein-Archiv zu besorgen. Vielleicht fände sich dort ein Hinweis auf das, wonach Moritz Graf gesucht hatte.

Dann kam ihm ein Gedanke. Nicht nur Ullstein besaß ein umfangreiches Archiv. Er begab sich in die Zentralkartei für Mordsachen, wo Kriminalsekretär Otto Knauf hinter seinem Tisch thronte. Knauf tippte sich an die Stirn, als trüge er eine Mütze. »Guten Tag, Herr Oberkommissar. Was kann ich für Sie tun?«

Leo zog sich einen Stuhl heran. »Können Sie mit dem Namen Marold etwas anfangen? Clemens Marold?«

Der gewichtige Knauf sah ihn an. »In welcher Sache? Mord? Totschlag? Raubmord?«

»Das weiß ich nicht. Ich möchte nur wissen, ob der Name hier irgendwo auftaucht. Können Sie mir da weiterhelfen?« Er wusste, dass er Knaufs Ehrgeiz ein bisschen kitzeln musste, um den Mann auf Trab zu bringen.

Knauf trat an einen Karteischrank und begann zu blättern. »Wir versuchen, ein Register aller Namen zu führen, die irgendwo in der Kartei enthalten sind.«

Leo kannte das Verfahren. Damit sollte gewährleistet werden, dass sie Verbindungen zwischen Verbrechen herstellen konnten.

Knauf schüttelte bedauernd den Kopf – der Name Marold war nicht dabei.

Nun ja, es war ein Schuss ins Blaue gewesen, der Mann konnte völlig unbescholten sein. Und falls er es nicht war, hatte er es gut verborgen, bis Graf ihm – vielleicht – auf die Schliche gekommen war.

»Könnte er vielleicht bei den Politischen sein?«, fragte Knauf plötzlich. »Die haben ihre eigene Kartei.«

»Sehr gute Idee. Ich werde mich sofort erkundigen.«

Am liebsten hätte er Neufeld hingeschickt, der sich in der Abteilung I A gut auskannte, weil er bis zum Sommer dort gearbeitet hatte. Doch Neufeld war noch mit dem Polizeizeichner unterwegs.

Leo war auf dem Weg in sein Büro, um in der Abteilung I A anzurufen und sich anzukündigen, als er ein Schnaufen hinter sich hörte. Er drehte sich um und sah Ernst Gennat schweratmend den Korridor entlangkommen. Gennat sah ihn lächelnd an. »Herr Wechsler! Sie machen ja Schlagzeilen.«

Leo schaute betreten zu Boden. »Unfreiwillig, Herr Kriminalrat.«

Gennat wischte sich mit einem karierten Taschentuch über die Stirn und warf einen Blick zum Büro. »Wenn ich mich heute mal bei Ihnen einladen dürfte?«

»Gewiss.« Leo bat ihn ins Vorzimmer und öffnete die Verbindungstür. Er argwöhnte, dass der Chef den Weg bis zu seinen eigenen Räumlichkeiten scheute. Seine Gesichtsfarbe verhieß nichts Gutes, und Leo holte rasch ein Glas Wasser und stellte es Gennat hin.

»Leider habe ich keinen Kuchen.«

Der Kriminalrat drohte mit dem Finger. »Sie haben noch einiges zu lernen, junger Mann.« Er trank und stellte das Glas ab. »Nun sagen Sie mal, was hat das zu bedeuten mit diesen Artikeln?«

Leo berichtete, wie es dazu gekommen war.

»Hm, da müssen Sie dem Hussong ganz schön auf die Füße getreten sein. Gut gemacht.«

Er sah Gennat überrascht an. »Das ist aber nicht die Presse, die wir uns wünschen.«

»Es geht nicht darum, welche Presse wir uns wünschen, wir klären Verbrechen auf. Wir wollen keinen Preis für Beliebtheit gewinnen, auch wenn sich manche Kollegen in der Aufmerksamkeit sonnen. Machen Sie ruhig so weiter.«

Leo zögerte kurz und berichtete dann von seiner Begegnung mit Marold. Gennat war der Erste, dem er von der Bemerkung über Clara berichtete, und der Kriminalrat sah ihn ernst an. »Es gehört sich nicht, Kriminalbeamte auf ihr Privatleben anzusprechen. Sollte es Probleme in dieser Hinsicht geben, kommen Sie zu mir. Oder gehen Sie gleich zu Zörgiebel. Privatpersonen haben Polizeibeamten nicht zu drohen, und sei es noch so versteckt.«

Leo war selbst erstaunt, welche Erleichterung es für ihn bedeutete, dass Gennat Verständnis zeigte. »Im Übrigen ermitteln wir gegen Marold, es haben sich Verdachtsmomente ergeben.«

Gennat klopfte mit der dicken Hand auf den Tisch. »Umso mehr Grund, sich nicht von ihm einschüchtern zu lassen.« Dann stemmte er sich vom Stuhl hoch. »Ich erwarte Ergebnisse, aber das wissen Sie ja. Sobald der Fall Graf aufgeklärt ist, verschwinden auch die lächerlichen Presseartikel. Dann sind wir wieder Helden.«

Die Ironie im letzten Satz war nicht zu überhören. Sie wussten beide, wie wankelmütig die Presse sein konnte – Held oder Sündenbock, dazwischen gab es wenig.

Clemens Marold hatte besser geschlafen als erwartet, aber das konnte auch an den drei Gläsern Cognac liegen, die er sich gestern Abend genehmigt hatte. Ein Abend zu Hause, den hatte er gebraucht. Wenn man ständig gesellschaftlich gefragt war, fehlte die Zeit zum Nachdenken. Und nachzudenken hatte er weiß Gott genug.

Jette, also wirklich. Was die sich einbildete. Gewiss, sie war reizend, jedenfalls für eine gewisse Zeit, aber sie hatte sich sehr unklug verhalten. Hatte sich von ihren Gefühlen mitreißen lassen, statt einen kühlen Kopf zu bewahren, und damit auch ihn in Gefahr gebracht.

Er schnaubte unwillkürlich, als er sich erinnerte, wie Jette versucht hatte, sich weltläufig zu geben, als sie ihm von ihrem Wechsel zu Ullstein erzählt hatte. Sie hatte ihn beeindrucken wollen, um mit seiner Welt Schritt zu halten, ihn an sich zu binden. Doch er war kein Mann, der sich anbinden ließ. Schon gar nicht von einer Frau, die ihn unter Druck setzen wollte.

Das Telefon klingelte. Er meldete sich und hörte zunehmend fassungslos, was ihm Gustav Horcher berichtete. »Sie sind ein geschätzter Gast, Herr Marold. Womöglich mache ich mich strafbar, aber Sie sollten doch wissen, dass die Polizei mehrmals hier war, um meine Angestellten über Ihren Besuch zu befragen. Sogar mit einem Zeichner sind sie gekommen, stellen Sie sich das vor. Mein Personal musste ihm die Dame beschreiben, mit der Sie an jenem Abend hier waren …«

Als Marold auflegte, war es mit der Sonnabendruhe vorbei. Er drückte die Fingerspitzen an die Schläfen und überlegte fieberhaft. Dann griff er zum Telefon und ließ sich mit einer Nummer in Dahlem verbinden.

Neufeld stürmte geradezu ins Büro, in der Hand die Zeichnung, die er vor Leo auf den Tisch legte. »Schauen Sie mal, das Bild ist hervorragend. Damit werden wir die Frau ganz sicher –« Er brauchte den Satz gar nicht zu beenden.

»Ich kenne sie«, sagte Leo. »Sie arbeitet bei Ullstein im Buchverlag.« Und er berichtete, was er von Hedy Neumann über Jette Klammroth erfahren hatte.

Neufeld sagte langsam: »Augenblick bitte, damit ich Sie nicht missverstehe: Fräulein Klammroth ist mit Marold liiert und hat mitbekommen, wie Graf ihn bei Horcher mit Fragen bedrängt hat. Und sie war bei dem Hitler-Auftritt und streitet es ab?«

»Für sich genommen muss es nichts bedeuten. Aber sie war an dem Abend, an dem Graf gestorben ist, in ihrem Büro. Graf musste auf dem Weg aufs Dach daran vorbei. Der Fahrstuhlführer hat bestätigt, dass er ihn hinaufgefahren hat. Ihre Tür hat eine Glasscheibe, sie könnte ihn gesehen haben.«

Neufeld polierte seine Brille und setzte sie wieder auf. »Warum hätte sie ihm aufs Dach folgen und ihn hinunterstoßen sollen?«

»Mal angenommen, die Klammroth hätte bei Horcher etwas aufgeschnappt, dem sie nachgehen wollte. Oder aber Marold hat ihr erzählt, dass Graf ihm schaden könne, und sie zu der Tat angestiftet. Sie hatte eine deutlich bessere Gelegenheit, Graf im Verlagsgebäude etwas anzutun, als Marold selbst. Vielleicht liebt sie ihn so sehr oder ist ihm hörig, und Marold hat es ausgenutzt, um sich Grafs zu entledigen.«

»Sicher, das wäre denkbar«, sagte Neufeld. »Immer vorausgesetzt, dass Grafs Recherchen wirklich eine Gefahr für Marold darstellten. Womit wir wieder bei der Bemerkung mit dem See wären. Es ist das Einzige, was wir bis jetzt wissen.«

»Wir müssen dringend mit Fräulein Klammroth sprechen.« Dann fiel Leo noch etwas ein. »Kennen Sie Marold aus Ihrer Zeit in der Abteilung I A? Taucht er irgendwo in den Akten auf?«

»Nein, das hätte ich Ihnen sofort gesagt. Er ist meines Wissens nie in Verbindung mit Freikorps oder anderen rechten Organisationen in Erscheinung getreten.«

Eigentlich überraschte es Leo nicht, dass Marold bei der Politischen Polizei unbekannt war, nicht bei diesem Mann, der lieber aus dem Hintergrund die Fäden zog, statt selbst auf die Barrikaden zu steigen.

26

Leo hatte gegen eins angerufen und angekündigt, dass es spät werden könnte, worauf Clara es sich mit Leonhard Franks *Karl und Anna* im Wohnzimmer bequem gemacht hatte. Kurz darauf kam Marie herein.

»Hast du mal eben Zeit?«

Clara legte das Buch beiseite. »Natürlich, Liebes. Worum geht es?«

Marie brauchte sie als Publikum für ihren Vortrag, den sie kommende Woche im Deutschunterricht halten sollte – über ein Gedicht von Eichendorff.

»Weißt du, ich kann das nicht so gut. Erklären, was der Dichter gemeint hat.« Sie schaute Clara von der Seite an. »Ich finde es einfacher, einen chemischen Versuch aufzubauen und zu beschreiben, was dabei herausgekommen ist. Das ist wie ein Kochrezept. Man weiß, was man reintut und was rauskommen soll. Bei Gedichten ist das anders.«

Clara lehnte sich zurück. »Lies vor, was du bis jetzt geschrieben hast«, sagte sie aufmunternd.

Marie hatte das Metrum der *Mondnacht* korrekt analysiert, weil es ein rationales Kriterium war. Doch sie tat sich schwer damit, das Kernthema zu ermitteln, und schaute Clara hilfesuchend an.

»Sieh dir mal diese Wörter an: Himmel, Erde, Blütenschimmer, Luft, Felder, Ähren … was haben die alle gemeinsam?«

Marie bohrte nachdenklich das Bleistiftende in ihre Wange und blickte auf. »Das kommt alles aus der Natur.«

»Genau. Und dazu hast du Begriffe wie geküsst und Seele.«

»Hm, also geht es um die Natur und um Gefühle?«

»Das kann man so sagen.« Sie ging mit Marie Zeile für Zeile durch und schubste sie behutsam auf die richtige Bahn. Sie waren gerade bei der Seele angekommen, als das Telefon klingelte.

»Augenblick.« Clara ging in den Flur und hob ab. Als sie die Stimme am anderen Ende hörte, wurde ihr schwindlig. Das Blut pulsierte in ihren Ohren und rauschte so laut, dass sie kaum hören konnte, was er sagte.

»Eigentlich weiß ich nicht, warum ich dir das sage. Alte Freundschaft? Wohl kaum. Eher Sentimentalität. Nur so viel: Dein Mann hat sich mit jemandem angelegt, den er nicht unterschätzen sollte. Der weiß so einiges – auch von den Umtrieben deines Stiefsohns. Das macht sich nicht gut unter einem SPD-Polizeipräsidenten.«

Dann legte er auf.

Marie biss nebenan krachend in einen Apfel, doch Clara nahm das Geräusch kaum wahr.

Sie starrte auf den Hörer in ihrer Hand und schloss die Augen. Sie hatte gehofft, diese Stimme nie wieder zu hören.

Jette Klammroth wollte gerade an die frische Luft, um einen klaren Kopf zu bekommen, als es gegen zwei an der Tür klingelte.

Sie öffnete. Vor ihr standen zwei Männer, einen davon

kannte sie. Oberkommissar Wechsler, der im Fall Graf ermittelte. Der andere war etwas jünger, mit straffem Scheitel und runder Hornbrille.

»Fräulein Klammroth? Wir kennen uns, ich bin Oberkommissar Wechsler. Das ist Kriminalinspektor Neufeld.«

Sie wich unwillkürlich zurück. Warum tauchten sie an ihrem freien Sonnabend bei ihr zu Hause auf? Sie räusperte sich. »Worum geht es?«

»Dürfen wir hereinkommen?« Wechsler schaute über die Schulter. »Es ist immer etwas unangenehm, im Hausflur zu reden.«

Eine naheliegende Antwort, und doch war ihr, als schwinge etwas darin mit, eine leise Warnung, dass sie dieses Gespräch nicht im Hausflur führen sollte.

Sie trat zurück und ließ die beiden herein.

Im Wohnzimmer bot sie ihnen Stühle an und setzte sich selbst auf das kleine Sofa. Sie klemmte die Hände zwischen die Knie, nur für den Fall, dass sie sie im Stich ließen und zu zittern begannen.

»Ist es richtig, dass Sie am 11. November mit Clemens Marold bei Horcher zu Abend gegessen haben?«, fragte Wechsler.

Sie war erleichtert. Das Essen bei Horcher war harmlos, auch wenn Clemens ihre Beziehung gern geheim halten wollte. Erst einen Moment später begriff sie, worauf der Kriminalbeamte hinauswollte.

Ihr Kopf war plötzlich leer, dabei musste sie doch auf dem Quivive sein, um keinen Fehler zu machen.

»Ja«, sagte sie langsam, um Zeit zu gewinnen.

»Sie sind näher miteinander bekannt?«

»Ja, wir sind gut befreundet.«

»Ein Liebespaar?«, hakte der Oberkommissar nach.

Sie biss sich auf die Lippe. »Ich verstehe nicht, warum Sie danach fragen. Das ist doch privat.«

Ein harter Glanz trat in Wechslers Augen. »In einem Mordfall ist nichts privat. An diesem Abend kam es im Restaurant zu einem Zwischenfall. Würden Sie uns bitte schildern, was geschehen ist?«

Es war keine Bitte, so viel war klar.

»Ach, jetzt weiß ich, was Sie meinen. Herr Graf kam plötzlich dazu, er wollte Herrn Marold ein paar Fragen stellen, wie er sagte. Es war unmöglich und indiskret, es in diesem Rahmen zu tun. Darum wurde Herr Marold ungehalten und ließ ihn hinauswerfen.«

»Können Sie uns sagen, worüber die beiden gesprochen haben?«, fragte der andere Kriminalbeamte.

Jette überlegte rasch. »Nein. Sie standen nicht unmittelbar am Tisch, und es herrschte Stimmengewirr. Ich habe Herrn Marold gefragt, worum es gegangen sei, nachdem man Graf hinausbefördert hatte. Aber er wollte nicht darüber sprechen und sagte: ›Lass uns einfach in Ruhe essen.‹ Wir sind dann auch ziemlich bald gegangen.«

»Haben Sie danach noch einmal mit Herrn Marold über den Vorfall gesprochen?«

»Nein. Er hatte deutlich gezeigt, dass er dies nicht wünschte.« Ihr Herz schlug ruhiger. Sie mussten nachverfolgen, was Graf in seinen letzten Tagen gemacht hatte, daher war es nicht verwunderlich, dass sie ihr diese Fragen stellten.

»Sie haben den Vorfall nicht erwähnt, als wir Sie zum Tod von Moritz Graf vernommen haben«, sagte Wechsler.

»Das stimmt. Ich habe nicht gedacht, dass es von Bedeutung sein könnte. Niemand bringt einen Menschen um, nur weil er sich in einem Restaurant danebenbenommen hat.«

Die Männer blieben ungerührt.

Wechsler klopfte mit dem Stift auf sein Notizbuch. »Fräulein Klammroth, es geht nicht um Grafs Benehmen bei Horcher, sondern um das, worüber er mit Marold sprechen wollte.«

»Dazu kann ich Ihnen wirklich nichts sagen.«

Die Kriminalbeamten schauten einander an, schienen sich wortlos abzustimmen. Dann sagte Neufeld: »Da wäre noch etwas. Wir haben erfahren, dass Sie beim Hitler-Auftritt im Sportpalast gesehen wurden, später aber abgestritten haben, dort gewesen zu sein. Können Sie uns das erklären?«

Eine heiße Welle durchlief sie, breitete sich von der Brust in Kopf und Arme aus. Hoffentlich merkten sie es nicht. Jette atmete tief durch und drückte die Handballen auf die Knie, als könnte ihr das Halt verleihen. Dann sagte sie mit einem verlegenen Lachen: »Das war dumm. Ich war ... einfach neugierig. Im Verlag wurde darüber gesprochen, dass viele ihn so faszinierend finden, dass er geradezu hypnotische Kräfte haben soll ... Ich wollte es mit eigenen Augen sehen, das war alles. Allerdings hatte ich nicht damit gerechnet, dass man mich dort bemerkt. Bei Ullstein hält man nichts von Nationalsozialisten. Ich hatte Angst, dass mein Ruf leidet, wenn sich herumspricht, dass ich dort war. Deshalb habe ich es abgestritten, ohne richtig nachzudenken.« Sie schaute die beiden Männer flehend an. »Es war ein Fehler, das gebe ich zu. Aber es hat doch nichts mit Ihrem Fall zu tun. Bitte sagen Sie es nicht weiter.«

Wechsler zog die Augenbrauen hoch, und sie rechnete schon damit, dass er weiterbohren würde, doch das geschah nicht. »Noch einmal zum Tod von Moritz Graf. Sie haben ausgesagt, Sie hätten ihn am fraglichen Abend nicht gesehen. Ist das richtig?«

»Ja, ich war sehr beschäftigt. Ich bin gegen halb neun nach Hause gegangen.«

Wechsler stand auf, sein Kollege tat es ihm nach. »Dann wollen wir Sie nicht länger behelligen, Fräulein Klammroth.«

Sie schaute ihn unsicher an. »Wäre damit alles erledigt?«

»Das hängt vom Gang der Ermittlungen ab. Guten Tag, wir finden schon hinaus.«

Als die Tür hinter ihnen zufiel, begann sie hemmungslos zu zittern. Sie kippte auf dem Sofa zur Seite und zog die Knie ans Kinn, als wollte sie sich vor der ganzen Welt verkriechen.

Sonnenschein und Hasselmann saßen im Auto, die Hüte tief ins Gesicht gezogen – um unauffällig zu wirken, aber auch, um sich vor der feuchten Kälte zu schützen. Sie hofften, Friese würde auftauchen, sobald es dunkel wurde, denn es war verflixt ungemütlich hier.

Hasselmann packte eine Bulette aus und kaute versonnen.

Sonnenschein hätte in der Enge des Autos gut auf den Geruch von gebratenem Schweinefleisch verzichten können und atmete auf, als Hasselmann schließlich die Papiertüte zerknüllte, in der die Bulette gewesen war, und sich den Mund abwischte.

Dann packte ihn der Kollege am Arm. »Schauen Sie«, sagte Hasselmann und deutete zu dem heruntergekommenen Fabrikgelände. Ein Schatten huschte durchs Tor. Sie öffneten die Wagentüren und stiegen aus. Niemand zu sehen. Sie eilten leise über die Straße und tasteten sich behutsam über das vermüllte Gelände zu der Kellertür.

Unten hockte Friese auf der alten Decke und wickelte eine Schrippe aus. Als er sie kommen hörte, fuhr er herum, die Schrippe in der Hand, die Augen aufgerissen. Er streckte abwehrend die Hand aus. »Bitte, nur noch die eine Nacht. Ich hab kein Obdach …«

Dann schien er sie zu erkennen. »Lassen Sie mich in Ruhe. Bitte.«

Sonnenschein trat vor. Hasselmann konnte manchmal sehr schroff sein, und er wollte den Mann nicht noch mehr verschrecken. »Wir brauchen Sie als Zeugen, Herr Friese, das ist alles. Niemand will Ihnen etwas tun.«

Der Mann fiel auf den Hintern und rutschte von ihnen weg. »Das glaub ich nicht. Die wollen mich drankriegen.«

»Wer sind *die*?«, fragte Hasselmann.

»Weiß ich nicht.«

Sonnenschein räusperte sich. »Herr Friese, es geht um einen Mord, und wir benötigen Ihre Aussage. Sie haben sich unseres Wissens nicht strafbar gemacht, also droht Ihnen im Präsidium keine Gefahr.«

Der Mann schüttelte heftig den Kopf. »Das glaub ich Ihnen nicht.«

Hasselmann trat vor und ergriff Friese am Arm. »Dann nehmen wir Sie eben so mit. Helfen Sie mir, Sonnenschein.«

Widerstrebend tat Sonnenschein wie geheißen. Er hätte es vorgezogen, wenn der Mann freiwillig mitgekommen wäre.

27

Clara lief unruhig durch die Wohnung, versuchte aufzuräumen, etwas zu lesen, doch sie konnte sich auf nichts konzentrieren. Seit dem Anruf wünschte sie sich verzweifelt, Leo würde nach Hause kommen, doch mit ihm war noch eine Weile nicht zu rechnen. Es hatte ihr nie etwas ausgemacht, dass er an den Wochenenden arbeitete und länger wegblieb, wenn eine Ermittlung in die entscheidende Phase ging, doch in diesem Moment hätte sie ihn dringend gebraucht.

Es ging nicht nur um sie und ihre Gefühle – ihr war bewusst, dass mehr dahintersteckte, dass der Anruf nicht auf sie, sondern auf Leo zielte. Sie war seit Jahren geschieden, hatte Ulrich ewig nicht gesehen.

Dein Mann hat sich mit jemandem angelegt, den er nicht unterschätzen sollte.

Dann begriff sie: Es musste mit diesem Menschen vom Hugenberg-Konzern zu tun haben, wie hieß er doch gleich, Marold? Sie erinnerte sich an seine Worte: *Und meine Empfehlung an Ihre Gattin. Sie scheint, wie soll ich sagen, vielseitig interessiert zu sein.* Ulrich und er kannten sich also.

Sie ging entschlossen zum Telefon und rief Magda Schott an, ihre älteste Freundin. Sie machte oft Hausbesuche und hatte einen großen Bekanntenkreis, hoffentlich war sie überhaupt zu Hause.

Clara hatte Glück.

»Schott.« Knapp und doch freundlich, wie es ihre Art war.

»Ich bin's, Clara.«

»Was ist los?«, fragte Magda sofort. »Ich kenne diesen Ton, er verheißt nichts Gutes. Sag nicht, du hast mit Leo gestritten.«

Clara lehnte sich an die Wand und schloss die Augen. »Wenn es nur so einfach wäre.«

»Dann muss es wirklich schlimm sein«, meinte Magda trocken.

Sie erzählte einfach drauflos, von Leos Besuch bei Scherl, Marolds seltsamer Bemerkung und Ulrichs Anruf.

Magda schwieg eine Weile.

»Mich wundert vor allem eines – dass er dich angerufen hat. Ihr seid im Unfrieden auseinandergegangen und habt euch seit Jahren nicht gesehen«, sagte sie schließlich. »Warum sollte er dir einen Gefallen tun?«

»Das war kein Gefallen«, erwiderte Clara mit Nachdruck. »Das war eine Drohung.«

Magda zögerte und sagte dann bedächtig: »Mich beunruhigt, dass Ulrich diesen Mann für eine Gefahr zu halten scheint. Mag sein, dass Marold ihn gebeten hat, dich anzurufen. Hat er es aber auf eigene Faust getan, dann war es ihm ein Bedürfnis, dich zu warnen. Und damit Leo.«

»Und woher wissen die das mit Georg?« Die Anspielung auf die Zeit, als Georg sich von einem Freund zu einer Mitgliedschaft in der HJ hatte verleiten lassen, hatte sie fast am meisten beunruhigt, auch wenn diese Episode längst überwunden war. Noch während sie sprach, ahnte sie die Antwort.

»Dieser Marold ist mächtig. Er verfügt offenbar über ein Netz, das ihm alle Informationen liefert, die er braucht. Er kann Leo das Leben richtig schwer machen.«

Im Präsidium sprachen Leo und Neufeld über Jette Klammroth.

»Das mit der Neugier überzeugt mich nicht«, sagte Neufeld. »Wenn das der Grund für den Besuch der Hitler-Veranstaltung gewesen wäre, hätte sie es offen eingestehen können. Ullstein lebt von der Neugier seiner Mitarbeiter, sie verdienen Geld damit. Wenn sich eine Angestellte Hitler aus bloßer Neugier ansieht, wird man ihr keinen Strick draus drehen, das glaube ich nie und nimmer.«

Leo schaute ihn nachdenklich an. »Hm. Dann bleibt nur eins: Sie ist tatsächlich eine Anhängerin der Nazis und will nicht, dass es bekannt wird.«

Neufeld nickte. »Sie geht aus Überzeugung hin, wird dabei gesehen und ist darüber so erschrocken, dass ihr keine harmlose Erklärung einfällt. Stattdessen streitet sie es rundweg ab und manövriert sich in eine heikle Lage.«

»Ja, da könnte was dran sein. Aber hängt es auch mit unserem Fall zusammen?« Er überlegte. »Graf hat etwas von Friese erfahren und daraufhin Recherchen über Marold angestellt. Marold ist mit Jette Klammroth liiert, die wiederum mit Graf im selben Haus gearbeitet hat. Friese wurde eingeschüchtert und ist deshalb vor uns geflohen.«

»Und die Klammroth hat sich Hitlers Rede angehört und wollte es nicht eingestehen«, fügte Neufeld hinzu. »Ich sehe noch nicht, wie das zusammenpasst. Hoffentlich finden wir Friese bald, damit –«

Er hielt inne, als die Tür aufflog. Dann führten Sonnenschein und Hasselmann August Friese herein.

Eine Viertelstunde später war Leo mit seiner Geduld am Ende. Auch Kaffee und eine Wurststulle hatten Friese nicht zum Reden gebracht. Er saß nur da, ließ den Kopf hängen und wiederholte den Satz: »Die wollen mich drankriegen.«

Leo wurde es allmählich zu bunt, doch ihm war klar, dass Drohungen nichts nützten. Er sah den Mann eindringlich an. »Warum vertrauen Sie uns nicht, Herr Friese? Wir haben Sie laufen lassen, als klar war, dass nichts gegen Sie vorlag. Wir haben Ihnen eine Unterkunft verschafft, in der Sie es besser hatten als in der Palme oder dem feuchten Keller. Und dann rennen Sie weg, nachdem Ihnen ein Mann in einem schwarzen Auto aufgelauert hat. Begreifen Sie denn nicht, dass es besser ist, wenn Sie mit uns reden?«

Friese schluckte, sein Adamsapfel zuckte krampfhaft. Er öffnete den Mund und schloss ihn wieder.

Leo beugte sich vor. »Glauben Sie mir, wenn Sie nichts Schlimmes getan haben, passiert Ihnen nichts. Dass Sie keine Arbeit und keine Wohnung haben, ist kein Verbrechen.« Dann kam ihm ein Gedanke. »Will man Sie fälschlich beschuldigen, ist es das? Hat man Ihnen gedroht, der Polizei zu erzählen, Sie hätten etwas mit dem Mord zu tun? Und dass die Polizei einem wie Ihnen nicht glauben wird?«

Ein kaum merkliches Zucken. Er hatte ins Schwarze getroffen. Er schwieg, nickte Friese nur auffordernd zu.

»Genauso war das«, sagte Friese zögernd. »Der Mann im Auto hat gesagt, stell dir vor, jemand sagt der Polizei, er hätte dich abends am Ullsteinhaus gesehen. Wie du durch einen Seiteneingang reingeschlichen bist. Und dass Sie mir nicht glauben, wenn ich sage, ich war nicht da.«

Leo ließ sich seine Erleichterung nicht anmerken. »Darauf müssen Sie nichts geben. Sagen Sie mir jetzt bitte ganz genau, was Sie Graf erzählt haben. Könnte es etwas mit einem See zu tun haben?«

Friese dachte nach. »Ja … stimmt, davon hab ich Graf

erzählt. Ich hab nicht mehr dran gedacht, es kam mir nicht wichtig vor.«

»Alles kann wichtig sein.«

»Ja, ja, schon gut. Also, ich hab doch dieses Grundstück am Schlachtensee gerodet, letzten Sommer. Und nebenan war so ein Wochenendhaus mit einem Steg, da lag ein Boot. Und da war ein Mann, nicht mehr jung, ziemlich dick. Der hatte einen Schlüssel fürs Haus und hat die Plane vom Boot gezogen. Ich hab mir gedacht, das ist wohl der Besitzer.«

»Wann genau war das?«

Achselzucken. »An ’nem Sonntag, Ende August. Ich war auch schon am Sonnabend da, aber da war keiner in dem Haus.«

»Haben Sie gesehen, ob der Mann mit dem Boot rausgefahren ist?«

»Nein, ich hatte viel zu tun, das Grundstück war ganz schön groß. Ich konnte das Haus auch nicht von überall sehen.« Dann grinste Friese. »Und da war noch was Lustiges. Ich hab so vor mich hin gearbeitet, es war nicht warm, aber ich hatte mir das Hemd ausgezogen, das Roden war anstrengend. Da hör ich ein Knacken, jemand läuft übers Grundstück. Und da seh ich einen Mann, ganz nass. Aber nicht in Badehose, der war angezogen.«

Die Kriminalbeamten schauten einander an.

»Er war angezogen und nass, als wäre er in den See gefallen?«, fragte Leo.

Friese nickte. »Er ist in Richtung Bahn gelaufen. Kurz danach hab ich ein Auto gehört. Das war alles.«

»Kam er vom See?«

»Glaube schon.«

»Hat der Mann Sie gesehen oder mit Ihnen gesprochen?«

»Nee, der hatte es eilig.«

»Wie sah er aus?«

»Hm, ich hab ihn nicht von nah gesehen, aber er war eher jung. Das sah man an den Bewegungen. Die Haare sahen eher dunkel aus, aber das ist ja immer so, wenn die nass sind. Schicker Anzug.«

»Das Auto haben Sie nicht gesehen?«

»Nein.«

Leo schaute ihn eindringlich an. »Herr Friese, das ist jetzt wichtig. Sie haben an einem Sonntag den Mann gesehen, den Sie für den Besitzer des Wochenendhauses hielten?«

»Ja, Herr Oberkommissar.«

»Und wann haben Sie den Mann im nassen Anzug gesehen?«

Friese antwortete prompt. »Am selben Tag, aber später. Erst der Dicke, dann der Nasse, das weiß ich genau.«

Der 26. August war ein Sonntag gewesen. An diesem Tag war Reinhold Brüder im Schlachtensee ertrunken. Leo holte die Mappe mit den Zeitungsausschnitten und legte Friese einen davon hin. Dann tippte er auf das Foto mit dem schwarzen Rand.

»Kennen Sie diesen Mann?«

Friese antwortete ohne zu zögern. »Na klar. Das ist der Dicke mit dem Boot.«

Sie hatten beschlossen, erst am nächsten Tag zum Schlachtensee zu fahren, da es inzwischen stockdunkel war. August Friese hatte ihnen die Örtlichkeiten genau beschrieben, und sie wollten sich nach Zeugen umsehen. Drei Monate waren eine lange Zeit, aber an einen Mann im nassen Anzug würden sich die Leute vielleicht erinnern. Bisher war in den Archiven kein brauchbares Foto von Marold zu finden gewesen – erstaunlich bei einem Mann in einer solchen

Position. »Graue Eminenz« war geradezu eine Untertreibung. Trotzdem mussten sie es versuchen.

Neufeld erklärte sich bereit, Friese in die Wiesenburg zu fahren und sicher dort abzuliefern. Leo war doppelt froh darüber, denn vorhin hatte Clara angerufen und gefragt, wann er nach Hause käme. Das war ungewöhnlich, und sie hatte ziemlich seltsam geklungen.

Die ganze Straßenbahnfahrt über dachte er an das Telefongespräch, nur wenige Worte, aber etwas in Claras Stimme machte ihn unruhig. An seiner Haltestelle stieg er aus und eilte die Turmstraße entlang, wo am Sonnabend die Leute in die Kneipen drängten oder schnell noch etwas einkauften. Leuchtreklamen spiegelten sich bunt im nassen Pflaster, Autos hupten, ein Betrunkener begann ein Lied zu grölen, das entfernte Ähnlichkeit mit der Internationale hatte.

Doch Leo kümmerte das alles nicht, er wollte nur nach Hause.

Als er die Wohnungstür aufschloss, stürzte Clara so vehement in seine Arme, dass er sich an der Wand abstützen musste.

»Was ist denn los?«, fragte er besorgt, löste sich vorsichtig von ihr und umfing ihr Gesicht mit den Händen.

Sie zog ihn wortlos ins Wohnzimmer, setzte sich aufs Sofa und sah ihn an. Aus ihrem Blick sprach Angst. Er kniete sich vor sie und nahm ihre Hände, und sie begann zu erzählen.

Mit jedem Wort zog sich seine Brust enger zusammen, wuchs der Zorn in ihm. In seiner Zeit bei der Polizei hatte er einige Angriffe erlebt – mit einem Messer, einem Stemmeisen, im Tunnel des Hotels Excelsior hatte ihn ein Tatverdächtiger fast erwürgt. Die Leute hatten im Affekt gehandelt, aus der Panik des überführten Mörders heraus.

Das hier war anders. Kalt, wohlüberlegt, persönlich und

doch aus sicherer Distanz. Jemand, der nicht davor zurückscheute, Leos Familie anzugreifen. Eine neue Art von Gegner.

Doch daran würde er später denken, jetzt ging es um Clara.

Er setzte sich neben sie und zog sie an sich. Sie sank gegen ihn, als hätte sie plötzlich alle Kraft verloren.

»Wer ist dieser Mann?«, fragte sie beinahe hilflos. »Was hat er gegen uns?«

Leo schluckte und sagte leise: »Gegen mich, Clara. Er hat etwas gegen mich und benutzt dich und Georg, um mir zu drohen. Er hält sich für unantastbar und kann es nicht ertragen, dass er ins Visier der Polizei geraten ist und wir für ihn keine Ausnahme machen.«

»Ist es dieser Marold?«

»Ja.« Er brachte die nächsten Worte kaum über die Lippen. »Es war anständig von Ulrich, dich zu warnen.«

Sie löste sich von ihm und sah ihn an, blass, aber gefasst. Ihre Schultern waren jetzt sehr gerade. »Und wenn er es nicht aus Freundlichkeit getan hat, sondern weil er diesen Mann fürchtet? Oder um die Drohung zu verstärken? Ich kenne Ulrich, er würde mir keinen Gefallen tun.«

Anders als er hatte Clara Zeit gehabt, über den Anruf nachzudenken. Und sie kannte Ulrich von Mühl weit besser als er. »Möglich, dass es etwas von allem war. Ein Rest von Anstand, Unbehagen angesichts von Marolds Drohungen, der Versuch, sich aus der Angelegenheit herauszuhalten. Ich weiß es nicht.«

»Ist dieser Marold verdächtig?«, fragte Clara nüchtern.

Leo zuckte mit den Schultern. »Wir haben bisher keine Beweise dafür, dass er in den Mord an Graf verwickelt ist. Aber warum sonst sollte er mir drohen? Es gibt allerdings noch eine andere Geschichte, der wir nachgehen müssen.«

Er erzählte ihr von Friese und was dieser am Schlachtensee beobachtet hatte.

»Meinst du, der nasse Mann war Marold?«

Er lehnte sich zurück und zog sie mit sich. »Es klingt absurd. Tatsache ist aber, dass Graf getötet wurde, kurz nachdem er Marold bei Horcher angesprochen und dabei einen See erwähnt hatte. Wir wissen, dass er Brüders Tod recherchiert hat. Er muss geglaubt haben, einer großen Sache auf der Spur zu sein. Und er hat zu seinem Musikerfreund gesagt: ›Bald hab ich ihn.‹«

Clara presste die Lippen aufeinander. »Du musst weitermachen, ohne dich um diese Drohungen zu kümmern. Wir dürfen uns nicht fürchten, Leo.«

Er vergrub das Gesicht in ihren Haaren.

Nein. Das durften sie nicht.

28

Sonntag, 25. November 1928

Leo gönnte sich ein Frühstück mit der Familie, bevor er ins Präsidium fuhr. Er hatte lange wachgelegen und auf Claras Atem gelauscht, bis er endlich einschlafen konnte. Sie sprachen nicht über gestern Abend. Clara verströmte entschlossene Munterkeit. Er wollte gerade aufstehen und sich für den Dienst fertig machen, als das Telefon klingelte.

»Ich gehe schon«, sagte Clara.

Er hörte, wie sie sich meldete, offenbar war Ilse am Apparat. Dann: »Welche Zeitung? *Der Tag*? Danke. Ich erkläre es dir später.«

Sie hängte ein, kam aber nicht in die Küche zurück, sondern blieb im Flur stehen. Leo ging zu ihr und schloss die Küchentür hinter sich, ohne auf die fragenden Blicke der Kinder zu achten.

»Was ist los?«

»*Der Tag* hat über dich geschrieben«, sagte Clara. »Sie haben es als großen Fotobericht über die Kriminalpolizei aufgemacht, Gennat und Werneburg sind abgebildet, das Mordauto, dazu berichten sie über sensationelle Fälle der letzten Jahre.« Sie zögerte. »Es ist auch ein Foto von dir dabei.«

Der Tag, also Scherl. »Und?«, fragte er ungeduldig, weil er ahnte, dass noch etwas nachkam.

»Da steht etwas über deine Narbe und wie du sie bekommen hast. Sie schreiben, dass du dich gegen die Polizei gestellt hättest, um Kommunisten zu beschützen.«

Leo versuchte, ruhig zu atmen. Er dachte wieder an die Warnung Ulrich von Mühls.

Sie ergriff seine Hand. »Leo, das ist zehn Jahre her, das interessiert doch keinen mehr. Sie haben es geschickt verpackt, sagt Ilse, du wirst gelobt, man erwähnt deine Erfolge beim Ballhaus-Mord und im Fall Viktor König. Du wirst als Draufgänger gezeichnet, der gern mal Kopf und Kragen riskiert. Das muss doch nicht schlecht sein.«

Er musste den Artikel selbst sehen, um sich eine Meinung zu bilden. »Kann es aber, wenn ich als jemand dastehe, der sich mit Kommunisten einlässt. Das wird nicht gern gesehen.«

Sie umarmte ihn kurz und schob ihn in den Flur. »Der Artikel wird dir nicht schaden. Weißt du, was ich glaube? Marold lässt die Muskeln spielen. Die Botschaft richtet sich an dich, nicht an die Zeitungsleser. *Die* wollen, dass du Berlin sicherer machst, das ist alles. Wenn ein Zusammenstoß mit den Schupos beim Spartakusaufstand das Schlimmste ist, was sie über dich berichten können, würde ich mir keine Sorgen machen.«

Er zog Hut und Mantel an und küsste Clara auf die Wange. Ganz überzeugt war er nicht.

Im Präsidium bemerkte Leo einige neugierige Blicke, doch damit hatte er gerechnet, nachdem er in der Bahn den Artikel gelesen hatte.

> Ungeachtet seiner unbestreitbaren Erfolge besitzt Oberkommissar Wechsler bisweilen ein ungestümes Temperament. So stürzte er sich während der Spartakus-Unruhen

> in einen Kampf, um einen Kommunisten zu schützen, gegen den die Polizei ordnungsgemäß vorging, um die öffentliche Sicherheit zu wahren. Er ging dazwischen und erlitt eine Verletzung im Gesicht, von der bis heute eine Narbe zeugt. Wir können nur spekulieren, ob er sie mit Stolz trägt. Wundern würde es uns nicht.

Sie rückten ihn tatsächlich in die Nähe der Kommunisten, hatten aber immerhin seine Familie aus dem Spiel gelassen. Und egal, was die Hugenberg-Blätter auch schrieben, er würde an Marold dranbleiben.

Zuerst aber brauchte er weitere Informationen. Neufeld, Sonnenschein und Hasselmann würden heute zum Schlachtensee fahren, um mögliche Zeugen zu finden, die Frieses Beobachtung bestätigen konnten.

»Du kommst nicht mit?«, fragte Sonnenschein.

»Nein, ich gehe einer anderen Sache nach. Fräulein Klammroth war einfach zu nervös.«

Neufeld nickte. »Den Eindruck hatte ich auch. Die Angst um ihren Ruf erschien mir übertrieben.«

»Eben.« Leo räusperte sich. »Im Übrigen kann ich Ihnen versichern, meine Herren, dass die Berichterstattung der Zeitungen keinerlei Einfluss auf unsere Ermittlungen haben wird.« Es klang in seinen Ohren schrecklich förmlich, doch wie sonst sollte er es ausdrücken? Und es wäre feige gewesen, es gar nicht zu erwähnen.

»Das wissen wir, Leo«, sagte Sonnenschein.

Die drei Männer brachen auf, und er blieb allein und nachdenklich am Schreibtisch sitzen.

Als es um halb zehn klingelte, wälzte sich Hugo Behrendt stöhnend auf die Seite und blinzelte zum Wecker. Heute war

Sonntag! Sein Schädel brummte, der letzte Abend war mehr feucht als fröhlich gewesen, er hatte versucht, sich den Streit mit Hedy wegzutrinken. Und die Geschichte mit Jette und ihrem Freund und dem Hitler-Auftritt, die wie eine Wolke über ihm hing.

Es hämmerte an der Tür, insistierend und zunehmend rhythmisch. Das würde Ärger mit den Nachbarn geben. Ihm blieb nichts anderes übrig, als aufzustehen und zur Wohnungstür zu schlurfen. Hugo spähte durch den Spion und fuhr zusammen.

Vor der Tür stand Hedy, frisch wie der junge Tag, in der Hand eine Schrippentüte und ein Paket, das in braunes Fettpapier gewickelt war.

Hugo öffnete die Tür einen Spalt und lugte hindurch.

»Guten Morgen. Ich hab Frühstück mitgebracht«, sagte Hedy fröhlich und drückte gegen die Tür. »Nun lass mich schon rein.«

Er wich kraftlos zurück und ließ sie an sich vorbeimarschieren. Dann schloss er die Tür und lehnte sich dagegen. »Kann das Versöhnungsfrühstück nicht ein bisschen warten? Du bist geradezu ekelhaft ausgeschlafen.«

Sie ging lachend in die Küche und warf Tüte und Päckchen auf den Tisch. Dann öffnete sie wie selbstverständlich die Schränke, platzierte Geschirr und Besteck auf einem Tablett und trug es ins Wohnzimmer. Sie füllte den Wasserkessel und setzte ihn auf den Herd, gab Kaffee in den Filter und stellte ihn auf die Kanne.

»Hedy, würdest du mir bitte sagen, was das soll?«

Sie lachte. »Du hast es richtig erkannt – Versöhnungsfrühstück.«

Hugo legte stöhnend die Hände vors Gesicht. »Ich hab einen schrecklichen Kater.«

»Umso besser, dass du was zwischen die Zähne bekommst, mein Lieber.« Sie hielt inne und sah ihn an, plötzlich ernst. »Ich kann es nicht ertragen, wenn wir Streit haben. Und auch noch wegen einer Frau.«

Er runzelte die Stirn, musste aber grinsen. »Es war wohl nicht die große Liebe.«

»Daran hast du nie geglaubt. Sie hat dir nur geschmeichelt.«

Er verdrehte die Augen. »Irgendwer muss es ja tun. Ich hab auch Gefühle.«

Dann saßen sie bei Schrippen, Käse und Schinken im Wohnzimmer, dampfenden Kaffee in den Tassen.

»Hast du mit ihr gesprochen?«, fragte Hedy.

»Ich wollte, aber als sie mir zuletzt im Korridor begegnet ist, hat sie einfach an mir vorbeigeschaut. Erst dachte ich, die Sache mit dem Hitler-Auftritt sei ihr peinlich, aber das war es nicht. Sie will nichts mehr von mir wissen.«

»Hat sie mal einen Clemens erwähnt?«, fragte Hedy unvermittelt.

»Nein. Wer soll das sein?«

Sie trank die Tasse aus und stellte sie ab. »Als ich bei ihr im Büro war, hat sie mit einem Clemens telefoniert.« Sie drückte die Finger an die Stirn, als könnte sie ihrer Erinnerung auf die Sprünge helfen. Was hatte die Klammroth doch gleich gesagt? »›Bitte, ich muss dich sehen. – Er war bei dir? Ich habe ihm nichts gesagt, Clemens, das schwöre ich. – Ich komme nachher zu dir.‹«

»Das hat sie gesagt?«, fragte Hugo argwöhnisch.

»Es klang vertraulich. Tut mir leid.«

»Sie hatte schon erwähnt, dass sie einen Freund hat. Aber sie hatten Krach, da dachte ich … Ach, was soll's? Aber sie hat nicht gesagt, wie er heißt.« Etwas nagte an ihm, das sah Hedy ihm wohl an.

»Dir liegt was auf der Seele.« Sie knuffte ihn gegen den Oberarm. »Raus mit der Sprache.«

»Vorgestern war dieser Kommissar Wechsler noch mal in der Redaktion. Nachdem wir den Streit hatten und du abgehauen warst.«

»Ich musste mich erst mal abregen und mir eine Wurststulle besorgen.«

»Jedenfalls war er zuerst bei Wallenberg und hat danach alle in der Redaktion gefragt, ob Graf mal Clemens Marold erwähnt hat. Im Zusammenhang mit seinen Recherchen.«

Hedys Kopf schoss hoch. »Den Marold, der für Hugenberg arbeitet?«

»Ebenden. Es kann Zufall sein, aber ...«

Sie legte die Hand auf seine und sah ihn eindringlich an. »Das müssen wir der Polizei sagen.«

Als Neufeld die Unterführung bemerkte, durchzuckte ihn ein Gedanke. Er blieb stehen, die Kollegen ebenfalls. Links von ihnen verlief die Bahnlinie zwischen Nikolassee und Grunewald. Die Unterführung verband den Waldweg, auf dem sie gerade gingen, mit der dahinterliegenden, schnurgeraden Straße.

»Augenblick. Friese hat doch gesagt, er habe ein Auto gehört. Das hier ist die ideale Stelle, schauen Sie nur. Hinter der Bahnlinie verläuft die AVUS. Man braucht nur durch die Unterführung zu gehen und ist schon fast am See.« Er betrachtete den Stadtplan, den er in Händen hielt. »Es ist die kürzeste Verbindung und zudem nicht weit von Brüders Haus.«

»Das stimmt«, sagte Sonnenschein. »Auf dieser Seite des Sees ist Wald, und an der AVUS wohnt niemand. Also kaum Zeugen.«

»Aber auch kaum Zeugen für uns«, bemerkte Hasselmann grimmig.

Sie bogen in den Wald ab und stapften zwischen den Bäumen hindurch, mit denen das Nordufer des Schlachtensees bestanden war. Es regnete schon den ganzen Tag, alle waren nass bis auf die Haut, und eine Temperatur um die fünf Grad machte es nicht besser. Neufeld dachte sehnsüchtig an seine Badewanne. Aber die musste warten – der Feierabend lag noch in weiter Ferne. Und keiner von ihnen wollte mit leeren Händen ins Präsidium zurückkehren, nun, da der Fall eine entscheidende Wende zu nehmen schien.

Das Wochenenddomizil des verstorbenen Reinhold Brüder befand sich nicht in der Landhauskolonie am östlichen Zipfel des Sees, wo es ausgebaute Straßen gab, sondern im Norden, wo sich zwischen See und Bahnlinie ein ausgedehntes Waldgebiet erstreckte. Hier gab es zwar eine Badeanstalt, zu der man mit einer Fähre vom belebteren Südufer übersetzen konnte, doch Brüder hatte ein Grundstück weiter westlich gefunden und dort sein Häuschen gebaut. Er hatte es offenbar vorgezogen, am Wochenende ganz für sich zu sein und jeglichen Trubel hinter sich zu lassen.

»Ich frage mich, mit wem wir reden sollen«, sagte Hasselmann mürrisch. »Bei dem Sauwetter ist hier doch kein Mensch.«

»Da haben Sie recht, aber versuchen müssen wir es«, meinte Sonnenschein

Hasselmann trat gegen einen Ast. »Ich frage mich ja, ob wir uns auf Friese verlassen können. Ein Mann im Anzug, der nass durch den Wald läuft ... was hat das schon zu sagen? Der August war regnerisch, vielleicht ist er bei einem Spaziergang nass geworden. Das kann vorkommen – kann ich persönlich bestätigen.«

Hier musste Sonnenschein widersprechen. »Ich habe das recherchiert. Der 26. war bewölkt und kühl, aber trocken. Regenwasser kann es nicht gewesen sein. Und laut Friese kam er vom See.«

Sie blieben stehen, als sie Brüders Grundstück erreichten. Ein Zaun mit Tor trennte es vom umliegenden Wald, dahinter war das Wochenendhäuschen mit dem angrenzenden Bootsschuppen zu erkennen. Das Grundstück wirkte gepflegt, obwohl sein Besitzer seit Monaten tot war. Vielleicht wollte die Witwe es behalten.

Sie gingen in Ufernähe weiter und stießen bald auf einen weiteren Zaun. Auf dem Grundstück dahinter stand ein halbfertiges, deutlich größeres Haus. Ein Stück entfernt türmten sich Äste und die Stämme kleinerer Bäume, die von August Frieses sommerlichen Bemühungen zeugten.

Die Männer blieben stehen und schauten zwischen den Grundstücken hin und her.

»Nette Lage«, sagte Neufeld. »Es muss herrlich sein, im Sommer hier das Wochenende zu verbringen.«

Heute aber war alles trüb und dunkel, das Wasser schimmerte grau zwischen den Bäumen hindurch.

Sonnenschein schaute nachdenklich auf die Häuser. »Es wäre denkbar, dass unser Mann sein Auto hinter der Bahnlinie abgestellt hat und durch den Wald zu Brüders Haus gegangen ist, so wie wir gerade. Man kennt sich, Brüder lädt ihn ein, sie fahren gemeinsam auf den See hinaus. Dort tötet er Brüder, springt ins Wasser und schwimmt ans Ufer. Die Stelle ist einsam, der Badestrand liegt hinter einer Landzunge, außerdem war kein Badewetter. Er rechnet nicht damit, dass auf dem Nachbargrundstück jemand arbeitet. Außerdem hat er es eilig. Er bemerkt Friese nicht. Er fährt nach Hause, es gibt keine Zeugen.« Er seufzte. »Spuren werden wir nach drei Monaten keine finden. Und zu ärgerlich, dass wir kein brauchbares Foto von Marold haben.«

Sie gingen langsam weiter.

»Und wie hat er Brüder getötet, falls es ein Verbrechen war?«, fragte Neufeld.

»Nun, das ist nicht so schwer«, sagte Hasselmann. »Friese hat ihn als recht jung beschrieben, Brüder hingegen war fünfundsechzig, korpulent und gesundheitlich angeschlagen. Er kann ihn ins Wasser gestoßen und untergetaucht haben, ohne Spuren zu hinterlassen.«

»Das stimmt. Und es gibt hier Strudel, das stand im Bericht.«

Sonnenschein nickte. »Es passt alles zusammen. Nur können wir es nicht beweisen.«

Neufeld schaute noch einmal auf seinen Plan und deutete nach Osten. »Da drüben ist die ›Alte Fischerhütte‹, da sollten wir mal nachfragen. Vielleicht bekommen wir auch was Warmes zu trinken.«

»Na gut, noch nasser können wir kaum werden«, knurrte Hasselmann und stiefelte los.

»Kriminalpolizei, Wechsler am Apparat«, meldete sich Leo und setzte sich aufrecht hin, als er den Namen des Anrufers hörte.

Hugo Behrendt zögerte einen Moment, als müsste er sich überwinden. »Es geht um Jette Klammroth. Gerade habe ich mit meiner Kollegin Hedy Neumann gesprochen. Die Sache ist die – als Sie neulich in der Redaktion waren, haben Sie gefragt, ob Graf den Namen Clemens Marold erwähnt habe, was ich verneinte. Das war auch korrekt. Aber Hedy hat etwas gehört, als sie bei Jette, also Fräulein Klammroth, im

Büro war. Sie hat telefoniert und gesagt ... Ach, ich gebe Ihnen Hedy, die erzählt es Ihnen besser selbst.«

Ein Rascheln, dann war Hedy Neumann am Apparat. »Guten Tag, Herr Oberkommissar. Fräulein Klammroth hat gesagt: ›»Bitte, ich muss dich sehen. – Er war bei dir? Ich habe ihm nichts gesagt, Clemens, das schwöre ich. – Ich komme nachher zu dir.‹« Sie hielt inne. »Ich habe ein gutes Gedächtnis und bin mir ziemlich sicher, dass dies der genaue Wortlaut ist.«

Leo hatte mitgeschrieben. »Vielen Dank, Fräulein Neumann, das ist wirklich sehr hilfreich. Bitte geben Sie mir Herrn Behrendt noch mal. – Herr Behrendt, überlegen Sie genau, ob Ihnen irgendetwas einfällt, das Fräulein Klammroth mit Moritz Graf verbinden könnte.«

»Was?« Es klang erschrocken. »Sie glauben doch nicht, Jette hätte etwas mit seinem Tod zu tun?«

»Dazu kann ich nichts sagen, Herr Behrendt«, sagte Leo mit Nachdruck. »Es geht um einen Mord. Haben Sie jemals mit ihr über Graf gesprochen?«

»Ja, schon, aber ich bin sicher –«

Leo, der diesen Einwand zur Genüge kannte, unterbrach ihn sofort. »Ich entscheide, ob es wichtig ist.«

»Kurz bevor Graf starb, war ich mittags bei Jaedicke, dem Café in der Kochstraße. Ich fand Jette schon länger reizend, und an dem Tag setzte sie sich tatsächlich zu mir, weil es so voll war. Wir kamen ins Gespräch. Ich erzählte ihr von Graf, weil er auch gerade dort war, von seinen Macken und dass er sich aufs Dach verzog, um seine Ruhe zu haben. Sicher, diese Geschichten kursierten im Haus, aber sie arbeitet ja im Buchverlag, nicht bei den Zeitungen, und ich wollte sie –«

Das war er, der Moment, auf den Leo gewartet hatte. Sein

Puls beschleunigte sich. »Sind Sie sich ganz sicher, Herr Behrendt?«

»Dass ich ihr von Graf und seinem Freiluftbüro erzählt habe? Oh ja.«

»Erinnern Sie sich an das Datum?«

»Einen Moment, das kann ich nachsehen.«

Leo wartete ungeduldig, während durch den Hörer ein Rascheln erklang, als Behrendt in seinem Kalender blätterte.

»Am 5. November muss das gewesen sein. Ich schreibe mir nicht auf, wo ich mittags esse, aber ich hatte danach eine Besprechung, an die ich mich erinnere.«

Leo ballte triumphierend die Faust. »Würden Sie das beeiden?«

Ein flüchtiges Zögern, dann antwortete Behrendt mit fester Stimme: »Ja, das würde ich. Aber warum ist es wichtig?«

»Darüber kann ich nicht sprechen, aber ich danke Ihnen sehr. Wir nehmen Ihre Aussage so bald wie möglich zu Protokoll. Einen schönen Sonntag noch.«

Leo hängte ein. Er schloss die Augen und stand wieder in dem Korridor bei Ullstein, durch den man aufs Dach gelangte. Er dachte daran, wie er um ein Haar mit Jette Klammroth zusammengestoßen war. Wie bereitwillig sie mit ihm gesprochen hatte.

Vor allem aber dachte er daran, dass sie angeblich noch nie von Grafs Freiluftbüro gehört hatte.

Zehn Tage, nachdem Hugo Behrendt ihr bei Jaedicke davon erzählt hatte.

29

Neufeld war erleichtert, als die Alte Fischerhütte in Sicht kam. Seine Schuhe waren völlig durchweicht. Gummistiefel wären für die Exkursion sinnvoller gewesen.

Der Name Fischerhütte traf es nicht so ganz – es war eine ganze Ansammlung zusammengewürfelter Gebäude, eins davon mit vorgetäuschtem Fachwerk. Davor überblickte eine lang gezogene Terrasse den See, von der mehrere Treppen zu den Anlegestegen hinunterführten. Alles wirkte verlassen, die Ruderboote hatte man für den Winter eingemottet.

Neufeld blieb am Ufer stehen und schaute in die Richtung, aus der sie gekommen waren. Von hier aus war die Stelle, an der sich Brüders Wochenendhaus befand, nicht zu sehen, das verhinderten die Kurven und Windungen des Sees.

»Versuchen wir unser Glück«, sagte er zu den Kollegen und ging auf das erstbeste Gebäude zu, in dem Licht brannte.

Der Gastraum war behaglich und angenehm geheizt. In einer Ecke saßen einige Männer in Arbeitskleidung, der Wirt stand hinter der Theke. Ansonsten gab es keine Gäste.

»Mittag ist vorbei«, verkündete der Wirt.

»Was Warmes zu trinken bekommen wir aber schon, oder?«, fragte Hasselmann.

»Kaffee, Tee, Grog?«

Neufeld hätte gern den Grog genommen, entschied sich jedoch lieber für Tee, sie waren im Dienst.

»Mit Rum?«

»Leider nein.«

Der Wirt stellte ihnen die Getränke hin und schaute sie argwöhnisch an. »Sie haben sich ja prima Wetter für 'ne Wanderung ausgesucht.«

Sonnenschein zückte seine Marke. »Wir müssen Ihnen einige Fragen stellen, Herr …«

»Emmerich«, sagte der Wirt. »Und das sind meine Angelfreunde, die kommen sonntags immer her, bei jedem Wetter.«

Neufeld schaute zu dem Tisch hinüber. »Ich geh mal hin.«

Die drei Männer rückten zusammen, damit er sich zu ihnen setzen konnte. Er wies sich aus.

»Oh, hoher Besuch«, sagte ein alter Mann, dem weiße Haare aus den Ohren wuchsen. »Wat verschafft uns dit Vajniejen?«

»Erinnern Sie sich an den 26. August? Das war auch ein Sonntag.«

Der Alte kratzte sich am Kopf und stieß seinen jüngeren Nebenmann an. »Paul hier hat 'n besseret Jedächtnis. War dit der Sonntag, wo der Hecht so jut jebissen hat?«

»Ja, es war bewölkt, aber endlich mal trocken, der ganze August war ja ziemlich nass«, sagte Paul. »Das mögen Hecht und Zander.«

Neufeld hatte nicht die geringste Ahnung vom Angeln, nahm es aber als gutes Zeichen, dass sich die Männer an den Tag erinnerten. »Ist an dem Sonntag etwas Außergewöhnliches vorgefallen?«

Der Dritte im Bunde trug jetzt auch etwas bei: »Klar, da war großes Bohei. Im See ist einer ertrunken, Zeitungsmann oder so. Soll gut betucht gewesen sein.«

»Reinhold Brüder.«

»Ja, so hieß der«, warf der Alte ein. »Dit Herz hat nicht mehr mitjemacht, hamse jesacht, da ist er reinjefallen. Und der See ist nicht ohne. Da jibt et Strudel, janz tückisch sind die. Ick würd da nicht schwimmen jehn.«

»Sonst noch etwas Ungewöhnliches?«

Alle dachten angestrengt nach. Schließlich sagte Paul zögernd: »Ich habe mich ein paar Tage später mit einem Förster unterhalten. Der hat eine komische Geschichte erzählt. Er hat gesehen, wie einer im nassen Anzug durch den Wald gekommen ist. Sachen gibt's, hat er gesagt.«

»Augenblick. Kennen Sie diesen Förster?«

»Nicht vom Namen her, aber der ist aus der Oberförsterei oben am Grunewaldsee. Wenn ich angle, bleibt der immer stehen und redet ein paar Worte. Manchmal auch ein bisschen viel, der vertreibt mir dann die Fische.«

Neufeld bedankte sich und kehrte zu den Kollegen zurück, die vom Wirt nichts Neues erfahren hatten.

Draußen vor der Tür berichtete er, was der Angler erzählt hatte.

»Dann nichts wie hin«, sagte Hasselmann. »Aber nicht zu Fuß!«

Jette Klammroth kam sich vor wie in einem niemals endenden Albtraum, in dem sie ständig vergeblich versuchte, Clemens Marold anzurufen. Undenkbar, dass er nie zu Hause war. Nein, er ließ sich verleugnen.

Jetzt lag sie auf dem Sofa, in eine Decke gewickelt, weil sie unentwegt fror und nicht nur, weil November war. Es schien, als rückten die Wände näher, als schlösse sich eine Hand um ihre Kehle und drückte kaum merklich, aber immer fester zu. Clemens hatte sie bedroht, und sie konnte niemanden um Hilfe bitten, weil sie sich dann selbst verraten würde.

Sie zog die Knie an die Brust und versuchte, tief zu atmen, doch ein eiserner Ring hatte sich um ihre Brust gelegt. Die Bilder ließen sich nicht mehr vertreiben.

Der Besuch in der Oberförsterei verlief ernüchternd. Sie trafen Förster Hanke zwar dort an, aber seine Aussage bot nichts Neues. Ja, er hatte am fraglichen Sonntag tatsächlich einen nassen Mann im Anzug gesehen. Daran erinnerte er sich, weil am selben Tag viel Aufregung um den Ertrunkenen geherrscht hatte.

Er hatte den Mann an der Grenze des Grundstücks gesehen, das damals gerodet wurde. Ja, es war etwas merkwürdig gewesen, doch kam es gelegentlich vor, dass jemand aus einem der Ruderboote fiel, die man an der Alten Fischerhütte mieten konnte. Gerade die jüngeren Leute alberten gern herum, ließen die Boote schaukeln, schubsten sich gegenseitig – schon möglich, dass mal jemand ins Wasser fiel, der nicht dafür gekleidet war.

Hanke war nicht auf den Gedanken gekommen, es könnte etwas mit dem Vermissten zu tun haben, dessen Boot später auf dem Wasser treibend gefunden wurde, da er als deutlich älter und korpulenter beschrieben wurde.

Er glaubte auch nicht, dass er den Mann identifizieren könnte. Der habe sich rasch bewegt und sei ein ganzes Stück entfernt gewesen. Eher jung, groß, der Anzug könne dunkelgrau gewesen sein, das sei bei Nässe schwer zu sagen.

Damit mussten sich die Polizisten zufriedengeben. Als sie losfuhren, sagte Hasselmann: »Besser als nichts, aber zu wenig, um jemanden zu überführen. Viel zu wenig.«

Sonnenschein schaute nachdenklich aus dem Fenster. »Wir haben die Aussage des Kellners bei Horcher, nach der Graf einen See erwähnt hat.«

Neufeld war eher pessimistisch. »Ja, aber welcher See und welcher Tag waren gemeint? Sicher, Marold hätte ein überzeugendes Motiv, das beste, das wir bisher gefunden haben, aber solange wir ihm nichts nachweisen können …«

»Wir haben ihn noch nicht nach seinem Alibi gefragt«, gab Sonnenschein zu bedenken. »Das sollten wir jetzt schleunigst tun.«

Jette fuhr hoch, als es klingelte. Clemens, er musste es sein! Bereute er sein Verhalten? Wollte er sich entschuldigen, mit ihr gemeinsam einen Plan schmieden, damit doch noch alles gut würde?

Ihr Herz schlug schneller, als sie aus dem Sessel aufstand und in den Flur trat. Vielleicht wollte er sich mit ihr versöhnen, zugeben, dass er sich unmöglich verhalten hatte, dass er ihr dankbar war und sein Benehmen bereute. Denn so konnte es nicht enden, niemals.

Sie eilte zur Tür, war sich so sicher, dass sie gar nicht durch den Spion schaute.

Doch was folgte, war ein Déjà-vu. Vor ihr stand Oberkommissar Wechsler, die Hände in den Manteltaschen.

»Fräulein Klammroth? Ich muss Sie bitten, mit aufs Präsidium zu kommen.«

»Bin ich … bin ich verhaftet?«

Er nahm den Hut ab, von dem Regentropfen auf die Matte fielen. »Wir benötigen Ihre Aussage zu bestimmten Fragen.«

Das klang schrecklich offiziell, dachte sie beklommen. Andererseits – was konnte ihr passieren? Sie war immer auf der Hut gewesen, hatte genau aufgepasst, was sie sagte. Ein Fehler wie mit dem Hitler-Auftritt würde ihr nicht noch einmal unterlaufen. Sie würde ruhig bleiben, sich ihre Worte sorgfältig überlegen. Es gab keine Zeugen, man konnte ihr nichts nachweisen.

»Ich ziehe mir nur den Mantel an.« Sie spürte Wechslers Augen im Rücken, als sie ihre Handtasche holte, in die Schuhe schlüpfte und den Mantel überzog. Sie setzte ihren besten Hut auf und trat in den Flur.

»Gehen wir?«

Die Nachbarin von gegenüber spähte durch den Türspalt, und Jette lächelte Wechsler mit dem Mut der Verzweiflung aufreizend an. Vielleicht glaubte die alte Treitschke dann, er sei ihr Verehrer und nicht ein Kriminalbeamter, der sie zum Verhör abholte.

Clara versuchte, sich auf den geplanten Vortrag über Leonhard Frank zu konzentrieren, doch ihr Blick wanderte immer wieder ziellos durchs Zimmer. Das Trommeln des Regens machte sie zusehends kribbelig, und schließlich räumte sie die Unterlagen beiseite. Sie brachte heute nichts zustande.

Sie ging in die Küche und suchte in den Schränken Zutaten für einen Kuchen zusammen. Das Backen würde sie hoffentlich ablenken – manchmal waren mechanische Tätigkeiten gerade richtig, um die Gedanken zu beruhigen.

Sie rührte gerade den Teig, als sie die Wohnungstür hörte. Dann steckte Georg den Kopf herein. Er war bei seinem Freund Christoph gewesen.

»Oh, Kuchen? Gibt's was zu feiern?«

Er kam herein und wusch sich immerhin die Hände, bevor er mit dem Finger kräftig in den Teig fuhr. Clara drohte ihm lachend mit dem Löffel.

»Nein, ich backe einfach so.«

Er schaute sie prüfend an. In solchen Augenblicken erkannte sie seinen Vater in ihm. Sie musste sich abwenden.

Sie liebte Leos Kinder, als wären es ihre eigenen, und wie so oft, wenn sie Georg ansah, spürte sie tiefe Dankbarkeit, dass die kurze Zeit, in der er den Verlockungen der Hitlerjugend erlegen war, ein für alle Mal hinter ihnen lag.

»Du backst eigentlich nur, wenn jemand Geburtstag hat.«

»Oder um mich abzulenken«, rutschte es ihr heraus. Als sie Georgs Blick begegnete, wurde ihr klar, dass er den Artikel gesehen hatte.

»Christophs Eltern lesen den *Tag.*« Er zuckte mit den Schultern. »Ist doch nicht schlimm. Die Narbe steht ihm. Damit sieht er aus, als hätte er gekämpft.«

Clara schüttete den Teig in die Backform und strich ihn glatt. »Na ja, das hat er wohl auch. Nicht dass er es so erzählt, du kennst ihn ja.«

Georg ließ sich auf einen Stuhl fallen. »Ich war noch ganz klein, darum kann ich mich nicht erinnern. Aber ich hab ihn mal danach gefragt. Er hat gesagt, Unrecht wird nicht Recht, nur weil die Polizei es begeht.«

Clara musste lächeln. Das klang sehr nach Leo.

Georg wirkte plötzlich verlegen, als behagte ihm das vertrauliche Gespräch mit seiner Stiefmutter nicht. »Ich geh dann mal. Muss noch was für die Schule machen.«

»Danke«, sagte sie.

»Aber dafür krieg ich ein Extrastück Kuchen …«

Sie warf ein Geschirrtuch nach ihm, und er rannte lachend aus der Küche. Sie sah auf die Uhr und wünschte sich zum ersten Mal im Leben, dass ein Sonntag möglichst schnell vorüberginge.

30

Sonnenschein hatte zunächst im Scherl Verlag angerufen. Clemens Marold war nicht im Hause, hieß es. Daraufhin ließ er sich die Privatnummer geben und erfuhr vom Diener, dass Herr Marold für einige Tage verreist sei. Gerade wollte er seinem Ärger Luft machen, als die Tür aufging und Leo hereinschaute.

»Ich habe Jette Klammroth hier.«

Er berichtete leise, was Behrendt und Hedy Neumann am Telefon gesagt hatten. »Ich möchte, dass wir sie alle gemeinsam befragen. Sie verschweigt etwas. Wir müssen sie unter Druck setzen, um es aus ihr herauszubekommen.«

Dann holte er Fräulein Klammroth herein. Als sie die anderen Männer bemerkte, blieb sie unwillkürlich stehen und schaute ihn hilfesuchend an. »Muss das sein? Ich würde lieber allein mit Ihnen sprechen.«

»Setzen Sie sich«, sagte er, was Antwort genug war. Sie wurde blass und ließ sich auf dem Stuhl nieder, die Knie fest aneinandergepresst.

»Sie haben sich am 5. November mit Herrn Hugo Behrendt im Café Jaedicke unterhalten, ist das richtig?«

Mit dieser Frage hatte sie wohl nicht gerechnet, denn sie lächelte erleichtert. »Ich weiß nicht mehr, ob es am 5. war, aber ja, wir haben uns dort unterhalten. Es war sehr voll, darum saßen wir am selben Tisch.«

»Damals war auch Moritz Graf dort zu Gast. Und Billie Wilder.«

Sie nickte eifrig. »Das hatte ich Ihnen schon erzählt.«

Leo lehnte sich zurück. »Bei dieser Gelegenheit erwähnte Herr Behrendt auch Grafs sogenanntes ›Freiluftbüro‹ auf dem Dach.«

Ihr Gesicht verschloss sich augenblicklich. »Hat er Ihnen das gesagt?«

»Er würde es sogar beeiden«, erwiderte Leo und ließ sie nicht aus den Augen. Dann gab er Sonnenschein einen Wink, und dieser fuhr fort:

»Fräulein Klammroth, folglich wussten Sie bereits vor Grafs Tod, dass er sich öfter auf dem Dach aufhielt.«

Sie reckte den Hals, weil die Stimme schräg hinter ihr erklang. »Wenn er das sagt, muss es wohl so sein. Ich habe viel zu tun, da vergesse ich mal was. Sie wissen, wie das ist, wenn man Trubel bei der Arbeit hat.«

Leo nickte. »Gewiss, das kennen wir zur Genüge. Aber es war nicht so, als wäre Ihnen die Sache mit Grafs Freiluftbüro entfallen. Sie haben auf meine Frage ausdrücklich geantwortet, dass Sie nichts davon wussten. Was offensichtlich gelogen war.«

Jette Klammroths Kopf zuckte hin und her, als suchte sie nach einem Fluchtweg. Sie krallte die Finger in den Rock.

»Ich ... muss es vergessen haben. Warum sollte ich Sie belügen?«

Neufeld nahm den Faden auf. »Weil Sie Graf vom Dach gestoßen haben?« Sie wollte empört widersprechen, doch er verschränkte die Hände und beugte sich vor. »Sie waren dabei, als Graf Herrn Marold bei Horcher abgepasst hat. Sie haben mitbekommen, dass Ihr Liebhaber danach beunruhigt war. Er wollte Ihnen nicht sagen, worüber Graf mit ihm gesprochen hatte. Oder hat er es Ihnen gesagt, und Sie beschlossen, dass Graf deshalb sterben sollte? Zu diesem Zeitpunkt wussten Sie schon von Herrn Behrendt, dass Graf regelmäßig aufs Dach ging. Man gelangt über den Korridor dorthin, an dem sich Ihr Büro befindet. In welchem Sie sich an dem Abend, an dem Graf starb, aufgehalten haben.«

Diese Beweisführung war extrem dünn, trotzdem hoffte Leo, dass Jette Klammroth es in ihrem aufgewühlten Zustand nicht bemerken würde.

Sie schluckte schwer. »Aber … so ein Wortwechsel im Restaurant ist doch kein Grund, jemanden zu töten.«

»Kommen wir zu etwas anderem – Ihrem Besuch im Sportpalast.« Leo las die Verwirrung in ihren Augen, als er plötzlich die Richtung wechselte. »So ganz verstehe ich Ihre Sorge nicht. Die Ullsteins sind als liberal bekannt. Warum sollten Sie abstreiten, sich Hitler angesehen zu haben, wenn die gesamte Hauptstadtpresse und viele Neugierige sich dort versammelt hatten? Wer sollte Ihnen einen Strick daraus drehen? Außer natürlich …«

Leo wusste, dass es ein Schuss ins Blaue war, aber sie mussten die Mauer, die Fräulein Klammroth um sich errichtet hatte, durchbrechen. Er sprach nicht weiter, sondern ließ die Worte wirken, und sie reagierte wie erhofft. Nervös. Unruhig.

»Was meinen Sie?«, fragte sie.

»Falls Sie aus Überzeugung dort waren, würden Sie alles tun, damit es Ihre Arbeitgeber nicht erfahren.«

Sie schlug die Hände vors Gesicht und brach in Tränen aus. Leos Mitgefühl hielt sich in Grenzen. Sie war bislang die Einzige, die die Gelegenheit zur Tat gehabt und womöglich ein Motiv hatte.

»Lieben Sie Herrn Marold sehr?«

Ihr Kopf schoss hoch, als könnte sie seinen Gedankensprüngen nicht folgen. »Ich … ja. Aber – etwas hat sich verändert.« Sie stockte, als wäre sie nicht sicher, ob sie weitersprechen sollte.

»Was denn?«

Sie zog die Schultern hoch, wie um sich zu schützen. »Er lässt sich am Telefon verleugnen. Will sich nicht mehr mit mir treffen. Dabei habe ich …« Sie verstummte abrupt.

»Haben Sie was?«

»Habe ich ihn so geliebt«, sagte sie rasch, doch Leo ahnte, dass sie eigentlich etwas anderes hatte sagen wollen.

»Können Sie sich vorstellen, was Graf gegen Marold in der Hand hatte? Er soll einen See erwähnt haben. Könnte es sich um den Schlachtensee handeln? Hat Marold je davon gesprochen?«

Ihre Überraschung wirkte echt. »Der Schlachtensee? Den hat Clemens nie erwähnt, er ist nicht gern draußen in der Natur.«

»Herr Marold ist sehr ehrgeizig, nicht wahr? Er hat die Position eines Mannes übernommen, der in diesem See ertrunken ist. Vor gerade mal drei Monaten.«

Leo konnte sehen, wie sich ihre Miene veränderte. Dann keuchte sie hörbar auf. Der Groschen war gefallen. Doch die Antwort war enttäuschend.

»Dazu kann ich nichts sagen. Clemens redet selten über seine Arbeit.«

»›Bitte, ich muss dich sehen. – Er war bei dir? Ich habe ihm nichts gesagt, Clemens, das schwöre ich. – Ich komme nachher zu dir.‹« Leo klappte sein Notizbuch zu. »Das haben Sie laut einer Zeugenaussage am Telefon zu Marold gesagt. Wer war bei ihm? Vermutlich war ich gemeint. Was also haben Sie mir nicht gesagt, Fräulein Klammroth?«

Sie schaute unverwandt auf ihre Füße und schwieg.

»Dann rufen wir jetzt Herrn Marold an und fragen ihn danach.«

Sonnenschein räusperte sich und sagte leise: »Er ist verreist. Man konnte mir nicht sagen, wann er wiederkommt.«

In ihrem Blick lag wilde Verzweiflung, sie kämpfte mit den Tränen. »Ich sage gar nichts mehr.«

Leo wusste, wie wenig stichhaltig seine Beweisführung war, aber er musste es versuchen, und wenn auch nur, um sich gegen eventuelle Vorwürfe abzusichern. Also schickte er Sonnenschein mit Jette Klammroth ins Nebenzimmer und ließ sich mit dem diensthabenden Staatsanwalt verbinden. Es war der Privatanschluss, wie Leo feststellte, als sich ein Hausmädchen meldete. Dr. Beck habe Besuch. Darauf könne er keine Rücksicht nehmen, entgegnete Leo. Widerstrebend erklärte sie sich bereit, nachzusehen, ob der Herr Staatsanwalt abkömmlich sei.

Als sich der Staatsanwalt schließlich meldete, war er kurzangebunden. »Beck hier. Ich habe Gäste.«

»Oberkommissar Wechsler, Inspektion A. Es ist dringend.« Er schilderte, was gegen Jette Klammroth vorlag: dass sie von Grafs Freiluftbüro gewusst, es aber abgestritten hatte, dass sie vermutlich ein Motiv besaß, weil der Ermordete über ihren Geliebten recherchiert und diesen in ihrem Beisein bedrängt hatte …

Doch Dr. Beck war nicht überzeugt. »Und dafür rufen Sie mich am Sonntagabend an? Jetzt mal im Ernst, Wechsler: dringender Tatverdacht. Verdunkelungsgefahr. Fluchtgefahr. Diese Begriffe aus der Strafprozessordnung dürften Ihnen wohl geläufig sein. In meinen Augen liegt keiner dieser Tatbestände vor. Wenn ich mit Ihren Argumenten einen Haftbefehl beantrage, zeigt mir doch jeder Richter einen Vogel. Guten Abend.«

Leo hängte ein. »Aussichtslos. Wir brauchen mehr, vor allem Marolds Aussage. Die und sein Alibi für den 26. August. Solange wir weder Klammroths Geständnis haben noch schlüssig beweisen können, dass sie mit Graf auf dem Dach war, müssen wir sie laufen lassen.«

»Wie sieht es mit einer Observierung aus?«, fragte Hasselmann.

Leo nickte. »Das Haus, in dem sie wohnt, und zwar rund um die Uhr. Wer weiß, ob Marold sich nicht bei ihr blicken lässt. Morgen durchkämmen wir noch einmal alles bei Ullstein und fragen gezielt, ob man die Verdächtige in der Nähe des Daches gesehen hat. Denkbar, dass sich mögliche Zeugen nichts dabei gedacht haben, weil niemand die Klammroth mit Graf in Verbindung brachte.«

Es klang ein bisschen verzweifelt, aber sie waren nah an der Lösung, das spürte er. Es fehlte nur das letzte Puzzlestück.

Hasselmann sah ihn entschlossen an. »Ich melde mich zur ersten Schicht, Herr Oberkommissar.«

»Danke. Sie nehmen Klein mit, falls einer einschläft. Ich sorge für Ablösung um Mitternacht.«

Leo fuhr Jette Klammroth persönlich nach Hause, Hasselmann und Neufeld folgten in einem anderen Wagen. Sie sollte möglichst arglos bleiben.

Sie saß schweigend neben ihm und sprach kein Wort mehr, bis Leo vor dem Haus anhielt. Er stieg aus und öffnete ihr die Tür. »Ich bringe Sie nach oben und muss Sie bitten, sich jederzeit für weitere Befragungen bereitzuhalten.«

»Darf ich morgen zur Arbeit gehen?«, fragte sie tonlos.

Fräulein Klammroth wurde observiert, also war es kein

großes Risiko. »Ja, aber danach begeben Sie sich sofort nach Hause.«

Sie schloss die Tür auf und stieg mit hängendem Kopf die Treppe hinauf. An der Wohnungstür drehte sie sich noch einmal um. »Es ist schon seltsam, wie rasch das ganze Leben zusammenbrechen kann, nicht wahr?«

Dann verschwand sie in der dunklen Wohnung.

31

Montag, 26. November 1928

Seit der Oberkommissar sie nach Hause gebracht hatte, lief Jette ruhelos in der Wohnung auf und ab. Die Räume, die ihr einmal Freiheit bedeutet hatten, waren zum Gefängnis geworden. Sie ahnte, dass man sie beobachtete – die Kriminalbeamten würden sie jetzt nicht einfach laufen lassen.

Und es kam noch schlimmer. Jemand hatte in ihrer Abwesenheit einen Brief unter der Tür durchgeschoben, der keinen Absender trug. Das war auch nicht nötig. Im Umschlag lag ein gefaltetes Blatt.

Ein Wort über uns, und Sie werden es bereuen.
Sie wollen doch Ihrer Familie nicht schaden.

Wenn sie das Haus verließ, würde man ihr folgen, und ein Telefon hatte sie nicht. Das Schlimmste aber war, dass es niemanden gab, zu dem sie gehen oder den sie hätte anrufen können. Sie hatte keinen Menschen auf der Welt, den sie um Hilfe bitten konnte.

Clemens war der Einzige, der alles von ihr wusste, und er hatte sie im Stich gelassen. Schlimmer noch, die Polizei wartete nur darauf, dass er zurückkam und gegen sie aussagte. Von ihm war keine Unterstützung zu erwarten.

Sie kochte Kaffee, um wach zu bleiben, denn sie fürchtete sich vor den Träumen, die sie heimsuchen würden, wenn sie doch einschlief. Sie zermarterte sich den Kopf, aber welchen Weg sie in Gedanken auch einschlug, er führte immer zu derselben Szene. Der Szene, die sie seit Wochen bis in ihre Träume verfolgte.

Das Dach ist unbeleuchtet bis auf eine Lampe an der Hauswand, doch die Stadt ist hell und lässt Grafs Silhouette deutlich hervortreten. Ein roter Punkt glüht auf, als er an der Zigarette zieht.

Sie zögert. Als er an ihrem Büro vorbeigegangen ist, ist sie ihm aus einem Impuls heraus gefolgt. Jetzt fragt sie sich, was sie überhaupt zu ihm sagen soll.

»Herr Graf?«, ruft sie schließlich leise.

Er fährt herum.

»Was wollen Sie denn hier? Hat man denn nirgendwo in diesem Affenhaus mal seine Ruhe?«, herrscht er sie an, und Jette würde am liebsten kehrtmachen. Aber nein, sie darf sich nicht einschüchtern lassen.

Sie tritt näher. Er wartet ab, die Zigarette in der Hand. Als sie vor ihm steht, zieht er fragend die Augenbrauen hoch.

»Kennen wir uns?«

»Ich war mit Herrn Marold bei Horcher, als Sie dort Ihren Auftritt hatten«, sagt sie und zwingt sich, gelassen zu bleiben.

Er lacht spöttisch. »Ich hoffe, Sie hatten Ihren Spaß. So etwas kommt vor. Man hat mich nicht zum ersten Mal auf die Straße befördert.«

Sie schaut auf ihre Füße. »Würden Sie mir sagen, worum es geht? Ich … ich mache mir Sorgen um Herrn Marold, er war danach sehr verändert.«

Wieder das Lachen. »Das glaube ich Ihnen aufs Wort, Fräulein …«

»Klammroth.«

»Sie haben was Besseres verdient als diesen Mann. Und jetzt lassen Sie mich in Frieden. Darum komme ich nämlich hier herauf: damit ich meine Ruhe habe.«

Er klingt so von oben herab, so souverän, so ... unangreifbar. So wie der Vater und Helmut immer mit ihr geredet haben. Und das macht sie wütend.

»Sie haben mir keine Ratschläge zu erteilen! Ich entscheide selbst, mit wem ich Umgang pflege, und ich halte Herrn Marold für einen Gentleman.«

»Mein liebes Kind«, er deutet mit der Zigarette auf sie, »da irren Sie sich gewaltig. Ich könnte Ihnen Dinge über ihn erzählen ... Lassen Sie mich raten: Er wollte nicht mit Ihnen über die Sache bei Horcher sprechen. Sie aber wollen unbedingt wissen, worum es ging. Aber das müssen Sie schon mit ihm selbst ausmachen.«

Ihre Verzweiflung wächst und damit auch ihr Zorn.

»Sagen Sie es mir!«

Er schnippt die Zigarettenkippe in die bodenlose Nacht und verschränkt die Arme. »Ich spreche mit niemandem über meine Recherchen. Sie glauben doch nicht, dass ich Ihnen Dinge erzähle, die Sie sofort weitertragen, und damit meine Arbeit ruiniere? Da wäre ich schön dumm.« Er legt eine Pause ein. »Nur eins: Wenn ich mit Marold fertig bin, ist er nicht nur seine Stelle los. Hugenberg wird ihn kaltstellen, seine Parteifreunde werden ihn fallenlassen. Und wenn es nach mir geht, landet er hinter Gittern. Denn dort gehört er hin.«

Graf ist nicht groß und eher schmächtig. Jette bewegt sich impulsiv und mit der Leidenschaft der Verzweiflung. Sie streckt die Arme vor und stößt Graf heftig vor die Brust. Er taumelt zur Seite, völlig überrascht von ihrem Angriff, stolpert gegen das Mäuerchen, das hier das Dach begrenzt. Er rudert mit den Armen, um einen Halt zu finden, greift aber ins Leere.

Jette steht reglos da und schaut zu, wie er um sein Gleichgewicht kämpft.

Dann ist sie allein auf dem Dach.

Wie lange würde sie durchhalten, wenn sie die Tat weiter leugnete? Die Kriminalbeamten waren erfahren in Verhören, sie verfügten über Methoden, mit denen sie einen weichkochen und zum Reden bringen konnten. Was stand ihr bevor, wenn man sie überführte und verurteilte? Eine jahrelange Gefängnisstrafe. Clemens hatte sie schon verloren. Ihre Familie würde sich von ihr abwenden. Die Parteikameraden drohten ihr. Wenn sie irgendwann freikäme, wäre sie ganz allein, ausgestoßen, ohne Arbeit.

Sie setzte sich in den Sessel, presste die Hände zwischen die Knie und ließ den Kopf hängen.

All das, was sie an Clemens fasziniert hatte – seine Weltgewandtheit, sein Wohlstand, die lässige Souveränität, mit der er durchs Leben ging, aber auch seine Skrupellosigkeit –, wandte sich jetzt gegen sie. Denn es waren ebendiese Eigenschaften, die ihm nun zugutekamen. Er hatte Jette abgestreift wie ein lästiges Kleidungsstück. Dabei hatte er es die ganze Zeit gewusst. Als sie ihn am Tag nach der Tat angerufen und ihm alles erzählt hatte, hatte sie seine Erleichterung gespürt, hatte förmlich das federleichte, zufriedene Lächeln gesehen, das seine Mundwinkel umspielte. Sie hatte Clemens ein Geschenk gemacht, und er hatte es angenommen, sie selbst aber zurückgestoßen.

Und sie wusste bis heute nicht, was Graf gegen Clemens in der Hand gehabt hatte. Sie hatte ihn getötet, bevor er es ihr sagen konnte.

Vielleicht hätten seine Notizen Aufschluss darüber geben können. Als sie sich auf dem Dach zum Gehen gewandt hatte, bemerkte sie etwas Dunkles auf dem Boden – ein Notizbuch. Es musste Graf aus der Tasche gefallen sein. Sie nahm es ohne nachzudenken mit, blätterte im Korridor mit fliegenden Fingern durch die Seiten – schwer leserliche Kurzschrift, sie brachte die Konzentration nicht auf, sie zu entziffern. Als sie kurz darauf, von dem eben Vorgefallenen noch ganz verstört, nach Hause geeilt war, hatte sie das Notizbuch in ihrer Panik von einer Brücke in die Spree geworfen, damit es niemand bei ihr entdeckte.

Jette schüttete den Kaffee weg und griff nach der Flasche Cognac, die sie vor längerer Zeit für Clemens gekauft hatte. Sie goss ihn nicht in ein Glas, sondern setzte die Flasche an den Mund und ließ die Flüssigkeit brennend heiß durch ihre Kehle rinnen.

Das schneidende Gefühl der Verzweiflung wurde zu einer dumpfen Resignation. Wie hatte es nur so weit kommen können? Ihr Leben lang hatte sie die falschen Entscheidungen getroffen, nichts hatte ihr einen Anker gegeben – nicht ihre Familie, nicht ihre Arbeit, die Partei, die Zelle oder die Affäre mit Clemens.

Sie stellte die Flasche beiseite und nahm ihr ruheloses Wandern wieder auf.

Ihr Blick fiel auf den Brief: *Ein Wort über uns, und Sie werden es bereuen.* Eine unverhohlene Drohung ihrer Parteikameraden, die ihr nichts mehr anhaben konnte. Doch was würde passieren, falls die Polizei ihre Wohnung durchsuchte? Sie musste damit rechnen, dass es dazu kam.

Jette trank noch einen großen Schluck Cognac. Dann begann sie, fieberhaft den kleinen Sekretär und den Wandschrank zu durchsuchen, fand Artikel aus dem *Völkischen*

Beobachter, Nachrichten der Betriebszelle an sie – und ihre Mitgliedskarte. Dies war die Zukunft, ganz sicher. Eine Zukunft, die sie nicht erleben würde. Doch ein Letztes konnte sie noch tun. Niemand durfte die Sachen finden, sie musste die Zelle schützen.

Sie trug die Unterlagen und den Drohbrief zu dem kleinen Ofen in der Zimmerecke, legte Kohle nach und schob alles hinein.

Wieder holte sie die Flasche, trank, jetzt schon zwei Schlucke nacheinander, das Brennen wurde immer angenehmer.

Als die letzten Unterlagen verbrannten, war die Flasche fast leer und ihr Entschluss gefasst.

Sie überlegte. Sie hatte kein Rasiermesser. Keine Schlaftabletten. Es musste anders gehen.

Ihr Blick fiel aufs Fenster, und sie lächelte. Welch hübsche Ironie, dachte Jette Klammroth, als sie auf einen Hocker stieg, das Fenster öffnete und den Kopf in den feuchten Wind hielt. Mansarden waren wenig beliebt, sie galten als kalt und zugig. Doch der Ausblick war unvergleichlich.

Sie stemmte sich hoch, erst den einen Fuß, zog dann den anderen nach, setzte sich ins offene Fenster und schaute aufs Dach hinunter. Die nass glänzenden Ziegel, die Regenrinne, dahinter nichts.

Neufeld war eingedöst, während Sonnenschein sich mühte, die Augen offenzuhalten. Es war kurz vor fünf und stockdunkel. Er reckte sich und versuchte, seine eingeschlafenen Beine wiederzubeleben.

Sie hatten Hasselmann und Klein um Mitternacht abgelöst. Seither war nichts Verdächtiges geschehen. Jette Klammroth hatte das Haus nicht verlassen, und es war auch niemand hineingegangen, der einer genaueren Überprüfung bedurft hätte.

Er fuhr zusammen, als er einen lauten Schrei hörte. Eine Frau kam aus dem Tor des Hauses gestürzt, das sie observierten. Er stieß Neufeld an, der erschrocken hochfuhr.

»Da ist was passiert!«

Sie sprangen aus dem Wagen und rannten über die Straße. Die Frau war unter einer Straßenlaterne stehen geblieben und schaute sich im schwachen Licht hilfesuchend um. Als sie die Männer sah, deutete sie hinter sich. »Da hinten im Hof, da liegt jemand.«

Sonnenschein und Neufeld sahen sich an, lasen im Gesicht des anderen, was beinahe schon Gewissheit war.

Sie rannten durch den Torbogen in den Hof, wo ein dunkler Umriss zu erkennen war. Sonnenschein konnte Neufeld gerade noch festhalten, als dieser fast ausrutschte.

»Verflucht noch mal!« Neufeld war in etwas Dunkles getreten. Er zog verspätet die Taschenlampe aus dem Mantel und leuchtete auf die roten Schlieren.

Vor ihm lag ein verkrümmter Körper, von dessen Kopf sich das Blut auf den Steinen ausbreitete.

Sie schauten einander an. Es war wie ein Déjà-vu. Nur war dies nicht Moritz Graf, und sie standen nicht im Innenhof des Ullsteinhauses.

»Mein Gott«, stieß Sonnenschein entsetzt hervor.

»Ich hole Verstärkung«, rief Neufeld und eilte auf die Straße.

Der Anruf riss Leo aus dem Bett. Er taumelte in den Flur, lehnte sich an die Wand und griff mit geschlossenen Augen nach dem Hörer. »Wechsler.«

Als Clara aus dem Schlafzimmer kam, saß er auf dem Boden, der Hörer baumelte neben ihm.

Clara kniete sich neben ihn und berührte seine Schulter. »Leo, was ist passiert?«

»Unsere Hauptverdächtige ist aus dem Fenster ihrer Wohnung gesprungen. Sie war sofort tot. Meine Kollegen haben die ganze Nacht im Wagen vor dem Haus gesessen.«

In ihm kämpften Schuldgefühl und Enttäuschung, die Sorge, dass ihre Ermittlungen die Frau dazu getrieben hatten, aber auch die Befürchtung, dass sie den Fall nun nie zufriedenstellend klären würden. Er hatte versucht, einen Haftbefehl zu erwirken, doch das war nur ein schwacher Trost.

Clara setzte sich neben ihn und zog seinen Kopf an ihre Schulter. »Du musst los?«

Er holte tief Luft. »Ja. Wir müssen die Wohnung durchsuchen, vielleicht hat sie einen Brief hinterlassen.« Er hob den Kopf und schaute sie betroffen an. »Wir konnten sie nicht festnehmen. Ich habe versucht, einen Haftbefehl zu bekommen. In der Arrestzelle wäre sie sicher gewesen ...«

»Sie hätte auch dort einen Weg gefunden«, sagte Clara beschwörend. »Das weißt du genau. Es kommt immer wieder vor, dass Leute sich in der Untersuchungshaft das Leben nehmen. Ihr habt getan, was ihr konntet. Und müsst euch an die Gesetze halten.«

»Du hast ja recht.« Er stand schwerfällig auf und ging ins Schlafzimmer, um sich anzuziehen.

Als Leo eintraf, hatte sich eine Menschenmenge auf dem Gehweg versammelt, die von Schupos in Schach gehalten wurde. Eine Frau zeterte, sie wolle doch nur an ihre

Wäscheleine, ein Mann beschwerte sich, dass er seine Werkstatt im Hof nicht öffnen könne und die Arbeit liegen bleibe.

Leo wies sich aus und wurde von den Schupos durchgelassen.

Im Hinterhof trat er zu der verkrümmten Gestalt von Jette Klammroth. Um ihren Kopf hatte sich eine Lache ausgebreitet, in der ein verschmierter Fußabdruck zu sehen war.

Neufeld sah ihn an. »Morgen, Herr Oberkommissar.« Er deutete auf den Abdruck. »Das war ich, tut mir leid. Es war dunkel.«

Leo machte eine beschwichtigende Geste und ging um die Tote herum. Dann schaute er an der Fassade hoch, wo sich die Leute an den Fenstern drängten. Ganz oben war das offene Mansardenfenster zu sehen, aus dem sie gestiegen sein musste.

Er schaute die Kollegen an. »Wer hat sie gefunden?«

Sonnenschein deutete auf die Hausmeisterwohnung. »Eine Frau, die zur Schicht wollte. Wir haben sofort die Schutzpolizei verständigt und dich angerufen. Und Dr. Lehnbach.«

»Gut. Neufeld, Sie bleiben hier, bis der Arzt kommt, er soll auch nach der Zeugin sehen. Jakob, wir gehen in die Wohnung.«

Er blendete die Stimmen aus, die über ihnen aus den Fenstern drangen, das entsetzte Gemurmel, in dem unverhohlene Sensationslust mitschwang und die Erleichterung, dass man nicht selbst dort unten lag.

Sie stiegen die Treppen hinauf und blieben vor Jette Klammroths Wohnungstür stehen. Sonnenschein sah ihn eindringlich an. »Du hast alles versucht, Leo.«

»Ich weiß. Und dennoch …« Mehr brauchte er nicht zu sagen, denn Sonnenschein nickte.

»Geht mir genauso.«

Leo untersuchte die Wohnungstür. Wie erwartet gab es keine Spuren eines gewaltsamen Eindringens. Er streifte Handschuhe über, Sonnenschein tat es ihm nach.

»Der Hausmeister hat keinen Zweitschlüssel für die Wohnung, wir haben schon nachgefragt«, sagte Sonnenschein und zog einen Bund Dietriche aus der Tasche. Er ging wie immer sehr geschickt vor, und bald schwang die Tür nach innen auf.

Auf den ersten Blick war alles ordentlich. Neben dem Sofa stand eine fast leere Flasche Cognac. Obwohl das Fenster sperrangelweit offen stand, war es nicht kalt im Raum. Leos Blick fiel auf den Kohleofen. Er kniete sich davor und hielt die Hände daran, der Ofen strahlte noch Wärme ab. Vorsichtig öffnete er die Tür. Die Kohle glomm noch, dazwischen waren Papierreste zu erkennen.

»Sie hat etwas verbrannt, Jakob.«

Sonnenschein griff nach der Kohlenzange und zupfte heraus, was er zu fassen bekam. Er legte alles behutsam auf den Boden, weil die Stücke so brüchig waren, dass sie in einem Asservatenbeutel zerfallen könnten.

Leo stand auf. »Die werden zuerst fotografiert. Für den Fall, dass wir sie nicht retten können.«

Er sah aus dem Fenster auf das steil abfallende Dach und bemerkte eine Delle in der Dachrinne, wo Jette Klammroth vielleicht mit dem Fuß hängengeblieben war oder sich in einem letzten Aufbäumen hatte festhalten wollen.

»Leo!« Sonnenschein streckte ihm einen Brief entgegen. »An Marold.«

Leo riss den Umschlag auf.

Clemens,
ich gehe aus diesem Leben.
Ich habe das alles für dich getan. Wegen dir bin ich zu Graf aufs Dach gegangen, wegen dir habe ich ihn angesprochen, wegen dir hat mich der Drang überkommen, ihn hinabzustoßen.
›Wenn ich mit Marold fertig bin, ist er nicht nur seine Stelle los. Hugenberg wird ihn kaltstellen, seine Parteifreunde werden ihn fallenlassen. Und wenn es nach mir geht, landet er hinter Gittern. Denn dort gehört er hin.‹
Das waren seine Worte. Darum habe ich ihn getötet. Ich wollte nicht, dass er dein Leben zerstört und damit auch das meine. Aber das hast du selbst getan.
Lebwohl.
Jette

Sonnenschein sah Leo zweifelnd an. »Er wird sagen, es seien die Worte einer enttäuschten Geliebten, die die Nerven verloren hat.«

»Immerhin haben wir ihr Geständnis. Es reicht, um den Fall abzuschließen.«

Es reichte, um als Mordkommission erfolgreich dazustehen, auch wenn es immer unbefriedigend war, wenn jemand sich einem gerechten Urteil entzog.

»Und es reicht hoffentlich, um Marold einen gewaltigen Schrecken einzujagen.«

32

Klein machte Fräulein Klammroths Familie ausfindig, um die Todesnachricht zu überbringen. Hasselmann durchsuchte unterdessen akribisch die Wohnung der Toten.

Man hatte die Entwicklung der Fotografien, auf denen die Papierreste aus dem Kohleofen zu sehen waren, besonders beschleunigt, sodass Leo und seine Kollegen sie schon am Mittag untersuchen konnten.

Sie hatten die Bilder auf dem großen Besprechungstisch ausgebreitet und beugten sich mit Vergrößerungsgläsern darüber. Das meiste war unrettbar verloren, aber jedes Detail konnte von Bedeutung sein.

»Ich habe etwas«, sagte Neufeld und hielt das Vergrößerungsglas über das Foto eines Stückchens Pappe, bei dem nur die Ränder versengt waren. »Das sieht aus wie die Buchstaben ›NAT‹. Können Sie sich erinnern, welche Farbe die Pappe hatte?«

»Sieh dir das mal an, Jakob. Die Pappe war rosa, oder? Ziemlich auffällig.«

»Das stimmt.«

Neufeld wirkte zufrieden. »Das hatte ich gehofft. Es ist eine Mitgliedskarte der NSDAP.« Er deutete mit einem Stift auf das Foto. »HAU, da dürfte Hauptgeschäftsstelle gestanden haben. Die Anschrift befindet sich immer links oben unter dem Schriftzug der Partei.«

Leo dachte nicht zum ersten Mal, dass es durchaus Vorteile hatte, wenn ein Kollege bei der Politischen Polizei gewesen war. Er fragte sich, ob Marold von den politischen Ansichten seiner Geliebten gewusst hatte. Er würde ihn darauf ansprechen, wenngleich er bezweifelte, dass er eine ehrliche Antwort bekäme. Doch es konnte nicht schaden, seine Reaktion zu prüfen.

In diesem Moment kam Hasselmann herein und legte schwungvoll zwei Bücher mit rotem Einband auf den Tisch. »Die habe ich im Nachttisch gefunden. Ich habe sie einem Buchhändler gezeigt, es handelt sich um die Erstausgaben von 1925 und 1927.«

Mein Kampf. Eine Abrechnung und *Mein Kampf. Die nationalsozialistische Bewegung* von Adolf Hitler.

»Sehr gute Arbeit, Hasselmann«, sagte Leo. »Und wir haben hier ihre Mitgliedskarte der NSDAP.«

Leider hatten sie in der Wohnung nichts gefunden, was Clemens Marold belastet hätte. Doch so einfach würde er nicht davonkommen.

Robert Walther faltete die letzte Zeitung zusammen und schaute gedankenversunken zum Fenster, wo der Regen in langen Schnüren über die Scheibe lief. Er hatte alles gelesen, was die Hugenberg-Presse über Leos Fall geschrieben hatte, und fühlte sich nicht wohl dabei. In all den Jahren, die sie zusammengearbeitet hatten, war es nie vorgekommen, dass die Zeitungen einen von ihnen derart persönlich angegriffen hatten. Natürlich berichtete die Presse gern sensationell aufgemacht über Ermittlungsfehler und machte Druck, wenn ein Fall nicht schnell genug aufgeklärt wurde, doch das hier war anders.

Ihm ging das letzte Telefonat mit Leo nicht aus dem Kopf.

Er suchte noch einmal die *Nachtausgabe* vom 20. heraus und las den Artikel über Frieses Verhaftung. Wie waren die auf die Idee gekommen, man habe Friese wegen des Mordes an Moritz Graf verhaftet? Leo war wütend geworden, als Walther angedeutet hatte, Neufeld könne mit der Presse geplaudert haben. Warum glaubte Leo dem Neuen mehr als einem Freund und Kollegen, den er seit vielen Jahren kannte?

Doch wenn er ehrlich mit sich war, wusste er, wie die entscheidende Frage lautete: Wer aus dem Polizeiamt 2 war zur Presse gegangen? Einer der Schupos? Er hatte alle gefragt, und sie hatten beteuert, es nicht gewesen zu sein. Eigentlich glaubte er ihnen. Wer blieb dann noch übrig?

Walther blickte nachdenklich auf die Tür, hinter der Ludwig Richter sein Büro hatte.

Am Nachmittag fuhren die Kriminalbeamten in der Kochstraße vor. Leo begab sich zu Louis Ullstein, um ihn über die Aufklärung des Falls Graf zu informieren. Man führte ihn sofort ins holzgetäfelte Chefburo.

»Bitte nehmen Sie Platz«, sagte der Verleger.

Leo setzte ihn kurz ins Bild, worauf ihn Ullstein fassungslos ansah. »Eine Mitarbeiterin des Buchverlags hat Graf ermordet? Aber warum?«

»Sie war die Geliebte von Clemens Marold –«

»*Dem* Marold? Von der Zentralstelle der Redaktionen bei Hugenberg?«

»So ist es. Graf hat über ihn recherchiert. Fräulein Klammroth wusste, dass Graf sich häufig auf dem Dach aufhielt, und ging hin, um mit ihm zu reden. Dabei äußerte er Drohungen gegen Marold, worauf sie ihn hinunterstieß.«

»Warum hat er über Marold recherchiert?«

Leo sah ihn bedauernd an. »Das wissen wir nicht. Wir

haben bei Graf nichts dazu gefunden. Und Fräulein Klammroth ist …«

Er sah, wie alle Farbe aus Ullsteins Gesicht wich. »Sie ist was?«

»Sie ist aus dem Fenster ihrer Mansardenwohnung gesprungen und hat den Sturz nicht überlebt.«

»Poetische Gerechtigkeit?«, fragte Ullstein, als er sich gefasst hatte. »Was für eine Tragödie. Ich werde mit meinen Brüdern besprechen, wie wir weiter vorgehen.«

Leo war, als hätte man ihn entlassen, doch es gab noch etwas, das er nicht verschweigen wollte. »Herr Ullstein, wir haben Grund zu der Annahme, dass Jette Klammroth Mitglied der NSDAP war. Sie besaß eine Mitgliedskarte sowie die Erstausgabe von *Mein Kampf* und hat den Hitler-Auftritt im Sportpalast besucht. Ich dachte, das sollten Sie wissen.«

Er wartete Ullsteins Reaktion nicht ab, sondern erhob sich und verließ das Büro. Er hatte seine Schuldigkeit getan.

Leo ging noch einmal in die Redaktion der *B. Z. am Mittag*. Hedy Neumann und Hugo Behrendt saßen an ihren Schreibtischen, ohne zu arbeiten. Behrendt hatte das Gesicht in den Händen vergraben, Fräulein Neumann redete auf ihn ein.

Sie blickte auf, als Leo an den Tisch trat. »Wir haben es schon gehört.« Sie bot ihm einen Stuhl an, und er setzte sich dazu.

»Herr Behrendt«, sagte er, »ich ahne, wie Sie sich jetzt fühlen, aber Sie trifft keine Schuld. Ihr Hinweis hat dazu beigetragen, eine Mörderin zu überführen.«

Behrendt sah ihn an, und Leo las noch etwas außer Bestürzung in seinem Gesicht – Scham.

»Ich könnte mich ohrfeigen«, sagte er leise. »Vermutlich war es ihr nie ernst. Sie hat sich mit mir getroffen, weil sie hoffte, auf diesem Weg etwas über Ihre Ermittlungen zu erfahren. Sie hat mich benutzt, und ich fühlte mich geschmeichelt. Ich bin ein Idiot.«

Hedy Neumann öffnete die Schreibtischschublade, holte eine Taschenflasche hervor und goss ihm etwas Schnaps in den Deckel. »Den kannst du jetzt gebrauchen. Und, Herr Oberkommissar, es gibt auch eine gute Neuigkeit: Herr Behrendt hat nächste Woche ein Vorstellungsgespräch bei der *Vossischen.*«

»Gratuliere«, sagte Leo. »Wird die *B. Z.* über den Fall Graf berichten?«

»In angemessener Form«, erklärte Hedy Neumann. »Das sind wir ihm schuldig. Im Übrigen hoffe ich, dass die Hugenberg-Blätter Ihre Leistung gebührend würdigen, Herr Oberkommissar. Sie hatten zuletzt ja keine gute Presse.« Sie sagte es ohne Unterton, stellte einfach nüchtern eine Tatsache fest.

»Das wird Ihnen bei uns nicht passieren«, warf Behrendt ein. »Kritik ja, persönliche Angriffe nein.«

Doch seine Kollegin war skeptisch. »Stell dir mal vor, wir würden einen wirklich belastenden Hinweis über Hugenberg oder Hitler ausgraben, der aber nicht unmittelbar mit ihrer politischen Tätigkeit zu tun hat. Glaubst du, unsere Blätter könnten da widerstehen?«

»Vom ethischen Standpunkt aus …«

Leo erhob sich und überließ sie ihrer Diskussion. Er hätte ihnen diesen wirklich belastenden Hinweis liefern, sie auf eine Spur setzen können, die sich für Ullstein lohnte. Doch das konnte er nicht tun. Die Polizei musste andere Wege gehen.

Clemens Marold war seine Angelegenheit.

Bei der abschließenden Besprechung des Falls kam Leo noch einmal auf August Friese zu sprechen. »Ich fürchte, er ist in Berlin nicht sicher. Wir vermuten, dass der Mann im Auto, der ihn bedroht hat, für Marold arbeitet, dass der es womöglich sogar selber war, können es aber nicht beweisen. Friese kann uns keine Hinweise liefern, da er weder sein Gesicht noch seine Gestalt gesehen hat. Daher werde ich ihm anbieten, in eine andere Stadt umzuziehen.«

Hasselmann zog die Augenbrauen hoch. »Mit Verlaub, aber wir sind nicht die Fürsorge. Wenn wir das bei allen machen, die hier aussagen …«

Leo blieb ungerührt. »Wir machen es nicht bei allen, aber ich möchte es bei ihm versuchen. Das sind wir ihm schuldig, er hat uns vertraut. Im Übrigen wird es den Steuerzahler kein Geld kosten und die Polizei keine Mühe. Mein zukünftiger Schwager hat einen Bruder in Leipzig, der eine kleine Metallwarenfabrik betreibt. Ich werde ihn fragen, ob er einen Arbeiter gebrauchen kann. Friese ist unverschuldet in Not geraten. Wenn er sich am Riemen reißt und das Trinken sein lässt, könnte er wieder auf den richtigen Weg gelangen.«

Das fand allgemeine Zustimmung.

Sonnenschein schien noch etwas auf der Seele zu liegen. »Leo, was ist mit Marold? Wir können nicht einfach aufgeben. Wir wissen, dass er etwas zu verbergen hat.«

»Ich rede mit ihm, sobald er zurück ist. Einen angenehmen Feierabend, meine Herren.«

33

Dienstag, 27. November 1928

Der Hochzeitstermin stand fest. Im Sommer ließ es sich natürlich schöner feiern, doch so lange wollten Ilse und Richard nicht warten. Also war es beschlossen, und Clara und Ilse stürzten sich in die Vorbereitungen.

Leo hatte wegen Friese mit Richards Bruder Heinrich gesprochen. Er habe ohnehin Personal einstellen wollen, erklärte Heinrich Dohm, und könne einen fleißigen Mann gut gebrauchen. Kein Schnaps im Dienst, drei Monate zur Probe, ein Zimmer könne man ihm vermitteln.

Leo war in die Wiesenburg gefahren und hatte es Friese erzählt, der ihn ungläubig ansah. »Eine Stelle und ein Zimmer?«

»Ja, aber dafür müssen Sie Berlin verlassen. Wir können nicht für Ihre Sicherheit einstehen, da wir den Mann, der Sie bedroht hat, nicht ermitteln konnten.«

Friese schaute ihn mit einem Hauch von Argwohn an. »Sie sehen aus, als hätten Sie eine Idee, wer es war.«

»Eine Idee reicht nicht für einen Haftbefehl«, erwiderte Leo. »Sie haben die Wahl – in Berlin arbeitslos sein, im Obdach schlafen und damit rechnen müssen, dass der Mann wiederkommt, oder in Leipzig neu anfangen.«

Friese schluckte und gab sich einen Ruck. »Leipzig. Wann kann ich hin?«

Leo reichte ihm die Fahrkarte, die er auf eigene Kosten besorgt hatte. Das musste im Präsidium niemand erfahren. »Sie können mir das Geld von Ihrem ersten Gehalt zurückzahlen. Hier ist die Adresse der Firma Dohm. Sie melden sich bei Herrn Heinrich Dohm, dem Eigentümer. Noch eins – kein Schnaps im Dienst, sagt er, sonst ist sofort Schluss. Viel Glück.«

Er verließ die Wiesenburg mit dem Gefühl, dass er zumindest hier etwas erreicht hatte. Hasselmann hatte recht, die Polizei konnte nicht alle retten und sollte es auch gar nicht. Aber es konnte auch nicht falsch sein, wenigstens einen zu retten.

Friese war versorgt, der abschließende Bericht geschrieben, die Akte konnte geschlossen werden.

Blieb nur noch eins zu tun.

Diesmal fuhr Leo zu Clemens Marold nach Hause. Er wohnte in einem herrschaftlichen Haus am Hohenzollernplatz. Eine großzügige Grünanlage mit Springbrunnen in der Mitte, darum herum Häuser mit Türmchen, ausladenden Balkonen und aufwändig verzierten Fassaden. Was mochte Jette Klammroth gedacht haben, als sie zum ersten Mal hier gewesen war? Oder hatte Marold sie aus seinem persönlichen Leben ferngehalten, in das er sie nie wirklich hereinlassen wollte?

Leo hatte die Erfahrung gemacht, dass Männer wie Marold auch bei Eheschließungen kalkuliert vorgingen, nach oben heirateten und sich dadurch weitere Privilegien verschafften. Und je mehr Frauen wie Jette Klammroth für solche Männer taten, desto stärker waren diese darauf bedacht, sich ihrer wieder zu entledigen.

Ein Diener öffnete die Tür im ersten Stock. »Sie wünschen?«

»Oberkommissar Wechsler für Herrn Marold.« Er zeigte seine Marke vor. Der Mann wich zurück und wandte sich nach hinten um. Dann schaute er Leo an.

»Ich weiß nicht, ob …«

»Oh doch, er hat für mich Zeit, da bin ich mir sicher.«

Der Diener bat ihn zu warten und eilte davon. Kurz darauf kam er zurück und führte Leo in ein Arbeitszimmer, das nach Leder und teuren Zigarren roch.

Marold stand lässig an den Kamin gelehnt, eine Hand in der Hosentasche, in der anderen eine Zigarre.

»Guten Abend, Herr Oberkommissar.«

»Guten Abend.«

»Zigarre?«

»Danke, nein. Ich hoffe, die Reise war angenehm.«

Marold deutete auf einen Ledersessel und setzte sich gegenüber. »Geschäftlich, nun ja. Sie kennen das.«

»Wir haben den Fall Graf abgeschlossen.«

Marold beugte sich vor und klopfte die Zigarre in einem kristallenen Aschenbecher ab. »Ich gratuliere zur Aufklärung.«

»Es scheint Sie nicht sonderlich zu treffen, dass Ihre Geliebte eine Mörderin war und sich das Leben genommen hat.«

Marolds Miene blieb unbewegt, nur ein Mundwinkel zuckte. »Das war bereits vorbei. Natürlich bedaure ich, dass Jette tot ist. Aber sie hat einen unwiderruflichen Schritt getan, als sie Graf vom Dach stieß. Meinen Sie, ich hätte mich weiterhin mit einer Frau abgegeben, die so etwas getan hat? Das kann ich nicht mit meinen moralischen Prinzipien vereinbaren.«

»Apropos moralische Prinzipien. Ich zitiere: ›Wenn ich mit Marold fertig bin, ist er nicht nur seine Stelle los. Hugenberg wird ihn kaltstellen, seine Parteifreunde werden ihn fallenlassen. Und wenn es nach mir geht, landet er hinter Gittern. Denn dort gehört er hin.‹«

Marold ließ sich nichts anmerken. »Was soll das heißen?«

Leo strich sein Hosenbein glatt. »Das hat Graf zu Jette Klammroth gesagt, als sie ihn auf dem Dach zur Rede stellte. Sie zitiert es in ihrem Abschiedsbrief, der im Übrigen an Sie gerichtet ist. Was kann er damit gemeint haben? Warum gehören Sie seiner Meinung nach ins Gefängnis?« Ihm stand nicht der Sinn nach Diplomatie.

»Das fragen Sie mich? Ich denke, es ist Ihre Aufgabe, Menschen Missetaten nachzuweisen, Herr Oberkommissar. Und die Äußerung klingt, gelinde gesagt, vage.« Seine Selbstzufriedenheit war unerschütterlich.

»Dann lassen Sie mich Ihnen eine Geschichte erzählen. Der erste Akt: Ein einflussreicher Mann besitzt ein Wochenendhaus am Schlachtensee. Er rudert gern, auch wenn es um seine Gesundheit nicht zum Besten steht. Eines Tages stürzt dieser Mann aus dem Boot und ertrinkt im See. Man vermutet eine Ohnmacht infolge der körperlichen Anstrengung, die dann zum Ertrinken führte. Außerdem gibt es tückische Strudel im See. Ein Jüngerer übernimmt seine Stelle, der überaus ehrgeizig ist und damit einen bedeutenden beruflichen Aufstieg erreicht.« Marolds Gesicht war reglos, maskenhaft. »Der zweite Akt: Zur selben Zeit rodet ein Hilfsarbeiter das Nachbargrundstück und bemerkt einen Mann, der triefendnass und vollständig bekleidet vom See gelaufen kommt. Die Beobachtung wird von einem Zeugen bestätigt, der sich zur selben Zeit im Wald am See aufhält. Der durchnässte Mann läuft Richtung AVUS, die man bequem durch eine Unterführung erreichen kann.«

Marold schnippte sich ein Stäubchen vom Ärmel. »Ich wusste gar nicht, dass Sie ein so begnadeter Erzähler sind, Herr Oberkommissar. Gibt es auch eine Pointe?«

»Nur Geduld. Dritter Akt: Der Hilfsarbeiter begegnet wenig später einem Journalisten und erwähnt beiläufig, was er am See gesehen hat. Der Journalist beginnt daraufhin, den Todesfall zu recherchieren. Er versucht zunächst, den Nachfolger des Toten telefonisch zu erreichen, wird aber abgewiesen. Daraufhin folgt er ihm in ein Restaurant und will mit ihm über das Unglück sprechen, doch man wirft ihn hinaus. Vierter Akt: Die Geliebte des Nachfolgers folgt dem Journalisten aufs Dach des Ullsteinhauses und stellt ihm Fragen. Worauf sie die Antwort erhält, die ich soeben zitiert habe, und ihn vom Dach stößt.«

Er lehnte sich zurück und verschränkte die Arme. Marold gab sich ungerührt, doch Leo bemerkte, dass sein Gesicht ein wenig bleich geworden war.

»Möchten Sie etwas dazu sagen?«

»Wenn ich Ihre gewundene Geschichte recht verstehe, dann glauben Sie, dass ich Herrn Brüder – denn von ihm ist wohl die Rede – auf geheimnisvolle Weise ertränkt habe und dann im nassen Anzug durchs Unterholz gelaufen bin.« Sein Lächeln wirkte verzerrt. »Was Sie nicht beweisen können, sonst würden Sie mir nicht diesen Höflichkeitsbesuch abstatten, sondern mit Handschellen und einem Haftbefehl erscheinen. Sie haben nichts gegen mich in der Hand. Der Fall Graf ist aufgeklärt, Brüders Tod war ein Unfall. Dass Sie mich verabscheuen, ist nicht zu übersehen, aber dafür allein wird man selbst in dieser Schmierenrepublik wohl kaum verhaftet.«

Leo zwang sich, ruhig zu bleiben. »Wo waren Sie am Nachmittag des 26. August, Herr Marold?«

»Hm.« Er schien zu überlegen. »Das Wetter war nicht gut, das weiß ich noch. Ach ja, jetzt fällt es mir ein. Ich war bei Fräulein Klammroth. Sie hatte in ihrer Wohnung für mich gekocht, sehr romantisch, mit Kerzen und Wein. Ich war ab dem Mittag und bis zum Abend bei ihr. Bevor Sie fragen: Ich kann mich nicht erinnern, jemandem im Treppenhaus begegnet zu sein. Leider.«

Er hatte alles bedacht. Ein Alibi, das nicht zu überprüfen und nicht zu widerlegen war. Selbst nach ihrem Tod nutzte er Jette Klammroth noch aus.

»Haben Sie einen Chauffeur?«

Einen Moment lang wirkte Marold verblüfft. »Ja, er wird mir vom Verlag zur Verfügung gestellt.«

»Trägt er eine Uniform mit schwarzer Mütze?«

»So ist es. Nicht weiter ungewöhnlich.«

»Der Zeuge im Fall Graf, der damals am Schlachtensee gearbeitet hat, wurde von einem Mann mit Chauffeursmütze eingeschüchtert und bedroht. Das fällt unter Behinderung der Justiz.«

Marold zuckte mit den Schultern. »Wollen Sie etwa behaupten, ich würde mich als mein eigener Chauffeur verkleiden und Leute bedrohen? Bitte, Herr Oberkommissar, es gibt Grenzen.« Er grinste. »Oder aber ich muss Albert besser im Auge behalten. Nicht dass er sich hinter meinem Rücken auf Abwege begibt.«

»Kommen wir noch einmal auf Fräulein Klammroth zurück. Wussten Sie, dass sie Mitglied der NSDAP war?«

Zum ersten Mal wirkte Marold überrascht. »Nein. Das wundert mich. Wir haben selten über Politik gesprochen, sie schien nicht sonderlich interessiert.«

»Sie besaß eine Mitgliedskarte. Und sie war bei der Hitler-Veranstaltung neulich im Sportpalast.«

»Woher wissen Sie das mit dem Sportpalast, wenn ich fragen darf?«

»Sie wurde von einem Journalisten der *B.Z.* dort gesehen.«

»Da hat sie wohl nicht aufgepasst. Wie unklug.«

»Uns gegenüber hat sie behauptet, sie sei aus Neugier hingegangen. Vor ihrem Suizid hat sie allerdings belastendes Material im Ofen verbrannt, und es gab Rückstände, die wir analysieren konnten. Noch einmal: Hat sie Ihnen gegenüber je verlauten lassen, dass sie eine Nationalsozialistin war? Hatte sie Freunde oder Bekannte, die ihre Ansichten teilten?«

Er wusste selbst nicht genau, warum er so nachdrücklich fragte – vielleicht aus der Hoffnung heraus, doch noch etwas zu entdecken, das Marold belastete.

»Noch einmal, Herr Oberkommissar: Ich wusste nichts davon und muss ehrlich sagen, dass ich es auch nicht gutgeheißen hätte. Vermutlich hätte ich mich daraufhin sofort von ihr getrennt. Erst recht, wenn sie einen derartigen Freundeskreis besaß.« Er beugte sich vor und legte die Fingerspitzen aneinander. »Ich bin konservativ, dazu stehe ich. Ich wünsche mir eine andere Regierung und hätte es vorgezogen, wenn wir den Krieg gewonnen hätten und eine Monarchie geblieben wären. Ich bin Mitglied der Deutsch-Nationalen Volkspartei und arbeite eng mit Geheimrat Dr. Hugenberg zusammen. Aber ich bin kein Nationalsozialist und möchte mit deren Anhängern nichts zu schaffen haben.«

Leo musste sich geschlagen geben. Alles, was er sagte, glitt an Marold ab wie an einer Marmorwand, der Mann bot keine Angriffsfläche.

Doch er würde nicht vergessen, was Friese und der Förster am Schlachtensee beobachtet hatten. Marold war von einer Dunkelheit umgeben, die er mehr spürte als sah, die aber zweifellos vorhanden war. Er würde ihn von nun an im Blick behalten.

Er stand auf.

»Dann überlasse ich Sie jetzt Ihren Geschäften. Sie müssen mich nicht zur Tür begleiten.« Im Gehen drehte er sich um und sah Marold über die Schulter an. »Sollte meine Frau noch einmal behelligt werden, werden Sie es bereuen. Und ja, das ist eine Drohung.«

Als die Schritte verklungen waren, stand Marold auf und goss sich einen Cognac ein. Er hatte das Gespräch genossen, es war entspannend und belebend gewesen wie eine gute Partie Tennis, aus der er als Sieger hervorgegangen war. Je stärker der Gegner, desto befriedigender der Ausgang.

Eins blieb noch zu erledigen. Er trank einen Schluck, ging zum Telefon und ließ sich mit einer Nummer in Wilmersdorf verbinden.

»Marold hier. Gute Neuigkeiten. Die Polizei weiß nichts von der Betriebszelle bei Ullstein, da bin ich sicher. Die Ermittler gehen davon aus, dass mit dem Fall Klammroth alles abgeschlossen ist. Sie können also weiter operieren wie bisher. Guten Abend, Herr Clausner.«

Lenny Watkins spielte für sich allein, wie an so vielen Abenden. Er hatte gelesen, was die Zeitungen über Grafs Tod berichteten, und nahm im Geist noch einmal Abschied von dem Mann, der ihm so etwas wie ein Freund gewesen war. Er spielte, während im Hintergrund Stühle gerückt und hinter der Theke Gläser gespült wurden.

Irgendwann fühlte er sich beobachtet, obwohl er die Augen geschlossen hatte. Er hielt im Spielen inne und schaute über die Schulter.

An einem Tisch nicht weit von ihm saß ein Mann und prostete ihm zu, wobei er leicht verlegen lächelte.

Überrascht stand Lenny auf, klappte das Klavier zu und ging zu Oskar Neufeld hinüber.

Nachwort

Das Berlin der Weimarer Republik fasziniert mich am meisten, wenn es unserer Zeit den Spiegel vorhält. Gewiss, es gibt keine hundertprozentigen Parallelen, aber das ist auch gar nicht nötig. Mir reicht es völlig, einzelne Elemente unserer Gegenwart im Gestern zu erkennen.

So ging es mir auch, als ich über die Presselandschaft jener Zeit recherchiert habe. Die Frage nach der Macht der Medien – und das waren damals vor allem die Zeitungen – beschäftigt uns heute mehr denn je. Umso spannender die Tatsache, dass es schon damals einen Konzern gab, der vom Baum bis zum fertigen Papierprodukt alles in einer Hand bündelte: Hugenberg.

Alfred Hugenberg war es ab 1916 gelungen, sämtliche Produktionsstufen der Zeitungsherstellung in einer Hand zu konzentrieren: von der Papierherstellung bis zur fertigen Zeitung, vom Nachrichtendienst über eigene Banken, die Kredite an Zeitungen vergaben oder Beteiligungen an ihnen erwarben, bis hin zur Übernahme der bekanntesten deutschen Filmgesellschaft, der Ufa. Durch die harmlos klingende WiPro, die »Wirtschaftsstelle für die Provinzpresse«, beeinflusste Hugenberg die Meinungsbildung im ganzen Deutschen Reich. Die WiPro belieferte an die 1600 Zeitungen mit Druckvorlagen für den kompletten überregionalen Teil, der nur noch durch die Lokalnachrichten ergänzt werden musste. Zunächst gab es nur Politik- und Wirtschaftsnachrichten, ab 1923 deckte die WiPro auch die Bereiche Leitartikel, allgemeine Nachrichten, Sportberichte oder Fortsetzungsromane ab.

Wer damals in einer Stadt lebte, in der die Zeitungsinhalte von Hugenberg bestimmt wurden, und Kinos besuchte, in denen die Wochenschau der Ufa lief, bezog alle Nachrichten aus einer Hand, und damit auch Hugenbergs dezidiert deutschnationale Ansichten.

Ich habe aber auch versucht, das vielfältige Berliner Zeitungsviertel rund um die Kochstraße zum Leben zu erwecken, vor allem den Ullstein-Konzern, der mit seinen Zeitungen, Zeitschriften und Büchern für jeden Geschmack etwas zu bieten hatte und (zusammen mit Mosse) mit seinen liberal-demokratischen Ansichten einen Gegenpol zu Hugenberg bildete.

Wie immer – und hier ganz besonders – habe ich historische Persönlichkeiten auftreten lassen.

So zum Beispiel Louis Ullstein, einen der fünf Brüder, die den Verlag leiteten. Hermann Ullstein, der Fachmann für Werbung, war der einzige, der eine Autobiografie hinterlassen hat. Sie wurde im Exil verfasst, und ihr habe ich auch einige Informationen über die NS-Betriebszelle bei Ullstein entnommen.

Friedrich Hussong war Chefredakteur im Hugenberg gehörenden Scherl Verlag. Peter de Mendelssohn bezeichnet ihn in seinem Standardwerk *Zeitungsstadt Berlin. Menschen und Mächte in der Geschichte der deutschen Presse* (Ullstein 1982) als den »rabiatesten journalistischen Demagogen«, den die »Zeitungsstadt Berlin je erlebt hat«. Und: »Er entwickelte eine publizistische Manier und Technik, die in allem Wesentlichen den später von Joseph Goebbels im *Angriff* zur

Hochblüte emporgezüchteten Stil vorwegnahm.« Ich habe mir die Freiheit genommen, ihm einige Artikel in den Mund zu legen, und hoffe, dass ich seinen antidemokratischen, hetzerischen Stil getroffen habe.

Es war mir wichtig, auch Dr. Martha Mosse einen kurzen Auftritt zu geben, die der berühmten Zeitungsfamilie entstammte und die erste Polizeibeamtin des Höheren Dienstes in Preußen war. Es ist aufschlussreich, ihren Lebensweg mit dem von Friedrike Wieking (bekannt aus *Nachts am Askanischen Platz*) zu vergleichen, die damals eine ähnliche Karriere machte. Später entwickelten sich ihre Leben jedoch entgegengesetzt, da Mosse als Jüdin ihre Beamtinnenstellung verlor, während Wieking unter den Nazis Karriere machte.

Dr. Alfred Hugenberg war Jurist, Unternehmer, Parteipolitiker und Wegbereiter des Hitlerregimes. Ohne seinen gewaltigen Meinungsapparat wären das Misstrauen gegenüber der parlamentarischen Demokratie und die nationalsozialistische Ideologie wohl kaum so gründlich verbreitet worden.

Historisch sind auch die folgenden erwähnten Personen:

Vicki Baum, Musikerin, Romanschriftstellerin und Journalistin

Kriminalrat Ernst Gennat

Adolf Hitler, dessen Auftritt im Sportpalast ich anhand von Fotos und historischen Zitaten so authentisch wie möglich geschildert habe

Gustav Horcher, Gründer und Besitzer des berühmten Restaurants, das nach seinem Tod von seinem Sohn Otto weitergeführt wurde, der beste Beziehungen zur NS-Prominenz unterhielt

Die Herren Clausner und Kappusch, Mitglieder der NS-Betriebszelle bei Ullstein, von denen leider nur mehr die Namen überliefert sind

Erich Kleiber, Generalmusikdirektor der Staatskapelle Berlin 1923–1935

Kurt Korff (den meine Leserinnen und Leser bereits aus *Es geschah in Schöneberg* kennen), Chefredakteur der *Berliner Illustrirten* und der Modezeitschrift *Die Dame*

Gabriele Tergit, Journalistin und Romanautorin

Ernst Wallenberg, Chefredakteur der *B. Z. am Mittag*

Billie Wilder, der als Journalist u. a. für die *B. Z. am Mittag* arbeitete, bevor er 1933 nach Hollywood ging und als Regisseur Billy Wilder Karriere machte

Theodor Wolff, Chefredakteur des *Berliner Tageblatts*

Karl Zörgiebel, Polizeipräsident von Berlin

Das Gedichtzitat auf S. 121 stammt aus dem Gedicht *Auf der Terrasse des Café Josty* von Paul Boldt.

Die erwähnten Filme und ihre Darsteller*innen sind ebenfalls historisch.

Hedy Neumann ist eine erfundene Figur. Sie steht stellvertretend für all die wagemutigen, neugierigen Frauen, die in der Weimarer Republik ihre Stimme fanden.

Ein letztes Wort zur NS-Betriebszelle bei Ullstein: Es gab solche Zellen in vielen Betrieben, ab 1928 bildeten sie die NSBO (nationalsozialistische Betriebsorganisation). Mit Hitlers Machtübernahme gaben sie sich weithin zu erkennen und stellten umgehend Forderungen, beispielsweise nach Entlassung jüdischer Angestellter.

Bibliographie

Ein Überblick der wichtigsten Bücher, die mir diesmal bei der Recherche geholfen haben:

Anne Enderlein (Hg.), *Ullstein Chronik. 1903–2011*, Berlin 2011

Georg Honigmann, *Kapitalverbrechen oder Der Fall des Geheimrats Hugenberg*, Verlag der Nation, Berlin 1976

Im Obdachlosenasyl. Berlin 1894–1932, Edition Photothek XXI, Berlin 1987

Walter E. Keller, *Vom Zeitungsviertel zum Medienquartier*, Treuchtlingen-Berlin 2003

Ian Kershaw, *Hitler. 1889–1936*, aus dem Englischen von Jürgen Peter Krause und Jörg W. Rademacher, München 2002

Walter Kiaulehn, *Berlin. Schicksal einer Weltstadt*, 1962

Egon Erwin Kisch, *Zwischen Bettlern und Bohème*, Berlin-Brandenburg 2018

Ruth Landshoff-Yorck, *Das Mädchen mit wenig PS. Feuilletons aus den zwanziger Jahren*, Berlin 2015

Peter de Mendelssohn, *Zeitungsstadt Berlin. Menschen und Mächte in der Geschichte der deutschen Presse*, Frankfurt/M./Berlin/Wien 1982

Gabriele Tergit, *Käsebier erobert den Kurfürstendamm*, Frankfurt/M. 1977

Hermann Ullstein, *Das Haus Ullstein*, Berlin 2013
Billy Wilder, *Der Prinz von Wales geht auf Urlaub. Berliner Reportagen, Feuilletons und Kritiken der zwanziger Jahre*, Berlin 1996

Danksagung

Ein historischer Roman ist nie das Werk einer einzigen Person. Daher gilt mein herzlicher Dank:

Meinem Sohn Felix Klinkenberg, der mit mir die Figur des Clemens Marold entwickelt hat

Meinem Mann Axel und meiner Tochter Lena, die mit mir – wieder einmal – auf Spurensuche durch Berlin gelaufen sind

Meiner Lektorin Tina Arnold, immer und diesmal ganz besonders

Corinna Lichtenberg, meiner Expertin für den Berliner Dialekt

Bianca Walther, Streifzüge durch die Frauengeschichte. Der Blog

Anja Gallenkamp, www.jazzgeschichten.de

Und meinem Agenten Bastian Schlück, der Leo fast so gerne mag wie ich.

Drei Frauen,
drei Schicksale,
drei Epochen

ALLE LIEFERBAREN TITEL, INFORMATIONEN UND SPECIALS
FINDEN SIE ONLINE

#WasfürFrauen
Auch als eBook

www.dtv.de dtv